VOLUME II

THE HEART OF
BETRAYAL

CRÔNICAS DE AMOR E ÓDIO

Copyright © 2015 by Mary E. Pearson
All rights reserved.
Todos os direitos reservados

Arte da capa © Rodrigo Adolfo
Design da capa por Rich Deas e Anna Booth
Fotografias da capa
© Ilina Simeonova/Trevillion Images
© Ayal Ardon/Trevillion Images
© Shutterstock

Mapa © Keith Thompson

Tradução para a língua portuguesa
© Ana Death Duarte, 2016

Os personagens e as situações desta obra são reais apenas no universo da ficção; não se referem a pessoas e fatos concretos, e não emitem opinião sobre eles.

Diretor Editorial
Christiano Menezes

Diretor Comercial
Chico de Assis

Editor
Bruno Dorigatti

Editor Assistente
Ulisses Teixeira

Designers Assistentes
Pauline Qui
Raquel Soares

Design
Retina 78

Revisão
Isadora Torres
Amanda Cadore/Estúdio do Texto

Impressão e acabamento
Ipsis Gráfica

DADOS INTERNACIONAIS DE CATALOGAÇÃO NA PUBLICAÇÃO (CIP)
Angélica Ilacqua CRB-8/7057

Pearson, Mary E.
    The heart of betrayal / Mary E. Pearson ; tradução de Ana Death Duarte. — Rio de Janeiro : DarkSide Books, 2016.
    400 p. : il. (Crônicas de amor e ódio ; 2)

ISBN: 978-85-945-4011-9
Título original: *The Heart of Betrayal*

1. Literatura norte-americana 2. Fantasia
I. Título II. Duarte, Ana Death

16-0975   CDD 813

Índices para catálogo sistemático:
1. Literatura norte-americana

[2016]
Todos os direitos desta edição reservados à
DarkSide® *Entretenimento LTDA.*
Rua do Russel, 450/501 - 22210-010
Glória - Rio de Janeiro - RJ - Brasil
www.darksidebooks.com

MARY E. PEARSON

VOLUME II

THE HEART OF BETRAYAL

CRÔNICAS DE AMOR E ÓDIO

DARKSIDE

TRADUÇÃO
ANA DEATH DUARTE

Para Kate Farrell, minha amiga e editora,
e Siarrah da mais alta ordem

As lágrimas dela cavalgam com o vento.
A mim ela chama,
E tudo que posso fazer é sussurrar:
Você é forte,
Mais forte do que sua dor,
Mais forte do que seu pesar,
Mais forte do que eles.

—Os Últimos Testemunhos de Gaudrel—

CAPÍTULO 1
CRÔNICAS DE AMOR E ÓDIO

m ato rápido.
Eu havia achado que isso seria tudo que se faria necessário.
Uma faca nas entranhas.
Torcê-la com firmeza, por garantia.
Porém, enquanto Venda me engolia, enquanto as muralhas disformes e centenas de faces curiosas se aproximavam de mim, enquanto eu ouvia os ribombos de correntes e a ponte baixava atrás de mim, desligando-me do restante do mundo, eu sabia que meus passos precisavam ser certeiros.

Impecáveis.

Seriam necessários muitos atos, e não apenas um, todos os passos renegociados. Mentiras teriam que ser contadas. Confianças, conquistadas. Limites desagradáveis, cruzados. Tudo isso pacientemente entremeado, e paciência não era meu ponto forte.

No entanto, em primeiro lugar, mais do que tudo, eu tinha que encontrar uma forma de fazer com que meu coração parasse de esmurrar o peito. Encontrar meu fôlego. Parecer calma. Medo era o cheiro de sangue para lobos. Os curiosos aproximaram-se alguns centímetros, espiando-me com bocas semiabertas que revelavam dentes podres. Estariam eles se divertindo ou zombando de mim?

E então havia o tilintar de caveiras. O trepidar ruidoso de ossos secos reverberando pela multidão enquanto as pessoas se mexiam para que pudessem me olhar melhor, com cordões de onde pendiam pequenas cabeças, fêmures e dentes desbotados pelo sol, acenando de seus cintos enquanto eles faziam pressão para me enxergar. E para ver Rafe.

Eu sabia que ele estava caminhando algemado em algum lugar atrás de mim ao fim da caravana, prisioneiros, nós dois... E Venda não fazia prisioneiros. Pelo menos eles nunca tinham feito isso antes. Nós éramos mais do que uma curiosidade. Éramos o inimigo que eles nunca tinham visto. E isso era exatamente o que eles eram para mim.

Nós caminhamos por infinitas e pequenas torres que se projetavam, camadas de muralhas de pedra retorcidas, enegrecidas com a fuligem e com a idade, arrastando-se como uma imunda fera viva, uma cidade construída de ruínas e caprichos. O bramido do rio esvanecia-se atrás de mim.

Eu vou tirar nós dois dessa.

Agora Rafe tinha que estar questionando a promessa que me fez.

Nós passamos por mais um conjunto de imensos portões irregulares, com suas barras dentadas de ferro misteriosamente se abrindo para nós, como se nossa chegada fosse prevista. Nossa caravana ia ficando cada vez menor conforme grupos de soldados enveredavam por direções diferentes agora que estavam em casa. Eles desapareciam por trilhas serpeantes, sombreados por altas muralhas. O *chievdar* conduzia o que sobrara de nós, e os vagões de espólios tiniam na minha frente enquanto adentrávamos as entranhas da cidade. Será que Rafe ainda estava em algum lugar atrás de mim ou será que eles o haviam levado por uma daquelas miseráveis ruelas?

Kaden desceu de seu cavalo e foi caminhando ao meu lado. "Estamos quase chegando lá."

Fui atingida por uma onda de náusea. Walther está morto, eu lembro a mim mesma disso. *Meu irmão está morto.* Não havia mais nada que eles pudessem tirar de mim. Exceto Rafe. Eu tinha mais em que pensar agora do que em mim mesma. Isso mudava tudo. "Onde fica *lá*?", tento perguntar em um tom calmo, mas minhas palavras tropeçam, saem roucas e soam rudes.

"Nós estamos indo até o Sanctum. Nossa versão de tribunal. Onde os líderes se encontram."

"E o Komizar."

"Deixe-me falar, Lia. Só dessa vez. Por favor, não diga uma palavra que seja."

Olhei para Kaden. Seu maxilar estava cerrado, e seu rosto, puxado para baixo, como se sua cabeça estivesse doendo. Será que ele estava nervoso para cumprimentar seu *próprio* líder? Será que estava com medo do que eu poderia dizer? Ou será que temia o que o Komizar haveria de fazer? Será que seria considerado um ato de traição o fato de que ele não havia me matado conforme lhe havia sido ordenado? Seus cabelos loiros pendiam em mechas ensebadas e cansadas bem além de seus ombros agora. Seu rosto estava escorregadio com óleo e sujeira. Fazia um bom tempo desde que um de nós dois tinha visto sabão... mas este era o menor de nossos problemas.

Nós nos aproximamos de mais um portão, e este era uma muralha plana e alta de ferro, com rebites e ranhuras — através das quais olhos espiavam. Ouvi gritos vindos de trás da muralha, e o pesado clangor de um sino, que vibrou e me sacudiu com violência, cada ressoar fazendo meus dentes tremerem.

Zsu viktara. Continue forte. Forcei meu queixo a ficar no alto, quase sentindo as pontas dos dedos de Reena erguendo-o. Lentamente, a muralha separou-se em duas e os portões foram rolando para trás, permitindo nossa entrada em uma imensa área aberta, tão disforme e desoladora quanto o restante da cidade. Essa área era ladeada, em todos os cantos, por paredes, torres e os inícios de ruas estreitas que desapareciam em sombras. Serpeantes passadiços guarnecidos com ameias agigantavam-se acima de nós, cada um deles alcançando o outro e mesclando-se a ele.

O *chievdar* seguia para a frente, e os vagões acumulavam-se atrás dele. Guardas no pátio interno davam seus gritos de boas-vindas, e depois berravam, felizes, sua aprovação quanto ao estoque de espadas e selas e o emaranhado reluzente de espólios em pilhas altas nas carroças... Tudo o que havia sobrado de meu irmão e de seus camaradas. Minha garganta ficou apertada, pois eu sabia que logo um deles estaria usando a bainha de ombro ornamentada de Walther e carregando sua espada.

Meus dedos curvaram-se na palma da minha mão, mas eu nem mesmo tinha muita unha para perfurar a pele. Todas as minhas unhas estavam quebradas no talo. Esfreguei as pontas de meus dedos em carne viva e meu peito foi abalado por uma dor feroz, que me pegou de surpresa... Era uma perda tão pequena em comparação a tudo mais que perdi. Foi quase um sussurro zombeteiro de que eu não tinha nada, nem mesmo uma unha que fosse, para me defender. Tudo que eu tinha era um nome secreto que me parecia tão inútil nesse exato momento quanto o título com o qual eu havia nascido. *Torne isso real, Lia*, eu digo a mim mesma. No entanto, até mesmo enquanto eu dizia as palavras na minha cabeça, eu sentia minha confiança baixando. Eu tinha muito mais em jogo agora do que tivera apenas umas poucas horas antes. Agora minhas ações também poderiam prejudicar Rafe.

Ordens foram dadas para que se descarregasse o tesouro conseguido com a desgraça de outrem e que esse tesouro fosse carregado para dentro. Meninos mais novos do que Eben corriam apressados com pequenos carrinhos de mão com duas rodas para os lados da carroça e ajudavam os guardas a enchê-los. Tanto o *chievdar* quanto sua guarda pessoal desmontaram de seus cavalos e subiram os degraus que davam para um longo corredor. Os meninos seguiram atrás deles, empurrando os carrinhos para lá de cheios por uma rampa acima, ali perto, com seus braços finos sendo forçados sob o peso. Nas cargas que eles levavam, alguns dos espólios ainda estavam manchados de sangue.

"Por aquele caminho até o Saguão do Sanctum", disse Kaden, apontando para os meninos. Sim, nervoso. Eu podia ouvir o nervosismo no tom da voz dele. Se até mesmo ele estava com medo do Komizar, que chance teria eu?

Parei e virei-me, tentando avistar Rafe em algum lugar lá atrás, na fila de soldados que ainda estavam vindo e passando pelo portão, mas tudo que eu conseguia ver era Malich conduzindo seu cavalo, seguindo próximo, bem atrás de nós. Ele abriu um largo sorriso, seu rosto ainda carregando as marcas dos talhos do meu ataque.

"Seja bem-vinda a Venda, Princesa", disse ele em tom de zombeteiro. "Prometo a você que as coisas serão diferentes agora."

Kaden puxou-me para o outro lado, mantendo-me bem perto dele, a seu lado.

"Permaneça perto de mim", sussurrou ele. "Para o seu próprio bem."

Malich deu risada, regozijando-se em sua ameaça, mas, pelo menos dessa vez, eu sabia que o que ele disse era verdade. Tudo estava diferente agora. Mais do que Malich poderia imaginar.

CAPÍTULO 2
CRÔNICAS DE AMOR E ÓDIO

 Saguão do Sanctum era um pouco maior do que uma deplorável taverna, embora fosse como uma taverna cavernosa. Suas paredes poderiam conter quatro tavernas como a de Berdi. O lugar cheirava a cerveja ale derramada, palha úmida e excesso de indulgência. Suas quatro paredes eram ladeadas por colunas, e o lugar era iluminado com tochas e lanternas. O alto teto estava coberto de fuligem, e havia uma imensa mesa de madeira rústica ali, pesada e maltratada, no centro do ambiente. Havia canecas de cerveja de peltre em cima da mesa ou pendendo de corpulentos punhos cerrados.

Os líderes.

Kaden e eu ficamos hesitantes no passadiço obscuro atrás das colunas, mas os líderes cumprimentaram o *chievdar* e sua guarda pessoal com gritos exultados e tapas nas costas. Canecas de cerveja foram oferecidas e erguidas aos soldados que retornavam, com chamados pedindo para que trouxessem mais cerveja ale. Eu vi Eben, mais baixo do que alguns dos meninos que ali serviam, erguendo um copo de peltre até os lábios. Um soldado voltando para casa, que nem o restante. Kaden empurrou-me de leve para trás de um jeito protetor, mas, ainda assim, analisei o aposento, tentando avistar o Komizar, tentando ficar pronta... preparada para o que estava por vir. Vários dos homens eram imensos, como Griz, e alguns eram até mesmo maiores do que ele, e eu me perguntava que tipo de criaturas, tanto humanas quanto feras, esta estranha terra produzia. Mantive os olhos fixos em um deles. Ele rosnava cada palavra que dizia, e os meninos que corriam de um lado para o outro, apressados, mantinham uma ampla e respeitosa distância dele. Eu achava que aquele tinha que ser o Komizar, mas vi os olhos de Kaden esquadrinhando o ambiente também, e ele não deu muita atenção ao bruto corpulento.

"Estas são as legiões dos Governadores", disse ele, como se tivesse lido a minha mente. "Eles são os regentes das províncias."

Venda tinha províncias? E uma hierarquia também, além de assassinos, saqueadores e o Komizar com seus punhos de ferro? Os governadores se diferenciavam dos criados e dos soldados pelas dragonas de pele negra em seus ombros, pele esta que era coroada com uma fivela de bronze na forma de um dente exposto de um animal, o que fazia com que seus físicos parecessem duas vezes mais amplos e formidáveis.

A comoção chegou a urros ensurdecedores, que ecoavam pelas paredes de pedra e pelos pisos descobertos. Havia apenas um monte de palha em um canto do aposento para absorver qualquer ruído. Os meninos estacionaram os carrinhos de espólios ao longo de uma fileira de pilastras, e os governadores examinavam detalhadamente a pilhagem, erguendo espadas, testando pesos e esfregando os antebraços em peitorais de armaduras para poli-las e tirar dali o sangue seco. Eles examinavam as coisas como se estivessem em um mercado. Vi um deles pegar uma espada que tinha um jaspe vermelho em sua empunhadura. A espada de Walther. Meu pé moveu-se automaticamente para a frente, mas eu me segurei e o forcei a voltar para onde estava. Ainda não.

"Espere aqui", sussurrou Kaden, dando um passo para fora das sombras. Aproximei-me alguns poucos centímetros de uma das pilastras, tentando orientar-me. Vi três corredores escuros que davam para o Saguão do Sanctum, além daquele pelo qual havíamos entrado. Para onde será que eles davam? Será que eram guardados como aquele atrás de mim? E, o mais importante de tudo: será que algum deles me conduziria até Rafe?

"Onde está o Komizar?", perguntou Kaden em vendano, não falando com ninguém em particular, sua voz mal cortando o ruído da comoção. Um dos governadores virou-se, depois foi a vez de mais um fazer o mesmo. O aposento ficou repentinamente quieto. "O Assassino está aqui", disse uma voz anônima em algum lugar na outra extremidade.

Seguiu-se uma pausa desconfortável e depois um dos governadores mais baixos, um homem corpulento e pesado com múltiplas tranças ruivas que caíam e passavam pelos ombros, foi com tudo para a frente e jogou os braços em volta de Kaden, dando-lhe as boas-vindas de volta a seu lar. O barulho recomeçou, mas em um nível notavelmente mais baixo, e eu ponderava sobre o efeito que a presença de um assassino tinha sobre eles. Isso me fez lembrar de Malich e da forma como ele havia reagido a Kaden na longa jornada cruzando o Cam Lanteux. Ele tinha sangue nos olhos e estava pau a pau com Kaden, mas, ainda assim, recuou quando este manteve e defendeu sua posição.

"O Komizar foi chamado", disse o governador a Kaden. "Isto é, se ele vier. Ele está ocupado com..."

"Uma *visita*", disse Kaden, finalizando a frase do homem.

O governador deu risada. "Isso ela é mesmo. O tipo de visita que eu gostaria de ter."

Mais governadores vieram explorar o local, e um deles, com um longo nariz torto, enfiou uma caneca de cerveja na mão de Kaden. Ele deu as boas-vindas a ele e repreendeu-o por ficar longe dali por tanto tempo, *de férias.* Um outro governador censurou-o de forma severa, dizendo que ele ficava mais tempo longe de Venda do que passava por ali.

"Eu vou aonde o Komizar me manda ir", foi a resposta de Kaden.

Um dos outros governadores, tão grande quanto um touro e com um peito tão largo quanto o de um, ergueu sua bebida em um brinde. "Assim como todos nós fazemos", foi a réplica dele, que jogou a cabeça para trás, tomando um longo e relaxado gole da bebida. A cerveja ale espirrava pelas laterais de sua caneca e escorria por sua barba até o chão. Até mesmo esse gigante taurino dava um pulo quando o Komizar estalava os dedos, e ele não tinha medo de admitir isso.

Embora eles falassem apenas em vendano, eu conseguia entender quase tudo que diziam. Eu sabia bem mais do que apenas as palavras *mais simples* de Venda. Semanas de imersão no idioma deles enquanto cruzava o Cam Lanteux haviam curado a minha ignorância.

Enquanto Kaden respondia às perguntas deles sobre sua jornada, meu olhar contemplativo fixou-se em um outro governador, que puxava do carrinho uma bainha de ombro feita com fineza e tentava forçá-la a caber em sua barriga generosa. Eu me senti zonza, enjoada, e depois a fúria borbulhava, subindo e passando por minhas veias. Cerrei os olhos. *Ainda não. Não seja morta nos primeiros dez minutos. Isso pode ficar para depois.*

Inspirei fundo e, quando abri os olhos de novo, avistei um rosto nas sombras. Havia alguém me observando do outro lado do saguão. Eu não conseguia desviar o olhar. Apenas um talho de luz iluminava sua face. Seus olhos escuros eram inexpressivos, porém, ao mesmo tempo, cativantes, fixos como os de um lobo caçando à espreita de sua presa, sem pressa de lançar-se para a frente, confiante. Ele apoiou-se casualmente em uma pilastra, um homem mais jovem do que os governadores, com o rosto liso, exceto por uma precisa linha de barba no queixo e um bigode fino e cuidadosamente cortado. Seus cabelos escuros estavam despenteados, com cachos curvando-se logo acima de seus ombros.

Ele não usava dragonas de pelos nos ombros, como um governador, nem as vestimentas de couro de um soldado. Trajava apenas uma calça bege e uma camisa branca soltinha, e certamente não tinha pressa alguma de ocupar-se com ninguém, então também não se tratava de um criado. Ele passou os olhos por mim como se estivesse entediado e captou o restante da cena: os governadores enfiando as patas nos carrinhos e exagerando na cerveja ale. Depois ele olhou para Kaden. Eu o vi observando Kaden.

Senti um calor passando pelo meu estômago.

Ele.

Ele saiu de perto da pilastra e entrou no meio da sala. Com seus primeiros passos, eu soube: aquele era o Komizar.

"Sejam bem-vindos ao lar, camaradas!", gritou ele. O aposento ficou instantaneamente em silêncio. Todo mundo virou-se na direção da voz, inclusive Kaden. O Komizar caminhava devagar pela área e qualquer um que estava em seu caminho ia para trás. Eu saí das sombras para ficar em pé ao lado de Kaden, e um baixo ribombo ecoou pelo aposento.

O Komizar parou a poucos metros de nós e ficou encarando Kaden. Depois, por fim, veio para a frente para dar-lhe um sincero abraço de boas-vindas.

Quando soltou Kaden e deu um passo para trás, ele olhou para mim com um olhar contemplativo, frio e inexpressivo. Eu não conseguia acreditar muito bem que este fosse o Komizar. Seu rosto era liso e desprovido de rugas, ele era um homem apenas uns anos mais velho do que Walther, mais como um irmão mais velho de Kaden do que um líder apavorante. Ele não era exatamente o formidável Dragão da Canção de Venda... aquele que bebia sangue e roubava sonhos. Sua estatura era apenas mediana, e nada havia de intimidante em relação a ele, exceto por seu olhar fixo e inabalável.

"O que é isso?", ele perguntou em um morriguês quase tão impecável quanto o de Kaden, assentindo com a cabeça na minha direção. Um jogador. Ele sabia exatamente quem eu era e queria certificar-se de que eu entendia todas as palavras.

"Princesa Arabella, Primeira Filha da Casa de Morrighan", foi a resposta de Kaden.

Mais uma onda de silêncio contido passou pelo aposento. O Komizar deu risada. "Ela? Uma princesa?"

Devagar, ele andou em círculos em volta de mim, visualizando os trapos que eu vestia e minha imundície, como em descrença. Ele parou um pouco ao meu lado, onde o tecido do meu ombro estava rasgado e meu *kavah,* exposto. Ele murmurou um baixo *Hummm,* como se estivesse se divertindo levemente, e depois passou o dedo pela extensão do meu braço. Minha pele ficou arrepiada, mas ergui o queixo, como se ele fosse meramente uma mosca zumbindo pelo aposento. Ele completou seu círculo até que ficou cara a cara comigo outra vez. O Komizar soltou um grunhido. "Ela não é muito impressionante, não? No entanto, por outro lado, a maioria dos membros da realeza não é muito impressionante. São quase tão fascinantes quanto uma tigela de mingau preparado há uma semana."

Apenas um mês atrás, eu teria mordido a isca do comentário, estraçalhando-o com umas poucas palavras fogosas, mas agora eu queria fazer bem mais do que o insultar. Contemplei o olhar do Komizar com um dos meus, equiparando minha expressão vazia à dele. Ele esfregou o dorso de sua mão ao longo da linha de sua fina e cuidadosamente esculpida barba, estudando-me.

"Foi uma longa jornada", explicou-lhe Kaden. "Uma jornada dura para ela."

O Komizar ergueu as sobrancelhas, fingindo surpresa. "Não precisava ter sido", disse ele, elevando a voz de modo que todo o salão com certeza o ouviria, embora suas palavras ainda fossem direcionadas a Kaden. "Sabe, eu me lembro de ordenar que você cortasse a garganta dela, e não que a trouxesse para cá como se fosse um animal de estimação."

A tensão emitia faíscas no ar. Ninguém erguia uma caneca de cerveja aos lábios. Ninguém se movia. Talvez eles estivessem esperando que o Komizar fosse andando até os carrinhos, sacasse uma espada e fizesse minha cabeça sair rolando pelo meio da sala, o que, aos olhos deles, era um direito dele. Kaden o havia desafiado.

Mas havia alguma coisa entre Kaden e o Komizar, algo que eu ainda não entendia muito bem. Alguma forma de domínio.

"Ela tem o dom", explicou Kaden. "Achei que seria mais útil para Venda viva do que morta."

Com a menção da palavra *dom,* eu vi olhares de relance serem trocados entre os criados e os governadores; no entanto, ainda assim, ninguém disse qualquer palavra. O Komizar abriu um sorriso que era, ao mesmo tempo, de dar arrepios e magnético. Senti leves pontadas no meu pescoço. Aquele era um homem que sabia como controlar uma sala com o mais leve toque. Ele estava mostrando sua mão. Se eu conhecesse suas forças, poderia descobrir suas fraquezas também. Todo mundo tem fraquezas. Até mesmo o temido Komizar. "O dom!" Ele riu e virou-se para todo o restante do pessoal, esperando que eles rissem muito, o que eles fizeram.

Ele voltou a olhar para mim, já sem o sorriso no rosto, e depois esticou a mão e tomou a minha na dele. Ele examinou meus machucados, roçando com gentileza com o polegar no dorso da minha mão. "Ela tem língua?"

Desta vez foi Malich quem deu risada, andando até a mesa no centro do aposento e batendo sua caneca nela com tudo. "Como a de uma hiena gargalhante. E a mordida dela é tão ruim quanto." O *chievdar* pronunciou-se, concordando com ele. Murmúrios ergueram-se, vindos dos soldados.

"E, ainda assim", disse o Komizar, virando as costas para mim, "ela permanece em silêncio".

"Lia", sussurrou Kaden, cutucando-me com o braço, "você pode falar".

Olhei para Kaden. Ele achava que eu não sabia disso? Ele realmente achava que fora por causa de seu aviso que eu me silenciara? Eu tinha sido silenciada vezes demais por aqueles que exerciam poder sobre mim. Não aqui. Minha voz *seria* ouvida, mas eu haveria de falar apenas quando isso servisse aos meus propósitos. Não traí qualquer palavra ou expressão. O Komizar e seus governadores não eram diferentes das multidões por quem eu tinha passado no meu caminho até aqui. Eles estavam curiosos. *Uma verdadeira princesa de Morrighan.* Eu estava em exibição. O Komizar queria que eu fizesse um show na frente dele e de sua Legião de Governadores. Será que eles esperavam que eu cuspisse joias da minha boca? Era mais provável que qualquer palavra que eu dissesse fosse se deparar com zombaria, assim como havia acontecido com a minha aparência. Ou com o dorso da mão dele. Havia apenas duas coisas que um homem na posição de Komizar esperava, desafio ou submissão, e eu estava certa de que nenhuma das duas melhoraria minha situação.

Embora minha pulsação tivesse se acelerado, não deixei de contemplar o olhar dele. Pisquei devagar, como se estivesse entediada. *Sim, Komizar, eu já aprendi seus tiques.*

"Não se preocupem, meus amigos", disse ele, acenando com a mão no ar e dispensando o meu silêncio. "Há tanta coisa sobre o que falar. Como de tudo isso!" Ele fez uma varredura pelo aposento com um movimento de mão, de uma ponta à outra, apontando para os carrinhos. Ele riu como se estivesse em deleite com os espólios. "O que temos aqui?" Ele começou em uma das extremidades, indo de um dos carrinhos até o outro, escavando em meio à pilhagem. Notei que, embora os governadores tivessem procurado coisas nos carrinhos, parecia que nada tinha sido pego ainda. Talvez eles soubessem que tinham de esperar que o Komizar fizesse suas escolhas primeiro. Ele ergueu uma machadinha, passando o dedo ao longo de sua lâmina, assentindo como que impressionado, e depois passou para o próximo carrinho, tirando dali uma cimitarra e girando-a à sua frente. Seu *xing* cortou o ar e atraiu comentários cheios de aprovação. Ele sorriu.

"Você se saiu bem, *chievdar*."

Bem? Massacrando um bando de homens jovens?

Ele jogou a lâmina curva de volta para dentro do carrinho e passou para o próximo. "E o que é isso?" O homem esticou a mão ali dentro e puxou dali uma longa tira de couro. A bainha de ombro de Walther.

Não a dele. *A de qualquer um, menos a dele.* Senti meus joelhos ficarem enfraquecidos, e um leve ruído escapou de minha garganta. Ele virou-se na minha direção, erguendo a bainha do meu irmão. "A modelagem é excepcional, você não acha? Olhe para essas vinhas." Ele deslizou devagar a faixa pelos dedos. "E o couro, tão macio. Algo adequado para um príncipe coroado, não?" Ele ergueu a bainha por sobre sua cabeça e ajustou-a cruzando seu peito enquanto vinha andando de volta até mim, parando à distância de um braço. "O que você acha, Princesa?"

Lágrimas assomaram-se rapidamente aos meus olhos. Eu também tinha, como uma tola, mostrado minha mão. Eu ainda estava sentindo muita dor com a perda de Walther para pensar. Desviei o olhar, mas ele agarrou meu maxilar, afundando os dedos na minha pele. O Komizar me forçou a voltar a olhar para ele.

"Está vendo, Princesa, este é o meu reino, não o seu, e eu tenho maneiras de fazer com que você fale — maneiras que você nem mesmo conseguiria começar a compreender. Você cantará com um canário aparado se eu comandá-la a fazê-lo."

"Komizar." A voz de Kaden estava baixa e séria.

Ele me soltou e abriu um sorriso, acariciando minha bochecha com gentileza. "Eu acho que a princesa está cansada de sua longa jornada. Ulrix, leve-a para a sala de espera por um instante, para que eu e Kaden possamos conversar. Temos muito o que discutir."

Ele olhou de relance para Kaden, com o primeiro sinal de raiva lampejando em seus olhos.

Kaden olhou para mim, hesitante, mas não havia nada que ele pudesse fazer.

"Vá", disse ele. "Vai ficar tudo bem."

Assim que estávamos fora do campo de visão de Kaden, os guardas praticamente me arrastaram pelo corredor, com suas abotoaduras entrando em meus braços. Eu ainda sentia a pressão das mãos do Komizar em meu rosto. Meu maxilar latejava onde ele havia afundado os dedos. Em apenas uns breves minutos, ele tinha notado algo com que eu me importava profundamente e fizera uso disso para me ferir e, no fim das contas, me enfraquecer. Eu havia me preparado para apanhar ou ser chicoteada, mas não havia me preparado para aquilo. A visão ainda fazia meus olhos arderem: a bainha de ombro do meu irmão orgulhosamente estirada no peito do inimigo na mais cruel provocação, esperando que eu desmoronasse. O que realmente tinha acontecido.

Primeira rodada vencida pelo Komizar. Ele havia me surpreendido no ataque, não com rápida condenação nem força bruta, mas com furtividade e cuidadosa observação. Eu teria de aprender a fazer o mesmo.

Minha indignação foi aumentando enquanto os guardas me empurravam rudemente pelo corredor escuro, parecendo regozijarem-se com o fato de terem um membro da realeza à sua mercê. Na hora em que eles pararam em frente a uma porta, meus braços estavam dormentes sob suas pegadas. Eles destrancaram a porta e me jogaram dentro de uma sala às escuras. Caí, com a pedra áspera cortando meus joelhos. Permaneci ali, pasmada e arqueada no chão, inspirando o ar com cheiro de bolor e imundície. Apenas três feixes de luz eram filtrados pelas ranhuras na parede superior do lado oposto ao que eu estava. Enquanto meus olhos se ajustavam à escuridão, vi um pequeno tapete cheio de palha, cujo estofamento estava vazando no chão, um baixo banco de três pernas e um balde. A sala de espera deles tinha todos os confortos de uma cela bárbara. Apertei os olhos no escuro, tentando enxergar melhor sob a luz fraca, mas então ouvi um barulho. Um arrastar no canto. Eu não estava sozinha.

Havia alguém — ou alguma coisa — no aposento comigo.

Que as histórias sejam ouvidas,
De modo que todas as gerações as conheçam,
Que as estrelas se curvem ao sussurro dos deuses,
Que elas caiam segundo suas vontades,
E apenas os escolhidos Remanescentes
Encontrem graça ao vê-las.

—Livro dos Textos Sagrados de Morrighan, vol. v—

CAPÍTULO 3
CRÔNICAS DE AMOR E ÓDIO

KADEN

"ntão você achou que ela seria útil."
Ele conhecia o verdadeiro motivo. Ele sabia que eu desdenhava o dom tanto quanto ele, mas seu desprezo pelo dom vinha da falta de crença. Meus motivos eram mais prementes.
Nós nos sentamos sozinhos em sua câmara de reuniões. O Komizar reclinou-se em sua cadeira, batendo com as mãos de leve nos lábios, seus tendões saltados. Ele estava com os olhos pretos fixos em mim, como ônix fria e polida, sem trair qualquer emoção. Os olhos dele raramente traíam emoções, mas, se não fosse a raiva, eu sabia que pelo menos curiosidade espreitava atrás deles. Desviei o olhar, contemplando, em vez dos olhos dele, o luxuoso tapete com franjas que estava embaixo de nós. Um novo acréscimo ao ambiente.

"Um presente de boa vontade do Premier de Reux Lau", explicou ele.

"Boa vontade? O tapete parece caro. Desde quando o pessoal de Reux Lau nos traz presentes?", perguntei.

"*Você pensou.* Vamos voltar a isso. Ela é tão boa assim em...?"

"Não", falei, levantando-me. Fui até a janela. O vento sibilava por entre as lacunas. "Não é assim."

Ele riu. "Então me diga como é."

Olhei para trás, para a mesa dele coberta de mapas, quadros, livros e anotações. Fui eu que o ensinei a ler morriguês, idioma no qual estava redigida a maior parte dos documentos. *Me diga como é.* Eu mesmo não sabia ao certo. Voltei à minha cadeira em frente a ele e expliquei o efeito de Lia sobre os vendanos tão endurecidos como Griz e Finch.

"Você sabe como são os clãs, e há muitos dos povos das colinas que ainda acreditam. Não dá para andar pela *jehendra* sem se deparar com uma dúzia de barracas vendendo talismãs. Um entre dois criados daqui do Sanctum usam um ou outro enfiados debaixo de suas camisas, e provavelmente metade dos soldados também. Se eles acharem que os vendanos foram, de alguma forma, abençoados com um dos dons de outrora, com alguém até mesmo de sangue real, você poderia..."

Ele inclinou-se para a frente, jogando papéis e mapas no chão com uma ampla batida do braço. "Você está me tomando por tolo? Você traiu uma ordem porque uns poucos atrasados de Venda poderiam tomá-la por um sinal? Agora se autodesignou o Komizar para fazer o que *você* acha que poderia ser o movimento mais sábio?"

"Eu só achei que..." Cerrei os olhos por um breve instante. Eu já havia desobedecido a ordem dele, e agora estava inventando desculpas, exatamente como faziam os morrigueses. "Eu fiquei hesitante quando fui matá-la. Eu..."

"Você gostou dela, exatamente como eu falei."

Assenti. "Sim."

Ele inclinou-se para trás em sua cadeira e balançou a cabeça, acenando com a mão, como se isso não importasse muito. "Então você sucumbiu aos charmes de uma mulher. Melhor isso do que acreditar que você mesmo consiga tomar decisões melhores no meu lugar."

Ele empurrou sua cadeira para trás e levantou-se, caminhando até uma alta lamparina a óleo que estava no canto do aposento, com cristais irregulares adornando-a como se fosse uma coroa. Quando ele girou a roda para aumentar a chama, lascas de luz cortaram seu rosto. Era um presente do lorde do quadrante de Tomack e não se encaixava na severidade do aposento. Ele puxou os curtos pelos de sua barba, perdido em pensamentos, e depois pousou os olhos em mim mais uma vez. "Nenhum mal foi feito ao trazê-la até aqui. Ela está fora do alcance de Morrighan e de Dalbreck, e isso é tudo que importa. E, sim, agora que ela está aqui... decidirei a melhor forma de fazer uso dela. Não deixei de notar a surpresa silenciada dos governadores com a presença de um membro da realeza entre eles, nem os sussurros dos criados quando ela se foi." Um meio sorriso brincava nos lábios do Komizar, que esfregou uma sujeira da lanterna com a manga da camisa. "Sim, ela pode se provar útil", sussurrou ele, mais para si mesmo do que para mim, como se estivesse acalentando a ideia.

Ele virou-se, lembrando que eu ainda estava na sala.

"Aproveite seu bichinho de estimação por ora, mas não se apegue demais a ela. O povo do Sanctum não é como os povos das colinas. Nós não nos assentamos em débeis vidas domésticas. Lembre-se disso. Nossa irmandade e Venda sempre vêm em primeiro lugar. Os homens de nosso país estão contando conosco. Nós somos a esperança deles."

"É claro que sim", respondi. E era verdade. Sem o Komizar, e até mesmo sem Malich, eu estaria morto a essa altura. Mas... *não se apegue demais a ela?* Era tarde demais para isso.

Ele voltou à sua escrivaninha, remexendo papéis, e depois parou para olhar um mapa e abriu um sorriso. Eu conhecia aquele sorriso. O Komizar tinha muitos sorrisos. Quando ele sorriu para Lia, eu havia temido o pior. O sorriso que ele tinha no rosto agora era genuíno, um sorriso satisfeito, que não era para ser visto por ninguém.

"Seus planos estão correndo bem?"

"Nossos planos", ele me corrigiu. "Melhor do que eu esperava. Eu tenho grandes coisas para mostrar a você, mas isso terá de esperar. Você voltou bem a tempo, antes de eu cavalgar em viagem amanhã. Os governadores de Balwood e de Arleston não apareceram."

"Mortos?"

"Quanto ao governador de Balwood, muito provavelmente sim. Ou a doença do norte do país finalmente chegou até ele, ou ele perdeu a cabeça para um jovem usurpador assustado demais para vir ele mesmo até o Sanctum."

Meu palpite era que Hedwin de Balwood havia sucumbido a uma espada nas costas. Como ele sempre se gabava, ele era ruim demais para ser sobrepujado pela devastadora doença do norte.

"E o governador de Arleston?"

Nós dois sabíamos que o Governador Tierny, da província mais ao sul de Venda, provavelmente estava deitado em bêbado estupor em algum bordel na estrada que dava para Sanctum e haveria de chegar com pedidos de desculpas que envolveriam cavalos coxos e mau tempo.

Porém, seu dízimo de suprimentos para a cidade nunca faltava. O Komizar deu de ombros. "Homens jovens de sangue quente podem ficar cansados de governadores bêbados."

Como tinha acontecido com o Komizar onze anos atrás. Olhei para ele, ainda em cada pedaço o jovem homem que havia assassinado três governadores logo antes de matar o Komizar anterior de Venda. Todavia, ele não tinha mais o sangue tão quente assim. Agora, ele tinha o sangue frio e era firme.

"Faz um bom tempo desde que houve algum desafio", ponderei.

"Ninguém deseja ter um alvo pintado nas costas, mas desafios sempre vêm, meu irmão, motivo pelo qual nós nunca devemos deixar de ficar alertas." Ele empurrou o mapa para o lado. "Cavalgue comigo amanhã. Uma companhia nova me cairia bem. Há muito não cavalgamos juntos."

Eu nada disse, mas minha expressão deve ter revelado a minha relutância em acompanhá-lo.

Ele balançou a cabeça em negativa, retirando seu convite. "É claro, você acabou de retornar de uma longa jornada, e, além disso, trouxe a *Venda* um prêmio muito interessante. Você merece um descanso. Repouse por alguns dias e então terei trabalho para você."

Eu estava grato porque ele não mencionou Lia como sendo o motivo. O Komizar estava sendo mais gracioso do que eu merecia, mas tomei nota mental de sua ênfase em Venda, um lembrete deliberado de a quem minha lealdade era devida. Levantei-me para ir embora. Um vento muito forte desordenou os papéis que estavam em cima da escrivaninha dele.

"Uma tempestade está a caminho", falei.

"A primeira de muitas", respondeu ele. "Uma nova estação está vindo."

CAPÍTULO 4
CRÔNICAS DE AMOR E ÓDIO

iquei em pé em um pulo e busquei algo nas sombras do aposento, tentando ver a causa do ruído.

"Aqui."

Eu me virei em um giro.

Um fino feixe de luz assumiu uma nova forma quando alguém deu um passo à frente em seu feixe suave.

Uma mecha de cabelos escuros. A maçã de um rosto. Seus lábios.

Eu não conseguia me mexer. Fiquei encarando-o, tudo que eu sempre quis e tudo de que sempre fugi trancado comigo no mesmo aposento.

"Príncipe Rafferty", sussurrei por fim. Era apenas um nome, mas soava duro, estranho e repugnante na minha boca. *Príncipe Jaxon Tyrus Rafferty.*

Ele balançou a cabeça. "Lia..."

Sua voz fazia minha pele tremer. Tudo a que eu havia me prendido por milhares de quilômetros mexia-se dentro de mim. Todas aquelas semanas. Os dias. *Ele.* Um fazendeiro, que agora se tornara um príncipe... e um mentiroso muito astuto. Eu não conseguia bem captar isso. Meus pensamentos eram como água deslizando por meus dedos.

Ele deu um passo à frente, e o feixe de luz agora iluminava seus ombros, mas eu já tinha visto seu rosto, a culpa. "Lia, eu sei o que você está pensando."

"Não, Príncipe Rafferty. Você não faz a mínima ideia do que estou pensando. Nem eu mesma sei ao certo o que estou pensando."

Tudo que eu sabia era que até mesmo agora, enquanto eu estremecia em dúvidas, meu sangue corria quente em minhas veias, mais forte a cada palavra e a cada olhar de relance vindos dele, os mesmos sentimentos revirando-se em minha barriga da mesma forma como acontecia quando estávamos em Terravin, como se nada tivesse mudado. Eu o desejava desespera e completamente.

Ele deu um passo à frente, e o espaço entre nós de súbito desapareceu, com o calor do peito dele encontrando-se com o meu, seus braços fortes em volta de mim, seus lábios cálidos e macios, em todos os pontos tão doces quanto eu me recordava que eram. Eu explorava-o, aliviada, grata... com raiva. Os lábios de um fazendeiro, os lábios de um príncipe... os lábios de um estranho. A única coisa verdadeira que eu achava que tinha se fora.

Pressionei-me mais para junto dele, dizendo a mim mesma que umas poucas mentiras não importavam, quando comparadas com todo o resto. Ele havia arriscado sua vida ao vir até aqui por mim. Ele ainda estava correndo um risco terrível. Podia ser que nenhum de nós dois sobrevivesse à noite. Mas aquilo estava ali, duro e feio entre nós. Ele mentiu. Tinha me manipulado. Para qual propósito? Qual era o jogo dele? Estaria aqui por *mim* ou pela princesa Arabella? Eu me empurrei para longe de Rafe. Olhei para ele. Girei. O som duro da *bofetada* que dei no rosto dele ressoou pelo aposento.

Ele esticou a mão para cima, esfregando sua bochecha, virando a cabeça para o lado. "Eu tenho que admitir que essa não era exatamente a acolhida que eu antevia depois de todos aqueles quilômetros indo atrás de você pelo continente. Podemos voltar para a parte do beijo?"

"Você mentiu para mim."

Vi as costas dele ficarem enrijecidas, sua postura, o *príncipe*, a pessoa que ele realmente era.

"Pareço recordar-me de que esta foi uma diligência mútua."

"No entanto, você sabia quem eu era o tempo todo."

"Lia..."

"Rafe, isso pode não parecer importante para você, mas é terrivelmente importante para mim. Eu fugi de Civica porque, uma vez na vida, queria ser amada por quem era... e não pelo que era, e nem porque um pedaço de papel ordenava que isso acontecesse. Pode ser que eu esteja morta ao final do dia, porém, com meu último e moribundo suspiro, *preciso* saber. Por quem você realmente veio até aqui?"

A expressão pasmada dele deu lugar a uma de irritação. "Isso não é óbvio?"

"Não!", falei. "Se eu fosse realmente uma criada de uma taverna, você ainda teria vindo? Qual era meu verdadeiro valor para você? Você teria me dado uma segunda chance se não soubesse que eu era a princesa Arabella?"

"Lia, essa é uma pergunta impossível. Só fui até Terravin porque..."

"Eu era um constrangimento político? Um desafio? Uma curiosidade?"

"Sim!", disse ele, irritado. "Você era todas essas coisas! Um desafio e um constrangimento! A princípio. Mas depois..."

"E se você *não tivesse* encontrado a princesa Arabella de maneira alguma? E se tivesse encontrado apenas a mim, uma criada de taverna chamada Lia?"

"Então eu não estaria aqui agora. Estaria em Terravin, beijando a moça mais enfurecedora em quem já pus os olhos, e nem mesmo dois reinos poderiam fazer com que eu me separasse dela." Ele deu um passo mais para perto de mim e, hesitante, aninhou meu rosto em suas mãos. "Mas o fato é que eu vim por *você,* Lia, não importando quem você seja, e não me importo com que erros eu tenha cometido ou você tenha cometido. Eu cometeria todos e cada um deles de novo, se esse fosse o único jeito de ficar com você."

Havia uma centelha de frustração nos olhos dele. "Eu quero explicar tudo. Quero passar uma vida inteira com você compensando as mentiras que contei, mas, agora mesmo, nós não temos tempo para isso. Eles podem estar de volta para qualquer um de nós dois a qualquer minuto. Temos que resolver nossas histórias e traçar nossos planos."

Uma vida inteira. Meus pensamentos ficaram fluidos, a calidez das palavras *vida inteira* inundando meu ser. As esperanças e os sonhos que eu havia, cheia de dor, afastado de mim, emergiam mais uma vez. É claro que ele tinha razão. O mais importante era calcularmos o que haveríamos de fazer. Eu não poderia suportar vê-lo morrer também. Já tinha sido demais suportar as mortes de Walther e de Greta e de toda uma companhia de homens.

"Eu tenho ajuda a caminho", disse ele, já seguindo em frente. "Nós só temos que aguentar até que eles cheguem aqui." Ele estava confiante, seguro de si, tal como um príncipe deveria ser. Ou um soldado bem treinado. Como é que eu não tinha visto esse lado dele antes? Suas tropas estavam a caminho.

"Quantos?", perguntei.

"Quatro."

Senti minhas esperanças aumentando. "Quatro mil?"

Ele assumiu uma expressão séria. "Não. Quatro."

"Você quer dizer quatrocentos?"

Ele balançou a cabeça em negativa.

"Quatro? No total?", indaguei.

"Lia, sei como isso parece, mas acredite em mim, esses quatro... eles são os melhores."

Minhas esperanças caíram com tanta rapidez quanto haviam brotado. Quatrocentos soldados não conseguiriam nos tirar daqui, menos ainda quatro. Eu não tinha como esconder o meu ceticismo, e uma risada fraca escapou dos meus lábios. Andei em círculos pelo pequeno aposento, balançando a cabeça. "Nós estamos aprisionados aqui neste lado de um rio imenso, com milhares de pessoas que nos odeiam. O que quatro pessoas podem fazer?"

"Seis", corrigiu-me ele. "Contanto comigo e com você, são seis." A voz dele soava plangente, e quando ele deu um passo na minha direção, encolheu-se, segurando suas costelas.

"O que houve?", perguntei. "Eles machucaram você."

"Foi só um presentinho dos guardas. Eles não gostam dos porcos de Dalbreck e se certificaram de que eu entendesse isso. Várias vezes." Ele segurou a lateral de seu corpo, inspirando lenta e superficialmente. "São apenas machucados. Estou bem."

"Não", disse eu. "Obviamente você não está bem." Empurrei a mão dele para longe de seu corpo e puxei sua camisa para cima. Até mesmo sob a fraca luz, eu podia ver os machucados roxos que cobriam suas costelas. Recalculei as probabilidades. Cinco contra milhares. Arrastei a banqueta adiante e fiz com que ele se sentasse nela, e depois rasguei faixas de minha saia já retalhada. Com cuidado, comecei a envolver com as faixas de tecido a barriga dele, de modo a estabilizar seus movimentos. Fui lembrada das cicatrizes nas costas de Kaden. Essas pessoas eram selvagens. "Você não deveria ter vindo, Rafe. Esse problema é meu. Eu o acarretei quando eu..."

32

"Estou bem", disse ele. "Pare de se preocupar comigo. Já sofri quedas do meu cavalo que foram piores do que isso, o que é nada em comparação com o que você passou." Ele esticou a mão e apertou a minha. "Eu sinto muito, Lia. Eles me contaram sobre o seu irmão."

O amargor rolou e subiu pela minha garganta de novo. Havia coisas que eu nunca tinha achado que poderiam acontecer, muito menos que eu teria que testemunhar. A pior delas foi ver meu irmão sendo assassinado bem diante dos meus olhos. Afastei minha mão, limpando-a na minha saia esfarrapada. Parecia errado ter a calidez das mãos de Rafe nas pontas dos meus dedos quando eu falava de Walther, que jazia frio no chão. "Você quer dizer que eles riram do que aconteceu com meu irmão. Eu os ouvi na estrada durante cinco dias, alegrando-se com o quão facilmente eles caíram."

"Eles disseram que você os enterrou. Todos eles."

Fiquei fitando os fracos feixes de luz que eram filtrados pelas fendas, tentando ver alguma coisa que não fossem os olhos embaçados de Walther observando o céu e meus dedos cerrando-os pela última vez. "Eu gostaria que você pudesse tê-lo conhecido", falei. "Meu irmão seria um grande rei um dia. Ele era bondoso e paciente de todas as maneiras, e acreditava em mim, de um jeito como ninguém mais acreditava. Ele..." Virei-me para ficar face a face com Rafe. "Ele cavalgava com uma companhia de 32 homens... os mais fortes e mais valentes soldados de Morrighan. Eu vi cada um deles morrer. A inferioridade numérica deles era de cinco para um. Foi um massacre."

A cortina protetora que eu tinha puxado e colocado em volta de mim mesma foi dilacerada, e um calor nauseante rastejava pela minha pele. Eu sentia o cheiro do suor dos corpos deles. *Pedaços de corpos.* Coletei todos eles, de modo que nada fosse deixado para os animais, e depois me prostrei de joelhos 33 vezes para rezar. Minhas palavras jorraram soltas, sangrando de algum lugar dentro de mim, 33 despedidas. E depois, a terra, ensopada com o sangue deles, engoliu-os a todos, conforme era de se esperar, e eles se foram. Essa não foi a primeira vez. Não seria a última.

"Lia?"

Olhei para Rafe. Alto e forte como o meu irmão. Confiante como o meu irmão. *Ele tinha apenas quatro homens a caminho.* A perda de quantos mais eu poderia encarar?

"Sim", respondi. "Enterrei-os todos."

Ele esticou a mão e me puxou para o seu lado. Sentei-me na palha. "Nós podemos fazer isso", disse ele. "Apenas temos que ganhar tempo até que os meus homens cheguem aqui."

"Quanto tempo demorará para que seus soldados cheguem?", eu quis saber.

"Uns poucos dias. Talvez mais do que isso. Depende do quão ao sul eles tiveram que cavalgar de modo a cruzarem o rio. Mas eu sei que eles estarão aqui tão logo lhes for possível. Eles são os melhores, Lia. Os melhores soldados de Dalbreck. Dois deles falam o idioma vendano com fluência. Eles haverão de encontrar uma maneira de entrar aqui."

Eu queria dizer que entrar não era o problema. Nós havíamos conseguido entrar. O problema era sair. Mas contive minha língua e assenti, tentando parecer encorajada. Se o plano dele não funcionasse, o meu haveria de funcionar. Eu havia matado um cavalo nessa manhã. Talvez, à noite, haveria de matar outro animal.

"Pode haver outra maneira", falei. "Eles têm armas no Sanctum. Nunca dariam pela falta de uma. Eu poderia conseguir deslizar e esconder uma faca sob a minha saia."

"Não", disse ele com firmeza. "É perigoso demais. Se eles..."

"Rafe, o líder deles é responsável pela morte do meu irmão, da esposa dele e de toda uma companhia de homens. É só uma questão de tempo antes que ele volte para mais. Ele tem que ser..."

"Foram os soldados dele que os mataram, Lia. Que bem faria matar um homem? Você não tem como acabar com um exército inteiro com uma única faca, especialmente nas posições em que nos encontramos. Agora mesmo, nossa única meta é sairmos daqui vivos."

Nós estávamos em conflito. Na minha cabeça, eu sabia que ele estava certo, porém, uma parte mais profunda e sombria minha sentia fome por algo além da fuga.

Ele agarrou o meu braço, exigindo uma resposta. "Você está me ouvindo? Você não tem como fazer nada de bom se estiver morta. Seja paciente. Meus soldados virão e então sairemos disso juntos."

Eu, paciente, quatro soldados. Essas palavras juntas eram sinônimo de insanidade. Todavia, cedi, porque, mesmo sem os quatro, eu e Rafe precisávamos um do outro, e era isso o que importava nesse exato momento. Nós nos sentamos no colchão de palha e traçamos nossos planos, o que diríamos a eles, o que não haveríamos de lhes dizer e os engodos que teríamos que conceber até que a ajuda chegasse. Uma aliança pelo menos... aquela que nossos pais haviam buscado o tempo todo. Eu disse a ele tudo que já sabia sobre o Komizar, sobre o Sanctum e sobre os corredores pelos quais eles haviam me arrastado. Todos os detalhes poderiam ser importantes.

"Seja cauteloso. Observe suas palavras", falei. "Até mesmo seus movimentos. O Komizar não deixa passar nada. Ele tem os olhos aguçados até mesmo quando não parece."

Houve algumas coisas que não falei para ele. Os planos de Rafe eram feitos de metal e carne, chão e punhos cerrados, todas as coisas sólidas. Os meus eram de coisas não vistas, febre e calafrio, sangue e justiça, as coisas que se contraíam nas minhas entranhas.

No meio de nossos planos sussurrados, ele fez uma pausa repentina e esticou a mão, seu polegar traçando com gentileza uma linha pelo ponto mais alto da minha bochecha. "Eu tive medo..." Ele engoliu em seco e baixou o olhar, pigarreando. Seu maxilar contorceu-se, e achei que eu sucumbiria observando-o. Quando ele voltou a olhar para mim, seus olhos chamuscavam com raiva. "Eu sei o que a consome, Lia. Eles vão pagar por isso. Por tudo. Eu juro. Um dia eles pagarão por tudo isso."

Mas eu sabia o que ele queria dizer com isso. Que Kaden haveria de pagar por tudo.

Nós ouvimos passadas que se aproximavam e rapidamente espaçavam-se. Ele olhou para mim, com o profundo azul gelado de seus olhos cortando em meio às sombras. "Lia, sei que seus sentimentos em relação a mim podem ter mudado. Eu enganei você. Não sou o fazendeiro que disse que era, mas tenho esperanças de que eu possa fazer com que você se apaixone por mim de novo, dessa vez como príncipe, um dia de cada vez. Nós tivemos um terrível começo... Isso não significa que não podemos ter um final melhor."

Fiquei fitando-o, com seu olhar contemplativo engolindo-me por inteira, e abri a boca para pronunciar-me, no entanto, todas as palavras dele ainda flutuavam na minha cabeça. *Que você se apaixone por mim de novo, dessa vez como príncipe.*

A porta foi aberta com tudo, e dois guardas entraram.

"Você", disseram eles, apontando para mim, e mal tive tempo para me pôr em pé antes que eles me arrastassem para longe dali.

CAPÍTULO 5
CRÔNICAS DE AMOR E ÓDIO

á vai você, moça."

Fui imersa em um tonel de banho com água fria como gelo, com a cabeça segurada abaixo da superfície enquanto mãos esfregavam com força o meu couro cabeludo. Emergi cuspindo água e tentando respirar, engasgando-me com o gosto de sabão. Ao que tudo indicava, o Komizar havia achado a minha aparência repulsiva e especialmente ofensiva ao seu delicado nariz, e ordenou que eu fosse rapidamente limpa. Fui arrastada para fora do tonel de banho e me ordenaram que me secasse com um pedaço de pano que não era maior do que um lenço de mão. Uma moça jovem, a quem os outros chamavam de Calantha, supervisionava meu humilhante banho. Ela jogou alguma coisa para mim. "Vista isso."

Olhei para a pilha de tecido aos meus pés. Era um saco áspero e sem forma que parecia mais adequado para ser enchido com palha do que para se usar no corpo. "Não vestirei isso."

"Você vai vestir isso se quiser viver."

Não havia qualquer indicação de raiva no tom de voz dela. Apenas a declaração de um fato. Seu olhar contemplativo era enervante. Ela usava um tapa-olho sobre um dos olhos. A fita preta que o mantinha no lugar contrastava com seus estranhos e mortos cabelos brancos, desprovidos de cor. O tapa-olho em si era assustador, era impossível desviar o olhar do objeto. Havia nele costuradas minúsculas contas polidas para dar a aparência de um brilhante olho azul fitando bem à frente. Linhas tatuadas decorativas espiralavam-se saindo debaixo do tapa-olho, fazendo com que um dos lados do rosto dela parecesse uma obra de arte. Fiquei me perguntando por que ela atraía a atenção para algo que outros poderiam ver como uma fraqueza.

"Agora", disse ela.

Desviei meus olhos contemplativos do perturbador olhar fixo dela e apanhei o tecido áspero do chão, erguendo-o para vê-lo melhor. "Ele quer que eu vista isso?"

"Aqui não é Morrighan."

"E eu não sou um saco de batatas."

Ela estreitou seu único olho e deu risada. "Você seria bem mais valiosa se fosse um saco de batatas."

Se o Komizar achava que isso haveria de me rebaixar, estava enganado. Eu estava bem além de nutrir qualquer tipo de orgulho que fosse. Joguei o tecido por cima de minha cabeça. Era largo e difícil de ser mantido nos meus ombros, e eu não tinha nada com que prender o excesso de seu comprimento para me impedir de tropeçar. O tecido grosseiro fazia minha pele coçar. Calantha jogou um pedaço de corda para mim. "Isso pode ajudar a manter as coisas no lugar."

"Adorável", falei, retribuindo-lhe o sorriso afetado, e pus-me a enfiar e a dobrar o tecido solto da melhor forma possível, e depois o prendi com a corda em volta da minha cintura.

Meus pés descalços estavam congelando no chão de pedra, mas minhas botas tinham sido levadas, e eu não esperava vê-las novamente. Tentei suprimir um estremecimento e assenti, de modo a indicar que estava pronta.

"Sinta-se grata, Princesa", disse ela, fazendo um traçado, de forma assustadora, com um dos dedos por sobre o olho sem visão feito de joias. "Eu vi o Komizar fazer coisas bem piores com aqueles que o desafiam."

CRÔNICAS DE AMOR E ÓDIO

PAULINE

A última etapa da viagem a Civica tinha sido exaustiva. Uma chuva torrencial nos havia sobrepujado perto de Derryvale, e fomos forçadas a nos abrigar em um celeiro abandonado durante três dias, dividindo nossos alojamentos com uma coruja e um gato selvagem. Entre eles dois, pelo menos, não havia qualquer roedor. Todos os dias que se passaram ociosamente só faziam aumentar minha ansiedade. Era certo que Lia estava em Venda a essa altura, se era para lá que Kaden a estava levando. Tentei não considerar por um bom tempo a outra possibilidade: de que ela já estivesse morta.

Tudo havia acontecido com tanta rapidez que eu não tinha entendido muito bem na ocasião. *Kaden a havia levado. Kaden era um deles.* Kaden, a quem eu havia preferido em preterimento a Rafe. Na verdade, eu havia cometido o erro de persuadi-la a ir para os lados dele. Eu havia gostado do comportamento calmo dele. Eu havia dito a ela que o rapaz tinha os olhos bondosos. Tudo em relação a ele parecia benevolente. Como eu pude estar tão errada? Isso me abalou em algum lugar bem lá no fundo do meu ser. Eu sempre havia me julgado uma pessoa que sabia fazer um bom juízo de caráter. No entanto, Kaden era o oposto da benevolência. Ele era um assassino. Foi isso que me dissera Gwyneth. Eu não sabia ao certo como ela haveria de ter conhecimento de uma coisa dessas, mas Gwyneth tinha muitos talentos, e arrancar informações ilícitas de clientes da taverna, com certeza, estava entre eles.

Nós havíamos decidido que era mais seguro permanecer em uma estalagem em um pequeno vilarejo logo do lado de fora das muralhas da cidade. Embora ninguém fosse conhecer Gwyneth, eles haveriam de conhecer a mim, e eu precisava manter minha presença oculta até que tivesse pelo menos acertado uma reunião com o lorde Vice-Regente. Eu era uma figura muito visível da corte da rainha, e provavelmente estaria eu mesma me deparando com acusações de traição por ter ajudado Lia a fugir.

De todo o gabinete, o Vice-Regente sempre havia sido o mais bondoso para com Lia, e até mesmo solícito. Ele parecia entender o lugar difícil que ela ocupava na corte. Se eu explicasse a ele os apuros em que a princesa se encontrava, com certeza ele contaria isso ao rei de forma mais benéfica a ela. Que pai não haveria de pelo menos tentar salvar sua filha, não importando o quanto ela o tivesse desafiado?

Retraí-me nas sombras com meu capuz cobrindo a cabeça enquanto Gwyneth garantia um quarto para nós. Fiquei observando enquanto ela conversava com o dono da estalagem. Embora não conseguisse ouvir o que foi dito, a conversa pareceu-me mais longa do que o necessário. Senti algo se revirando e um tremor na barriga, o que era um lembrete constante do quanto as coisas haviam mudado, de quanto tempo havia passado, um lembrete da promessa de Lia: *nós vamos sair dessa juntas.* Um lembrete de que o tempo estava esgotando-se. Beijei meus dedos e ergui-os aos deuses. *Por favor, tragam-na de volta.*

Algum papel foi passado entre Gwyneth e o dono da estalagem. Ele olhou por um breve instante para mim, talvez se perguntando por que motivos ainda estaria o capuz de meu manto cobrindo minha cabeça dentro da estalagem, mas ele nada disse e, por fim, empurrou uma chave pelo balcão na direção de Gwyneth.

O quarto ficava no fim do corredor, era pequeno, mas tinha muito mais confortos do que o celeiro. Nove e Dieci estavam no estábulo e parecia apropriado que eles tivessem seus próprios aposentos, além de terem cevada fresca para comer. Dinheiro não era problema. Eu havia negociado as joias que Lia me dera em Luiseveque, trocando-as por moedas. Até mesmo Gwyneth ficou impressionada com a facilidade com a qual lidei com mercadores duvidosos em quartos dos fundos, mas eu havia aprendido isso tudo com Lia.

Quando fechei a porta atrás de nós, perguntei a Gwyneth o que a fizera demorar tanto. Garantir um quarto na estalagem de Berdi era uma questão de chegar a um acordo sobre o preço e mostrar o quarto para o hóspede.

Gwyneth jogou sua sacola sobre a cama. "Enviei um bilhete ao Chanceler solicitando uma reunião com ele."

Fiquei sem fôlego, incapaz de falar por um instante. "*Você fez o quê?* Contra a minha vontade? Eu já falei que ele odeia a Lia."

Ela começou a desempacotar as coisas, inabalada com o meu alarme. "Eu penso que poderia ser mais sábio nos assomarmos das coisas por meio de... canais mais *discretos,* antes de irmos direto até o segundo no poder. Se o Vice-Regente provar-se pouco prestativo, estaremos em um beco sem saída."

Olhei para ela, com um calafrio cruzando os meus ombros. Esta era a segunda vez que ela havia sugerido o Chanceler, e agora ela havia seguido em frente e agido sem o meu consentimento. Ela parecia determinada a atrair o Chanceler para essa questão.

"Você *conhece* o Chanceler, Gwyneth?"

Ela deu de ombros. "Hummm, talvez um pouco. Nossos caminhos se cruzaram algum tempo atrás."

"E você nunca pensou em me dizer isso antes?"

"Eu achei que você poderia não aceitar muito bem isso, e, ao que parece, eu estava certa."

Esvaziei minha sacola sobre a cama e remexi em meio à pilha, procurando pela minha escova. Penteei meus cabelos, energeticamente, tentando desemaranhar meus pensamentos, tentando parecer no controle quando não me sentia nem um pouco assim. Ela conhecia *um pouco* o Chanceler? Eu não gostava do Chanceler nem confiava nele mais do que Lia. Não havia qualquer coisa relacionada a isso de que eu gostasse.

"Eu decidi. Vou falar direto com o rei", falei. "Você pode simplesmente ficar onde está."

Ela agarrou a minha mão, interrompendo minhas escovadas. "E de que forma pretende fazer isso? Marchando pela cidadela e batendo com sua escova na porta da câmara dele? O quão longe você acha que conseguiria ir? Ou enviaria um bilhete a ele? De qualquer forma, tudo passa pelo escritório do Chanceler em primeiro lugar. Por que não ir direito até ele logo de início?"

"Estou certa de que consigo uma audiência com o rei de uma maneira ou de outra."

"É claro que você consegue, mas não se esqueça de que você foi cúmplice na fuga de Lia. Muito provavelmente você falaria com ele da cela de uma prisão."

Eu sabia que ela estava certa. "Se isso for realmente necessário."

Gwyneth soltou um suspiro. "Uma atitude nobre, mas vamos ver se conseguimos evitar isso. Vamos antes fazer uma investigação sorrateira."

"Falando com o Chanceler?"

Ela sentou-se na cama e franziu o rosto. "Lia nada lhe contou sobre mim, não foi?"

Engoli em seco, preparando-me para algo que eu não queria saber em relação ao passado de Gwyneth. "Lia não me contou o quê?"

"Que eu costumava estar a serviço do Reino. Que eu era uma provedora de notícias."

"E isso quer dizer...", falei, com cautela.

"Que eu era uma espiã."

Cerrei os olhos. Era pior do que eu pensava.

"Oras, não fique assim tão abalada. Não faz bem para o bebê. O fato de eu ser uma espiã, uma *ex-espiã*, não é o fim do mundo. Isso pode até mesmo vir a calhar."

Vir a calhar? Abri os olhos e a vi abrindo um largo sorriso para mim.

Ela me contou sobre os Olhos do Reino, espiões de Civica espalhados por todas as cidades e mansões em Morrighan, que transmitiam informações para os poderosos. No passado, ela havia precisado do dinheiro e era boa em extrair informações de clientes regulares em uma estalagem em Graceport, onde limpava quartos.

"Então você fazia espionagem para o Rei?", perguntei a ela.

Gwyneth deu de ombros. "Talvez. Eu lidava apenas com o Chanceler. Ele..." A expressão dela assumiu ares sombrios. "Ele era *persuasivo*, e eu era jovem e tola."

Gwyneth ainda era jovem. Ela era somente uns poucos anos mais velha do que eu. Mas tola? Jamais! Ela era astuta, calculista e irreverente, coisas que eu não era. No meu âmago, eu sabia que as habilidades

41

dela poderiam ser úteis para encontrar um ouvido favorável, no entanto, ainda assim fiquei hesitante. Eu estava com medo de ser atraída para alguma rede de espionagem, até mesmo com ela declarando que não mais fazia parte disso. *E se ela ainda fizesse parte dessa rede de espiões?*

Era quase como se ela pudesse ver os pensamentos manifestando-se na minha mente.

"Pauline", disse, em um tom firme, "você é provavelmente a pessoa mais virtuosa e leal que já conheci na vida, mas também é muito irritante às vezes. Está na hora de fazer o que tem que ser feito. Chega de bancar a menina boazinha. Você quer ajudar Lia ou não?"

A única resposta a essa pergunta era *sim.*

Não importando o que eu tivesse que fazer.

CAPÍTULO 7
CRÔNICAS DE AMOR E ÓDIO

As paredes fechavam-se, e a trilha parecia ficar mais e mais estreita a cada passada. Fui conduzida por um corredor escuro, subindo dois lances de escada com cheiro de bolor, ao longo de um outro corredor não mais largo do que a distância de um braço, e depois desci vários degraus. A parte de dentro dessa fortaleza era tão semelhante à de um labirinto quanto parecia ser do lado de fora, séculos de arquitetura misturados.

Este não era o caminho que dava para o Saguão do Sanctum. Senti meu coração ficar acelerado. Aonde estariam me levando agora? Meus cabelos ainda estavam molhados sobre os meus ombros, e meus pés descalços estavam gélidos no chão frio. Memorizei minha trilha, certa de que isso faria alguma diferença em algum momento. Tudo importava. Todos os detalhes. Toda tremulação de um cílio. De todas as pessoas agora, eu ansiava por Gwyneth, tão silenciosa em seus movimentos e tão boa em esconder seus segredos com um sorriso, exceto quando se tratava de coisas com as quais ela se importava, como Simone. Foi então que as mentiras transpareceram no rosto de Gwyneth. Até mesmo agora, eu estava aprendendo com ela. Tudo com que eu ainda me importava tinha que parar de transparecer no meu rosto.

Na última virada, nós descemos por um passadiço friorento que dava para uma grande porta dupla, cujas espessas dobradiças negras separavam-se em espinhos emaranhados. Os guardas bateram à porta, e eu ouvi o pesado deslizar de uma tranca ser destravada lá dentro. Fui jogada para a frente, porque os guardas não pareciam conhecer outra forma de liberar os prisioneiros, mas, dessa vez, eu estava preparada para isso, e apenas cambaleei.

Entrei em um aposento silencioso. Meu olhar contemplativo recaiu primeiramente sobre Kaden, que estava com o maxilar cerrado, o sinal revelador de sua veia erguendo-se no pescoço enquanto ele absorvia minha nova e áspera vestimenta. Será que foi vergonha ou raiva o que vi, em um lampejo, passar por seus olhos? Mas eu também notei que ele havia tomado banho e trocado de roupa. Com seu disfarce morriguês descartado, ele parecia um deles agora, um animal de uma estirpe diferente. Trajava uma camisa solta cortada no estilo local, dos vendanos, e havia uma trilha de ossos pendurada em seu cinto de armas. Esse tinha sido o verdadeiro Kaden o tempo todo.

E então eu vi Rafe. Ele estava de costas para mim, e suas mãos estavam acorrentadas atrás dele, com um guarda bem próximo, ao seu lado. Desviei o olhar rapidamente e fixei meus olhos compenetrados no Komizar, em vez disso.

"Momento apropriado e perfeito, Princesa", disse ele. "Seu empregado de fazenda também acabou de chegar." Ele fez um aceno para que eu fosse para a frente até ficar parada, em pé, ao lado Rafe.

O Komizar ainda usava a bainha de ombro de meu irmão, e agora a espada de Walther também estava pendurada nela. Ele abriu um largo sorriso enquanto eu absorvia aquilo tudo. Moldei meu olhar contemplativo para que se tornasse de aço. A partir desse momento, eu faria dos bens roubados do meu irmão a minha força em vez da minha fraqueza.

Ele deu um passo até o centro do aposento e jogou as mãos nas laterais do corpo. "Hoje é um dia histórico em Venda, meus irmãos. Não um, mas dois prisioneiros." Ele ainda falava em morriguês, e eu presumia que fosse por nós. Eu não sabia se Rafe entendia vendano ou não. Amaldiçoei-me por não perguntar isso a ele quando estávamos na sala de espera juntos. Detalhes como esse poderiam fazer a diferença mais para a frente. O Komizar voltou sua atenção para mim e para Rafe. "Eu espero que vocês dois apreciem a boa fortuna de serem até mesmo prisioneiros. Este é um privilégio raro, embora possa ser efêmero." Sua voz tinha um tom brincalhão, e sua expressão quase cordial. Ele veio andando e aproximou-se de mim, ergueu uma mecha de cabelos molhados do meu ombro e então a deixou cair com repulsa. "Eu já sei por que você está aqui. Um membro da realeza com um suposto dom que meu Assassino acredita que será útil para Venda." Ele deu de ombros. "O tempo dirá."

Ele se voltou para Rafe. "No entanto, você... Diga-me por que eu não deveria arregaçar suas entranhas agora mesmo e punir os soldados que não o mataram assim que o viram."

"Porque tenho notícias para você, Komizar, que serão benéficas para Venda." A resposta de Rafe foi rápida e confiante.

O Komizar riu de um jeito que fez com que o aposento inteiro ficasse mais sombrio. "Foi isso que ouvi dizer." Ele foi andando até a mesa no centro da sala, ergueu-se e sentou-se na ponta dela, balançando as pernas. Ele parecia mais um rufião sentado em um bar do que um regente. "O *chievdar* Stavik falou-me a respeito de sua reivindicação", disse ele. "Mas o que os soldados me disseram foi diferente. Um empregado de fazenda aflito, é o que eles dizem de você, e a princesa parecia achar que você apareceu somente por causa dela. Entendo que houve um abraço receptivo."

"Eu era um rosto familiar em uma terra estranha", foi a resposta de Rafe. "Não pude evitar que a moça se prendesse a mim; no entanto, não sou um tolo quando se trata de mulheres. Prazer é uma coisa, negócios são outra. Eu não apareceria à porta do inimigo por causa de uma mera distração de verão."

Os olhos do Komizar, que estavam voltados para mim, tremeluziram. Olhei com ódio para Rafe.

"Uma distração", repetiu o Komizar, assentindo. "Então, isso de você ser um empregado de fazenda foi apenas um estratagema?"

"O príncipe enviou-me para descobrir se a moça realmente havia fugido do casamento ou se era o caso de uma retaliação planejada o tempo todo, por agravos passados. Caso você não estivesse ciente disso, Dalbreck tinha uma longa e instável relação com nossos vizinhos mais próximos. Devo recitar a história inteira de ações mesquinhas perpetradas por Morrighan? Contudo, a oferta de casamento do rei foi um esforço genuíno de enterrar os agravos passados."

"E de criar uma aliança."

"Sim."

"Para exercerem mais poder sobre nós."

"Mas não é disso que se tratam todas as manobras políticas? Poder e conseguir mais disso tudo?" O tom de Rafe era frio, cheio de autoridade e contumaz. Parecia dar uma pausa ao Komizar, cujos olhos se estreitaram, e então um canto de sua boca ergueu-se em um largo e divertido sorriso. "Você parece mais um empregado de fazenda para mim do que o emissário de um príncipe." Ele se virou, fazendo uma varredura pelo aposento. "Griz!", gritou ele. "Onde está esse homem?"

Um dos governadores informou ao Komizar de que Griz ainda se encontrava no Saguão do Sanctum, e um guarda foi enviado para trazê-lo de volta. O Komizar explicou que Griz havia visto o príncipe e sua corte quando esteve em Dalbreck em uma cerimônia pública no ano passado. Ele seria capaz de identificar se Rafe seria genuíno ou uma farsa.

"Deseja mudar sua história agora? A verdade significaria que eu poderia ter minha refeição da noite mais cedo, e estaria disposto a tornar sua morte rápida e relativamente indolor."

"Mantenho minha história", foi a resposta de Rafe, sem hesitação.

Respire, Lia. Respire. Olhei para Kaden e tentei não trair meu pânico, esperando por ajuda. Ele me devia isso. Ele retribuiu meu olhar compenetrado, mal mexendo a cabeça, *não*. Esqueci. *Venda sempre vem em primeiro lugar.* O medo ergueu-se em meu peito, e olhei para as armas em cintos por todos os lados, os governadores, os guardas, os irmãos não identificados de Venda. Mais de uma dúzia deles enchia o aposento. Se eu fosse até mesmo capaz de desarmar um deles e matar outro, que chance teríamos eu e Rafe contra todos? Especialmente com Rafe estando com as mãos acorrentadas às suas costas. Avancei alguns centímetros e então vi Rafe flexionar uma das mãos, um sinal silencioso. Parei. A sala permaneceu em silêncio, os segundos passavam de forma torturante, e o Komizar parecia desfrutar cada segundo. Então ouvimos as passadas, o pesado pisar de um gigante descendo o corredor.

A porta abriu-se e Griz entrou.

"*Bedage akki*", disse o Komizar, jogando um dos braços em volta dos ombros de Griz. Ele foi andando para pôr-se na frente de Rafe, falando em vendano, enquanto explicava a reivindicação de Rafe. "Você estava na cerimônia e viu o príncipe e sua corte pessoal. Você reconhece este homem?"

Griz apertou os olhos, analisando Rafe. Ele alternou os pés, olhando com desconfiança e parecendo desconfortável com todos aqueles olhos voltados para ele. "É difícil dizer. Havia uma grande multidão na praça. Faz muito tempo, mas..."

Ele coçou a cabeça, olhando para ele com mais atenção. Vi o reconhecimento nos olhos dele, e meu estômago pulou para a minha garganta.

"E então?", quis saber o Komizar.

Griz lançou-me um olhar de relance e de esguelha. Fiquei fitando-o, sem respirar, paralisada onde estava. Ele voltou a olhar para Rafe, assentindo, pensativo. "É, eu me lembro desse daí. Ele estava parado bem ao lado do príncipe, todo enervado, vestindo um daqueles casacos fru-frus. Eles eram camaradas. Ele e o príncipe deram algumas risadas algumas vezes." Ele assentiu como se estivesse satisfeito com a lembrança e então seu rosto marcado por cicatrizes contorceu-se em uma contração de desprazer. "Mais alguma coisa?"

"Isso é tudo", respondeu-lhe o Komizar.

Griz olhou de relance para mim mais uma vez antes de virar-se e sair do recinto.

Tentei deixar que o ar preso no meu peito saísse em uma respiração estável. Será que Griz havia acabado de mentir por mim? Ou será que ele mentira por Rafe? *Há espiões por toda parte, Lia. Uma mão lava a outra em troca de olhos observadores.* Mas não Griz. Aquilo era impossível. Ele era tão supremamente *vendano*! Ainda assim, eu me lembro de que ele havia escondido sua fluência em morriguês dos outros.

"Então, moço fru-fru, Emissário do Príncipe", disse o Komizar, "qual é essa mensagem tão importante do seu regente?"

"Como eu disse antes, essa mensagem é para seus ouvidos somente."

Os olhos do Komizar ficaram incendiados de repente. "Não insulte os meus irmãos."

Os governadores grunhiram ameaças.

Rafe cedeu. "O rei de Dalbreck está morrendo. É uma questão de semanas, talvez dias. Até então, as mãos do príncipe estão atadas. Ele nada pode fazer, mas logo a mão do poder passará a ele. Quando isso acontecer, as coisas serão diferentes. Ele quer estar preparado para isso. O príncipe e o pai dele têm ideias muito diferentes em relação a alianças e poder."

"Que tipo de ideias?"

"O príncipe tem vistas para o futuro. Ele acha que alianças por meio de matrimônio são primitivas e vê uma aliança com Venda como sendo muito mais benéfica para Dalbreck do que uma aliança com Morrighan."

"E o benefício para Venda seria...?"

"Há um porto que queremos em Morrighan e alguns quilômetros de colinas. O resto é seu."

"O príncipe tem sonhos grandiosos."

"Vale a pena ter sonhos que não sejam grandiosos?"

"E como haveríamos de saber que este não é mais um dos truques de Dalbreck?"

"Assim que o pai estiver morto, o próprio príncipe virá negociar com você como sinal de boa-fé... No entanto, é claro, em tal ocasião ele seria o rei."

"Aqui?", interrompeu-o Kaden, cujo tom de voz estava rígido e cheio de ceticismo.

Rafe olhou para ele, mantendo sua expressão inalterada, mas, na fração de um segundo, vi o esforço em sua face. Se suas mãos não estivessem acorrentadas, não estou certa de que ele teria sido capaz de conter-se. Como eu havia algum dia imaginado que eles eram amigos? "Em uma área neutra no Cam Lanteux, a ser determinada", foi a resposta de Rafe, que voltou a olhar para o Komizar. "Ele enviará um mensageiro com detalhes; porém, ele deseja que você esteja preparado. A aliança terá que ser feita rapidamente, antes que Morrighan sequer a fareje."

O Komizar analisou Rafe, arrancando silêncio com isso. Por fim, ele balançou a cabeça em negativa. "Eu não tenho motivos para confiar em você nem para acreditar nisso de que o príncipe seja de alguma forma diferente de seu pai traiçoeiro ou de qualquer um dos pais conspiradores antes deles. Todos de Dalbreck são porcos inimigos." Ele se levantou e andou em volta do recinto, com a cabeça curvada, pensativo. "Ainda assim... é um jogo interessante esse que seu príncipe está jogando... ou que você está jogando." Ele olhou para as faces dos governadores, de Kaden e dos outros que estavam presentes ali, como se estivesse colhendo opiniões, mas nenhuma palavra foi trocada, apenas alguns assentimentos com as cabeças, e dos mais sutis. Ele se virou e ficou cara a cara com Rafe novamente. "Umas poucas semanas são

48

o bastante para jogarmos este jogo. O que pode até mesmo ser divertido. Se o pai do príncipe não estiver morto e um mensageiro não chegar dentro de um mês, então seu supremamente tolo emissário será enviado de volta ao príncipe.... Um dedo e um pé de cada vez. Nesse ínterim, enviarei meus próprios cavaleiros a Dalbreck para que confirmem a saúde precária do rei."

"Eu não esperaria menos do que isso", foi a resposta de Rafe.

O Komizar deu um passo para mais perto dele, ficando quase peito a peito com Rafe, descansando a mão no punho da espada de Walther.

"O que você ganha com isso, Moço Emissário?"

"O que mais?", respondeu-lhe Rafe. "Poder. O príncipe também fez promessas a mim."

O Komizar sorriu, e vi um brilho de admiração nos olhos dele.

Eu havia escutado Rafe cuspindo uma mentira atrás da outra com tamanha graça e facilidade que eu mesma quase acreditei nele. Fiquei maravilhada com a forma como ele as trazia à tona, mas então lembrei da facilidade com que ele havia mentido para mim lá em Terravin. Essa não era uma diligência nova para ele.

O Komizar disse a todos que nossos negócios lá haviam terminado e que eles deveriam retornar ao Saguão do Sanctum. Ele iria até lá em breve. Mais umas poucas palavras foram trocadas com um governador aqui e com um guarda ali, sem a ajuda de um Guardião do Tempo chispando seu relógio, e tudo isso feito com um ar casual notavelmente em desacordo com a conversa anterior. *Rafe seria enviado de volta, um pedaço de cada vez.* Os guardas conduziram Rafe para fora, e os governadores saíram em fila atrás dele. Kaden esticou a mão para segurar meu braço.

O Komizar repeliu Kaden. "Eu acompanho a princesa", disse ele. "Vamos nos reunir muito em breve. Preciso de alguns minutos com ela. Para conversar."

"Posso esperar", disse Kaden.

"A sós." Uma dispensa, firme e final.

Meu sangue corria frio nas veias. *A sós com o Komizar.*

Kaden olhou de relance para ele e para mim e depois voltou a olhar para ele de novo, sem se mover, mas eu sabia que ele iria embora, de um jeito ou de outro. Seria melhor se fosse no meu tempo. Nos meus termos. *Agora.* Criou-se um nó de medo na minha barriga. *Agora.*

"Está tudo bem, Kaden", falei, forçando minhas palavras a saírem com clareza e firmeza, ignorando o Komizar, como se ele não estivesse ali. "Pode ir."

Uma flecha perfeitamente mirada.

Se Kaden fosse embora agora, seria sob as minhas ordens, não as do Komizar. O silêncio era opressivo, pesado e inesperado. Kaden olhou para mim, sabendo o que eu havia feito. Os limites da lealdade haviam sido forçados. Ele balançou a cabeça e saiu, com os danos já feitos, a porta pesada, ruidosa, enquanto ele se retirava do recinto. Essa era uma vitória que não duraria muito. Agora eu estava sozinha ali com o Komizar.

"Então... você tem uma língua no fim das contas."

Mantive os olhos fixos na porta. "Para aqueles que merecem as minhas palavras."

Ele virou-me abruptamente para que eu ficasse cara a cara com ele. "Para alguém na sua precária posição, você não escolhe com sabedoria as palavras."

"Foi o que me disseram muitas vezes antes."

Uma de suas sobrancelhas ergueu-se de leve enquanto ele me analisava. "É curioso que você não tenha demonstrado qualquer reação quando o emissário revelou a traição de Dalbreck para com Morrighan. Talvez você não se importe com o seu próprio reino? Ou será possível que não tenha visto verdade alguma na história dele?"

"Pelo contrário, Komizar, eu acreditei em cada palavra do que ele disse. Simplesmente não achei isso surpreendente. Caso você não esteja ciente, meu pai estabeleceu uma recompensa pela minha cabeça porque fugi da aliança por meio do casamento. Fui traída pelo meu próprio pai, por que não seria traída por um reino? Estou cansada da traição de todos os homens."

Ele me puxou mais para perto de si, com o peito ainda decorado com o mais fino trabalho dos artesãos morrigueses, um presente de Greta para Walther no dia do casamento deles. Cílios espessos ladeavam os negros e frios olhos do Komizar, que estavam cheios de um brilho arrogante. Eu queria arrancar os olhos dele, mas não tinha unhas para isso. Queria sacar minha adaga, mas eles haviam-na tomado também. Olhei de relance para baixo, para a espada que ele tinha ao lado do corpo, engastada com o jaspe de Morrighan, quase ao meu alcance.

"Você está tão cansada ao ponto de ser tola?", ele me perguntou. "É mais difícil matar um homem do que um cavalo, Princesa." Ele apertou a pegada no meu braço. "Você sabe o que acontece quando se mata o Komizar?"

"Todo mundo comemora?"

Um sorriso fraco, porém largo, iluminou seu rosto. "O trabalho recai sobre você." Ele soltou meu braço e foi andando até a mesa, repousando a mão perto de um sulco profundo. "Foi aqui que matei o último Komizar. Eu tinha 18 anos naquela época. Onze anos atrás. Kaden não passava de um menino. Ele mal chegava até a altura do meu umbigo. Pequeno para a idade dele. Ele tinha passado muita fome, mas conseguiu recuperar o tempo perdido sob os meus cuidados. Um Komizar deve criar seu próprio *Rahtan*, e Kaden é meu *Rahtan* desde o começo. Nós temos uma longa história. É profunda a lealdade dele a mim." O Komizar passou o polegar pelo sulco, como se estivesse relembrando o momento em que foi feito.

Ele voltou seu escrutínio bem aguçado de novo para a minha pessoa. "Não tente abrir seu caminho entre nós seduzindo-o. Minha lealdade a ele é profunda também. Estou permitindo que Kaden tenha essa diversão por ora, além do fato de que você talvez venha a ser uma diversão interessante para todos nós. No entanto, não se engane em relação a isso, você e seu suposto dom valem menos do que nada para mim. O emissário tem uma chance melhor de estar vivo no fim do mês do que você. Então não orquestre jogos que haverá de perder."

A irritação dele alimentava-me. Minha cunha bem mirada havia atingido o alvo. *Você está fazendo com que eu goste mais de jogos a cada minuto que passa*, eu queria dizer. Era como se ele pudesse ler a minha mente. Os olhos dele ardiam com brilho, derretidos com ameaça. "Vou repetir, caso seus embotados ouvidos de realeza não tenham entendido da primeira vez: sua posição é precária."

Retribuí o olhar compenetrado dele, sabendo que logo veria todo seu exército de assassinos portando as espadas de Morrighan em seus quadris, que, para o resto da minha vida, eu haveria de ouvir os gritos moribundos do meu irmão e dos camaradas dele sendo jogados para cima pelo vento, em um penhasco, na minha cara, tudo isso por causa do Komizar e de seu descaso por fronteiras e tratados antigos.

"Para falar a verdade, não há nada de precário quanto à minha posição", falei. "Sou procurada por traição na minha terra natal, e aqui você tomou minha liberdade, meus sonhos e a vida do meu irmão. Tudo com que me importo se foi, e você está usando a bainha de ombro do meu irmão morto como prova disso. O que mais poderia tirar de mim?"

Ele levou a mão para cima, envolvendo meu pescoço com ela, traçando gentilmente com o polegar uma linha ao longo da minha garganta. Ele pressionou o lugar com mais força, e senti minha pulsação trêmula sob o toque dele.

"Acredite em mim, Princesa", ele sussurrou. "Sempre há mais a se tirar."

u choro por vocês, meus irmãos e minhas irmãs,
Eu choro por todos nós,
Pois embora meus dias possam estar contados,
Seus anos de luta apenas começaram.

— Canção de Venda —

CRÔNICAS DE AMOR E ÓDIO

RAFE

Sentei-me à mesa diretamente do lado oposto ao de Kaden. Com o olhar fixo nele. Cortando-o em pedacinhos com os olhos.

Eu não sabia ao certo por que eles haviam me trazido até aqui. Talvez pretendessem me alimentar. Ou era possível que fossem me fazer ficar olhando enquanto comiam. Minhas mãos ainda estavam atadas atrás das minhas costas. Kaden sorvia uma cerveja ale, de vez em quando olhando para mim, e eu achava que ele estava cozinhando em fogo brando tanto quanto eu. Ele havia visto Lia me beijando. Isso o corroía como um verme de barriga.

Vários dos governadores andavam por ali, alguns empurravam o meu ombro e encorajavam-me a beber tudo de uma vez, e depois riam de sua piada fraca. Havia uma caneca cheia em cima da mesa, diante de mim. A única forma de eu conseguir beber dela seria sugando a espuma como um porco em uma gamela. Esse era um espetáculo que eles ansiavam por ver há muito tempo... Mas eu não estava com tanta sede assim.

"Onde está ela?", perguntei de novo.

Pensei que Kaden haveria de me responder com mais silêncio, mas então ele me olhou com desprezo. "Para que quer saber? Achei que ela não passasse de uma distração de verão."

"Não sou desprovido de coração. Não quero que ela seja machucada."

"Nem eu." Ele desviou o olhar, travando uma conversa com um governador que estava em pé bem à sua direita.

Uma mera distração de verão. Fiquei com o olhar fixo na espuma espalhada que formava uma poça em volta da caneca, pensando no olhar de ódio de Lia enquanto eu proferia tais palavras, seu lábio erguido em repulsa. Com certeza ela estava participando do jogo comigo. O olhar cheio de ódio era apenas para fortalecer nossa posição. Lia tinha que saber por que eu disse aquilo. No entanto, se ela estava jogando junto comigo, estava desempenhando seu papel bem demais.

Uma outra coisa também me corroía, algo que eu tinha visto nos olhos dela, em seus movimentos, no inclinar de seu queixo, algo que eu havia escutado na dureza de sua voz quando estávamos na cela. Aquela era uma Lia que eu desconhecia, uma mulher que falava de facas e morte. Exatamente pelo que esses animais a haviam feito passar?

Kaden, com sua atenção voltada novamente para mim, olhava-me com ódio. O verme afundava ainda mais na barriga dele. "Você sempre assume um interesse tão íntimo nos negócios de seu príncipe?"

"Apenas quando me é adequado. Você sempre dança com a moça que planeja matar?"

Ele cerrou o maxilar. "Eu nunca gostei de você."

"Estou magoado."

Um governador tropeçou na mesa, e então se endireitou. Ele percebeu que havia colidido com Kaden e deu risada. "O Komizar ainda está lá enfurnado com aquela visitante real? Alguém de sangue azul tem que ser a primeira até mesmo para ele." Ele deu uma piscadela e saiu cambaleando.

Inclinei-me para a frente. "Você a deixou *sozinha* com ele?"

"Cale a boca, Emissário. Você não sabe de nada."

Eu me sentei confortavelmente. Tenso, com os grilhões cortando meus pulsos. Sentia a queimação nas minhas têmporas. Pensava em todas aquelas semanas no Cam Lanteux e em tudo que Lia tinha tido que aguentar.

"Sei o bastante", falei.

Sei que, quando eu me livrar dessas correntes, vou matar você.

CAPÍTULO 9
CRÔNICAS DE AMOR E ÓDIO

Calantha acompanhou-me de volta para dentro do Saguão do Sanctum.

Deram risadas aqui e ali quando tropecei no meu vestido, que era literalmente um saco. O Komizar tinha removido o cinto feito de corda, dizendo que aquilo era um luxo que eu teria que fazer por merecer. Sim, sempre haveria mais a ser tirado de mim, e eu não tinha dúvidas de que ele descobriria coisas que nem eu mesma sabia que valorizava e as tiraria de mim pedacinho por pedacinho. Eu teria que desempenhar o papel que ele estava pintando para mim por ora, a patética da realeza recebendo sua merecida punição.

Vi o objetivo do Komizar atingido, espelhado nas faces boquiabertas que estavam ao meu redor e que se aproximavam de mim. Ele havia me tornado extremamente ordinária aos olhos deles. Kaden passou empurrando por um círculo de governadores que estavam apinhados ao nosso redor. Nossos olhos se encontraram, e alguma coisa contorceu-se com violência dentro do meu peito. Como ele era capaz de fazer isso? Será que ele sabia que desfilariam comigo como um objeto de escárnio... e ainda assim me trouxe até aqui? Será que a lealdade a qualquer reino valia o preço de degradar alguém a quem se professara amar? Puxei meu vestido, tentando cobrir meus ombros. Ele me puxou das brutas mãos de Calantha e levou-me para longe dos olhares provocativos dos governadores, para as sombras atrás de uma pilastra.

Pressionei-me junto à pilastra, grata por ter algo sólido em que me apoiar. Ele olhou dentro dos meus olhos, com os lábios semiabertos, como se estivesse buscando algo para dizer. A preocupação deixava marcas entalhadas em sua face. Eu vi que ele não tinha desejado isso e, ainda assim, aqui estávamos... por causa dele. Eu não poderia facilitar as coisas para ele. Eu não faria isso.

"Então *esta* foi a vida que você prometeu a mim? O quão charmosamente maravilhosa ela é, Kaden."

Linhas aprofundaram-se em volta dos olhos dele, a sempre presente contenção de emoções sendo testada. "Amanhã será melhor", sussurrou ele. "Juro."

Criados passavam com pressa por nós, carregando bandejas com pilhas de carnes escuras e quentes. Ouvi a irmandade e os governadores murmurando que estavam com fome e o baixo ruído de cadeiras sendo arrastadas pela pedra enquanto eles seguiam como um enxame em direção à mesa no centro da sala. Eu e Kaden permanecemos atrás da pilastra. Vi meio que uma tristeza nos olhos dele e senti outro tipo de tristeza no meu coração. Kaden haveria de pagar por isso como todos os outros... Só que ele não sabia disso ainda.

"A comida está aqui", murmurou ele por fim.

"Dê-me um instante, Kaden. Sozinha. Eu só preciso..."

Ele balançou a cabeça. "Não, Lia, eu não posso."

"*Por favor.*" Minha voz partiu-se. Mordi o lábio inferior, tentando conjurar um resquício que fosse de calma. "É só para eu ajustar o vestido. Permita-me um pouco de dignidade." Puxei o tecido de volta para cima do meu ombro.

Ele lançou um olhar embaraçado e de relance para minha mão enquanto eu segurava um punhado do tecido no meu peito. "Não faça nenhuma tolice, Lia", disse ele. "Venha até a mesa quando tiver terminado."

Assenti, e ele foi embora, relutante.

Curvei-me e rasguei o tecido na bainha, até a altura dos meus joelhos, e então prendi o excesso de pano em um nó. Fiz o mesmo no meu pescoço, atando um nó menor no meu peito de forma que meus ombros permanecessem cobertos. Eu tinha esperanças de que o Komizar não fosse considerar os nós um luxo também.

Dignidade. Minha pele ficava aquecida pelo atrito com o tecido grosseiro. Os dedos dos meus pés doíam com o frio. Eu estava zonza por causa da fome. Eu não dava a mínima para a dignidade, que me havia sido tomada fazia muito tempo. Porém, eu precisava de um instante não tolhido, livre. Esse tanto não era mentira. Seria tal coisa possível aqui?

O dom é uma forma delicada de saber. É como os poucos Antigos que sobraram sobreviviam. Aprenda a ficar em quietude e você saberá.

Eu era varrida pelas palavras de Dihara. Eu tinha que encontrar aquele local de quietude de alguma forma. Apoiei-me na pilastra, caçando a quietude que eu encontrara na campina. Cerrei os olhos. Mas era impossível a paz vir. Que bem fazia ter um dom se não fosse possível conjurá-lo quando se quisesse? Eu não precisava de um saber silencioso. Eu precisava de algo afiado e letal.

Meus pensamentos tropeçavam uns nos outros, cheios de raiva e amargura, uma avalanche de lembranças passadas e presentes, tentando achar a culpa, para espalhá-la pelos arredores, a todas as partes culpadas. Conjurei um gole de veneno para cada um daqueles que haviam me feito vir parar aqui: o Chanceler, o Erudito... até mesmo minha mãe, que, conscientemente, suprimira meu dom. Por causa deles, eu havia sofrido anos de culpa por nunca ser o bastante.

Abri os olhos, tremendo, fitando a muralha de pedra manchada à minha frente, incapaz de me mexer. Eu estava a milhares de quilômetros de distância de quem eu era e de quem queria ser. Com as costas pressionadas mais perto da pilastra, achei que isso talvez fosse tudo que me mantinha em pé... E então senti alguma coisa. Uma pulsação. Algo escorrendo pela pedra, delicado e distante. Que chegou à minha coluna, aquecendo-a, tamborilando, repetitivo. Como uma canção. Pressionei as mãos estiradas na pedra, tentando absorver a fraca batida, e o calor espalhou-se até o meu peito, desceu aos meus braços, aos meus pés. A canção lentamente esvaneceu-se, mas a calidez permaneceu comigo.

Dei um passo para fora, saindo de trás da pilastra, vagamente ciente de cabeças virando-se, sussurros, alguém gritando, mas eu estava hipnotizada por uma silhueta magra e indistinta no lado mais afastado do corredor, oculta nas sombras, à espera. *Esperando por mim.* Apertei os olhos para ver melhor, tentando enxergar o rosto da pessoa, mas nenhuma face se materializou.

Um puxão forte me fez ir para o lado e partiu minha atenção, e quando olhei para trás, a silhueta do outro lado do corredor já não estava mais lá. Pisquei. Ulrix empurrou-me em direção à mesa.

"O Komizar mandou você sentar!"

Tanto os governadores quanto os criados estavam me observando. Alguns faziam cara feia, uns poucos sussurravam uns para os outros, e eu vi alguns esticarem as mãos para cima e esfregarem amuletos pendurados em volta dos pescoços. Meus olhos viajaram pela extensão da mesa até que pararam no Komizar. O que não era de se surpreender, ele olhava para mim com um severo aviso estampado no rosto. *Não me teste.* Será que eu tinha chamado a atenção deles com um simples olhar fixo e desfocado? Ou foi quando apertei os olhos para avistar alguém que estava oculto nas sombras? O que quer que fosse, não foi preciso muito. O Komizar podia não ter consideração alguma pelo dom, mas pelo menos uns poucos deles estavam famintos por esse mesmo dom, procurando por qualquer pequeno sinal dele.

A consideração de alguns me deu forças. Procedi seguindo em frente, sem pressa, como se meu vestido de saco fosse um vestido de gala real, erguendo o queixo e imaginando Reena e Natiya ao meu lado. Fiz uma varredura com os olhos de um lado da mesa e depois do outro, tentando olhar diretamente nos olhos de muitos daqueles que ali estavam presentes, o máximo quanto me era possível. Buscando nos olhos deles. Trazendo-os para o meu lado. O Dragão não era o único capaz de roubar coisas. Pelo momento, eu tinha o público que ele tão altamente valorizava, mas, enquanto passava por ele para me sentar, senti o calafrio voltar. Ele era o ladrão de calidez além de ser o ladrão de meus sonhos, e senti uma pontada gélida no pescoço, visto que ele sabia o propósito de todos os movimentos que eu fazia e já havia calculado um contra-ataque. A força da presença dele era algo sólido e antigo, retorcido e determinado, mais velho do que as muralhas do Sanctum que nos cercavam. Ele não tinha chegado ao posto de Komizar sem razões para tal.

Sentei-me no único assento que sobrara, um ao lado de Kaden, e instantaneamente soube que aquele era o pior lugar onde eu poderia ter me sentado. Rafe estava sentado diretamente do meu outro lado, seus olhos imediatamente se puseram em mim, olhos da cor do cobalto cortante, brilhando em contraste com o desgosto, cheios de preocupação e raiva, buscando-me, quando tudo que ele deveria ter feito era desviar o olhar. Olhei para ele de relance com ares de súplica, na esperança de que ele entendesse meu recado silencioso, e desviei o olhar, rezando aos deuses para que o Komizar não tivesse visto aquilo.

Calantha estava sentada ao lado de Rafe, com seu tapa-olho ornamentado em forma de olho azul como que me fitando, e seu outro olho azul leitoso fazendo uma varredura da mesa. Ela ergueu o prato de ossos, caveiras e dentes que tinha sido colocado à sua frente e começou a cantar em vendano. Algumas daquelas palavras eu nunca tinha ouvido antes.

"*E cristav unter quiannad.*"

Um som murmurado. Uma pausa. "*Meunter ijotande.*"

Ela ergueu os ossos bem alto, acima de sua cabeça.

"*Yaveen hal an ziadre.*"

Depois colocou a bandeja de volta em cima da mesa e acrescentou, baixinho: "*Paviamma*".

E então, para minha surpresa, todos os irmãos responderam na mesma moeda, e uma solene *paviamma* ecoou em resposta.

Meunter. Nunca. *Ziadre*. Viver. Eu não estava certa do que havia acabado de acontecer, mas o tom havia se tornado sério. Alguma espécie de cântico. Parecia ser dito de cor. Seria o começo de um sombrio ritual bárbaro? Todas as histórias aterrorizantes que ouvi quando criança voltaram torrencialmente a mim. O que será que eles fariam em seguida?

Inclinei-me para perto de Kaden e disse, em um sussurro: "O que é isso?". Calantha passou a bandeja pela mesa e a irmandade esticou as mãos para pegar um osso ou uma caveira.

"Apenas o reconhecimento de um sacrifício", sussurrou Kaden em resposta. "Os ossos são um lembrete de que toda refeição é um dom que vem à custa de alguma criatura, que não é tomada sem gratidão."

Uma memória sagrada? Fiquei observando enquanto a bandeja era passada adiante e guerreiros que inspiravam medo esticavam as mãos para a pilha e acrescentavam fragmentos desbotados nas correntes com fendas que tinham ao lado de seus corpos. *Toda refeição é um dom.* Balancei a cabeça em negativa, tentando combater meu desacordo, para apagar uma explicação que não era bem adequada no espaço que eu já tinha criado para isso. Relembrei as faces esqueléticas que haviam olhado para a minha enquanto eu passava pelos portões da cidade e o medo que eu tinha sentido ao ouvir os ossos sendo chacoalhados ao lado deles. Minhas primeiras impressões haviam plantado pensamentos sombrios em mim, de bárbaros sedentos por sangue exibindo sua selvageria.

Eu não me dei conta de que estava fazendo cara feia até que vi o Komizar me fitando com um largo sorriso esnobe que contorcia sua boca. Minha ignorância foi exposta, pelo menos para ele, mas eu também havia captado a sutil observância que ele fizera de Kaden. Uma lenta e cuidadosa leitura dele. Aquilo ainda o corroía. Kaden havia seguido minhas ordens e não as do Komizar.

Quando a bandeja de ossos foi passada à minha frente para um governador, estiquei a mão e apanhei um osso. Era um pedaço de maxilar com um dente ainda preso nele, fervido e limpo de todos os resquícios de carne. Senti Rafe me observando, mas tomei cuidado para não olhar na direção dele. Levantei-me e puxei um fio solto da bainha da minha roupa e então atei o osso e o dente em volta do meu pescoço com ele.

"Você consegue recitar as palavras também, Princesa Arabella?", perguntou o Komizar. "Ou é boa apenas para fazer uma cena?" Um convite para falar na própria língua deles? Sem querer, ele havia brincado com meu ponto forte. Eu poderia não saber o que significavam todas as palavras, mas seria capaz de repeti-las, todas. Umas poucas palavras seriam o bastante. "*Meunter ijotande. Enade nay, sher Komizar, te mias wei etor azen urato chokabre.*"

Falei impecavelmente e, estava certa disso, sem nenhum indício de sotaque. A sala ficou em silêncio.

Rafe fitou-me, levemente boquiaberto. Eu não sabia ao certo se ele tinha entendido ou não, mas então Calantha inclinou-se para perto dele, sussurrando a essência das palavras que eu disse: *Você não é, caro Komizar, o único que conheceu a fome.* O Komizar desferiu a ela um condenador olhar de relance para silenciar a mulher.

Olhei para a longa fileira de irmãos que incluíam Griz, Eben, Finch e Malich. Como Rafe, eles estavam boquiabertos. Voltei-me novamente para o Komizar. "E se você for me chamar com ar zombeteiro", acrescentei, "pedirei que pelo menos me chame da forma correta. Jezelia. Meu nome é Jezelia."

Esperei para ver se haveria alguma reação ao meu nome, mas não houve: nem do Komizar, nem de mais ninguém. Baixei meu olhar contemplativo e sentei-me.

"Ah, esqueci, vocês da realeza são ricos o bastante para terem muitos nomes, tais como casacos de inverno. Bem, que seja, Jezelia", disse o Komizar, e ergueu um brinde zombeteiro para mim. Risadas saíram rolando de línguas que segundos antes eu havia silenciado. Gracejos e mais brindes zombeteiros seguiram-se. Ele tinha a habilidade suprema de distorcer os momentos ao seu favor. Deixou todos pensando nos excessos dos membros da realeza, inclusive seus muitos nomes.

A refeição teve início, e Kaden encorajou-me a comer. Forcei-me a fazer descer um pouco de comida, sabendo que em algum lugar bem lá no fundo, eu estava morrendo de fome, mas já havia tanta coisa se revirando na minha barriga, que era difícil sentir mais fome. O Komizar ordenou que as mãos de Rafe fossem desacorrentadas de forma que ele pudesse comer, e então encheu-se de eloquência ao dizer o quanto os outros reinos estavam finalmente dando a devida importância a Venda, até mesmo enviando a realeza e seu estimado gabinete para jantar com eles. Embora seu tom fosse desdenhoso, vi quando ele se inclinou em direção a Rafe mais de uma vez e perguntou-lhe sobre a corte de Dalbreck. Rafe escolheu com cuidado suas palavras. Encontrei-me observando, hipnotizada, notando como ele conseguia passar de prisioneiro em grilhões ao brilhante emissário em um piscar de olhos.

Então notei que Calantha inclinou-se para a frente, servindo a Rafe mais cerveja ale, mesmo que ele não tivesse pedido. Estaria ela tentando fazer com que ele soltasse a língua? Ou ela estava sendo atenciosa por outros motivos? Calantha era bonita, de um jeito perturbador. De um jeito que não é deste mundo. Seus cabelos sem cor caíam em longas ondas que passavam de seus ombros desnudos. Nada em relação a ela parecia natural, inclusive seus longos e esguios dedos e suas unhas pintadas. Eu me perguntava que posição ela ocuparia no Sanctum. Havia outras mulheres no saguão, umas poucas sentadas ao lado de soldados, muitas, ao lado dos criados, e a silhueta esguia que eu tinha visto nas sombras, quer dizer... isso se fosse mesmo uma mulher. Mas Calantha era dotada de uma ousadia... Desde seu brilhante tapa-olho até as delicadas correntes que retiniam em volta de sua cintura.

Fiquei pasmada ao ver Rafe sorrindo e desempenhando o papel do enfastiado emissário que buscava somente o melhor acordo para si. O Komizar embebia-se com as palavras dele, mesmo que tentasse manter distância. Rafe sabia exatamente quais palavras jogar e quando se conter com uma medida de imprecisão, mantendo a curiosidade do Komizar atiçada. Eu me perguntava como o empregado de fazenda por quem eu havia me apaixonado tinha tantas facetas que eu não conhecia. Observava os lábios dele se movendo, as fracas linhas formando-se em leque em volta de seus olhos quando ele sorria, a largura de seus ombros. *Um príncipe.* Como é que eu nem mesmo havia suspeitado disso? Lembrei-me dele cerrando o rosto naquela primeira noite em que eu o havia servido na taverna, a pungência de cada palavra que ele dirigiu a mim. Eu o havia deixado no altar. Com quanta raiva ele deve ter ficado para me rastrear até lá na taverna... O que também queria dizer que ele era habilidoso. Havia tanta coisa que eu ainda desconhecia sobre Rafe.

Olhei de relance para o Komizar, que havia ficado quieto, e deparei-me com seus olhos fixos em mim. Engoli em seco. Por quanto tempo ele vinha me observando? Será que tinha me visto observando Rafe?

Subitamente ele soltou um bocejo e depois, sem pressa, deslizou a mão pela tira de couro em seu peito.

"Tenho certeza de que nossos hóspedes estão ficando cansados, mas onde eu deveria colocá-los?" Ele explicou detalhadamente que, visto que eles não faziam prisioneiros em Venda, não tinham prisões de verdade, que a justiça era rápida até mesmo para seus próprios cidadãos. Ele analisou suas diversas opções, mas eu senti que estava nos levando por uma trilha que ele já havia mapeado. O Komizar disse que poderia nos enfiar de volta na sala de espera pela noite, mas que era úmida e sombria, e havia apenas um pequeno colchão de palha para dividirmos. Ele olhou para Kaden enquanto falava isso. "Mas há um quarto vazio não longe dos meus próprios aposentos que é seguro." Ele se sentou relaxado em sua cadeira. "Sim", disse devagar, como se estivesse considerando a possibilidade, "vou colocar o emissário lá. Mas onde eu deveria colocar a princesa para que ela fique em segurança também?"

Malich gritou do outro lado da mesa. "A princesa pode ficar comigo. Ela não irá a lugar algum, e nós ainda temos umas coisinhas a serem discutidas." Os soldados que estava perto dele deram risada.

Kaden empurrou sua cadeira para trás e levantou-se, olhando feio para Malich. "Ela ficará nos meus aposentos", disse ele com firmeza.

O Komizar sorriu. Eu não gostava do rumo que aquele seu jogo estava tomando. Ele esfregou o queixo. "Ou eu poderia simplesmente trancafiá-la junto com o emissário? Talvez isso fosse melhor. Manter os dois prisioneiros juntos? Diga-me, *Jezelia*, o que você preferiria? Deixarei a escolha para você." Os olhos do Komizar ficaram pousados em mim, frios e desafiadores. Será que meus olhares cheios de ódio para o emissário tinham parecido genuínos ou obviamente planejados? *Sempre há mais coisas que podem ser tomadas.* Ele estava procurando por mais alguma coisa que eu valorizasse além de uma corda em volta da minha cintura.

Minhas mãos tremiam em meu colo debaixo da mesa. Apertei-as, cerrando-as em punhos, e endireitei-as, forçando-as a me obedecerem, a serem convincentes. Empurrei minha cadeira para trás e fiquei em pé, parada, ao lado de Kaden. Ergui a palma de minha mão até a bochecha dele, e então puxei seu rosto para junto do meu, dando-lhe um beijo longo e cheio de paixão. As mãos dele deslizaram até a minha cintura, puxando-me mais para perto de si. A sala irrompeu em assovios e sibilos. Lentamente eu me afastei dele, olhando nos olhos surpresos de Kaden.

"Acabei me sentindo confortável com o Assassino depois da longa jornada pelo Cam Lanteux", falei ao Komizar. "Ficarei com ele em vez de ficar com aquele parasita traiçoeiro." Desferi para Rafe um último olhar de ódio, ao qual ele retribuiu com uma olhadela de relance, cheia de fúria fria. Mas ele estava vivo. Por ora, ele era algo que não valia a pena ser tomado de mim.

CAPÍTULO 10
CRÔNICAS DE AMOR E ÓDIO

O quarto de Kaden ficava no fim de um longo e escuro corredor. Tinha uma pequena porta com amplas dobradiças cobertas de ferrugem e uma tranca cuja forma era da boca de um urso, porta esta que não cedeu quando ele tentou empurrá-la e abri-la, como se a madeira estivesse inflada com a umidade, de modo que ele colocou o ombro na porta, que cedeu e abriu-se com tudo, batendo na parede. Ele estirou a mão para que eu entrasse primeiro. Entrei no quarto, mal vendo os arredores, apenas ouvindo o pesado e oco som da porta que se fechava atrás de nós. Ouvi Kaden dar um passo mais para perto de mim e senti o calor de seu corpo próximo ao meu, atrás de mim. O gosto de sua boca ainda estava fresco nos meus lábios.

"É isso", disse ele simplesmente, e fiquei grata pela distração. Olhei ao redor, por fim absorvendo a extensão do quarto.

"É maior do que eu esperava", falei.

"Um quarto na torre", foi a resposta dele, como se isso explicasse o fato de ser maior do que o esperado. No entanto, o quarto era grande, e a parede externa, curvada, então talvez essa fosse mesmo a explicação. Andei mais para dentro, pisando em um tapete preto de pele, com meus pés descalços finalmente sentindo um pouco de alívio do chão frio. Mexi os dedos dos pés bem a fundo na lã macia e então meus olhos pousaram em uma cama. Uma cama muito pequena empurrada contra a parede. Notei que tudo, na verdade, estava apoiado na parede, em uma sucessão banal e metódica, da forma como um soldado que se importava apenas com a praticidade poderia arrumar. Ao lado da cama havia um barril de madeira com uma pilha de cobertores dobrados, um grande baú, uma lareira fria, um recipiente vazio de combustível, uma arca e uma tina para tomar banho, seguidos por uma fileira de paramentos apoiados lado a lado na parede: uma vassoura, espadas de madeira usadas para a prática de esgrima, três varas de ferro, um castiçal alto e as mesmas botas detonadas que ele havia usado para cruzar o Cam Lanteux, ainda com crostas de lama. Acima, pendurado no teto, havia um candelabro de madeira rudimentar, e o óleo que estava em suas lanternas estava tão velho que sua cor era de um intenso marrom-amarelado. Porém, eu vi detalhes ali que não se enquadravam com os aposentos de um soldado, e sua pequenez, de repente, era maior do que o quarto em si.

Havia diversos livros empilhados em cima da cama. Mais provas de que ele havia mentido em relação a não ler. Porém, eram as quinquilharias que me deixavam com um nó na garganta. Do outro lado do quarto, pedaços de vidro colorido azul e verde pendurados em couro trançado pendiam de uma viga. Enfiada no canto havia uma cadeira e, na frente dela, um tapete espesso, tecido com trapos coloridos e lã embaraçada. *Os dons do mundo. Eles vêm em diferentes formas e forças.* O tapete de Dihara. E então, em um cesto raso no chão, havia fitas, pelo menos uma dúzia delas, de todas as cores, pintadas com sóis, estrelas e luas crescentes. Aproximei-me e ergui uma, deixando que a seda púrpura fizesse uma trilha pela palma da minha mão. Pisquei para conter o ardor nos olhos.

"Eles sempre me mandavam ir embora com alguma coisa quando eu partia", explicou-me Kaden.

Mas não dessa última vez. Apenas uma praga da doce e gentil Natiya, na esperança de que meu cavalo fosse chutar pedras nos dentes dele. Ele nunca seria bem-vindo de volta àquele acampamento de nômades de novo.

Fui varrida pelo temor. Algo se agigantava, até mesmo para os nômades. Eu tinha visto isso nos olhos de Dihara e senti no tremor da mão dela na minha bochecha quando ela se despediu de mim. *Vire seu ouvido para o vento. Permaneça forte.* Será que ela ouviu alguma coisa ser sussurrada pelo vale? Eu sentia isso agora, alguma coisa rastejando pelos pisos e pelas paredes, subindo pelas pilastras. Um final. Ou talvez estivesse sentindo a aproximação da minha própria mortalidade.

Ouvi os passos de Kaden atrás de mim e depois senti as mãos dele na minha cintura, que a circundaram, puxando-me para junto dele.

Inspirei incisivamente.

Os lábios dele roçavam meu ombro. "Lia, finalmente nós podemos..."

Cerrei os olhos. Eu não conseguia fazer isso. Dei um passo, afastando-me dele, e girei para ficar cara a cara com ele.

Kaden estava sorrindo. Suas sobrancelhas estavam erguidas. Um sorriso largo, pleno e indulgente. Ele *sabia.*

Fui golpeada pela culpa e pela raiva ao mesmo tempo. Girei e fui andando até o baú, abrindo-o com tudo. A coisa mais próxima de uma camisola que consegui encontrar ali foi uma das camisetas gigantescas dele. Apanhei-a e me virei. "E eu vou ficar com a cama!" Joguei um dos cobertores para cima dele.

Kaden pegou-o, rindo. "Não fique com raiva de mim, Lia. Lembre--se de que eu sei a diferença entre um beijo de verdade vindo de você e um dado apenas por causa do Komizar."

Um beijo de verdade. Eu não tinha como negar como havia sido nosso primeiro beijo.

Ele deixou cair o cobertor em cima do tapete. "Nosso beijo na campina estabeleceu um alto nível, embora eu admita que sempre valorizarei esse beijo forçado também." Ele ergueu a mão e tocou no canto de sua boca, provocante, como se estivesse saboreando a lembrança.

Olhei para ele, cujos olhos ainda estavam iluminados com malícia, e alguma coisa foi puxada dentro de mim. Eu vi alguém que, por um instante, esquecia que era o Assassino, aquele que havia me arrastado até aqui.

"Por que você entrou no jogo?", indaguei.

O sorriso dele esvaneceu-se. "Foi um longo dia. Um dia difícil. Eu queria dar um tempo a você. E talvez eu nutrisse esperanças de que não fosse apenas a menos pior de suas opções."

Ele era perceptivo, mas não o bastante.

Ele apontou para o baú. "Se você escavá-lo ali mais a fundo, vai encontrar algumas meias de lã também."

Escavei até o fundo do baú e encontrei três pares de meias longas de cor cinza. Ele virou de costas para eu me trocar, e me livrei do vestido dos infernos que era costurado com várias rebarbas. A camisa dele era quente e macia e ia até meus joelhos, e suas meias subiam acima deles.

"Elas ficam bem melhores em você", disse Kaden quando se virou. Ele arrastou o tapete de pele para perto da cama e apanhou um outro cobertor do baú, jogando-o em cima do tapete, ao lado do outro. Usei a tina de banho que estava no canto enquanto ele se preparava para dormir, livrando-se dos cintos e das botas e acendendo uma vela. Ele me disse que a porta no canto dava para um armário da câmara. Era um quarto pequeno, longe de ser luxuoso, mas, em comparação com as minhas últimas e poucas noites passadas acampando em meio a centenas de soldados com menos de uma migalha de privacidade, era a perfeição. Ali havia ganchos para toalhas e até mesmo mais um dos tapetes trançados de Dihara, que proporcionavam mais calidez do que o chão descoberto.

Quando saí, ele abaixou o candelabro e apagou as lanternas. O quarto tremeluzia com a luz da única vela, e fui para a cama estreita, encarando o teto acima de mim, que dançava com longas sombras. O vento uivava lá fora e socava as persianas de madeira. Puxei a colcha mais para cima, em volta do meu queixo. *O emissário tem uma chance melhor de estar vivo no fim do mês do que você.*

Eu rolei e me curvei, formando uma bolinha. Kaden deitou com as costas apoiadas no tapete e com os braços cruzados atrás da cabeça, fitando o teto. Seus ombros estavam nus, o cobertor cobrindo apenas metade de seu peito. Eu podia ver as cicatrizes que ele disse que não tinham mais importância, mas sobre as quais se recusava a falar. Movi-me rapidamente mais para perto da beirada da cama.

"Conte-me sobre o Sanctum, Kaden. Ajude-me a entender melhor o seu mundo."

"O que quer saber?"

"De tudo. Dos governadores, da irmandade, das outras pessoas que vivem aqui."

Ele rolou sobre o tapete para ficar cara a cara comigo, erguendo-se e apoiando-se em um cotovelo. Ele me disse que o Sanctum ficava na parte mais interna da cidade, uma fortaleza protegida e alocada para o Conselho, que regia o Reino de Venda. O Conselho compreendia a Legião de Governadores das catorze províncias de Venda, os dez

Rahtans, que eram a guarda de elite do Komizar, os cinco *chievdars* que supervisionavam o exército, e o próprio Komizar. Trinta, ao todo.

"Você faz parte do grupo dos *Rahtans*?"

Ele assentiu. "Eu, Griz, Malich e sete outros."

"E quanto a Eben e Finch?"

"Eben está sendo preparado para o posto e haverá de se tornar um *Rahtan* um dia. Finch é um dos primeiros guardas que ajudam o *Rahtan*, mas quando ele não está em serviço, vive fora do Sanctum com a esposa."

"E os outros *Rahtans*?"

"Quatro deles estavam aqui hoje: Jorik, Theron, Darius e Gurtan. Os outros estão fora, cuidando dos deveres que lhes foram atribuídos. *Rahtan* significa 'nunca falhar'. É disso que somos encarregados, de nunca falharmos em nosso dever, e nunca falhamos em nosso dever."

Exceto por mim. Eu era o fracasso dele, a menos que realmente me provasse ser de valor para Venda, e isso era algo que seria determinado apenas pelo Komizar.

"Mas o Conselho realmente tem algum poder?", perguntei. "Não é o Komizar que, no fim das contas, decide tudo?"

Ele rolou para ficar com as costas no tapete de novo, com as mãos entrelaçadas atrás da cabeça mais uma vez. "Pense no gabinete do seu pai. Eles aconselham-no, apresentam-lhe opções, mas não é ele quem tem a palavra final?"

Pensei no que ele disse, mas não estava tão certa disso. Eu havia ouvido sem querer reuniões de gabinete, assuntos tediosos cujas decisões já haviam sido tomadas, membros do gabinete cuspindo números e fatos de cor. Raramente um discurso terminava em uma pergunta a ser respondida pelo meu pai, e se ele mesmo levantasse alguma questão, o Vice-Regente, o Chanceler ou algum outro membro do gabinete entraria na conversa e diria que haveria de investigar o assunto mais a fundo, e a reunião seguiria em frente.

"O Komizar não tem uma esposa? Um herdeiro?"

Ele soltou um grunhido. "Nada de esposa, e, se ele tem algum filho que seja, a criança não carrega o nome dele. Em Venda, o poder é passado adiante através de sangue derramado, não é herdado."

Aquilo que o Komizar havia me dito era verdade. Isso era tão estranho para os modos de Morrighan, e para os modos de todos os outros reinos também.

69

"Mas não faz sentido!", falei. "Você está querendo dizer que a posição de Komizar está aberta a qualquer um que o matar? O que impede alguém no Conselho de matá-lo e assumir ele mesmo o poder?"

"Essa é uma posição perigosa para ser assumida. No minuto em que alguém faz isso, um alvo é criado em suas costas. A menos que outros o vejam como mais valioso vivo do que morto, a chance de sobrevivência até a próxima refeição é bem pequena. Poucos estão dispostos a correr esse risco."

"Parece-me uma forma brutal de se governar."

"É uma forma brutal de se governar, mas também quer dizer que, se você escolhe liderar, deve trabalhar muito arduamente para Venda. E o Komizar faz isso. Em Venda, houve banhos de sangue durante anos. É preciso um homem forte para navegar nessas águas e permanecer vivo."

"Como ele consegue fazer isso?"

"Melhor do que os últimos Komizares. Isso é tudo que importa."

Ele continuou falando, contando-me sobre as diversas províncias. Algumas eram grandes, outras, pequenas, cada uma delas com seus recursos e povos únicos. A liderança era passada adiante da mesma forma, por meio de desafios quando os governadores regentes ficavam fracos ou se tornavam preguiçosos. Ele gostava da maioria dos governadores, desprezava alguns, e outros poucos estavam entre os fracos e preguiçosos que poderiam não durar muito neste mundo. Os governadores deveriam passar meses alternados em suas províncias e na cidade, embora a maioria preferisse o Sanctum às suas próprias fortalezas e estendia suas estadas.

Se esta cidade lúgubre era preferível aos seus lares, eu podia apenas imaginar o quão mais deploráveis deveriam ser tais lugares. Questionei-o em relação à estranha arquitetura que eu vira até agora. Ele disse que Venda era uma cidade construída em cima de uma cidade caída, reutilizando os recursos disponíveis das ruínas. "Esta já foi, certa vez, uma grande cidade. Nós estamos apenas aprendendo o quão grande ela é. Alguns acham que ela continha todo o conhecimento dos Antigos."

Essa era uma declaração um tanto quanto soberba para uma cidade tão destruída. "O que os leva a pensar isso?", perguntei.

Ele me disse que os Antigos tinham templos vastos e elaborados construídos bem ao fundo nos subterrâneos, embora Kaden não soubesse ao certo se todos eles sempre estiveram sob a superfície ou se possivelmente foram enterrados pela devastação. Ele disse ainda que, de vez em quando, parte da cidade entrava em colapso, literalmente caindo sobre si mesma, quando ruínas enterradas abaixo dela cediam. Às vezes, isso levava a descobertas. Kaden contou-me mais sobre as alas do Sanctum e as trilhas que as conectavam. O Saguão do Sanctum, os aposentos da Torre, além de outras câmaras de reunião, tudo isso fazia parte do prédio principal, e a Ala do Conselho ficava conectada por túneis ou passadiços elevados.

"Porém, por maior que o Sanctum possa parecer", disse ele, "essa é apenas uma pequena parte da cidade. O restante espalha-se por quilômetros, e continua crescendo."

Lembro-me do primeiro vislumbre que tive disso, erguendo-se ao longe como um monstro preto sem olhos. Até mesmo então, senti o sombrio desespero de sua construção, como se não houvesse amanhã.

"Existe alguma outra maneira de entrar na cidade além da ponte que cruzamos?", questionei.

Ele fez uma pausa, fitando as vigas acima dele. Ele sabia o que eu realmente queria saber: se havia alguma outra forma de sair dali.

"Não", foi a resposta dele, por fim, baixinha. "Não existe qualquer outra maneira de fazer isso até que o rio se alargue a centenas de quilômetros ao sul de onde estamos, e onde as correntezas se acalmam. No entanto, há criaturas naquelas águas que poucos gostariam de encontrar, até mesmo em uma jangada." Ele rolou para o lado e olhou para mim, erguendo-se e apoiando em um dos braços. "Apenas a ponte, Lia."

Uma ponte que precisaria de pelo menos uma centena de homens para ser erguida ou abaixada.

Nossos olhares contemplativos estavam fixos um no outro, e a pergunta que não foi feita... *como eu saio daqui?*... pairava entre nós. Por fim, segui em frente, fazendo-lhe mais perguntas sobre a construção da ponte. Ela parecia uma maravilha cuidadosamente forjada, considerando-se a construção disforme do restante da cidade.

Ele disse que a nova ponte foi terminada havia dois anos. Antes dela só existia um pequeno e perigoso pontilhão. Os recursos eram limitados em Venda, mas a única coisa que não faltava era pedra, e dentro das rochas havia metais. Eles haviam aprendido maneiras de misturá-los de forma a deixar o metal mais forte e impérvio à constante neblina do rio.

Extrair metais de rochas não era uma tarefa fácil, e fiquei surpresa com o fato de eles parecerem ser bons nisso. Eu havia notado o estranho brilho nos braceletes que Calantha usava, algo que eu nunca tinha visto antes, um belo metal preto azulado que reluzia em contraste com os pulsos pálidos dela. Os círculos de metal retiniam pelos braços dela quando ela erguia a bandeja de ossos, como se fossem os sinos ressoando na Sacrista em Terravin. *Escute. Os deuses aproximam-se.* Para um povo que ignorava as bênçãos dos deuses, o silêncio que havia caído quando Calantha se pronunciara tinha sido assustadoramente devoto.

"Kaden", sussurrei, "quando estávamos jantando, e Calantha proferiu e fez a bênção, você disse que se tratava de um reconhecimento de sacrifício. Quais eram as palavras? Eu entendi algumas, mas outras eram novas para mim."

"Você entende mais do que eu pensava. Surpreendeu a todos quando se pronunciou hoje à noite."

"Não deveria ter sido uma surpresa depois da minha arenga hoje pela manhã."

Ele abriu um largo sorriso. "Falar as palavras básicas em vendano não é a mesma coisa que dominar o idioma."

"Mas ainda há palavras que são estranhas para mim. Nenhum de vocês disse aquela bênção em uma refeição em todo o caminho enquanto cruzávamos o Cam Lanteux."

"Nós nos acostumamos a levar muitas vidas diferentes. Temos que deixar para trás alguns dos nossos modos assim que passamos das fronteiras de Venda."

"Diga-me qual é a prece de Calantha."

Ele se sentou, relaxado, e ficou cara a cara comigo. O brilho da vela iluminava um lado de seu rosto. "*E cristav unter quiannad*", disse ele, em um tom reverente. "Um sacrifício sempre lembrado. *Meunter ijotande.* Nunca esquecido. *Yaveen hal an ziadre.* Nós vivemos mais um dia."

As palavras penetraram em mim. Eu havia interpretado errado o uso dos ossos.

"O alimento pode ser escasso em Venda", explicou ele. "Especialmente no inverno. Os ossos são um símbolo de gratidão e um lembrete de que nós vivemos somente pelo sacrifício de até mesmo o menor dos animais e por meio do sacrifício combinado de muitos."

Meunter ijotande. Eu me sentia envergonhada com a beleza de cada sílaba do idioma ao qual uma vez me referi como sendo grunhidos bárbaros. Era uma emoção estranha se sentir lado a lado com a amargura do meu cativeiro.

Houve tantas vezes em que eu havia olhado para Kaden lá em Terravin e me perguntado que tormenta estaria passando pelos olhos dele. Ao menos agora eu sabia o que era parte daquela tormenta.

"Eu sinto muito", sussurrei.

"Pelo quê?"

"Por não entender."

"Até que você tivesse morado aqui, como poderia? Venda é um mundo diferente."

"Havia mais uma palavra. Todos a disseram juntos no final. *Paviamma.*"

A expressão dele ficou alterada, seus olhos buscando os meus e a calidez iluminando-os. "Isso quer dizer..." Ele balançou a cabeça em negativa. "Não há uma tradução direta em morriguês para *paviamma*. É uma palavra de ternura e tem muitos significados, dependendo da forma como é usada. Até mesmo o tom em que é dita pode alterar seu significado. *Pavia, paviamas, paviamad, paviamande*. Amizade, gratidão, cuidado, misericórdia, perdão, amor."

"É uma bela palavra", falei em um sussurro.

"Sim", concordou ele. Fiquei observando o peito de Kaden erguer-se em uma respiração profunda. Ele ficou hesitante, como se quisesse me dizer mais alguma coisa, mas então voltou a deitar-se e ergueu o olhar para as vigas. "Nós deveríamos dormir um pouco. O Komizar espera nos ver cedo pela manhã. Há algo mais que você queira saber?"

O Komizar espera. A calidez que havia enchido o quarto foi varrida com uma única sentença, e eu puxei a colcha mais para junto de mim. "Não", respondi baixinho.

Ele esticou a mão e apagou a vela com os dedos.

No entanto, ainda havia uma pergunta que me apunhalava e que eu tinha medo de fazer. Será que o Komizar realmente enviaria Rafe para casa pedacinho por pedacinho? Lá no fundo, eu sabia a resposta. Vendanos haviam executado uma companhia inteira de homens, meu próprio irmão entre eles, um massacre, e o Komizar os havia louvado por isso. *Você se saiu bem, chievdar.* O que era mais um emissário para ele?

Tudo que eu poderia fazer seria certificar-me de que ele não percebesse que Rafe era algo valioso a ser tirado de mim.

Virei-me em direção à parede, não conseguindo dormir, ouvindo a respiração de Kaden e escutando-o virar-se, inquieto. Fiquei pensando no arrependimento dele com as escolhas que tinha feito e todas as gargantas que ele não se conteve em cortar. O quão mais fácil seria a vida dele agora se ele tivesse cortado a minha como lhe fora ordenado. O vento acelerou-se, assoviando através de fissuras, e eu me aninhei a fundo debaixo das cobertas, me perguntando sobre meus próprios arrependimentos por virem, por coisas que eu ainda haveria de fazer.

O quarto fechava-se ao meu redor, escuro, preto e longe de tudo que eu sempre tinha conhecido. Eu me sentia como uma criança novamente, desejando poder curvar-me nos braços da minha mãe em uma noite de tempestade e que ela pudesse com sussurros afastar meus medos. O vento socava as persianas, fazendo com que batessem, vento implacável, e senti alguma coisa úmida escorrendo pela lateral do meu rosto. Ergui a mão e limpei a umidade salgada dali.

Que estranho.

Muito estranho.

Como acreditar que algumas coisas duram para sempre.

Uma lágrima.

Como se isso pudesse fazer alguma diferença.

KADEN

proveite seu animalzinho de estimação por ora.
Todos os aspectos dessas palavras me corroíam.
Aproveite.
Ver o medo de Lia tornava impossível aproveitar qualquer coisa que fosse. Vê-la sendo desfilada pelo corredor em um saco me deixou enojado de um jeito que eu não me sentia desde criança. Por que eu não havia cogitado essa possibilidade? Será que eu era tão estúpido quanto Malich? É claro que o Komizar não poderia tratá-la como uma convidada de honra, por isso eu não havia esperado, mas vê-la segurando o tecido para cobrir-se...

Bati com força um armário da cozinha para fechá-lo e fiquei procurando uma coisa com afinco em outro armário sob o olhar escrutinizador da cozinheira. Ela não aprovava o fato de eu estar invadindo sua cozinha.

"Ei!", disse ela irritada, dando um tapa na minha mão para que eu a tirasse dali quando a estiquei para pegar uma rodela de queijo. "Deixe que eu faça isso!" Ela apanhou uma faca para cortar um pedaço do queijo para mim. Fiquei observando enquanto se movia pela cozinha, reunindo mais comida.

Seu animalzinho de estimação.

Eu sei como o Komizar via os membros da realeza. Eu não podia culpá-lo por isso. Era assim que eu os via também, mas Lia não era uma coisa sem valor e egoísta que usava uma coroa. Quando ela havia desafiado a todos nós e matara o cavalo de Eben, aquilo não foi desprovido de valor.

Por ora.

Temporário. Transitório. Provisório. No entanto, trazer Lia para Venda era um movimento eterno para mim. Um fim... e um começo. Ou talvez fosse um retorno a alguma parte minha que eu não queria que morresse. *Não faça isso.* As palavras haviam voltado a mim lá em Terravin enquanto eu observava Lia caminhando pelo bosque. Essas palavras haviam batido de leve no meu crânio novamente enquanto eu estava sentado no celeiro, passando minha faca pela pedra de amolar.

Eu nunca havia desafiado uma ordem antes, mas não havia desconsiderado o comando dele somente por estar encantado com uma moça. Lia dificilmente era encantadora. Pelo menos não do jeito de costume. Havia algo mais que me atraía a ela. Eu achava que trazê-la até aqui seria simplesmente o suficiente e que, uma vez que ela aqui estivesse, não haveria motivos para matá-la. Achava que ela ficaria a salvo. Que poderia ser esquecida, e o Komizar poderia seguir em frente com seus outros planos. *Eu decidirei a melhor forma de usá-la.* Mas agora ela poderia se tornar parte de tais planos.

As palavras de Lia no campo de batalha haviam ecoado pela minha cabeça desde o dia em que ela as proferira... *para todo o sempre...* e, pela primeira vez, eu estava começando a entender o quão longo era isso. Eu tinha apenas 19 anos de idade e parecia que já tinha vivido duas vidas. Agora estava começando uma terceira. Uma vida em que eu tinha que aprender novas regras. Morando em Venda e mantendo Lia viva. Se eu simplesmente tivesse feito o meu trabalho, como sempre tinha feito antes, eu não teria que me preocupar com isso. Lia seria um outro corte esquecido no meu cinto. Mas agora ela era outra coisa. Algo que não se encaixava bem em qualquer uma das regras de Venda.

Ela pede por outra história,
uma história para passar o tempo e para nutri-la.
Busco a verdade, os detalhes de um mundo que
ficou tão distante no passado,
que não sei ao certo se algum dia existiu.
Era uma vez, há muito tempo,

> *Em uma era antes dos monstros*
> *e demônios vagarem pela terra,*
> *Em uma época em que as crianças*
> *corriam livres nas campinas,*
> *E frutos pesados pendiam de árvores,*
> *Havia cidades, grandes e belas, com torres*
> *reluzentes que tocavam o céu.*
> *Será que elas eram feitas de magia?*

Eu mesma não passava de uma criança. Eu achava que elas
podiam conter um mundo inteiro. Para mim, eram feitas de...

> *Sim, elas eram feitas de magia, e de*
> *luz, e dos sonhos dos deuses.*
> *E havia uma princesa?*

Sorrio.

> *Sim, minha criança, uma princesa preciosa tal*
> *como você. A princesa tinha um jardim cheio de*
> *árvores das quais pendiam frutos tão grandes*
> *quanto o punho fechado de um homem.*

A criança olha para mim, com ares de dúvida.
Ela nunca havia visto uma maçã, mas vira
os punhos fechados dos homens.

> *Existem realmente tais jardins, Ama?*

Não mais.

> *Sim, minha criança, em algum lugar.*
> *E um dia você os haverá de encontrar.*

—Os Últimos Testemunhos de Gaudrel—

CAPÍTULO 12
CRÔNICAS DE AMOR E ÓDIO

Acordei alarmada, arfando, buscando ar, e olhei ao meu redor, absorvendo as paredes de pedra, o chão de madeira, a colcha pesada que ainda me cobria e a camisa masculina que eu usava como camisola. Não fora um sonho. Eu realmente estava aqui. Olhei de relance para o tapete no chão ao meu lado, vazio, com as cobertas da noite passada dobradas e devolvidas à parte de cima do baú.

Kaden se fora.

Houve uma tempestade na noite passada, com ventos como eu nunca tinha ouvido antes, pedacinhos soltos da cidade batendo repetidamente nas paredes. Achei que nunca conseguiria dormir, mas então, quando isso aconteceu, devo ter tido um sono pesado, atraída para o interior de sonhos com infinitas jornadas por uma savana, perdida na grama que acenava bem acima de minha cabeça, e tropeçando em Pauline, que estava de joelhos, rezando por mim. Então eu estava mais uma vez de volta a Terravin, com Berdi me trazendo tigelas de caldo quente, esfregando a minha testa, sussurrando... *Veja as encrencas em que você se mete...* mas então seu rosto se transformou no da minha mãe e ela se aproximou de mim, seu hálito quente na minha bochecha... *Você é um soldado agora, Lia, um soldado no exército do seu pai.* Eu achava que havia me sentado, relaxada, acordada, mas então a bela e doce Greta, com uma coroa dourada de trança circundando sua cabeça, veio caminhando na minha direção. Seus olhos estavam inexpressivos, sem visão, e sangue escorria de seu nariz. Ela estava tentando dizer o nome *Walther*, mas nenhum som saía de sua garganta porque uma flecha a atravessava.

Contudo, na verdade, foi o último sonho que me despertou. Era dificilmente um sonho, apenas um lampejo de cor, um indício de movimento, uma sensação que eu não conseguia bem ao certo captar. Havia um céu amplo e frio, um cavalo e Rafe. Eu vi a lateral do rosto dele, uma maçã de sua face, seus cabelos sendo soprados ao vento, mas eu sabia que ele estava partindo. Rafe estava indo para casa. Deveria ter sido um conforto; no entanto, em vez disso, parecia uma perda terrível. Eu não estava com ele. Ele estava partindo sem mim. Fiquei lá, deitada, arfando, imaginando se seria apenas a previsão do Komizar que me assombrava. *O emissário tem uma chance melhor de estar vivo no fim do mês do que você.*

Joguei a colcha para trás e dei um pulo para fora da cama, inalando profundamente, tentando erguer o peso no meu peito. Olhei ao redor do aposento. Eu não tinha ouvido quando Kaden saiu, mas nem mesmo o havia ouvido na noite em que ele viera para me matar na minha cabana enquanto eu dormia. Silêncio era sua força, ao passo que era minha fraqueza. Cruzei o quarto até a porta e tentei abri-la, mas estava trancada. Fui até a janela e empurrei-a, abrindo a persiana. Fui atingida por uma rajada de ar gelado e senti calafrios subindo pelos meus braços. Havia uma cidade, reluzente e gotejante, disposta diante de mim, de um cru e fumacento cor-de-rosa em sua luz de antes da alvorada.

Esta era Venda.

O monstro estava apenas acordando, com sua macia barriga vazia começando a rugir e a revirar. Um cavalo, preso a uma carroça, que estava sendo conduzido por uma silhueta com um manto, trotava descendo por uma rua estreita abaixo de mim. Bem ao longe no caminho, uma mulher varria uma passagem, a água borrifando o chão logo abaixo. Silhuetas contraídas e sombrias agitavam-se nas sombras. A luz fraca espalhava-se pelas beiradas de baluartes, afundava em construções de ameias, vazava por muralhas escamosas e vielas sulcadas e lamacentas, uma relutância em seu lento rastejar.

Ouvi uma batida suave e me virei. Era tão fraca que eu não sabia ao certo de onde vinha. Da porta ou de algum lugar lá fora abaixo de mim? Mais uma suave batida. E então eu ouvi uma chave raspando na fechadura. A porta foi aberta com facilidade, uns poucos centímetros, as dobradiças enferrujadas gemendo. Mais uma gentil batida.

Apanhei uma das espadas de treino de madeira, apoiando-me na parede, e a ergui, pronta para atacar se fosse necessário. "Entre", falei.

A porta foi aberta com tudo. Era um dos meninos que eu tinha visto na noite passada empurrando as carretas para dentro do Saguão do Sanctum. Seus cabelos loiros estavam cortados em blocos desiguais bem curtos, e seus grandes olhos castanhos ficaram mais arregalados quando ele viu a espada de madeira na minha mão. "Senhorita? Eu só trouxe suas botas." Com cautela, ele as ergueu, como se estivesse com medo de alarmar-me.

Abaixei a espada. "Sinto muito. Eu não pretendia..."

"A senhorita não tem que se explicar. É bom estar preparada. Eu poderia ser um daqueles homens monstros passando pela porta." Ele deu risadinhas. "Mas essa espadinha aí não teria conseguido derrubar nem mesmo a bunda deles."

Sorri. "Não, imagino que não. Você é um dos meninos da noite passada, não? Daqueles que traziam as carretas para dentro."

Ele olhou para baixo, e o vermelho espalhou-se por suas bochechas. "Eu não sou um menino, senhorita. Sou uma..."

Fiquei sem fôlego ao perceber o meu erro. "Uma menina. É claro", falei, tentando encontrar uma maneira de dispersar o embaraço dela. "Eu acabei de acordar. Ainda não limpei bem o sono dos olhos."

Ela esticou a mão para cima e esfregou seus cabelos desiguais e curtos. "Não, são os cabelos bichados. Não se pode trabalhar no Sanctum se a gente tem piolhos, e não sou muito boa com uma faca." Ela era magra como um salgueiro, certamente não tinha mais do que 12 anos de idade e nenhuma feminilidade ainda havia florescido em seu corpo. Sua camisa e sua calça eram do mesmo marrom insípido das roupas do restante dos meninos. "Mas um dia vou deixar crescer meus cabelos até ficarem realmente longos como os seus, tão bonitos e trançados como os seus." Ela alternou o peso de seu corpo de um pé para o outro, esfregando seus braços esqueléticos.

"Qual é o seu nome?", perguntei.

"Aster."

"Aster", repeti. O mesmo nome do poderoso anjo da destruição. No entanto, ela parecia mais um anjo perdido com asas mal tosadas.

Fiquei ouvindo a avaliação distorcida da menina sobre o anjo Aster, que claramente não era o que os Textos Sagrados morrigueses revelavam. "Meu papai me disse que a mamãe me deu o nome de um anjo logo antes de seu último suspiro. Ele disse que ela sorriu plenamente, um último reluzir, e então me chamou de Aster. Foi esse o anjo que mostrou a Venda o caminho pelos portões até a cidade. O anjo da salvação, disse ela. Foi isso que..." De repente, a menina endireitou-se, cerrando os lábios em uma linha firme. "Fui avisada para não ficar de tagarelice. Desculpe-me, senhorita. Aqui estão suas botas." Ela deu um passo à frente com formalidade, colocou os calçados no chão à minha frente e depois deu um passo enrijecido para trás.

"De onde eu venho, Aster, trocar umas palavrinhas não é tagarelice. É a coisa educada e amigável a ser feita. Espero que você venha tagarelar comigo todos os dias." Ela abriu um largo sorriso e deslizou a mão pela cabeça de novo, constrangida. Olhei para as minhas botas, limpas e com os cadarços bem amarrados. "Como foi que você as encontrou?", perguntei a ela.

Fiquei satisfeita ao ver que o silêncio também não era o ponto forte de Aster. Nós tínhamos alguma coisa em comum. Ela me disse que as conseguiu com Eben. Ele as pegou logo antes de serem enviadas para o mercado. Minhas roupas já eram, mas ele roubou as botas da pilha e limpou-as para mim. Ele seria chicoteado se alguém descobrisse, mas Eben era bom em ser arguto, e Aster me jurou que eu não precisava me preocupar com isso. "No que diz respeito a essas botas, elas se levantaram e saíram andando sozinhas."

"Você será chicoteada por trazê-las para mim?", perguntei.

Ela baixou o olhar, com um tom róseo tingindo suas bochechas novamente. "Não sou tão valente assim, senhorita. Desculpe-me. Eu trouxe as botas por ordens do Assassino."

Ajoelhei-me de forma que eu ficasse com meus olhos na altura dos dela. "Se você insiste que eu a chame de Aster, então insisto que você me chame de Lia. É um encurtamento do nome Jezelia. Você pode fazer isso, Aster?"

Ela assentiu. E então, pela primeira vez, notei o anel no polegar dela, tão solto que a menina tinha que segurar a mão cerrada em punho para não o perder. Era o anel de um pomposo guarda morriguês. Ela o havia tomado das carretas.

Ela me viu com o olhar fixo no anel e começou a tagarelar. "Foi minha escolha", explicou-me ela. "Eu não vou ficar com ele. Vou vendê-lo no mercado, mas só pela virada da noite eu queria sentir seu ouro e sua maciez na minha pele. Esfreguei essa pedra vermelha a noite toda, fazendo pedidos."

"O que você quer dizer com isso, Aster, de sua escolha?"

"O Komizar sempre dá aos empurradores de carretas o direito da primeira escolha dos espólios."

"Os governadores fazem suas escolhas depois de vocês?"

Ela assentiu. "O Conselho inteiro escolhe depois de nós. O Komizar certifica-se disso. Meu papai ficará feliz pela minha escolha. Os lordes dos quadrantes, eles amam anéis. Isso pode fazer com que consigamos um saco inteiro de grãos, e o papai consegue fazê-lo durar um mês."

Fiquei ouvindo a forma como ela falava do Komizar, mais como se ele fosse um benfeitor do que um tirano. "Você disse *sempre*. Há muitas carretas sendo trazidas para dentro do Sanctum?"

"Não", disse ela. "Costumavam ser apenas mercadorias de caravanas de mercadores de meses em meses, mas agora há os prêmios da guerra. Nós tivemos seis cargas nesse mês, mas essa foi a maior. As outras foram apenas três ou quatro carretas cheias."

Prêmios de guerra. As patrulhas estavam sendo assassinadas. Pequenas companhias de homens estavam fazendo suas jornadas em direção à morte sem a menor ideia de que o jogo havia mudado. Eles não estavam mais perseguindo uns poucos bárbaros para mandá-los de volta para trás de suas fronteiras. Estavam sendo caçados por brigadas organizadas. Para quê? Para dar anéis a criados? Não, havia alguma outra coisa em relação a isso. Algo importante o bastante para que um assassino fosse enviado para me matar.

"Falei algo errado, senhorita?"

Voltei a olhar para Aster, ainda me sentindo tola. Ela mordeu o lábio, decididamente esperando pela minha resposta.

Fomos subitamente alarmadas por uma voz. "A porta está totalmente aberta. Quanto tempo leva para deixar aqui um par de botas?"

Nem eu, nem ela ouvimos a aproximação de Kaden. Ele estava em pé, parado na entrada da porta, com um olhar austero voltado para Aster.

"Não muito", disse ela, arfante. "Acabei de chegar aqui. É verdade. Eu não estava tagarelando."

Ela passou apertando-se por ele, preocupada como um rato perseguido por um gato, e ouvimos o eco de suas passadas enquanto ela descia apressadamente o corredor. Kaden sorriu.

82

"Você assustou a menina! Tinha que ser assim tão austero?", falei.

Ele ergueu as sobrancelhas e baixou o olhar para a minha mão. "Não sou eu que estou segurando uma espada."

Ele fechou a porta atrás de si e cruzou o aposento, colocando um frasco e um cesto em cima de um dos baús. "Eu trouxe um pouco de comida para você, para que não tenha que comer no saguão. Coma e vista-se, então nós iremos. O Komizar está nos esperando."

"Vista-se? Com o quê?"

Ele olhou para o vestido de saco embolado no chão.

"Não", falei. "Vou vestir a camisa que estou trajando agora e uma calça sua."

"Vou conversar com ele, Lia, juro, mas, por ora, simplesmente faça o que eu..."

"Ele disse que eu tinha que fazer por merecer luxos como roupas, mas não me disse como. Vou lutar com você por elas."

Acenei com a espada, fazendo círculos no chão, provocando-o.

Ele balançou a cabeça em negativa. "Não, Lia. Isso não é um brinquedo. Você só vai acabar se machucando. Coloque a espada de lado." Ele falava comigo como se eu fosse Aster, uma criança que não tinha o menor entendimento das consequências. Não, pior ainda, como se eu fosse um membro da realeza que não tinha noção de coisa alguma. O tom dele era superior e desdenhoso e soava mais vendano do que nunca. O calor eriçava os pelos das minhas têmporas.

"Já girei um pedaço de pau antes", falei. "O que mais há para se saber?" Franzi os lábios e olhei para a espada com os olhos arregalados de espanto. "Este é o punho da espada, certo?", perguntei, tocando na madeira em forma de cruz. "Brinquei com espadas como estas com meus irmãos quando eu era criança." Voltei meu olhar para ele de novo, com o maxilar cerrado. "Está com medo?"

Ele abriu um largo sorriso. "Eu tentei avisar você." Ele esticou a mão para pegar a outra espada que estava apoiada na parede, e lancei-me para a frente, golpeando com força sua canela.

"O que você está fazendo?", gritou ele, contorcendo o rosto. Ele ficou pulando em uma perna só enquanto segurava o membro machucado. "Nós não começamos ainda!"

"Sim, nós começamos, sim! Você começou isso meses atrás!", falei, e girei a espada de novo, acertando a mesma perna, de lado. Ele segurou a outra espada e estirou-a para se defender, mancando, obviamente sentindo dor. "Você não pode simplesmente..."

"Deixe-me explicar uma coisa a você, Kaden!", falei, andando em círculo em volta dele, que seguia pelos arredores mancando, tentando me manter em vista. "Se esta fosse uma espada de verdade, você já estaria sangrando. Você desmaiaria, isso se até mesmo conseguisse ficar em pé, porque meu segundo golpe teria cortado os músculos e os tendões de sua panturrilha e teria aberto veias vitais. Tudo que eu teria que fazer seria continuar fazendo com que você se mexesse, e seu coração faria o resto, bombeando o sangue para fora até que você caísse em colapso, o que aconteceria agorinha."

Ele se encolheu de dor, segurando a canela e, ao mesmo tempo, mantendo sua espada em prontidão para bloquear outros golpes. "Maldição, Lia!"

"Veja, Kaden, talvez eu tenha mentido. Talvez eu não fosse apenas uma criança quando usei uma dessas pela última vez e talvez não fosse apenas por brincadeira. Pode ser que meus irmãos tenham me ensinado a lutar sujo, a ganhar vantagem. Talvez eles tenham me ensinado a entender minhas fraquezas e meus pontos fortes. Sei que posso não ter o alcance nem o poder puro de alguém como você, mas posso facilmente derrotá-lo de outras formas. E parece que já fiz isso."

"Ainda não." Ele se lançou para a frente, avançando com golpes rápidos que consegui bloquear até que ele me colocou contra a parede. Ele agarrou meu braço que segurava a espada e prendeu-o, depois se inclinou para junto de mim, sem fôlego. "E agora eu tenho a vantagem." Ele baixou o olhar para mim, suas respirações vindo mais vagarosamente e mais profundas.

"Não", falei. "Você teria perdido sangue demais a essa altura. Já estaria morto."

Ele passou os olhos pelo meu rosto, pelos meus lábios, com sua respiração quente na minha bochecha. "Não é bem assim", sussurrou ele.

"Eu vou vestir sua camisa e sua calça ou não?"

Uma respiração sibilada escapou por entre os dentes dele. Kaden soltou meu braço e foi mancando até a cadeira no canto do quarto.

"Eu não atingi você *com tanta* força assim", falei.

"Não?" Ele se sentou e puxou para cima a perna de sua calça. Logo acima de sua bota, um calombo do tamanho de um ovo já inchava.

Ajoelhei-me e olhei para aquilo. Estava bem feio. Eu o havia atingido com mais força do que tinha pensado.

"Kaden, eu..." Balancei a cabeça em negativa, procurando por palavras para me explicar.

Ele soltou um suspiro. "Você provou seu ponto."

Eu ainda não sabia ao certo se ele havia entendido por que eu estava com raiva ou por que eu o tinha atacado. Não era só por causa das roupas. "Kaden, eu estou aprisionada em uma cidade com milhares de pessoas que odeiam tudo em relação a quem sou. O Komizar degradou-me na frente de todo o seu Conselho na noite passada. A única coisa que não consigo suportar é o mesmo escárnio vindo de você. Não aprendeu nada em relação a mim ainda? *Sim*, membros da realeza sabem fazer coisas além de contar nossos doze dedos dos pés. Você é tudo que tenho aqui. É meu único aliado."

Ele estreitou os olhos ao ouvir a palavra *aliado*. "E quanto ao Rafe?"

"O que tem ele? Ele é um cúmplice em conluio com um príncipe que provavelmente gostaria de me ver morta mais do que todo mundo... Príncipe este que está traindo o meu reino ao propor acordos com vocês em benefício próprio. O que quer que eu pudesse ter pensado que havia se passado entre nós é exatamente isso. Passado. Ele foi uma distração infeliz para mim também e certamente não é um aliado. Para mim ele não é nada além de uma feia verruga no meu bom senso."

Kaden analisou meu rosto e, por fim, abriu um largo sorriso. "E seu bom senso tinha uma mira decididamente aguçada."

Voltei a olhar para o calombo que crescia na canela dele. "Existe algum depósito de gelo no Sanctum?"

Ele soltou uma bufada. "Aqui não é a taverna da Berdi, Lia." Ele foi mancando até o baú e remexeu o conteúdo dele, puxando dali uma calça e um largo cinto de couro. "Isso deve servir por ora", disse, e então os jogou em cima da cama.

Como medida de precaução, peguei o vestido de saco do chão, abri a janela coberta por persianas e joguei-o fora. "*Jabavé*", grunhi, depois de fazer isso. Esfreguei as mãos com determinação e virei-me de volta para ele. Pelo menos uma questão estava resolvida: eu nunca mais usaria o vestido de espinhos.

Espiei dentro do cesto que ele havia trazido. "O que é tão importante assim para que o Komizar nos queira ver tão cedo?", perguntei a ele, enquanto começava a comer os pãezinhos e o queijo. A lembrança de execuções públicas em Morrighan veio à tona. Elas sempre tinham acontecido logo depois da alvorada. E se o Komizar não tivesse acreditado na história de Rafe no fim das contas?

"Ele está de partida para verificar como estão as coisas na província de Balwood, ao norte. O governador não apareceu, o que quer dizer que está, provavelmente, morto", foi a resposta de Kaden. "Todavia, o Komizar tem algumas questões aqui a serem resolvidas antes de ir."

De partida. As palavras soavam como música aos meus ouvidos... A melhor notícia que eu ouvia em meses! Embora eu realmente me preocupasse com que questões eram essas que precisavam ser resolvidas. Terminei de comer e Kaden saiu dos aposentos enquanto eu terminava de me vestir. Notei novamente o estilhaçante grito das dobradiças quando ele abriu a porta e me perguntei como eu tinha sido capaz de continuar dormindo com esse barulho quando ele saiu mais cedo.

Era boa a sensação de calçar as minhas botas de novo, *limpas.* Com meias limpas também. Eu abençoaria Eben por esta noite quando entoasse minhas memórias sagradas. Eu as dizia todas as noites agora, quase como se eu as estivesse proferindo no lugar de Pauline, como se ela estivesse comigo e nós estivéssemos em nosso caminho até Terravin, prestes a começarmos uma grande aventura, em vez de eu estar sozinha no fim desta.

Caminhamos até a Praça da Ala do Conselho. Mais uma vez passamos por um labirinto de corredores, pátios abertos e trilhas estreitas sem janelas com uma lanterna mal iluminando o caminho até a próxima. Kaden me disse que o Sanctum era cheio de passagens abandonadas e esquecidas depois de séculos sendo construídas e reconstruídas, algumas com becos sem saída e quedas mortais, de modo que eu deveria ficar perto dele. Muitas das muralhas contavam histórias de suas ruínas. Os escombros empilhados às vezes apresentavam um ato de idolatria macabra, como um braço esculpido ou uma cabeça parcialmente visível de pedra, fitando, inexpressiva, para fora da muralha como um prisioneiro imortal, ou um pedaço de bloco de mármore entalhado com uma nota de outra época, as letras escorrendo como se fossem lágrimas. Mas eram apenas pedras, como as outras, remodeladas para formarem a cidade, um recurso disponível, como Kaden havia se referido a elas. Ainda assim, enquanto entrávamos em uma outra passagem parcamente iluminada, senti algo e parei, fingindo ajustar o cadarço da minha bota. Pressionei as costas contra a parede. Uma batida. Um aviso. *Um sussurro.*

Será que eu estava simplesmente sendo assombrada por um corredor aterrorizante?

Jezelia, você está aqui.

Parei abruptamente, quase perdendo o equilíbrio.

"Vamos em frente?", perguntou-me Kaden.

O tamborilar desapareceu, mas o ar estava frio em seu caminho. Olhei ao redor. Apenas os ruídos de novos movimentos preenchiam a passagem. *Sim, assombrada, isso foi tudo.* Kaden continuava seguindo adiante pela passagem, e eu o acompanhava. Ele estava em seu hábitat, isso era certo, tão confortável caminhando por esta estranha cidade quanto eu estava desorientada. O quão estranha deve ter sido Terravin para ele! *E, ainda assim, não foi.*

Ele havia se adaptado com facilidade. Seu morriguês era impecável, e ele havia se sentado, relaxado, lá na taverna, pedindo uma cerveja ale como se aquele fosse um segundo lar para ele. Seria por isso que Kaden achava que eu conseguiria simplesmente entrar nessa vida como se a minha antiga vida nunca tivesse existido? Eu não era um camaleão como ele, que conseguia tornar-se uma pessoa nova apenas ao cruzar uma fronteira.

Nós subimos por um serpeante lance de escadas e saímos em uma praça quadrada similar àquela na qual havíamos chegado ontem, mas é claro que ela não era quadrada... Nada em Venda era. No lado mais afastado dela, eu podia ver estábulos com cavalos sendo conduzidos para dentro e para fora por soldados. Frangos soltos arranhavam o chão e pavoneavam-se, suas penas farfalhando enquanto pulavam para evitar os cavalos. Dois porcos de engorda malhados fuçavam em um chiqueiro perto de nós, e corvos com o dobro do tamanho de qualquer corvo em Morrighan guinchavam de seus poleiros altos em uma torre que dava para a praça. Avistei o Komizar ao longe, guiando alguns vagões que estavam passando pelos portões como se ele fosse um sentinela. Para o líder de um reino, ele parecia viver com as mãos na massa.

Não vi Rafe, o que me trouxe um pouco de alívio inquieto. Pelo menos ele não estava aqui com uma corda em volta do pescoço, mas isso também não significava que estaria a salvo. Onde será que eles o haviam colocado? Tudo que eu sabia era que ele estava em algum lugar perto dos aposentos do Komizar, em uma sala segura, que poderia não passar de uma cela bárbara. Conforme nos aproximávamos, os guardas, os governadores e os *Rahtans* viram o Komizar parar e voltar-se na nossa direção. Eles se viraram também. Senti o peso do escrutínio do Komizar. Ele passou os olhos pela minha pessoa e por minhas novas vestimentas. Quando paramos à margem da multidão, ele veio andando a passos lentos para me inspecionar de um modo mais crítico. "Talvez eu não tenha sido claro na noite passada. Certos luxos, como roupas e sapatos... você tem que fazer por merecê-los."

"Ela fez por merecê-los", disse Kaden, quase cortando as palavras do Komizar.

Seguiu-se um momento relativamente longo de silêncio, e então o Komizar jogou a cabeça para trás e deu uma risada. Os outros fizeram o mesmo, caindo em ruidosas gargalhadas, e um dos governadores deu um soco no ombro de Kaden. Minhas bochechas ardiam. Eu queria dar um chute na outra canela de Kaden, mas sua explicação manteve as botas nos meus pés. Tais como soldados em uma taverna, os governadores desfrutavam seu grosseiro entretenimento.

"Surpreendente", disse o Komizar, bem baixinho, desferindo a mim um questionador olhar de relance. "Talvez membros da realeza tenham alguma utilidade no fim das contas."

Calantha aproximou-se, seguida de quatro soldados que traziam cavalos. Reconheci os cavalos ravianos morrigueses, mais espólios do massacre. "São estes?", foi a pergunta do Komizar.

"O pior do lote", respondeu Calantha. "Vivos, porém machucados. As feridas deles estão cheias de pus."

"Levem-nos até o lorde do quadrante de Velte para que sejam mortos", ele ordenou. "Certifique-se de que ele distribua a carne de forma justa... E certifique-se também de que eles saibam que este é um presente do Sanctum."

Vi que os cavalos estavam machucados, mas as feridas eram talhos que poderiam ser limpos e nas quais um cirurgião poderia colocar um curativo, não eram feridas mortais. O Komizar dispensou Calantha e foi andando até os vagões, acenando para que o Conselho o seguisse, mas vi o único e pálido olho dela demorar-se nele, a hesitação ali enquanto ela mesma se virava para sair. Desejando-o? *Ele?* Olhei para o Komizar. Como Gwyneth diria, ele era bem agradável aos olhos, e havia algo inegavelmente magnético em relação à sua presença. Ele exalava poder. Seus modos eram calculados e demandavam respeito. Mas desejo? Não. Talvez fosse alguma outra coisa o que vi no olhar de relance dela.

Os condutores dos vagões estavam ocupados soltando encerados, e o Komizar falava com um homem que carregava um livro de registros. Ele era um camarada magro e desmazelado, e parecia estranhamente familiar. Ele conversou baixinho com o Komizar, mantendo seus sussurros longe dos ouvidos dos governadores. Dei um passo para trás dos outros, espiando através das costas da irmandade do Sanctum, analisando-o.

"O que foi?", sussurrou Kaden.

"Nada", respondi, e provavelmente era nada mesmo. Os condutores jogaram os encerados para trás e um som oco e nauseante atingiu meu peito. Engradados. Antes mesmo de o Komizar espiar em um dos engradados abertos, eu sabia o que havia ali. Ele puxou a palha para o lado, sacando garrafas deles e entregando-as aos governadores. Foi, então, andando até Kaden. "E não posso me esquecer do Assassino, posso? Aproveite, meu irmão." E virou-se para olhar para mim. "Por que está tão pálida, Princesa? Você não gosta da safra de vinho de seus próprios vinhedos? Posso garantir a você que os governadores a adoram."

Era o reverenciado vinho canjovês dos vinhedos morrigueses.

Aparentemente, ataques em caravanas mercadoras era algo que estava dentre os muitos talentos do Komizar. Era dessa forma que ele garantia sua posição. Procurando para seu Conselho luxos que somente ele parecia conseguir: garrafas de vinho caro pelas quais os Reinos Inferiores pagavam grandes somas, presentes de espólios de guerra para criados, carne fresca doada para os famintos.

Mas barriga cheia era barriga cheia. Como eu poderia argumentar com isso? E meu próprio pai dava presentes para seu gabinete, embora ele não assaltasse caravanas para obtê-los. Quantos condutores morrigueses haviam morrido nas mãos de assaltantes para que o Komizar pudesse mimar seus governadores? O que mais eles haviam roubado e quem haviam matado para conseguir isso? A lista de mortes parecia crescer cada vez mais.

Ele deu rédeas largas para que o Conselho revirasse os outros engradados nos vagões remanescentes e para que dividissem a carga entre si, e depois voltou andando até nós. Ele jogou uma bolsinha para Kaden, que retiniu quando caiu na palma da mão dele.

"Leve-a até o *jehendra* e compre umas roupas adequadas para ela."

Olhei com ares de suspeita para o Komizar, cujas sobrancelhas foram erguidas com inocência, e ele tirou seus longos cachos escuros da frente do rosto com as mãos. Ele parecia um menino de 17 anos em vez de um homem de quase 30. *Um Dragão de muitas faces.* E quão bem ele as usava. "Não se preocupe, Princesa", disse o Komizar. "É apenas um presente meu para você."

Então por que isso criou um buraco ácido no meu estômago? Por que a reviravolta de um vestido feito de saco para um presente na forma de roupas novas? Ele sempre parecia estar um passo à frente de mim, sabendo exatamente como me desequilibrar. Presentes sempre vinham com um preço.

Um soldado trouxe ao Komizar seu cavalo enquanto um esquadrão inteiro esperava por ele no portão. Ele tomou as rédeas, fez suas despedidas e depois acrescentou: "Kaden, você é o Mantenedor na minha ausência. Caminhe comigo até o portão. Tenho algumas coisas a lhe dizer."

Fiquei observando-os enquanto se afastavam, o Komizar com o braço jogado por cima do ombro de Kaden, suas cabeças assentindo, conspirando. Um calafrio assustador passou por mim como se eu estivesse vendo fantasmas. Eles poderiam ser meus próprios irmãos, Regan e Bryn, caminhando pelos corredores de Civica, confidenciando um segredo. A pequena cunha que eu havia plantado já estava desaparecendo. Eles tinham uma história juntos. Lealdade. O Komizar chamava-o de *irmão*, como se eles realmente o fossem. Eu sabia, até mesmo minutos atrás, quando chamara Kaden de aliado, que ele não o era... Não enquanto Venda viesse em primeiro lugar.

CAPÍTULO 13
CRÔNICAS DE AMOR E ÓDIO

KADEN

la fala bem nosso idioma. Como isso é possível?"
Ele não havia mostrado sua surpresa na noite passada quando Lia falou. Ele não faria isso. Demonstrar surpresa na frente do Conselho não era algo que ele faria. Para falar a verdade, acho que ele raramente ficava surpreso com alguma coisa que fosse, mas ouvi a surpresa em sua voz agora. Era estranho que eu sentisse um senso de orgulho. Assim como eu havia subestimado Lia quando comecei a rastreá-la, ele também o fez. A maioria dos membros da realeza mal sabia onde ficava Venda, menos ainda falava o idioma vendano.

"Ela tem o dom com idiomas", expliquei, "e o tempo que passamos cruzando o Cam Lanteux deu a ela muitas oportunidades para estudar o nosso."

Ele soltou um suspiro dramático. "Outro dom? Essa princesa é cheia deles... Embora eu ainda não tenha visto qualquer evidência daquele que você disse que ela tinha. Eu chamaria aquela amostra de olhar zonzo da noite passada de nada além de uma impostura, embora possa ser útil."

Ele deixou seu último pensamento pairando no ar. Uma impostura era o que ele preferia que fosse, pois isso era algo que podia controlar.

"Ficarei fora por algumas semanas. Não mais do que isso. No entanto, se Tierny ainda não tiver aparecido na ocasião da minha volta, isso não é um bom sinal para ele. Será a sua vez de seguir cavalgando com uma demonstração de força e ver se temos algum desafiador que precise ser trazido para nossa comunidade. Nós não podemos ter governadores renegados quando há tanta coisa em jogo. Especialmente com os suprimentos cruciais que precisamos que venham de Arleston."

"Tierny está sempre atrasado."

"Atrasado ou não, quando eu voltar, você vai. E sem ela. Lembre-se do que falei. Não somos galos guardando galinhas. Somos os *Rahtans*."

Os *Rahtans*. Eu tinha 11 anos de idade da primeira vez em que repeti essas palavras de volta para ele. Mais novo até mesmo do que Eben. Na época, eu tinha estado sob a proteção dele durante um ano. Ele havia se certificado de que eu recebesse porções duplas de comida. Àquela altura, meus olhos não estavam mais fundos, as cavidades nas minhas bochechas tinham sido preenchidas e a carne havia voltado para as minhas costelas cheias de cicatrizes. Eu havia proferido as palavras com todo o orgulho que ouvi na voz dele agora. *Nós somos os Rahtans*, os irmãos unidos, destemidos e resistentes. Daquele momento em diante, ele havia começado a cuidar de mim para que eu me tornasse o próximo Assassino. Eu estava abismado e grato pela confiança que ele depositava em mim.

Minha lealdade para com ele era provavelmente maior do que a de qualquer um. Ele havia matado muitos para salvar meus ossos magros. Eu devia tudo a ele. Ele era o Assassino na época. Três Assassinos haviam ido e vindo desde então, nenhum deles sobrevivendo mais do que uns poucos anos.

Com 15 anos, eu era o mais jovem a reivindicar a posição, o que havia acontecido fazia quatro anos.

Quanto sangue você tem em suas mãos, Kaden? Quantas pessoas matou? Eu não tinha como responder a Lia porque eu desconhecia os números. Conhecia somente respirações gorgolejadas. Os arfares interrompidos que vinham tarde demais. As mãos que eram lentas demais para tirarem a arma colocada na lateral de seus corpos. Eu conhecia os olhos alarmados que tiravam um pedaço de mim com eles antes de se fecharem. Que haviam virado um borrão sem rosto. Tudo que eu sabia era que se tratavam de traidores que haviam se infiltrado em outros reinos para fugir da justiça, ou oficiais em postos avançados, cujos ataques eram inexoráveis e brutais, e que caçavam famílias, como a de

Eben, que haviam tentado assentar-se no Cam Lanteux. No entanto, o trabalho do Assassino poderia apenas instilar o medo no inimigo, e talvez tornar seus ataques mais lentos. Um exército em marcha seria capaz de pôr um fim neles para sempre.

O Komizar parou a vários metros do portão. "Nós não podemos permitir que a fraqueza assuma o controle, e isso me leva até a minha próxima questão", disse ele. "Três soldados fugiram. Nós os encontramos escondendo-se junto a um acampamento de nômades. Lidamos com os nômades por abrigá-los, mas os soldados foram trazidos de volta."

"Nômades? Quais?"

"Nas florestas ao norte de Reux Lau."

Respirei com mais facilidade. Eu não deveria ter ficado aliviado com o fato de que quaisquer nômades tivessem perecido, mas eu tinha um carinho especial por Dihara e seu clã. Eu sabia que ela era esperta demais para abrigar traidores. A maioria dos nômades era. Notícias das duras consequências com que alguns se depararam viajavam como o vento pelos seus acampamentos.

Ele me disse que a execução seria realizada ao terceiro toque do sino, na frente dos soldados camaradas, e que eu deveria fazer a contagem.

Embora um *chievdar* realizasse as execuções e os atassem em estacas, o Komizar ou o Mantenedor faziam a última interrogação, sempre abordavam as tropas que haviam servido de testemunhas para receberem aprovação ou desaprovação, sempre davam a instrução final para que eles colocassem suas cabeças no bloco. Sempre davam o assentimento final. A contagem, como era chamada, eram os passos finais que lidavam com a justiça.

"Porém, lembre-se de não os matar com muita rapidez. Que demore tempo suficiente para desencorajar ações similares. Faça com que eles sofram. Você vai cuidar disso, certo, irmão?"

Olhei para ele. Assenti. Eu sempre cumpria com o meu dever.

Ele me deu um abraço vigoroso e afastou-se andando, porém, depois de apenas alguns passos, ele parou de novo e se virou.

"Ah, e certifique-se de alimentar o emissário. Eu acho que Ulrix convenientemente vai se esquecer de fazer isso, e eu não quero voltar e me deparar com um cadáver. As coisas não acabaram entre mim e nosso embaixador real. Ainda."

14
CAPÍTULO
CRÔNICAS DE AMOR E ÓDIO

vistei Griz guiando um cavalo para fora do estábulo. Como tanto Kaden quanto o Komizar ainda estavam de costas para mim, apressei-me para interceptá-lo. Ele me viu chegando e parou, retraindo seu onipresente rosto franzido. "Posso falar com você?", perguntei-lhe. "Em particular."

Ele olhou para um dos lados. "Estamos tão sozinhos quanto possível."

Eu não tinha tempo para diplomacias. "Você é um espião?", perguntei-lhe, sem meias palavras.

Ele deu um passo à frente, com o queixo enfiado no peito. "Não se fala mais nisso", resmungou ele baixinho. Ele voltou os olhos rapidamente para os governadores que estavam por perto, conversando em grupos de três ou quatro. "Fiz um favor a você, menina. Você salvou minha vida e as vidas dos meus camaradas. Paguei minhas dívidas. Estamos quites agora."

"Eu não acredito que isso foi tudo, Griz. Eu vi a expressão no seu rosto. Você se importava."

"Não faça disso mais do que realmente foi."

"Mas eu ainda preciso da sua ajuda."

"Acabou-se, Princesa. Consegue entender?"

Mas não poderia ser assim. Eu ainda precisava do auxílio dele. "Eu poderia revelar a eles que você fala morriguês fluente", ameacei-o.

Eu estava desesperada pela ajuda dele, mesmo que tivesse de chantageá-lo para consegui-la.

"E, se fizesse isso, estaria condenando minha família inteira à morte. Trinta e seis deles. Irmãos, irmãs, primos, primas, os filhos deles. Mais do que aquela companhia inteira de homens que você viu morrer. É isso que deseja?"

Trinta e seis. Procurei no rosto cheio de cicatrizes dele e vi medo, verdadeiro e real. Balancei a cabeça em negativa. "Não", sussurrei. "Não é isso que eu quero." Senti minhas esperanças desmoronarem com uma outra porta que se fechava. "Seu segredo está a salvo comigo."

"E o seu também."

Pelo menos eu tive a confirmação de que ele conhecia a verdadeira identidade de Rafe. Fiquei grata porque Griz o havia encoberto, mas nós precisávamos de muito mais...

Abri a boca para pedir uma última informação, mas ele se virou de forma brusca, e seu cotovelo, deliberadamente, pegou nas minhas costelas. Eu me dobrei ao meio, caindo no chão, apoiada em um só joelho. Ele se inclinou para baixo, com um rosnado no rosto, mas sua voz era baixa, e o tom, equilibrado. "Estamos sendo observados", sussurrou ele. "Surte comigo."

"Seu simplório idiota!", gritei. "Veja aonde está indo!"

"Certo", sussurrou ele. "Um pequeno conselho que posso lhe dar. Fique esperta com a amiga Aster. Aquele filhote conhece todas as fendas do Sanctum tão bem quanto qualquer rato." Ele se endireitou e olhou para baixo, para mim, com ódio. "Então fique fora do meu caminho!", berrou, enquanto se afastava tempestivamente. Um grupo de governadores que estava ali por perto gargalhava.

Olhei de relance para o outro lado do pátio e vi que era Kaden quem estava nos observando.

Ele veio andando até mim e quis saber o que Griz queria. "Nada", respondi. "Ele só estava resmungando e babando em cima da pilhagem cheia de mercadorias como todo o resto."

"Com bons motivos", foi a resposta de Kaden. "Esta pode ser a última delas por um longo tempo. O inverno está se aproximando."

Ele emitiu um som como se fosse uma porta se fechando. Em Cívica, não havia uma grande diferença entre inverno e verão, eram uns poucos graus, ventos mais fortes, um manto mais pesado, chuva. Mas não era o bastante para fazer parar o comércio nem o tráfego. E, pelos meus cálculos, o inverno ainda estava a dois meses por vir. Nós estávamos apenas entrando no outono, o último florescer do verão. Certamente que o inverno não teria como chegar mais cedo em Venda do que em Civica, mas eu sentia o calafrio no ar, o brilho cansado do sol, já diferente de ontem. *O inverno está se aproximando.* Já havia muitas portas fechadas para mim... Eu não poderia permitir que essa se fechasse também.

Acompanhei Kaden pela praça até um portão que dava para fora do Sanctum. Ele estava me levando até a *jehendra* para comprarmos roupas adequadas, conforme as ordens do Komizar. Fiquei perto dele, temendo as pessoas do lado de fora dos portões tanto quanto as do lado de dentro. Era uma bênção mista que o Komizar tivesse partido. Isso me dava espaço para respirar, pois pouco se passava que ele não notasse, mas também queria dizer que ele estava fora do meu alcance. Queria perguntar a Kaden sobre Rafe, onde ele estava agora e como havia passado a noite, mas sabia que isso só faria com que ele duvidasse do meu pronunciamento de que eu não queria ter nada a ver com o emissário, e se a Kaden parecesse suspeito, ao Komizar também pareceria. Rezei para que os guardas não tivessem mostrado a Rafe mais de sua repulsa pelos porcos de Dalbreck. Talvez, depois do jantar da noite passada e das frequentes atenções em relação a ele por parte do Komizar, eles mostrariam mais comedimento.

Nós caminhávamos lado a lado, mas notei um mancar ocasional no modo de andar de Kaden. "Sinto muito por sua perna", falei.

"Como você disse, não há regras quando se trata de sobrevivência. Seus irmãos ensinaram-lhe bem."

Engoli em seco o nó suave em minha garganta. "Sim, eles me ensinaram bem mesmo."

"Eles também lhe ensinaram a lançar a faca?"

Eu já quase havia esquecido o que aconteceu com Finch e meu quase acerto em cheio com a faca no peito dele. Era óbvio que Kaden não havia se esquecido disso. "Meus irmãos ensinaram-me muitas coisas. A maioria apenas só de estar com eles, observando e absorvendo."

"O que mais você absorveu?"

"Acho que você terá que descobrir."

"Não estou certo de que minhas canelas desejam saber."

Abri um largo sorriso. "Acho que suas canelas estão em segurança por ora."

Ele pigarreou. "Peço-lhe desculpas pelo meu tom com você nessa manhã. Eu sei que estava sendo..."

"Arrogante? Condescendente? Desdenhoso?"

Ele assentiu. "Mas você sabe que eu não me sinto assim em relação a você. É uma linguagem que acabou se tornando parte de mim depois de tantos anos. Especialmente agora que eu estou de volta. Eu..."

"Por quê? Você algum dia vai me dizer por que odeia tanto os membros da realeza? Quando nunca conheceu qualquer um deles além de mim?"

"Conheci a nobreza, até mesmo a realeza. Não há muita diferença entre eles."

"É claro que conheceu", falei em tom zombeteiro. "Acontece todo dia isso de um Assassino esbarrar com lordes e damas. Diga nomes. Mencione apenas um nobre que você tenha conhecido."

"Por aqui", disse ele, segurando no meu braço para me conduzir por uma viela, usando nossa súbita virada como uma forma de evitar a minha pergunta. Eu suspeitava de que a resposta dele seria de que não tinha conhecido nobre algum, mas que não queria admitir isso. Ele odiava membros da realeza porque todos os vendanos os odiavam. Era esperado deles que os odiassem. Especialmente por parte de certos vendanos poderosos.

"Só para que você saiba, Kaden, *seu* venerado líder pretende me matar. Ele me disse isso."

Kaden balançou a cabeça em negativa e ergueu a sacolinha de moedas que o Komizar havia jogado para ele como se fosse prova do contrário. "Ele não vai matar você."

"Talvez ele só queira que eu esteja bem vestida quando estiver pendurada na extremidade de uma corda."

"O Komizar não enforca as pessoas. Ele as decapita."

"Ah, *que bom*! Que alívio! Obrigada por esclarecer as coisas para mim."

"Ele não vai matar você, Lia", Kaden repetiu. "A menos que você faça algo idiota." Ele parou e me segurou no braço. "Você *não* vai fazer algo idiota, vai?" Um transeunte parou e ficou nos observando. Percebi que todos eles reconheciam o Assassino. Eles sabiam quem ele era e mantinham uma distância respeitosa.

Analisei Kaden. Idiotice era uma questão de perspectiva. "Só estou fazendo o que você me pediu. Seguindo suas indicações e tentando convencer os outros do meu dom."

Ele se inclinou para perto de mim, abaixando o tom de voz. "Use esparsamente suas exibições de poder, Lia, e nunca as coloque sobre a cabeça do Komizar como fez com Griz e Finch. Você sentirá a reação adversa caso faça isso. Deixe que ele use o seu dom como julgar adequado."

"Está querendo dizer que devo ajudá-lo a perpetrar uma impostura?"

"E eu repetirei suas palavras: não há regras quando se trata de sobrevivência."

"E se não for uma impostura?"

A expressão dele ficou sombria. Eu me dei conta de que, em todo o tempo que passamos cruzando o Cam Lanteux, ele nunca tinha, nem uma única vez, admitido que eu tivesse um dom, nem mesmo quando o avisei sobre o estouro da manada dos bisões. Estranhamente, ele usou o rumor do meu dom como uma desculpa para me manter viva, sem que ele mesmo admitisse que acreditava, um pouco que fosse, nele.

"Apenas faça o que ele pedir", disse Kaden por fim.

Ofereci-lhe um relutante assentir de cabeça e continuamos andando. Era quase como se ele tivesse uma consideração mais profunda pelo dom do que Griz e Finch. Seria esse o poder em potencial que o dom continha que nem ele, nem o Komizar conseguiam controlar? Dihara riria com a ideia de usar o dom conforme o Komizar julgasse adequado. Ela havia ficado hesitante quando sugeri isso. *O dom não pode ser convocado, ele é apenas isso, um dom, um jeito delicado de saber, tão antigo quanto o próprio universo.* Um pequeno suspiro escapou dos meus lábios. *Delicado.* Ah, como eu gostaria que o dom fosse uma maça pesada e cheia de espetos que eu pudesse empunhar em vez disso.

Kaden prosseguiu explicando que as ameaças do Komizar eram apenas o jeito dele de estabelecer os limites e o poder comigo. Um pouco de respeito da minha parte poderia me levar longe.

"E essa sacolinha de moedas foi uma propina? Assim como o vinho roubado que ele dá aos governadores? Ele está tentando comprar o meu respeito?"

Kaden olhou de esguelha para mim. "O Komizar não tem necessidade alguma de comprar o que for. Você já deveria saber disso a essa altura."

"As roupas que eu estou vestindo estão ótimas. Eu preferiria ficar com a sua camisa e com a sua calça."

"Eu também preferiria isso, mas meu guarda-roupa não é ilimitado. Além disso, as roupas ficam sobrando em você, e se o Komizar quer que você tenha roupas novas, você terá roupas novas. Você não vai querer insultar a generosidade dele. Você me disse que queria entender o meu mundo. A *jehendra* abrirá seus olhos para mais um pouco dele."

Generosidade? Tentei não ficar sufocada, mas Kaden tinha uma certa cegueira quando se tratava do Komizar. Ou talvez ele simplesmente tivesse a mesma esperança irrealista que Rafe tinha em relação ao seu exército de quatro homens... que juntos, contra todas as possibilidades, poderiam consertar tudo que estava errado no mundo deles. Eu andava com dificuldade ao lado de Kaden, engolindo meu ceticismo quanto à generosidade do Komizar, porque o entendimento do mundo de Kaden, que incluía a *jehendra*, me ajudaria a sair deste lugar abandonado por Deus. Sondei-o em relação a outras coisas. "Ele disse que você seria o Mantenedor na ausência dele. O que isso significa?"

"Nada de mais. Se uma decisão tiver que ser tomada enquanto ele estiver ausente, tal responsabilidade recai sobre mim."

"Parece-me um trabalho importante."

"Geralmente, não. O Komizar mantém rédea curta em relação aos assuntos que dizem respeito a Venda. No entanto, às vezes, um lorde de algum quadrante não consegue resolver um litígio ou uma patrulha tem que ser enviada a algum lugar."

"Você pode dar ordens para que uma ponte seja erguida?"

"*Apenas* se for necessário. E não haverá necessidade disso."

A lealdade vendana soava intensa na voz dele.

Nós caminhamos em silêncio, e eu absorvia a cidade, cujo zunido enchia meus ouvidos. Era o som de milhares de pessoas pressionadas umas nas outras, perto demais, um ribombo crescente de tarefas que eram mescladas com urgência. Olhos nos observavam de entradas de casas e barracas remendadas. Senti os olhares compenetrados em nossas costas muito tempo depois de termos passado pelas pessoas. Eu tinha certeza de que, de alguma forma, eles sabiam que eu era uma forasteira. Quando a viela se estreitava, os vendanos que seguiam na direção oposta tinham que passar apertados por nós, e os ossos em seus cintos faziam barulho batendo nas paredes de pedra. Pessoas pareciam apinhar-se em cada centímetro desta cidade infinita. As histórias que eles nutriam desenfreadamente não pareciam difíceis de se acreditar.

A viela finalmente se abriu e deu para uma rua mais larga que zunia com mais gente. As altas estruturas que nos cercavam bloqueavam o sol, e cabanas caindo aos pedaços equilibravam-se de forma precária em seus veios.

A cidade era tecida de uma trama e de um urdume que desafiavam a razão. Às vezes, somente uma parede de lona tremendo ao vento definia um espaço onde se vivia. Pessoas moravam onde podiam, espalhando-se por vielas fumacentas e escuras e moldando um espaço para chamar de lar.

Crianças seguiam atrás de nós, oferecendo fezes de cavalo para serem usadas em fogueiras, amuletos pendurados em couro ou ratos que se contorciam em seus bolsos. Ratos como animais de estimação? Alguém realmente pagaria por algo assim? No entanto, quando um menininho o descrevera como roliço e corpulento, me dei conta de que eles não estavam sendo vendidos para servirem de animais de estimação.

Andamos durante pelo menos um quilômetro e meio antes de chegarmos a um grande mercado aberto. Era a *jehendra.* Era o mais amplo espaço aberto que eu tinha visto na cidade até agora, tão grande quanto três campos de torneio, preenchido apenas por umas poucas estruturas permanentes. O restante era tudo remendado, como uma colorida colcha de retalhos. Algumas das tendas não passavam de um engradado virado para vender a menor das quinquilharias. Sinos, tambores e os fios de uma cítara soavam desafinados no ar, em uma batida dissonante que combinava com a cidade.

Passamos por uma tenda com cordeiros pendurados em ganchos, com as moscas sentindo o primeiro gosto deles. Um pouco mais para baixo, rasos potes de argila cheios até o topo de ervas em pó estavam assentados em cobertores, com as mulheres oferecendo uma pitada de graça para nos atraírem para o lado delas. Do outro lado da rua, tendas inclinadas exibiam pilhas de vestimentas, algumas das quais estavam

esfarrapadas e rasgadas. Outras tendas tinham tecidos recém-trama-
dos que pareciam rivalizar com aqueles trazidos dos vagões de Previzi.
Desde gaiolas de mirradas rolinhas depenadas arrulhando por trilhas
sulcadas até currais de porquinhos cor-de-rosa. Vi fileiras atrás de fileiras de mercadorias, desde alimentos, passando por cerâmicas até
lojas mais sombrias nas estruturas permanentes que ofereciam praze-
res não vistos atrás de cortinas fechadas.

Em contraste com esta cidade pintada com fuligem e cansaço,
a *jehendra* pululava com cor e vida. Embora ele não dissesse nada, eu
sentia que Kaden estava me estudando quando parei nas tendas e examinei as mercadorias. Será que ele estava temeroso de que eu fosse
usar a palavra *bárbaro* com o mesmo desgosto que tinha usado quando
cruzávamos o Cam Lanteux? Algumas das coisas oferecidas eram das
mais humildes, trapos contorcidos em forma de bonecas ou entranhas
de animais cheias de gordura.

Eu estava tentada a gastar as moedas do Komizar em todos os tipos
de coisas que não fossem roupas, e era difícil me afastar quando rostos
mais próximos estavam cheios de esperança de que eu fosse comprar
as mercadorias deles. Passei por uma tenda de talismãs. Pedras azuis
achatadas com estrelas brancas incrustradas nelas pareciam estar em
alta, às vezes com um quê de pedra vermelha sangrando no centro,
e eu me perguntava se isso se remetia à história do anjo Aster.

Lembrei-me do que Kaden havia dito, que algo que não faltava em
Venda eram pedras e metais. Pelo menos não parecia que alguns vendanos tinham memória curta também. Seus relatos de história poderiam não ser precisos, mas ao menos eles os tinham, e alguns, como
esses artesãos, veneravam-nos o suficiente a ponto de fazerem joias
no formato de lembranças sagradas.

Isso era uma coisa que eu não tinha ouvido esta manhã em Venda, o canto de memórias sagradas que sempre nos saudava por toda
Morrighan. Nunca pensei que sentiria falta desses cantos, mas talvez
apenas sentisse falta daqueles que os entoavam: Pauline, Berdi, meus
irmãos. Até mesmo meu pai nunca perdia as memórias sagradas matinais, que falavam sobre as bravuras de Morrighan e a devoção dos
escolhidos Remanescentes. Esfreguei meu polegar pelo amuleto, a estrela incrustrada, uma lembrança sagrada tão cuidadosamente forjada
quanto qualquer nota musical.

"Aqui", disse Kaden, e girou uma moeda para o mercador. "Ela vai levar aquele."

O mercador colocou o talismã em volta do meu pescoço. "Eu sabia que você escolheria esse", sussurrou ele ao meu ouvido. Ele deu um passo para trás, com o olhar contemplativo e fixo em mim. Os modos do homem me deixavam irritada, mas talvez fosse essa a forma de os mercadores vendanos serem informais.

"Use-o em boa saúde", disse ele.

"Farei isso. Obrigada."

Nós continuamos a descer pela trilha, com Kaden guiando-me pelo caminho, até que chegamos a diversas tendas enfileiradas com roupas e tecidos pendurados em pilares. "Uma dessas tendas aqui deve ter alguma coisa para você", falou. "Vou esperar aqui." Ele se sentou na beirada de um carrinho vazio e cruzou os braços, assentindo em direção às barracas.

Passei por elas com indiferença, não sabendo ao certo em qual entrar, especialmente visto que eu não tinha interesse algum em encontrar algo "adequado" para vestir. Fiquei analisando as coisas de longe, não me comprometendo a entrar em qualquer uma das tendas, mas então ouvi uma vozinha. "Senhorita! Senhorita!" Da escuridão de uma das barracas, a mão de alguém foi estendida e agarrou a minha, puxando-me para dentro.

Suguei o ar, alarmada, mas vi que era Aster. Perguntei-lhe o que estava fazendo ali, e ela me disse que aquela era a loja de seu papai. "Não é bem a loja *dele* propriamente dita, mas ele trabalha aqui às vezes. Erguendo coisas pesadas demais para Effiera. Mas não hoje, porque ele está doente, mas Effiera não acha lá grande coisa alguém do meu tamanho..." Aster fechou a boca com a mão. "Sinto muito, senhorita. Lá ia eu de novo. Não importa por que eu estou aqui. Por que *você* está aqui?"

Porque fui puxada para dentro da sua tenda, eu queria dizer para provocá-la, mas sabia que Aster ficaria constrangida e não queria acrescentar nada à sua insegurança. "O Komizar disse que preciso de roupas adequadas."

Os olhos dela ficaram arregalados, como se o próprio Komizar estivesse ali e, no mesmo instante, uma mulher acocorada apressou-se a correr até o meio da tenda, saindo de trás de uma cortina esticada nos fundos do local.

"Você veio ao lugar certo, então. Eu sei do que ele gosta. Tenho..."

Esclareci as coisas para ela de imediato. Eu não era uma das "visitantes especiais" do Komizar. Aster, entusiasmada, apresentou a ela mais detalhes sobre quem eu era. "Ela acabou de chegar aqui! É uma *princesa*. Ela veio de uma terra bem distante e o nome dela é Jezelia, mas..."

"Cale-se, menina!" A mulher voltou a olhar para mim, mascando algo que estava enfiado na sua bochecha, e eu me perguntava se ela haveria de cuspir aquilo em mim agora que sabia que eu vinha do outro lado. Ela ficou me analisando por um bom tempo.

"Acho que tenho exatamente aquilo de que você precisa."

Ela julgou minhas medidas com um olho cheio de prática e disse que voltaria logo. Ordenou que Aster me fizesse companhia nesse meio-tempo.

Assim que Effiera se fora, Aster apertou a cabeça entre uma fenda da tenda e soltou um assovio ensurdecedor. Dentro de poucos segundos, duas crianças esqueléticas, menores do que Aster, passaram pela aba. Como Aster, seus cabelos eram curtos, rentes, e eu não sabia ao certo se eram meninos ou meninas, mas seus olhos estavam arregalados e famintos. Aster apresentou a menor como sendo Yvet, e o outro era um menino chamado Zekiah. Notei que lhe faltava a ponta do indicador na mão esquerda. O toco estava vermelho e inchado, como se o machucado tivesse ocorrido recentemente, e ele o esfregava, envergonhado, com a outra mão. A princípio, eles estavam muito tímidos para falar, mas então Yvet perguntou em uma voz trêmula se eu realmente tinha estado em outras terras como Aster falara. Aster olhou para mim com olhos cheios de expectativa, como se sua reputação estivesse em jogo.

"Sim, o que Aster disse é verdade", respondi. "Vocês gostariam que eu falasse sobre essas terras?"

Eles assentiram com avidez, e todos nós nos sentamos no tapete no meio da tenda. Contei a eles sobre as cidades esquecidas no meio do nada, sobre savanas cheias de gramado cor de cobre que se espalhavam com tanta amplidão quanto o oceano, sobre ruínas reluzentes que brilhavam por quilômetros, campinas altas nas montanhas em que as estrelas ficavam tão perto da gente que se podia tocar suas caudas cintilantes e sobre uma velha mulher que tecia o brilho das estrelas em fios em uma grande roda de fiar. Contei a eles sobre os animais barbados com cabeças que eram como bigornas e que cavalgavam em grupos mais numerosos do que os cascalhos em um rio e sobre uma misteriosa cidade derrubada onde as nascentes fluíam com água tão doce quanto o néctar, ruas que reluziam douradas e em que os Antigos ainda lançavam sua magia.

"É de lá que você vem?", perguntou-me Yvet.

Olhei para ela, não sabendo ao certo como responder. *De onde eu era?* Estranhamente, não foi Civica que me veio à cabeça.

"Não", sussurrei por fim. E então contei a eles sobre Terravin. "Era uma vez", falei, tornando a história tão distante e remota quanto agora eu sentia que era, "uma princesa, e seu nome era Arabella. Ela teve que fugir de um terrível dragão que a perseguia e que pretendia fazer dela seu café da manhã. A princesa fugiu correndo até um vilarejo que lhe oferecia proteção." Contei a eles sobre um cavalo baio com pelos tão brilhantes quanto safiras, peixes prateados que pulavam para dentro de redes, uma mulher que mexia infinitas caçarolas de cozido e casinhas feitas de arco-íris e flores, uma terra tão mágica quanto qualquer princesa poderia conjurar em seus sonhos na vida. Mas então o dragão encontrou-a novamente, e ela teve que ir embora.

"Será que a princesa algum dia vai voltar?", perguntou uma nova voz. Ergui o olhar para a minha esquerda, alarmada. Mais quatro crianças haviam entrado de fininho e estavam acocoradas ou de joelhos na entrada da tenda.

"Creio que ela vai tentar", foi minha resposta.

Effiera entrou como uma brisa, vinda de trás, batendo palmas e enxotando as crianças dali.

"Aqui vamos nós", disse ela, e eu me virei para me deparar com mais três mulheres paradas em pé nos fundos da tenda, com os braços cheios de pilhas de tecidos.

Dentre eles havia couros macios de todos os tons... beges, castanhos e castanho-amarelados, além de alguns tingidos de púrpura, verdes e vermelhos. Uma outra mulher segurava nos braços acessórios como cintos, lenços de pescoço e bainhas para armas.

Meu coração socou meu peito, e eu não sabia ao certo por quê, mas então soube — antes mesmo de elas as desdobrarem.

Roupas de bárbaros. Elas não eram como aquelas que Calantha trajava, feitas de tecidos leves e delicados, trazidos em caravanas de

Previzi. Olhei para Effiera, incerta. Sua expressão estava resoluta. Eu sabia que não era isso que o Komizar tinha em mente; no entanto, de alguma forma, esses tecidos pareciam certos. Era o mesmo estranho sentimento que tive da primeira vez em que virei a curva e avistei Terravin. Uma sensação de afinidade. É claro que roupas não eram a mesma coisa que um lar... Lembrei isso a mim mesma. "Tudo de que preciso é algo simples, uma calça e uma camisa. Roupas com as quais possa cavalgar", falei.

"E é isso que você terá, e uma simples muda de roupas também", foi a resposta de Effiera, e, com um rápido aceno de mão, as mulheres entraram, em um giro de movimento, e começaram a medir e a montar um conjunto básico de roupas de montaria.

Eu e Kaden voltamos andando em direção ao Sanctum. Effiera prometeu enviar os dois conjuntos de roupas que eu havia encomendado por meio de Aster mais tarde no mesmo dia depois que umas poucas alterações fossem feitas. O medo que eu tinha carregado desde que cruzara a ponte para adentrar Venda foi momentaneamente suspenso. O tempo breve que passei na tenda, primeiro com as crianças e depois com as mulheres enquanto elas erguiam os tecidos, os coletes, as camisas e as calças, foi como um bálsamo apaziguador. Eu me senti menos como uma forasteira e tinha esperanças de que conseguiria me prender a esse sentimento.

"Parece-me tolice gastar dinheiro com roupas quando há tanta gente passando necessidade em toda parte", falei, ainda questionando a bolsa solta do Komizar.

"Como você acha que os vendanos vivem suas vidas no dia a dia? Eles têm trabalhos, profissões e bocas para alimentar. Dei a Effiera o dobro do que ela conseguiria de qualquer outra pessoa. A forma como ela sobrevive é fazendo roupas."

"Effiera? Você sabe os nomes de todas as tendeiras em Venda?"

"Não. Apenas o dela."

"Então você já trouxe outras jovens damas até ela?"

"Para falar a verdade, sim."

Ele não entrou em detalhes, e seu silêncio fez com que eu ficasse pensando em quem seriam elas. Mais visitantes do Komizar ou jovens damas por quem ele mesmo se interessou?

"Por que estamos voltando?", perguntei. "Ainda está cedo. Achei que você quisesse que eu visse sua cidade. Vi somente uma pequena parte dela."

"O Komizar tem algumas questões sobre as quais devo tratar no quadrante de Tomack.

"Não é para isso que servem os lordes dos quadrantes?"

"Não para este assunto. Isso tem a ver com soldados."

"Eu poderia ir com você."

"*Não.*"

A resposta dele veio quente e cortada, e não era nem um pouco condizente com o jeito habitual de Kaden. Virei-me e desferi a ele um logo e dissecador olhar fixo.

"Levarei você de volta por outro trajeto", propôs ele. "Passando por algumas das ruínas mais interessantes."

Um meio-termo, porque o que quer que fosse que havia nesse quadrante de Tomack, ele não queria que eu visse. Mais uma vez, fizemos nossa jornada descendo vielas estreitas, ruazinhas e alguns caminhos que pareciam um pouco mais do que trilhas de coelhos, pulando por cima de pequenas ravinas lavadas pela chuva, e deslizando por gramado morto bastante pisado. Chegamos, por fim, a uma larga e bem viajada rua, e Kaden me levou até um grande caldeirão que borbulhava em cima de um fogaréu. Havia bancos de madeira grosseiros espalhados em um círculo em volta do fogo, e um velho homem ofereceu-nos canecas do cozido por um preço modesto.

"É *thannis*", disse Kaden. "Um chá feito de uma erva." Ele comprou uma caneca para cada um de nós, e nos sentamos em um dos bancos. "*Thannis* é uma outra coisa que Venda tem em abundância", explicou-me. "Cresce quase em toda parte. Em camadas de pedras no fundo do mar, em fendas nos campos mais rochosos. Às vezes, os fazendeiros a amaldiçoam. Uma vez que a *thannis* toma conta de um lugar, fica difícil impedi-la de espalhar-se. *Thannis* é uma sobrevivente, como um vendano." Ele me disse que suas folhas eram púrpuras, crescendo brilhantes acima das neves do inverno, no entanto, no fim do outono, por uns poucos dias antes da semeadura, ela mudava de cor, assumindo um tom dourado. Era então que ela se tornava doce, mas também, venenosa. "Um gole da *thannis* dourada será seu último."

Fiquei feliz ao ouvir que a nossa *thannis* era de um estranho preparado arroxeado e não dourado. Sorvi um gole e cuspi. Tinha gosto de terra. Terra amarga, horrível, mofada.

Kaden deu risada. "É um paladar que se adquire, mas é uma tradição em Venda, como os ossos que usamos nos cintos. Diz-se que a *thannis* foi tudo que manteve Lady Venda e os clãs iniciais que ficaram aqui vivos naqueles primeiros invernos. Para falar a verdade, é bem provável que isso tenha sido tudo que me manteve vivo durante mais do que um inverno. Quando outros suprimentos se acabam, sempre temos a *thannis*."

Encarei com coragem um outro gole e forcei-o a descer, e então, de imediato, tentei trazer saliva para minha boca de modo a limpar o gosto. Eu tinha certeza de que esse seria um paladar que eu não haveria de adquirir, nem mesmo no mais frio dos invernos. Ergui o olhar de relance, e o velho que mexia no caldeirão entoava um cântico para quem estava de passagem: *Thannis para o coração, thannis para a mente, thannis para a alma, thannis, vida longa aos filhos de Venda*. Ele repetiu isso várias vezes, uma canção contínua, sem começo nem fim.

Acima do vapor do caldeirão, avistei alguém parado, em pé, em uma cordilheira rochosa, observando-me. Uma mulher. Sua silhueta parecia ondular em meio ao vapor, brumosa, que se esvanecia, e então ela desapareceu. Ela simplesmente se foi. Pisquei e olhei para baixo, para meu copo vaporoso de chá.

"O que é que tem nisso?", perguntei a Kaden.

Ele sorriu. "Apenas uma erva inofensiva, juro." Kaden chamou o velho e perguntou se ele tinha algum creme para adoçar a minha bebida. O homem rapidamente fez esse favor, pois, embora tivesse quase dado a *thannis* de graça, o creme, o mel ou bebidas alcoólicas vinham a um custo mais alto. Até mesmo com uma dose substancial de creme, a *thannis* ficara apenas razoavelmente palatável. O álcool poderia ter ajudado mais.

Nós sorvemos nossas bebidas e ficamos observando enquanto as crianças corriam atrás daqueles que passavam por ali, implorando para fazer qualquer coisa que pudesse trazer algo em troca.

"Eles parecem tão jovens. Onde estão os pais deles?", eu quis saber.

"A maioria não tem nem pai, nem mãe, ou os pais deles estão em alguma outra esquina de rua fazendo a mesma coisa."

"Você não pode fazer nada por eles?"

"Estou tentando, Lia. Assim como o Komizar. Mas há limites no número de cavalos que ele pode matar."

"E assaltar tantas caravanas. Existem outros métodos de se governar um reino."

Ele olhou de relance para mim, com um sorriso forçado nos lábios. "Há mesmo?" Então, voltou seu olhar contemplativo para a rua. "Quando os antigos tratados foram elaborados e as fronteiras, estabelecidas, Venda não fez parte de tais negociações. As terras férteis de Venda sempre foram poucas, e a cada ano cada vez mais campos foram se tornando inaproveitáveis. A maior parte do interior de Venda é bem mais pobre do que o que você está vendo aqui, e é por isso que a cidade cresce. Eles vêm até aqui em busca de esperança e de uma vida melhor."

"Foi assim que você cresceu? Nas ruas de Venda?"

Ele tomou em grandes goles o restante de sua *thannis* e levantou-se para devolver a caneca para o velho. "Não, eu teria sido sortudo se tivesse crescido nas ruas."

"Sortudo? Seus pais são tão ruins assim?"

Ele parou em um passo pela metade. "Minha mãe era uma santa."

Era.

Fiquei fitando-o, e uma veia serpeava em sua têmpora. Era isso. A fraqueza dele. A parte enterrada de Kaden que ele se recusava a compartilhar. Seus pais.

"Precisamos ir." Ele levou a mão à frente, esperando pela minha caneca vazia. Eu queria mais respostas, mas sabia como era sentir dor com memórias de uma mãe e de um pai. Minha própria mãe tinha me enganado, tentando frustrar meu dom, e meu pai...

Senti minha barriga apertar-se.

Era *apenas um pequeno papel na praça do vilarejo.* Walther havia me dito isso como se pudesse me confortar, mas a nota ainda era um chamado pela minha prisão e pelo meu retorno por traição, postada pelo meu pai. Alguns limites nunca deveriam ser cruzados, e ele provou isso quando enforcou o próprio sobrinho. Eu ainda não sabia que papel meu pai havia desempenhado na tentativa do caçador de recompensas de tirar a minha vida. Talvez ele tivesse visto isso como uma forma conveniente de eliminar por completo uma audição complicada na corte. Ele sabia que meus irmãos nunca o perdoariam se ele me executasse.

"Lia, sua caneca?"

Varri aquela recordação, entregando a caneca a Kaden, e continuamos seguindo nosso caminho. Aqui, tal como na savana, ruínas e restauração estavam lado a lado e, às vezes, era impossível discernir uma da outra. Um domo gigantesco que uma vez fora provavelmente o topo de um grande templo estava afundado em escombros, e apenas um reluzir de pedra entalhada surgia em meio à terra para revelar que havia mais ali do que um montinho na paisagem. Ao lado dele, havia pedra empilhada em cima de pedra, criando um curral para um bode. Kaden me disse que animais eram cuidadosamente guardados aqui. Eles tendiam a desaparecer.

Nós seguimos por um longo caminho até que Kaden, por fim, parou em uma ruína modesta, repousando sua mão em uma árvore que engolfava uma parede, como se fossem dedos nodosos. "Esta costumava ser a torre mais alta do que qualquer outra em Venda."

"Como alguém saberia disso?" Olhei para as muralhas parciais que formavam um enorme quadrado. Árvores cresciam em cima dos destroços remanescentes como sentinelas contorcidos. Nenhum dos restos reais da torre tinha mais do que uns quatro metros de altura, e uma das paredes quase se fora por completo. Parecia uma noção irreal supor que houve uma época em que ela era a torre mais alta de toda a cidade. "Parece ter sido somente uma das paredes de uma mansão", falei.

"Não era", disse Kaden, com firmeza. "Ela se erguia a quase duzentos metros de altura."

Duzentos metros? Grunhi em descrença.

"Foram encontrados documentos que comprovam isso. O melhor que eles conseguiram decifrar dizia que se tratava de um monumento a um de seus líderes."

Eu realmente não sabia muita coisa sobre a história dos Antigos antes da devastação. Pouco estava registrado nos Textos Sagrados de Morrighan... A maioria apenas falava sobre o que acontecera depois. Nós tínhamos conhecimento apenas dos falecimentos deles, e os eruditos haviam coletado as poucas relíquias que sobreviveram aos séculos. Documentos em papel eram raros. Papel era a primeira coisa a se desfazer, e, segundo os Textos Sagrados, quando os Antigos estavam tentando sobreviver, foi a primeira coisa que usaram como combustível. A sobrevivência vinha antes das palavras.

Antigos documentos que tinham sido interpretados eram ainda mais raros. Os eruditos de Morrighan tinham anos de instrução em tais coisas. Os vendanos mal pareciam serem capazes de manter seu próprio povo alimentado, não se importando nem mesmo em educá-lo em outras línguas. Como eles realizariam uma tarefa tão imensa?

Olhei para trás, para o monumento que havia, supostamente, alcançado os céus, agora quase que por completo irreconhecível como algo feito pelo homem. Ervas daninhas estrangulavam toda a sua superfície. Um monumento para um líder? Quem os Antigos haviam desejado imortalizar? Quem quer que fosse, o anjo Aster, por ordem dos deuses, havia tirado isso da memória. Pensei nos antigos textos que eu havia roubado do Erudito Real, ainda no meu alforje, que provavelmente estariam à venda na *jehendra* a essa altura. Era bem provável que eu nunca mais visse os preciosos textos sagrados novamente, e eu tinha tido tempo de traduzir apenas uma única passagem dos Últimos Testemunhos de Gaudrel. Será que o restante das palavras dela ficaria perdido para mim agora? Talvez isso não importasse mais. Todavia, enquanto mantinha meu olhar contemplativo voltado para o monumento, as poucas palavras que eu havia traduzido ressoavam tão claras como se Gaudrel as sussurrasse para mim: *As coisas que duram. As coisas que permanecem.* Esse grande monumento não era uma dessas coisas.

"Temos um outro desses descendo por este caminho e depois voltaremos", disse-me Kaden.

Olhei para onde ele apontara. Grandes lajes de pedra branca ao longe. Quando chegamos perto delas, ele disse que túneis debaixo da cidade haviam revelado que as ruínas estavam em sua maioria enterradas. Apenas a porção superior estava exposta. Estas ruínas não eram de uma torre, mas sim de um tipo diferente de templo. Em seu centro havia uma imensa cabeça esculpida e partes dos ombros de um homem. A face não era o rosto perfeito de um deus, nem de um soldado idealizado. Sua proporção era estranha: a testa, muito larga; o nariz, grande demais; maçãs do rosto protuberantes que faziam com que ele parecesse morto de fome. Talvez fosse por esse motivo que eu não conseguia desviar o olhar... O rosto era como um tributo a um povo que ele nunca haveria de conhecer, alguém de uma outra era esculpido com a mesma fome e com o mesmo desejo daqueles que viviam aqui agora. Estiquei a mão e passei os dedos por sua maçã do rosto rachada, me perguntando quem seria ele e por que os Antigos queriam que ele fosse lembrado. Lajes quebradas do templo em volta dele jaziam no chão. Um grande pedaço estava entalhado; no entanto, a maior parte das palavras haviam sido removidas pelo tempo. As fracas reentrâncias de umas poucas letras ainda sobreviviam. Eu não conseguia lê-las, mas passei os dedos pelas ranhuras, adicionando as linhas esquecidas à memória.

ET RNAME TE

Fui atingida pela tristeza ao olhar para a silhueta esquecida e para as palavras perdidas. Pela primeira vez, senti uma pontada de gratidão pelas minhas horas passadas estudando os Textos Sagrados de Morrighan, de modo que a verdade e a história não ficariam novamente perdidas.

"Nós deveríamos ir", disse Kaden. "Tomaremos um outro caminho, uma rota mais rápida de volta."

Afastei-me do monumento e olhei ao redor, esperando que ele me guiasse. Nós havíamos dado tantas voltas que eu não sabia ao certo nem mesmo que direção precisávamos tomar, e então fui atingida por isso, como se mãos abertas estivessem me dando um tapa nos ombros, acordando-me.

Fitei Kaden, dando-me conta do que ele estava fazendo.

Ele não estava tentando ser cortês e me mostrar mais de Venda. Isso tinha sido parte do plano dele o tempo todo. Deliberadamente, ele estava me confundindo... E estava funcionando. Eu não fazia a mínima ideia de onde ficava o Sanctum a partir daqui. Ele não queria que eu me familiarizasse com o emaranhado de ruas, então estava pegando outra rota de volta. Os contornos, as viradas e as vielas que seguíamos não eram atalhos: eram obstáculos para que eu não encontrasse meu próprio caminho de volta nesse labirinto em forma de cidade.

Eu me virei, olhando para direções diferentes, tentando me achar. Era impossível. "Você ainda não confia em mim", falei.

O maxilar dele estava cerrado, seus olhos eram pedras escuras. "Meu problema, Lia, é que conheço você bem demais. Como no dia em que usou o estouro da manada dos bisões para nos separar. Você está sempre em busca de uma oportunidade. E mal conseguiu naquele dia. Se tentasse fazer alguma coisa como aquilo aqui, não conseguiria de jeito nenhum. Acredite em mim."

"Sair nadando pelo rio? Não sou tão idiota assim. O que mais eu poderia tentar?"

Ele olhou para mim como se estivesse genuinamente confuso. "Não sei."

Não existem regras quando se trata de sobrevivência, eu me lembrei disso, enquanto me movia em direção a ele. Cada passada era um aço afiado cortando-me, mas peguei a mão dele na minha e apertei-a com ternura. Senti sua calidez e força. Seu saber estranho. "Você considerou que talvez eu esteja tentando ver as oportunidades bem na minha frente", falei, baixinho, "e que não esteja procurando por nada mais além disso?"

Ele me fitou pelo que pareceu uma vida toda e então apertou a mão nos meus dedos e me puxou para perto de si. Depois pressionou a outra mão embaixo nas minhas costas, segurando-me de forma aconchegante junto dele, com somente nossos hálitos, o tempo e os segredos entre nós.

"Espero que sim", sussurrou ele por fim, e então, com a face a apenas poucos centímetros da minha, soltou-me e disse que estava na hora de voltarmos.

15
CRÔNICAS DE AMOR E ÓDIO

RAFE

água na bacia escorria vermelha. Espremi o trapo e ergui-o até minha boca novamente. Parecia a mim que Ulrix era quem me odiava mais. Encolhi-me de dor enquanto batia de leve com o trapo onde ele havia aberto meu lábio, e depois pressionei com força o local, tentando fazer parar o sangramento. A dor irradiava pelo meu rosto.

Depois que o Komizar se despediu de mim nesta manhã, ele enviou seu bruto gigantesco com um pouco de comida, mas Ulrix e seus capangas me deram um "prato" extra. Se cada refeição viesse com um bônus como aquele, eu estaria encrencado. Pelo menos eles não haviam mirado nas minhas costelas de novo. Eu estava certo de que pelo menos uma delas estava partida. Eu não poderia me dar ao luxo de quebrar outra.

Era irônico que tudo que eu quisesse fosse uma oportunidade de me provar como soldado, e agora era forçado a desempenhar o papel de um emissário inepto e destreinado, quando eu estava à altura dos brutos idiotas. O combate mão a mão não era meu ponto mais forte, mas eu poderia tê-los derrubado com uns poucos movimentos sem dificuldades. No entanto, não valia a pena arriscar meu plano para salvar meu lábio. Dois anos atrás, quando eu e Tavish havíamos desobedecido ordens e resgatado o irmão dele de um acampamento inimigo, nós havíamos fingido que éramos bêbados, fanfarrões e desarmados.

Aquele engodo funcionara apenas por uns poucos minutos antes de revelarmos nosso verdadeiro propósito. Este teria que durar muito mais. Dessa vez, não havia cavalos nos esperando. Não havia qualquer fuga rápida. Minha história havia nos feito ganhar tempo, e eu precisava continuar fazendo com que acreditassem nela.

O Komizar havia caído nessa por ora. Minha proposta mexera com o ego dele. Ele queria acreditar que um reino poderoso estava pelo menos reconhecendo-o como um aliado valioso, que o príncipe estava realmente vindo até *ele* para negociar uma aliança. Ele acreditava que estava enfim recebendo o estremecido respeito que merecia, e quem melhor para conseguir isso do que o futuro rei de Dalbreck? Ele pode ter fingido suspeitas, mas vi a fome em seus olhos quando expus o plano. Havia apenas uma coisa que alguém com grande poder desejava. Mais poder.

Eu sabia disso em primeira mão.

Não era apenas de proteção e de força que se tratava a aliança com Morrighan por meio do casamento. Esse poderia muito bem ter sido o menor dos problemas. Meu pai e seus generais tinham pouco respeito pelo exército morriguês. Eles consideravam-no fraco e favorecido apenas por algumas posições e por alguns recursos estratégicos. A aliança também tinha sido um lance por dominação.

Meu pai e seu gabinete acreditavam que, uma vez que tivéssemos a amada Primeira Filha de Morrighan dentro de nossas fronteiras, elas poderiam ser empurradas. Depois de adquirirmos a princesa Arabella, o porto ao sul de Piadro, em Morrighan, era a próxima coisa que eles tinham em vista, embora o gabinete preferisse usar a palavra *dote*. *Apenas um pequeno porto e umas poucas colinas.* No entanto, para Dalbreck, ter um porto ocidental com águas profundas aumentaria em dez vezes seu poder.

Era também uma questão de orgulho. Em outros tempos, o porto e as terras que o cercavam haviam pertencido a Breck, o exilado príncipe de Morrighan, banido do reino por desafiar seu irmão regente. Embora incontáveis séculos tivessem se passado desde então, Dalbreck ainda o queria de volta... Algumas feridas nunca são curadas. Eles viam Lia como uma invasão diplomática para obter o que acreditavam que era deles por direito, sem estabelecerem uma invasão direta.

Quando mencionei o desejo pelo porto ao Komizar, isso soou verdadeiro para mim, não apenas porque ele conhecia o valor do porto, mas porque a busca de mais poder era uma fome que ele entendia. Na noite passada, o Komizar havia sondado em busca de detalhes sobre a corte de Dalbreck, como se já estivesse planejando seu encontro com o príncipe. Mas eu não o tomava por um tolo. Ele não seria enganado para sempre. Eu conhecia o suficiente sobre a reputação dos cavaleiros vendanos, de seu voo rápido e da forma como entravam sorrateira e facilmente pelas fronteiras. Não tardaria até que eles retornassem com notícias da boa saúde de meu pai. Antes disso, eu e Lia teríamos que ir embora de Venda. Mas o camarada bruto que havia me identificado me preocupava. Griz, era como o Komizar o havia chamado. Será que ele havia mentido por mim ou estava verdadeiramente confuso? Pode ser que ele tivesse me visto lá em cima do balcão em uma cerimônia e tivesse me confundido com um dos muitos dignitários que estavam no local. Ele era uma ponta solta com a qual eu não me sentia bem — uma verdadeira montanha de ponta solta!

Deixei cair o trapo dentro da bacia e apanhei outro pano seco. Apenas uma pequena mancha de sangue maculou o tecido branco quando bati com ele na minha boca. O fluxo de sangue havia parado, mas meu lábio ainda latejava. Fui andando até a alta fenda de uma janela, que não era simplesmente larga o bastante para que eu pudesse passar por ela, e empurrei e abri a persiana. Pombos agitaram-se do peitoril molhado.

Bem lá embaixo, Venda rastejava, acordada como um gigante que andava desajeitado. Muralhas e torres impediam-me de ver muita coisa além de uns poucos telhados, mas a cidade parecia se espalhar por muitos quilômetros. Era maior do que eu havia esperado. Inclinei-me o mais para a frente quanto me permitia a estreita janela. Será que Sven e os outros já estavam se movendo furtivamente por alguma daquelas escuras ruas?

O plano de Rafe vai nos matar primeiro.

Orrin poderia até ter expressado em palavras seus pensamentos, mas nenhum deles hesitou em fazer o que pedi. Tavish até mesmo sussurrou, antes de eu sair cavalgando: *Já fizemos isso antes. Podemos fazer de novo.* No entanto, naquela vez, havíamos encarado apenas uma dúzia, e não milhares, e nenhum deles era o Komizar.

Virei-me para longe da janela e fiquei andando de um lado para o outro no quarto, tentando pensar em qualquer coisa que não fosse Lia. Olhei para baixo, para os cortes nas juntas dos meus dedos, frutos de minha própria estupidez. Assim que eles haviam me trazido para meu quarto na noite passada e fechado a porta, eu havia socado a parede sem pensar. Ações impulsivas como essa também não faziam parte do plano. Sven teria me repreendido por agir com o coração em vez da cabeça e colocar em risco minha mão, uma arma em potencial, mas isso tinha sido tudo que eu era capaz de fazer, para ficar lá sentado, agindo como se não me importasse quando Lia beijou Kaden. A única coisa que havia retardado a minha reação fora a mensagem que recebi, alta e clara, de Lia: o Komizar observava tudo. Eu sabia que ele estava brincando conosco para ver como reagiríamos. O desempenho de Lia tinha sido impressionantemente crível. O Komizar assentira com aprovação. Mas o quão longe ela teria que ir para convencer Kaden também? Nesta manhã, um dos guardas teve um grande prazer ao me dizer que Lia não estava mais trajando o vestido de aniagem, que Kaden havia dito ao Komizar que ela fizera por merecer um guarda-roupa inteiro na noite passada. "A vadia morriguesa já esqueceu seu emissário fru-fru agora que sentiu o gostinho de um vendano."

Eu não soquei a parede depois que ele foi embora. Eu me forcei a me levantar do chão onde ele havia me deixado, sentindo o gosto do sangue que formava uma poça na minha boca, e tentei lembrar-me de que Lia não havia pedido por nada disso. Lembrei a mim mesmo a expressão nos olhos dela logo que ela me viu antes de cruzarmos a ponte, o olhar contemplativo que me dilacerou do corpo até a alma, aquele que dizia que nós éramos tudo que importava, e prometi a mim mesmo, enquanto cuspia sangue no chão, que um dia eu veria aquela expressão nos olhos dela outra vez.

CAPÍTULO 16
CRÔNICAS DE AMOR E ÓDIO

s trancas em casa eram brincadeira de criança em comparação a isso. Eu havia lutado com esta tranca por quase uma hora. Quantas vezes eu tinha aberto as portas do Erudito ou do Chanceler ou, o que era especialmente engraçado para mim, do Guardião do Tempo e havia reajustado seus relógios? Isso havia enraivecido sobretudo o meu pai, mas eu só tinha feito essas coisas na esperança de criar uma hora extra para mim no dia dele. Eu teria pensado que ele poderia até mesmo apreciar minha engenhosidade — o que ele não fez. Mas meus irmãos, em segredo, abriam largos sorrisos todas as vezes em que ele me punia. O orgulho nas faces deles por si só fazia com que aquilo valesse a pena.

No entanto, esta tranca estava enferrujada e era teimosa, e um simples prendedor de cabelos não faria com que cedesse, menos ainda uma lasca de estopim, que era a única ferramenta que eu conseguira encontrar. Retorci a lasca no buraco da fechadura de novo, desta vez com um pouco de entusiasmo demais, e ela se partiu.

"Droga!" Joguei o toco quebrado no chão. Então a porta não era uma opção. Havia outras maneiras de sair de um quarto, talvez um pouco mais arriscadas, mas não impossíveis. Tentei ir até a janela mais uma vez. Dava para andar no peitoril do lado de fora, que tinha uns bons 25 centímetros de largura. Tratava-se de uma assustadora queda até o chão, mas, apenas a uns metros adiante, o peitoril conectava-se com o topo de uma larga parede que se dividia em dois caminhos diferentes que poderiam levar a qualquer lugar. Infelizmente, todas as minhas três janelas estavam em plena vista de soldados no pátio lá embaixo, e eles pareciam ter um interesse incomum em ficar olhando aqui para cima. Eu havia acenado para eles duas vezes. Antes de partir, Kaden me dissera: "Será mais seguro para você ficar aqui." Ele havia tentado fazer soar como se estivesse apenas tentando manter os outros afastados de mim, mas estava claro que ele ainda não confiava que eu ficaria quieta no meu lugar.

Caí na cama. Ele me deixou com comida e água e com a promessa de voltar ao cair da noite. Isso foi há horas, e eu ainda não tinha qualquer informação sobre Rafe. Onde será que ele estava? Pensei em como os guardas haviam batido nele antes, mas certamente não bateriam nele agora, não depois de fechar um tratado com o Komizar. Isso era o que eu esperava. Eu deveria ter me arriscado a perguntar isso a Kaden. Poderia ter formulado a frase de um jeito casual e desinteressado.

"Não", suspirei, e revirei-me na cama, aninhando-me em sua calidez.

Havia tantas coisas que eu conseguia seguramente disfarçar na minha face e na minha voz. Para mim, Rafe não era uma delas. Era mais seguro não falar nada que fosse sobre ele. Se eu fizesse isso, só levantaria as suspeitas de Kaden.

Permaneci fitando os arredores do aposento, inexpressiva, perguntando-me que tipo de questões poderiam ocupar tanto do tempo de Kaden, mas então notei que havia algo enfiado ao lado de um dos baús, algo que não estava lá antes. Sentei-me direito, curiosa. Um saco de dormir, enrolado e empoeirado? Levantei-me e fui me aproximando daquilo. *Era meu!* E, debaixo dele, lá estava o meu alforje!

Como foi que eles haviam chegado até ali? Será que Eben também tinha, em segredo, pegado essas coisas antes que fossem vendidas no mercado? Apanhei o alforje e joguei-o na cama, com o conteúdo dele voando. O lenço de pescoço de contas que Reena me dera, minha escova, minha caixa de fósforos, os esmigalhados destroços da erva *chiga...* Tudo, inclusive os textos antigos que eu havia roubado, ainda enfiados em sua capa de couro. Meu humor passou de frustração para júbilo em um instante. Até mesmo o objeto mais simples, como a fita de couro para prender os meus cabelos, me trouxe alegria — coisas que eram minhas e não emprestadas nem compradas com as moedas do Komizar

— mas especialmente os livros, eu rapidamente os enfiei debaixo do colchão da cama, para o caso de alguém pensar em pegá-los de volta.

Chacoalhei meu saco de dormir e ergui o manto, ainda atado com o fio, aquele que as mulheres nômades haviam me dado para o caso de uma mudança do tempo. Os dias e as noites foram tão cálidos ao cruzarmos a savana que eu não tinha tido necessidade de usá-lo, exceto como travesseiro de vez em quando. Soltei o fio e joguei o manto por cima dos meus ombros, saboreando sua calidez, mas especialmente apreciando aqueles que o haviam me dado, lembrando-me das bênçãos que eles enviaram comigo, até mesmo do desejo raivoso da pequena Natiya para que Kaden sofresse danos em seus dentes. Sorri. O manto me passava a sensação de ter os braços deles ao meu redor mais uma vez. Agarrei um punhado de tecido e segurei-o junto à minha bochecha, macio e da cor da floresta à meia-noite...

E da cor da pedra desgastada escura.

Havia mais uma janela, aquela no armário da câmara. Fui correndo até ela. Talvez com a cobertura escura de um manto aquela janela poderia ficar longe o bastante do campo de visão dos guardas, de forma que eu poderia sair furtivamente dali e não ser notada. Na minha pressa, deslizei no tapete trançado que havia no minúsculo aposento e caí junto à áspera parede de pedra. Esfreguei meu ombro machucado, amaldiçoando o rasgo que tinha feito na camisa de Kaden. Fui até a janela e espiei para fora. Um guarda olhou para cima e assentiu, como se esperasse minhas recorrentes aparições ali. Kaden deve tê-los avisado para que ficassem atentamente de olho em *todas* as janelas deste quarto. Resmunguei um baixo e raivoso xingamento enquanto sorria e acenava de volta. Parei para amaciar o tapete torto e notei uma leve lacuna mais ampla entre as placas de madeira do chão. O ar frio entrava pela fenda. Empurrei o tapete para o lado e vi que a linha continuava em volta de um quadrado perfeito. Em uma das extremidades estava embutido um anel de ferro. *O Sanctum está repleto de passagens abandonadas.*

Era assim que ele fazia isso.

Eu não havia dormido e não ouvi as guinchantes dobradiças da porta. Kaden havia saído silenciosamente por este caminho. Meu coração martelava no peito enquanto eu esticava a mão para pegar o anel. Puxei-o, e o chão se ergueu. Alavancas de ferro desdobraram-se suavemente debaixo das tábuas do assoalho de modo a revelarem um buraco negro e os precariamente visíveis indícios de uma escadaria. O ar denso, poeirento e antigo rastejava para cima, resfriando o pequeno recinto.

Era um local de fuga. Mas para onde? Inclinei-me para cima do buraco, espiando para dentro do negrume, mas a escadaria desaparecia no esquecimento. *Algumas com quedas mortais.*

Balancei a cabeça e comecei a fechar o alçapão, e então parei.

Se Kaden conseguia descer e sair do outro lado, então eu também conseguiria. Puxei para cima o manto e girei os pés, descendo o primeiro degrau. Posicionei o tapete pesado de volta para cima do alçapão de forma que fosse retornar ao seu lugar quando eu o fechasse, mas encontrar a vontade de fechá-lo atrás de mim tomou-me algum tempo. Por fim, inspirei fundo e deixei-o cair.

Os degraus eram íngremes e estreitos. Minhas mãos deslizavam ao longo das paredes de pedra em cada lado para ajudarem-me a sentir meu caminho para baixo, algumas vezes passando pelo que eu somente conseguiria imaginar como sendo imensas teias de aranha. Suprimi um estremecer e lembrei-me de todas as teias de aranha que eu tinha limpado no estalajadeiro. *Inofensivas, Lia. Pequenas, Lia. Em comparação com o Komizar, criaturas inocentes. Continue seguindo em frente.*

Degrau depois de degrau, eu nada via além de um preto sufocante. Pisquei, quase sem saber ao certo se meus olhos estavam abertos. Senti a curva da escadaria, meu pé esquerdo sentindo mais firmeza no degrau do que o direito, e, depois de uma dúzia de degraus, uma abençoada luz apareceu. Fraca a princípio, e, depois, flamejante. Tratava-se apenas de uma lacuna da finura de um dedo nos blocos de rocha da parede externa, mas, no escuro, brilhava como uma lanterna divina, que iluminava o caminho abaixo de mim, e eu era capaz de mover-me a uma passada mais rápida. Alguns dos degraus de pedra haviam se desfeito, e eu tinha que, com cuidado, descer até um terceiro ou até mesmo quarto degrau. Por fim, eu me deparei com um patamar que dava para uma passagem escura e, com relutância, pisei e entrei na completa escuridão de novo. Depois de apenas alguns passos, deparei-me com uma parede sólida. Um beco sem saída. *Tinha que dar em algum lugar,* pensei, mas então me lembrei da construção irregular da cidade inteira. Encontrei meu caminho de volta para a escadaria, descendo mais alguns degraus até outro patamar e um passadiço escuro, e encontrei outro beco sem saída. Minha garganta ficou apertada. De repente, o ar bolorento estava me sufocando e meus dedos estavam rígidos com o frio. E se Kaden não tivesse vindo por este caminho? E se esta fosse uma daquelas passagens fechadas e esquecidas da qual eu nunca mais encontraria a saída de novo?

Fechei os olhos, embora isso fizesse pouca diferença no escuro.

Respire, Lia. Você não chegou até aqui à toa. Meus dedos curvaram-se em punhos cerrados. Havia um jeito de sair daquele lugar, e eu haveria de descobri-lo.

Ouvi um ruído e girei-me. Havia uma mulher parada do outro lado da passagem. Fiquei tão chocada que, a princípio, nem mesmo tive o senso de ficar com medo.

O rosto dela estava indistinto nas sombras, e seus cabelos caíam em mechas contorcidas até o chão.

E então eu soube. Lá no fundo, no meu âmago, eu sabia quem ela era, embora todas as regras da razão me dissessem que era impossível. Esta era a mulher que eu tinha visto nas sombras do Saguão do Sanctum. A mulher que havia me observado do peitoril. A mesmíssima mulher que havia entoado em cântico o meu nome de cima de uma muralha milhares de anos atrás. Aquela que fora empurrada para morrer, e homônima de um reino determinado a esmagar o meu.

Era Venda.

Eu tinha avisado Venda para que não fosse vagando
para longe demais da tribo.
Mil vezes, eu a tinha avisado.
Eu era mais sua mãe do que sua irmã.
Ela chegou anos depois da tempestade.
Nunca sentiu o chão estremecer,
Nunca viu o sol tornar-se vermelho.
Nunca viu o céu ficar preto.
Nunca viu o fogo estourar no horizonte e sufocar o ar.
Ela nunca nem mesmo viu nossa mãe. Isso
era tudo que ela sempre soubera.
Os abutres estavam à espera dela, e vi Harik
roubá-la e levá-la embora em seu cavalo.
Ela nunca olhou para trás, nem mesmo
quando a chamei depois que ela partira.
    Não acredite nas mentiras dele, gritei,
    mas era tarde demais. Ela se fora.

—Os Últimos Testemunhos de Gaudrel—

Capítulo 17
CRÔNICAS DE AMOR E ÓDIO

la olhou para mim, com a cabeça formando um ângulo para o lado, sua expressão impossível de ser lida... Seria tristeza, raiva, alívio? Eu não sabia ao certo... e então ela assentiu. O gelo insinuava-se por minhas veias. Ela me reconheceu. Seus lábios moviam-se em silêncio, falando meu nome sem emitir qualquer som, e então ela se virou e foi engolida pelas sombras.

"Espere!", gritei, e saí correndo atrás dela. Busquei-a, virando-me em todas as direções, mas a escadaria e o patamar estavam vazios. Ela se fora.

O vento, o tempo, ele circula, repete, alguns golpes de ceifeira cortando mais a fundo do que outros.

Apoiei-me na parede, com a cabeça latejando, as palmas das mãos úmidas, tentando explicar a presença dela, buscando as regras da razão, mas aquilo se assentou em mim como sendo tão verdadeiro e real quanto o coro de gritos que eu tinha ouvido nos céus no dia em que enterrei o meu irmão. Os séculos e as lágrimas haviam girado com vozes que não poderiam ser apagadas, nem mesmo pela morte, e a de Venda era uma canção que não poderia ser silenciada, nem mesmo ao ser empurrada de uma muralha. Era tudo tão verdadeiro e real quanto um Komizar que apertara o meu pescoço e que prometera tirar tudo de mim.

"As regras da razão", sussurrei, um cântico maquinal que ainda tropeçava nos meus lábios. Eu nem mesmo sabia mais o que isso queria dizer.

Dei um passo trêmulo para a frente no escuro, e minhas botas bateram em algo exatamente onde Venda havia desaparecido, o que emitiu um estranho som oco. Meus dedos deslizaram pela parede e, em vez de mais pedra, deparei-me com um painel baixo de madeira. Com um gentil empurrão, deslizei-o, abri-o e me vi debaixo de uma escura curva de degraus no meio do Sanctum. Uma luz brilhante respingava pelo corredor à minha frente, e fiquei grata por um mundo de pontas duras, passadas pesadas e carne fresca. Todas as coisas sólidas. Olhei para trás, para o painel de madeira, questionando minha breve descida pela escada escondida, e me perguntei o que eu teria realmente visto. Será que era algo real e verdadeiro ou apenas o terror por estar aprisionada? Mas o nome que ela havia pronunciado sem falar, *Jezelia*, ainda me fazia tremer violentamente. Os guardas passaram por mim e escapei para trás, escondendo-me nas sombras. Eu havia escapado de uma armadilha e caído em outra.

Este era o corredor cheio que dava para a torre onde o Komizar disse que ele tinha um aposento seguro para Rafe. Eu estava prestes a sair quando três governadores se aproximaram e tive que me abaixar. Tudo de que eu precisava era de um momento livre para sair voando e correndo escadaria acima, e eu tinha certeza de que conseguiria encontrar o quarto de Rafe, mas o corredor parecia ser uma passagem principal. Os governadores passaram; depois, diversos criados carregando cestos também passaram por ali e, por fim, a passagem ficou em silêncio. Puxei meu capuz para cima da minha cabeça e dei um passo para fora... logo quando dois guardas viravam no canto.

Eles pararam bruscamente, surpresos, quando me viram.

"Aí estão vocês!", falei, irritada. "Foram vocês que ordenaram que deixassem lenha do lado de fora do quarto do Assassino?" Desferi a eles um olhar acusador.

O mais alto dos dois me olhou com ódio em retorno. "Nós parecemos empurradores de carrinhos de mão?"

"Nós não somos imundos coletores de fezes", disse o outro, rosnando.

"É mesmo?", falei. "Nem mesmo para o *Assassino*?" Coloquei a mão no queixo como se estivesse memorizando os rostos deles.

Um olhou para o outro e depois voltaram a olhar para mim. "Vamos mandar um menino."

"Vejam o que vocês fazem. Esfriou, e o Assassino queria uma lareira vibrante quando estivesse de volta." Eu me virei e afastei-me deles, bufando de raiva e subindo as escadas. Minhas têmporas tremiam intensamente enquanto eu esperava que eles prestassem mais atenção nas coisas, mas tudo que ouvi atrás de mim foram seus resmungos e gritos com um pobre e desafortunado criado descendo o corredor.

Depois de um beco sem saída, dois quase desastres em quartos errados e uma rápida saída por uma janela do corredor, fui andando ao longo de um peitoril que ficava suficientemente oculto da vista daqueles que estavam lá embaixo. Espiar pelas janelas em vez de abrir portas provou-se ser uma forma mais segura de exploração, e apenas umas poucas janelas depois, eu o encontrei.

O que me atingiu de imediato foi sua ausência de movimento. Seu perfil. Ele estava desengonçado em uma cadeira, olhando para fora de uma janela do outro lado do cômodo. O olhar fixo e ardente, calculado, que ele lançou para mim e que me deixou inquieta da primeira vez que o vi, deixou-me apreensiva novamente. Olhar que transpirava ameaça e uma reserva assustadora, uma postura arqueada, carregada, mirada, à espera. Foi esse olhar fixo que me havia feito tremer com as bandejas nas mãos enquanto eu as colocava na mesa da taverna. Até mesmo com uma leve vista lateral, o gelo dos olhos azuis dele cortava-me como uma espada. Nem fazendeiro, nem príncipe. Aqueles eram os olhos de um guerreiro. Olhos cheios de poder. E, ainda assim, na noite passada, ele havia ficado com os olhos cálidos para Calantha quando ela se sentou perto dele e sussurrou algo em seu ouvido, fez com que os olhos dele tivessem centelhas com a intriga quando o Komizar lhe fazia perguntas... Olhos que ele fez ficarem velados com desinteresse quando beijei Kaden.

Pensei na primeira vez em que eu o havia feito rir enquanto coletávamos amoras silvestres no Cânion do Diabo, do quão temorosa eu tinha ficado, e então como a risada dele havia transformado sua face. *Em como sua risada havia transformado a mim.* Eu queria fazer com que ele risse agora, mas aqui eu nada tinha para lhe oferecer que fosse minimamente divertido ou prazeroso.

Eu deveria ter me revelado de imediato, mas, assim que soube que ele estava vivo e que tinha comida e água, fui atingida pela necessidade de algo mais... uns poucos segundos para observá-lo sem que ele visse que estava sendo observado, para vê-lo com o novo olhar que eu acabara de obter. Que outras facetas será que esse príncipe muito esperto tinha?

Seus dedos batiam de leve, uma batida tensa, no braço da cadeira, uma batida lenta e constante, como se ele estivesse contando alguma coisa... horas, dias ou talvez quantas pessoas haveriam de pagar por tudo isso. Talvez ele estivesse até mesmo pensando em mim. *Sim! Você era um desafio e um constrangimento!* Pensei em todas as vezes em que ele havia retribuído meus beijos lá em Terravin. Em cada uma delas, ele tinha sabido que era eu quem havia quebrado um contrato entre os dois reinos. E, antes que tivéssemos nos beijado, houve todas as vezes em que eu olhara para ele com olhos sonhadores, na esperança de que ele fosse me beijar. Será que ele sentia a justiça presunçosa enquanto me observava apoiada em vassouras, prendendo-me a cada palavra dele? *Melões. Ele me disse que cultivava melões.* As histórias que ele havia inventado... tais como as que havia criado na noite passada para o Komizar... fluíam com suavidade demais.

Sei que seus sentimentos em relação a mim podem ter mudado.

Meus sentimentos haviam mudado, sem sombra de dúvidas, mas eu não estava certa quanto ou como haviam mudado. Eu nem mesmo sabia ao certo como chamá-lo mais. O nome Rafe estava tão fortemente entrelaçado com o jovem homem que eu achava que era um fazendeiro... Como deveria chamá-lo agora? Rafferty? Jaxon? Vossa Alteza?

Mas então ele se virou. Só precisou isso e ele era Rafe novamente, e meu coração deu um pulo no peito. Vi o lábio ensanguentado dele e me apertei pela estreita abertura, não me importando com o som. Ele ficou em pé em um salto quando me ouviu, alarmado e pronto para a batalha, como se não estivesse esperando que alguém entrasse em seu quarto por uma janela e como se estivesse até mesmo mais surpreso por esse alguém ser eu.

"O que foi que eles fizeram?", perguntei a ele.

Ele dispensou minha mão e minhas perguntas e apressou-se a passar correndo por mim até a janela. Espiou para fora para verificar se alguém tinha me visto e depois se virou de novo, comprimindo-me em seus braços, abraçando-me como se nunca fosse me soltar, até que de repente deu um passo para trás, como se não tivesse certeza de que seu abraço era bem-vindo.

Se isso era ou não prudência, eu não me importava... fiquei ardente com seu toque. "Imagino que, se formos nos apaixonar um pelo outro de novo, beijos farão parte disso."

Com gentileza, eu trouxe a face dele junto à minha de novo, evitando seu lábio partido, e minha boca agitava-se por sua pele, beijando o topo da maçã de seu rosto, descendo até o maxilar, cruzando o canto de sua boca. De repente, todos os gostos dele eram novos.

Ele apertou as mãos em volta da minha cintura, puxando-me mais para perto de si, e raios de calor espalharam-se por meu peito.

"Você ficou completamente maluca?", perguntou entre respirações pesadas. "Como foi que chegou até aqui?"

Eu sabia que ele perguntaria. Isso não fazia parte de nosso plano. Afastei-me, servindo-me de um pouco de água do frasco que estava em cima de uma mesa. "Não foi difícil", menti. "Uma caminhada fácil."

"Por uma janela?" Ele balançou a cabeça em negativa, apertando e fechando brevemente as pálpebras. "Lia, você não pode sair por aí dançando em peitoris como uma..."

"Dificilmente fico dançando. Ando furtivamente e tenho bastante prática nisso; sou habilidosa, na opinião de algumas pessoas."

Ele contorceu o maxilar. "Eu aprecio suas habilidades, mas preferia que você ficasse quieta em seu lugar", argumentou ele. "Não quero ter que removê-la das pedras de cantaria. Meus homens logo virão. Há estratégias militares para esse tipo de situação quando as chances não estão a nosso favor... e então todos vamos sair daqui juntos."

"Estratégias? Seus soldados estão aqui, Rafe?", perguntei, olhando em volta do recinto. "Não parece que estejam. Mas nós *estamos.* Você tem que aceitar que pode ser que eles não venham. Esta é uma terra perigosa, e eles poderiam ter..."

"Não", disse ele. "Eu não conduziria meus amigos de mais confiança para algo que eu achasse que eles não conseguiriam sobreviver. Falei a você que poderia levar alguns dias." Mas eu vi a dúvida nos olhos dele. A realidade estava se assentando. Quatro homens em uma terra estranha. Quatro homens entre milhares de inimigos. Havia uma boa possibilidade de que eles já estivessem mortos se tivessem se deparado com um regimento, como havia acontecido com Walther e sua companhia. Eu nem mesmo tinha trazido à tona os perigos do rio mais baixo sobre o qual

Kaden havia me avisado, nem sobre as criaturas mortais que o habitavam. Havia um bom motivo pelo qual Venda sempre tinha ficado isolada.

"Os guardas de novo?", perguntei a ele, voltando para o assunto de seu lábio.

Ele assentiu, mas seus pensamentos ainda estavam em outro lugar. O olhar contemplativo dele repassou todos os meus novos trajes.

"Alguém me trouxe o meu manto. Ele estava enrolado no meu saco de dormir", expliquei.

Ele esticou a mão, puxando o fio e soltando-o no meu pescoço, e lentamente empurrou o manto para trás dos meus ombros. O manto caiu no chão. "E... isso?"

"São de Kaden."

Seu peito ergueu-se em uma respiração profunda e medida, e ele saiu andando, passando os dedos pelos cabelos. "Melhor as roupas deles do que aquele vestido, imagino."

Sem dúvida os guardas tinham perdido pouco tempo espalhando histórias sórdidas.

"Sim, Rafe", falei, soltando um suspiro. "Eu as fiz por merecer. Em uma luta de espadas, e isso foi tudo. Kaden tem um calombo roxo enorme na canela para provar isso."

Ele voltou-se para mim, o alívio visível em sua face. "E o beijo da noite passada?"

Minha raiva inflamou-se. Por que ele não poderia deixar isso para lá? Mas eu me dei conta de que muito ainda borbulhava sob a superfície. Todas as mágoas e todos os engodos que não tínhamos tido tempo de abordar ainda estavam ali.

"Eu não vim até aqui para ser interrogada", falei, irritada. "E o que foram todas as suas atenções para Calantha?"

Ele retraiu os ombros. "Imagino que ambos estivéssemos interpretando os melhores papéis de nossas vidas."

O tom acusador dele transformou em uma fogueira a faísca da minha raiva. "Interpretando? É assim que você se refere àquilo? Você mentiu para mim. Sua vida é complicada. *Foi isso mesmo* o que você me disse! *Complicada?*"

"O que está desencavando? A noite passada ou Terravin?"

"Você age como se isso tivesse acontecido dez anos atrás! Você tem um jeito tão interessante com as palavras! Sua vida não é complicada.

Você é o resplandecente príncipe da coroa de Dalbreck! Chama isso de complicação? Mas você ficou falando e falando sobre cultivar melões e cuidar de cavalos e sobre como seus pais estavam mortos. Você me disse sem qualquer vergonha que era um fazendeiro!"

"Você falou que era uma empregada de uma taverna!"

"Eu era! Eu servia às mesas e lavava pratos! Você já plantou algum melão na sua vida? Ainda assim, você empilhou uma mentira após a outra e nunca lhe passou pela cabeça me contar a verdade."

"Que escolha eu tinha? Ouvi você me chamar de filhinho de papai principesco pelas minhas costas! Alguém a quem você nunca conseguiria respeitar!"

Fiquei boquiaberta. "Você ficou me espionando?" Girei, balançando a cabeça, sem acreditar, cruzando o recinto e depois me virando com tudo de volta para ficar cara a cara com ele. *Você me espionou?* Suas duplicidades nunca têm fim, têm?"

Ele deu um passo intimidante mais para perto de mim. "Talvez, se uma certa empregada de taverna tivesse se dado ao trabalho de me contar a verdade *primeiro,* eu não teria sentido que tinha que esconder dela quem eu era!"

Igualei um a um os passos raivosos dele. "Talvez se um príncipe arrogante tivesse se dado ao trabalho de vir me ver antes do casamento, conforme eu havia pedido, nós nem mesmo estivéssemos aqui!"

"Então é assim? Bem, talvez se alguém tivesse me pedido com o mínimo de diplomacia, em vez de me dar uma ordem como uma vadia mimada da realeza, eu teria ido!"

Eu tremia de raiva. "Talvez alguém estivesse assustada demais para escolher devidamente as palavras para Vossa Pomposa Bunda Real!"

Nós dois ficamos ali, parados, em pé, com nossos peitos subindo e descendo com a fúria, tornando-nos algo que nenhum dos dois tinha sido com o outro antes. O filho real e a filha real de dois reinos que apenas cautelosamente confiavam um no outro.

De repente, fiquei com nojo das minhas palavras. Odiei cada uma delas e queria retirá-las. Senti meu sangue indo com tudo para os pés. "Eu estava com medo, Rafe", sussurrei. "Pedi que você viesse porque nunca havia sentido tanto medo na minha vida."

Observei que a onda de raiva dele também estava sendo drenada. Ele engoliu em seco e gentilmente me puxou para seus braços e então, com ternura, passou os lábios pela minha testa. "Sinto muito, Lia", ele sussurrou junto à minha testa. "Sinto muito mesmo."

Eu não sabia ao certo se ele sentia muito por suas palavras cheias de raiva ou porque não tinha vindo até mim todos aqueles meses atrás quando recebeu o meu bilhete. Talvez fosse por ambos. Seu polegar tocava as elevações da minha coluna. Tudo que eu queria era memorizar a sensação do corpo dele pressionado junto ao meu e apagar todas as palavras que havíamos acabado de dizer.

Ele pegou a minha mão e lentamente beijou as juntas dos meus dedos, uma por uma, exatamente como tinha feito lá em Terravin, mas agora eu pensava *Este é o príncipe Jaxon Tyrus Rafferty que está beijando a minha mão* e me dei conta de que isso não significava porcaria nenhuma para mim. Ele ainda era a pessoa por quem eu havia me apaixonado, fosse príncipe da coroa ou fazendeiro. Ele era o Rafe, e eu era a Lia, e todo o resto que éramos para as outras pessoas não importava para *nós.* Eu não precisava me apaixonar por ele de novo. Eu nunca havia deixado de estar apaixonada por ele.

Deslizei minhas mãos por baixo do colete dele, sentindo os músculos de suas costas. "Eles virão", sussurrei, junto ao peito dele. "Seus soldados virão e sairemos dessa. Juntos, exatamente como você disse." Lembrei-me de que ele havia me dito que dois deles falavam o idioma vendano.

Inclinei-me para trás, de modo que pudesse ver o rosto dele. "Você também fala vendano?", perguntei. "Esqueci de descobrir na noite passada."

"Apenas umas poucas palavras, mas estou captando algumas rapidamente. *Fikatande idaro, tabanych, dakachan wrukash.*"

Assenti. "As palavras de uso comum sempre vêm em primeiro lugar."

Ele deu risada e seu sorriso transformou seu rosto. Meus olhos ardiam. Eu queria que aquele sorriso permanecesse ali para sempre, mas eu tinha que seguir em frente e falar de detalhes mais urgentes, porém mais sombrios. Contei a ele que havia coisas que eu ficara sabendo e que os homens dele precisariam saber.

Nós nos sentamos em frente um ao outro na mesa que continha a bacia, e eu contei tudo a ele, desde as ameaças do Komizar para mim depois que todo o resto das pessoas tinha deixado a sala, a carga roubada na Praça da Ala do Conselho, até a minha conversa com Aster e minha suspeita de que as patrulhas estavam sendo sistematicamente assassinadas pelo exército vendano. Eles estavam escondendo alguma coisa. Algo importante.

Rafe balançou a cabeça. "Nós sempre tivemos escaramuças com bandos de vendanos, mas isso realmente parece diferente. Nunca vi tropas organizadas como as que encontramos, mas até mesmo seiscentos soldados armados é algo que pode ser facilmente reprimido uma vez que eles saibam com o que estão lidando."

"E se forem mais de seiscentos?"

Ele reclinou-se em sua cadeira e esfregou as pontinhas de barba por fazer no queixo. "Nós não vimos qualquer evidência disso, e é preciso algum nível de prosperidade para treinar e dar suporte a um grande exército."

Isso era verdade. Dar suporte ao exército morriguês era uma constante drenagem no tesouro do reino. Mas, mesmo que isso me trouxesse algum alívio, que seria possível lidar com o exército com o qual nos deparamos, eu ainda sentia a dúvida empoleirando-se nas minhas entranhas.

Segui em frente, contando a ele sobre a *jehendra*, sobre o homem que colocou o talismã em volta do meu pescoço e sobre as mulheres que tomaram minhas medidas para as roupas. "Eles estavam sendo estranhamente atenciosos, Rafe. Bondosos, até. Era diferente em comparação com todo o resto das pessoas. Eu me perguntava se talvez eles..."

"Gostassem de você?"

"Não. É mais do que isso", falei, balançando a cabeça em negativa. "Eu acho que talvez eles quisessem me ajudar. Talvez nos ajudar?" Mordi o canto do meu lábio. "Rafe, tem mais uma coisa que não contei a você."

Ele inclinou-se para a frente, com o olhar fixo em mim. Isso me fez lembrar de todas as vezes em que varri as varandas da estalagem em Terravin e ele ouvia com tanta atenção o que eu tinha a dizer, não importando o quão grande ou pequeno fosse. "O que é?", ele perguntou.

"Quando fugi de Civica, roubei uma coisa. Eu estava com raiva, e essa era minha forma de me vingar de alguns membros do gabinete que haviam forçado o casamento."

"Joias? Ouro? Eu não creio que alguém em Venda vá prender você por roubar alguma coisa de seu inimigo figadal."

"Eu não acho que o valor disso seja monetário. Creio que era algo que eles simplesmente não queriam que fosse visto... especialmente por mim. Roubei alguns documentos da biblioteca do Erudito Real. Um deles era um antigo texto vendano chamado Canção de Venda."

Ele balançou a cabeça. "Nunca ouvi falar."

"Nem eu tinha ouvido falar." Contei a ele que Venda era a esposa do primeiro regente e que o reino recebera esse nome em homenagem a ela. Expliquei que ela havia contado histórias e cantado canções das muralhas do Sanctum para as pessoas lá embaixo, mas que disseram que ela havia enlouquecido. Quando as palavras dela viraram uma fala ininteligível, o regente a havia empurrado da muralha para a morte lá embaixo."

"Ele matou a própria esposa? Isso me soa como algo bárbaro tanto na época quanto agora, mas o que isso importa para nós?"

Fiquei hesitante, quase com medo de dizer as palavras em voz alta. "No meu caminho até aqui, cruzando o Cam Lanteux, eu traduzi o texto. Dizia que um dragão haveria de se erguer, um dragão que se alimentava das lágrimas das mães. Mas também dizia que alguém mais viria para desafiá-lo. Alguém chamada Jezelia."

Ele inclinou levemente a cabeça para o lado. "O que você está tentando dizer?"

"Que talvez não seja por acaso que eu esteja aqui."

"Por causa de um nome mencionado em uma velha canção por uma mulher louca que morreu faz tempo?"

"É mais do que isso, Rafe. Eu a vi", falei sem pensar.

A expressão dele mudou quase de imediato de curiosa para cautelosa, como se eu também tivesse enlouquecido. "Você acha que viu uma mulher morta..."

Interrompi-o, dizendo a ele sobre a mulher que vi no corredor, no peitoril e, por fim, na passagem. Ele esticou a mão, com os dedos gentilmente enfiando uma mecha de cabelos atrás da minha orelha.

"Lia", disse ele, "você passou por uma horrível jornada, e este lugar..." Ele balançou a cabeça. "Qualquer um poderia ver coisas aqui. Nossas vidas estão em perigo a cada minuto. Nós nunca sabemos quando alguém virá e..." Ele apertou a minha mão. "O nome Jezelia poderia ser tão comum quanto o ar aqui, e um dragão? Poderia ser qualquer um. Ela pode até mesmo ter se referido a um dragão, literalmente. Você já pensou nisso? É apenas uma história. Todos os reinos têm essas histórias. E é de se entender que você pudesse ver coisas em uma passagem escura. Pode até mesmo ter sido uma criada de passagem por ali. Graças aos deuses que ela não a expôs aos guardas. Mas você não deve ser uma prisioneira neste lugar esquecido por Deus, disso eu tenho certeza."

"Mas há alguma coisa acontecendo aqui, Rafe. Sinto isso. Alguma coisa se agigantando. Algo que eu vi nos olhos de uma velha mulher no Cam Lanteux. Algo que eu ouvi."

"Você está querendo dizer que é o seu dom falando com você?" Havia uma estranha cadência no tom dele, uma indicação de ceticismo, e me dei conta de que talvez ele nem mesmo acreditasse que eu tinha o dom. Nós nunca havíamos falado sobre isso. Talvez os rumores em Morrighan sobre minhas falhas houvessem se espalhado por todo o caminho até Dalbreck. A dúvida dele aguilhoava-me, mas eu não podia culpá-lo. Falando em voz alta, soava risível até mesmo para mim.

"Não sei ao certo." Apertei os olhos e fechei-os por um breve momento, com raiva de mim mesma porque eu não entendia o meu próprio dom bem o bastante para dar a Rafe mais respostas.

Ele se levantou e me puxou para seus braços. "Eu acredito em você", disse ele em um sussurro. "Há algo se agigantando, mas esse é mais um motivo por que nós precisamos sair daqui."

Repousei a mão no peito dele, querendo abraçá-lo, até que...

Você acha que ele iria contar a você quando realmente iríamos embora?

Meus pensamentos ficaram congelados na provocação de Finch. Kaden também não me diria quando ele realmente estaria retornando. *Eu não confio em você, Lia.* E ele nunca havia confiado, com bons motivos. Esse era um jogo que eu odiava jogar com ele.

"Tenho que ir", falei, afastando-me dele, "antes que ele retorne e descubra que saí." Apanhei meu manto e fui correndo até a janela.

Rafe tentou me impedir de fazer isso. "Você disse que ele ficaria fora o dia todo."

Eu não poderia me arriscar e não tinha tempo para explicações. Eu estava pisando no peitoril da janela quando ouvi a chave, ruidosa, na fechadura, e uma fresta foi aberta na porta de Rafe. Pressionei-me mais para perto da parede do lado de fora dali, mas, em vez de fugir, fiquei um tempo onde estava, tentando ouvir quem era. Ouvi a voz de Calantha, bem mais agradável no tom que usava com ele do que o usado comigo. E ouvi Rafe elogiando o vestido dela, transformando-se, em um piscar de olhos, de um príncipe em um solícito emissário.

CAPÍTULO 18
CRÔNICAS DE AMOR E ÓDIO

KADEN

ui serpeando em meu caminho em meio às tropas que estavam paradas, tranquilas, dando risada, na parte inferior do Campo dos Cadáveres, felizes por serem dispensadas das tarefas ao meio-dia. Grupos de soldados abordavam-me, dando-me as boas-vindas pelo meu retorno ao lar. Eu não conhecia a maioria deles, porque passava mais tempo fora do que aqui, mas todos eles me conheciam. Todo mundo fazia questão de conhecer ou de ter ouvido falar sobre o Assassino.

"Ouvi dizer que você trouxe um prêmio para casa", disse um deles.

A recompensa da guerra. Eu me lembrava de eu mesmo me referir a Lia como prêmio do Komizar quando Eben pretendia cortar a garganta dela. Eu havia dito isso sem pensar, porque era verdade. Todas as recompensas pertenciam ao Komizar, para que ele as distribuísse ou usasse para o maior benefício de Venda. Não cabia a mim questioná-lo quando ele dissera: *Decidirei a melhor forma de fazer uso dela.* Sem sombra de dúvida, não era só eu que tinha para com ele uma grande dívida.... toda Venda tinha. Ele nos dava uma coisa que nunca havíamos tido antes. Esperança.

Continuei andando, assentindo: esses eram meus camaradas, afinal de contas. Tínhamos uma causa em comum, uma irmandade. Lealdade acima de todas as coisas. Nenhum dos homens por quem eu passara não sofrera grandemente de uma forma ou de outra, alguns haviam sofrido até mesmo mais do que eu, embora eu carregasse as provas em forma de cicatrizes no meu peito e nas minhas costas. Eu podia ignorar uns poucos comentários vulgares dos soldados.

Veja ali.

Mais um chamado de algum lugar em meio à multidão.

O Assassino.

Sem dúvida ele está assim fraco por lutar com sua pombinha por todo o Cam Lanteux.

Parei abruptamente e encarei um grupo de soldados, todos com os sorrisos ainda em seus rostos. Mantive o olhar até que eles ficaram mexendo os pés e seus largos sorrisos esvaneceram-se. "Três de seus camaradas estão prestes a morrer. Agora não é hora de rir por causa de prisioneiros."

Eles olharam de relance uns para os outros, com os rostos pálidos, e então se mesclaram à multidão atrás deles. Saí andando, com minhas botas moendo o chão molhado.

O Campo dos Cadáveres era uma pequena colina no quadrante de Tomack. Os campos de treinamento espalhavam-se em um baixo vale logo além desse, escondidos por um bosque denso. Onze anos atrás, quando o Komizar subiu ao poder, não havia qualquer soldado preparado, nada de campos de treinamento, nem silos para armazenar os dízimos de grãos, nem arsenais para forjar armas, nem estábulos de criação. Havia somente guerreiros que aprenderam suas ocupações com um pai, se tinham um; se não tinham, a bruta paixão era o que os guiava. Apenas os ferreiros do quadrante local batiam espadas não refinadas e machados para as poucas famílias que podiam pagar por eles. O Komizar havia feito o que ninguém antes dele fizera, compelido os governadores a pagarem mais impostos, os quais, por sua vez, coagiam os lordes dos quadrantes em suas próprias províncias a lhes pagarem maiores impostos. Embora Venda fosse pobre em termos de campos e carne, era rica em fome. Ele batia sua mensagem poderosa como um tambor de guerra, calculando os dias, os meses e os anos até que Venda haveria de tornar--se mais forte do que o inimigo, forte o bastante para que todas as barrigas estivessem cheias e nada, especialmente três soldados covardes que haviam traído seus juramentos e fugido de seus deveres, pudesse minar aquilo pelo que todos os vendanos haviam trabalhado e se sacrificado.

Cruzei a curta trilha que dava para o topo da pequena colina, dando a volta, até que cheguei aos *chievdars* que por mim esperavam.

Eles assentiram para um sentinela, que soprou uma trombeta, com três longos balidos que pairavam no ar úmido. As tropas lá embaixo aquietaram-se. Ouvi o choro mesclado com soluço de um dos prisioneiros. Todos os três estavam de joelhos, com blocos de madeira diante deles, as mãos atadas nas costas, capuzes pretos cobrindo suas cabeças, como se fossem repulsivos demais para se olhar para eles por muito tempo. O trio estava alinhado no topo da pequena colina, em plena vista para todos os que observavam lá embaixo. Um algoz estava parado ao lado de cada um deles, e os machados curvos e polidos que tinham em mãos brilhavam ao sol.

"Remova os capuzes deles", ordenei.

O prisioneiro que soluçava gritou pedindo ajuda quando o capuz foi arrancado. Os outros dois piscaram como se não entendessem muito bem por que estavam ali, com expressões que contorciam seus rostos, confusos.

Faça com que eles sofram.

Fiquei fitando-os. Seus narizes não se encaixavam bem em suas faces, e seus peitos magros e que tremiam ainda não haviam se alargado.

"Mantenedor?", prontificou-se a dizer o *chievdar*. Era meu trabalho como Mantenedor prosseguir com a execução.

Fui andando mais para perto e fiquei parado diante deles, que erguiam os queixos, sábios o bastante para sentirem medo, mais sábios ainda para não pedirem piedade.

"Vocês são acusados de desertarem de seus deveres, de seus postos, além de traírem seu juramento de proteger seus camaradas. Os cinco que vocês deixaram para trás morreram. Pergunto-lhes, vocês cometeram esses crimes?"

Aquele que havia chorado e soluçado deixou escapar lamúrias cheias de angústia. Os outros dois assentiram, com as bocas semiabertas. Nenhum dos três tinha mais do que 15 anos de idade.

"Sim", disse cada um deles, obedientes, por sinal, até mesmo em meio a seu terror.

Voltei-me para os soldados lá embaixo. "O que vocês dizem, camaradas. Sim ou não?"

Um ribombo unânime tão denso quanto a noite desenrolou-se no ar.

O peso da única palavra pressionava os meus ombros, pesada e final. Os rostos de nenhum desses três tinham visto uma navalha ainda. *Sim.*

Todos os homens que esperavam lá embaixo precisavam acreditar que podiam contar com seus camaradas, que nenhum medo ou impulso deteria um homem de realizar seu dever. Um dos cinco que morreram poderia ter sido irmão, pai, amigo deles.

Era nesse momento que o Komizar ou o Mantenedor poderiam ter cortado uma linha, não tão profunda, na garganta de um deles. Apenas o suficiente para que se engasgasse com o próprio sangue, para tirá-lo de sua miséria e fazer com que os outros prisioneiros sentissem ânsia de vômito por causa do medo, apenas profunda o suficiente para ficar queimada a ferro e fogo nas lembranças de todas as testemunhas lá embaixo. Aos traidores não se concedia misericórdia.

O *chievdar* sacou sua faca e ofereceu-a a mim.

Olhei para a lâmina, olhei para os soldados lá embaixo. Se eles não tinham visto miséria suficiente até agora, haveriam de encontrá-la em algum outro lugar.

Voltei-me novamente para os soldados condenados. "Que os deuses lhes possam mostrar misericórdia."

E, com um simples assentir, antes que o *chievdar* pudesse protestar contra o rápido fim, as lâminas desceram e os choros mesclados com soluços dos condenados tiveram fim.

CAPÍTULO 19
CRÔNICAS DE AMOR E ÓDIO

O corredor estava escuro, e a lanterna que eu apanhara de um gancho mal iluminava meu caminho. Eu não tinha como voltar pela trilha por onde viera. Todas as viradas foram bloqueadas por governadores ou sentinelas, e eu tinha que dar voltas rápidas e inesperadas para evitá-los, descendo sorrateiramente por escadarias estreitas, seguindo voando por trilhas que pouco passavam de túneis. Agora eu vagava neste corredor esmagador que me mostrava poucas promessas de dar em qualquer lugar que fosse. Estava vazio e frio, e parecia não ser usado.

As paredes iam fechando-se quanto mais eu avançava, e o ar estava bolorento. Eu conseguia sentir o gosto de idade pesada na minha língua. Contemplava a possibilidade de voltar, mas então, por fim, cheguei a um portal e a outra escada que davam para baixo. Parecia que eu já estava na barriga de uma criatura morta. A última coisa que queria era aventurar-me ainda mais a fundo em suas entranhas, mas desci os degraus mesmo assim. Fiquei preocupada porque Kaden estaria de volta antes do cair da noite e não queria que ele ficasse sabendo de minhas andanças. Certamente, ele selaria o alçapão.

Os degraus de pedra curvavam-se, afunilando-me em ainda mais trevas, algo com o qual eu já estava me acostumando nesta cidade infernal, e, de repente, ouvi um ribombo e a escada abaixo de mim cedeu. Caí, aos tropeços, na escuridão, perdendo a lanterna, sendo envolta pelo meu manto, minhas mãos raspando paredes, escadas, qualquer coisa para tentar impedir a queda. Por fim, fui parar em um chão com um glorioso e duro som oco. Fiquei ali deitada, momentaneamente pasmada, perguntando-me se haveria quebrado alguma coisa.

Fui lavada por uma fria rajada de ar vinda de baixo, trazendo consigo os cheiros de fumaça e óleo. Uma luz fraca revelava uma imensa raiz que descia rastejando pela parede ao meu lado, como uma criatura com patas pesadas. Acima de mim, finos rebentos de outras raízes pendiam como serpentes rastejantes. Se não fosse pela luz e pelo cheiro do óleo da lanterna, eu teria tido certeza de que havia caído no infernal jardim de um demônio. Sentei-me direito, com o manto ainda contorcido em volta dos meus ombros e do meu peito, e depois esfreguei meu joelho, que não tinha tido o benefício de apoio algum. Havia um rasgo ensanguentado na minha calça. Pedaço por pedaço, eu estava retalhando as roupas de Kaden. Como explicaria isso a ele? Coloquei-me de pé, livrando-me do manto, tremendo, e alguma coisa dura bateu na minha perna. Estiquei a mão para baixo e apertei o tecido. Havia algo rígido costurado na bainha do manto, que rasguei, abri e um pequeno feixe de couro caiu na minha mão. Havia uma pequena faca enfiada ali.

Natiya! Tinha que ser! Dihara nunca teria corrido tamanho risco. Nem Reena. Mas eu me lembrava do queixo erguido e desafiador de Natiya quando ela trouxe o manto para mim. A faca estava bem enroladinha, com um fio em volta do feixe de couro, para prendê-la. Kaden havia apanhado a faca dela, dizendo que teria que ficar no meu saco de dormir.

Fiquei revirando a faca nas minhas mãos. Ela era menor do que a minha própria adaga, uma lâmina de uns sete ou oito centímetros, no máximo, e delgada. Perfeita para as pequenas mãos de Natiya... e para ser escondida. Se fosse jogada, a faca não poderia causar muitos danos, mas, bem perto de alguém, era letal o bastante. Balancei a cabeça, grata pela perspicácia dela, visualizando o quão nervosa e rapidamente ela teria que ter trabalhado para costurar a faca na bainha sem que notassem. Deslizei-a para dentro de minha bota e prossegui, com cautela, descendo a escadaria serpeante. Então, como um presente, com mais uns poucos passos, os degraus acabaram e uma suave luz dourada subiu correndo ao meu encontro.

Saí em um aposento e suprimi um ofego. Tratava-se de uma vasta caverna de pedra branca, reluzindo com a cálida e amanteigada luz de lanternas. Dezenas de colunas erguiam-se, florescendo em arcos pela grande extensão do espaço aberto. Raízes gigantescas como aquela que vi na escadaria haviam perfurado e atravessado o teto e desciam serpeando ao longo das pilastras e paredes. Vinhas menores penduravam-se entre elas... O recinto inteiro tinha uma aparência assustadoramente viva, com cobras de um amarelo cremoso. O chão era em parte de mármore polido, em parte de pedras ásperas, e, em alguns lugares, havia escombros empilhados. Sombras tremeluziam entre arcos e, ao longe, vi, afastando-se, silhuetas trajando robes. Tentei espiá-los, mas eles rapidamente desapareceram no escuro.

Quem seriam eles e o que estariam fazendo ali embaixo? Abracei meu manto junto a mim e saí correndo dali, escondendo-me atrás de uma pilastra. Analisei a caverna. O que seria este lugar? *Eles têm templos elaborados, construídos bem no subsolo.*

Uma ruína. Eu estava em uma ruína escavada dos Antigos.

Três silhuetas trajando robes passaram por mim bem do outro lado da pilastra, e eu pressionei meu corpo mais para perto da pedra, prendendo a respiração. Fiquei ouvindo os pés arrastados deles no chão polido, cujas passadas tinham uma estranha suavidade. O som de reverência e restrição. Dei um passo para fora, saindo na luz, esquecendo-me da cautela, e fiquei observando os movimentos de seus robes simples e marrons enquanto eles partiam.

"Parem!", gritei, com minha voz ecoando pela caverna.

Todos os três pararam e viraram-se. Eles não sacaram armas, talvez porque não podiam fazer isso, pois seus braços estavam cheios de livros. Suas feições estavam ocultas nas sombras de seus capuzes, e eles não falavam. Ficaram simplesmente me encarando, à espera. Aproximei-me deles, mantendo meus passos firmes e seguros.

"Eu gostaria de ver com quem estou falando", eu disse.

"Nós também", respondeu aquele que estava no meio.

Senti meu peito ficar apertado. Ele falava em um vendano perfeito, mas até mesmo naquelas poucas palavras, ouvi a diferença, no modo como ele as formava, em seu ar de erudito. Em seu jeito de estrangeiro. Ele não era vendano. Mantive meu queixo baixo, para ocultar a minha face na sombra do capuz.

"Sou apenas uma visitante do Komizar, e me perdi."

Um deles soltou uma bufada. "É mesmo?"

"Não é de se admirar que você mantenha sua face coberta", disse outro, e puxou seu capuz para trás. Seus cabelos serpeavam em intricadas tranças por sua cabeça, e uma linha profunda cortava entre suas sobrancelhas.

"Esta é alguma espécie de masmorra?", perguntei. "Vocês são prisioneiros aqui embaixo?"

Eles deram risada da minha ignorância, mas essas risadas vieram com as informações que eu estava tentando obter. "Nós somos os amplamente recompensados provedores de conhecimento, e as entranhas desta besta têm nos mantido muito ocupados. Agora, vá." Ele apontou para trás de mim, dizendo-me para que tomasse a segunda escadaria para cima.

Homens cultos em Venda? Fitei-os, meus pensamentos ainda a mil em relação a *quem* e *por quê...*

"Vá!", disse ele, como se estivesse enxotando um gato com uma orelha só.

Girei, zonza, e saí apressada, e quando eu soube que eles não podiam mais me ver, abaixei a cabeça, mergulhei atrás de uma pilastra e me reclinei, com a cabeça sendo esmagada por perguntas. Provedores de *qual* conhecimento?

Ouvi passadas e fiquei paralisada. Mais deles passaram por mim e fiquei para trás. Dessa vez, era um grupo de cinco, murmurando sobre a refeição do meio-dia.

As entranhas desta besta têm nos mantido muito ocupados.

Um exército inteiro deles perambulava por essas cavernas.

Um calafrio subiu insinuando-se até o meu pescoço.

Tudo em relação a eles era deslocado aqui. *Pelo que* eles estavam sendo amplamente recompensados? Saí correndo e deparei-me com a segunda escada, subindo dois degraus de cada vez, e o doce e fumacento fedor da caverna de repente embrulhou meu estômago.

CAPÍTULO 20
CRÔNICAS DE AMOR E ÓDIO

entei-me na parede, fitando as finas nuvens cinzentas, estranhas para mim como todo o resto nesta cidade sombria. Elas formavam faixas nos céus como garras gigantescas desenhadas sobre a carne, e o cor-de-rosa do crepúsculo sangrava entre elas.

A essa altura, os guardas abaixo de mim tinham se acostumado a me ver ali empoleirada, sentada na parede. Eu não tinha sido capaz de voltar para o alçapão no armário da câmara, e não tinha tido uma oportunidade de voltar a entrar pela minha janela, visto que a porta estava trancada. Eu quase consegui chegar ao peitoril antes de ser avistada pelos guardas. Imediatamente me sentei na parede, fazendo com que parecesse que aquele era meu destino e que eu tinha acabado de sair pela minha janela. Os gritos deles não me detiveram e, uma vez que eles estavam certos de que fugir não fazia parte dos meus planos, eles passaram a tolerar meu flutuante local de refúgio.

Para falar a verdade, eu não queria voltar para dentro. Disse a mim mesma que precisava de ar para limpar a fumaça e o enxofre das minhas narinas, os quais pareciam aderir a todos os poros do meu corpo, de uma forma enjoativa e pungente. Havia alguma coisa em relação aos estranhos homens lá embaixo nas cavernas que me deixara zonza e fraca.

Lembrei-me de Walther dizendo que eu era a mais forte de nós.

Eu não me sentia forte, e, se era, não queria mais ser. Queria sair. Já tinha tido o bastante. Queria Terravin. Queria Pauline, Berdi e o cozido de peixe. Desejava qualquer coisa que não fosse aquilo. Queria meus sonhos de volta. Queria que Rafe fosse um fazendeiro e que Walther estivesse...

Meu peito deu um pulo e suprimi o que quer que fosse que estivesse tentando se soltar.

Algo está se agigantando.

E, de alguma forma, com esses estranhos homens eruditos na caverna, isso parecia certo.

Senti os pedaços soltos logo flutuando para fora do meu alcance... A Canção de Venda, o Chanceler e o Erudito Real escondendo livros e enviando um caçador de recompensas para me matar sem o benefício do julgamento. E então ali estava o *kavah* no meu ombro que se recusava a esvanecer-se. Alguma coisa estava sendo agitada por um bom tempo antes mesmo da minha fuga no dia do meu casamento.

Lembro-me do vento naquele dia em que me preparei para o casamento. Rajadas frias batendo contra a cidadela, avisos sussurrados serpeando por corredores friorentos. Estava no ar até mesmo naquela época. *As verdades do mundo desejam ser conhecidas.* Mas isso era bem mais do que eu acreditava que fosse. O antes e o depois da minha vida partiram-se ao meio naquele dia, de uma forma que eu nunca poderia ter imaginado. Minha cabeça doía com perguntas.

Cerrei os olhos, buscando pelo dom que eu havia apenas sentido de leve quando cruzei o Cam Lanteux. Dihara havia me avisado que dons que não eram alimentados murchavam e morriam, mas era muito difícil alimentar qualquer coisa aqui. Ainda assim, mantive os olhos fechados e busquei por aquele lugar de saber. Forcei minhas mãos a relaxarem nas laterais do meu corpo, forcei o aperto nos meus ombros, foquei-me na luz atrás das minhas pálpebras e ouvi Dihara novamente... *É a linguagem do saber, criança. Confie na força dentro de você.*

Eu me senti à deriva em direção a algo familiar, ouvi o gramado na campina, o gorgolejo de um rio, captei o aroma do trevo, senti o vento erguer meus cabelos e então ouvi uma canção, quieta e distante, tão delicada quanto a brisa da meia-noite. Uma voz que eu precisava desesperadamente ouvir. *Pauline.* Ouvi Pauline entoando as memórias sagradas. Ergui minha voz junto com a dela e entoei as palavras do Texto Sagrado da menina Morrighan enquanto cruzava a natureza selvagem.

Mais um passo, minhas irmãs,
Meus irmãos,
Meu amor.
O caminho é longo, mas temos um ao outro.
Mais um quilômetro,
Mais um amanhã,
O caminho é cruel, mas nós somos fortes.

Pressionei dois dedos junto aos meus lábios, mantive-os ali para fazer com que o momento se estirasse, tão amplo quanto o universo, e ergui-os aos céus.

"E que assim seja", falei baixinho, "para todo o sempre."

Quando abri os olhos, vi um pequeno grupo reunido abaixo de mim, me ouvindo. Duas delas eram meninas um pouco mais novas do que eu, e buscavam o céu onde eu tinha libertado minhas preces com expressões ardentes nos rostos. Ergui o olhar de novo também, fazendo uma varredura no firmamento, e me perguntei se minhas palavras já estariam perdidas entre as estrelas.

Capítulo 21
CRÔNICAS DE AMOR E ÓDIO

PAULINE

rês dias e dois bilhetes depois, e Gwyneth ainda não tinha recebido qualquer resposta do Chanceler. Ela havia me convencido de que, embora eu não gostasse deles nem confiasse no Chanceler ou no Erudito Real depois da forma com que eles trataram Lia, isso também os tornava as pessoas perfeitas a serem procuradas por Gwyneth. Eles muito provavelmente teriam segredos sobre ela e, o mais importante, estariam interessados em informações sobre a princesa. Era com os jogadores desconhecidos que nós tínhamos de nos preocupar, o que, no momento atual, incluía praticamente todo mundo.

"Que diferença faz em quem podemos ou não confiar além do rei?"

"Porque alguém tentou cortar a garganta de Lia quando ela estava em Terravin."

Eu tive que ficar lá, sentada, desacreditando, enquanto Gwyneth me contava o que houve. Lia havia explicado que o machucado em sua garganta era fruto de ela ter tropeçado nas escadas enquanto carregava nos braços um monte de lenha. Eu tinha sentido pesar com o quanto Lia havia me protegido durante aqueles dias logo depois da morte de Mikael. Eu estava tão envolta no meu próprio infortúnio que não estava lá quando ela precisou de mim. Isso lançou uma luz nova sobre tudo. Traidores sempre era trazidos de volta para julgamento, e certamente a filha do rei, acima de tudo, teria recebido essa pequena parcela de justiça. Alguém a queria morta sem que ela tivesse o benefício de ser ouvida em um tribunal. Eu olhava para a corte e para o gabinete como um todo com novos olhos.

O terceiro bilhete de Gwyneth para o Chanceler, enviado nesta manhã, foi respondido de imediato, com ele concordando em encontrar-se com ela ao meio-dia. Nesse bilhete, ela dizia que tinha notícias da princesa Arabella.

Fiquei sentada em um canto escuro do bar onde ninguém nunca me notaria, embora, a essa hora, o bar estivesse vazio, exceto por dois frequentadores regulares que estavam no lado externo do recinto. Meu capuz formava sombras sobre minha face, e todos os fios de meus cabelos loiros, todos mesmo, estavam cuidadosamente enfiados sob esse capuz, longe da vista das pessoas. Eu estava de frente para a porta e lentamente sorvia o caldo quentinho de uma caneca. Gwyneth sentou-se a uma mesa bem iluminada no meio do recinto. Eu deveria revelar-me apenas se ela me fizesse um sinal para tal, e teríamos que partir para nosso segundo plano... que seria eu confrontando o Chanceler. Eu tinha certeza de que ela não me daria qualquer sinal. Ela ficou consternada até mesmo por eu ter concordado em ir junto com ela, mas eu não teria feito isso de outra forma. Gwyneth havia me acusado de não confiar nela, e talvez a revelação de que ela uma vez fora espiã realmente me tivesse feito parar para pensar, mas, na maior parte, eu estava com medo de deixar que um único momento se passasse quando eu poderia ser capaz de ajudar Lia.

Ele veio sozinho, sem qualquer séquito ou guarda para escoltá-lo. Fiquei observando enquanto ele se aproximava pela janela do bar e assentia para Gwyneth, que não parecia nem um pouco nervosa, mas eu estava vindo a entender que Gwyneth era, de muitas maneiras, similar a Lia. Ela ocultava seus medos sob uma hábil camada de aço, mas seus temores estavam ali, tão certos e trêmulos quanto minhas mãos no meu colo.

Ele cruzou o recinto com passadas lentas e sentou-se em frente a Gwyneth. O manto dele era simples, e o homem não estava usando seus anéis ornamentados. Uma vez na vida, o Chanceler não queria ser notado. Ele se ajeitou em sua cadeira e olhou para ela sem dizer uma palavra que fosse. Ela fez o mesmo. Eu tinha uma visão boa dos dois. O silêncio foi longo e desajeitado, e prendi minha respiração na espera até que um dos dois falasse, mas nenhum deles parecia incomodado com a quietude. Por fim, o Chanceler se pronunciou em um tom estranhamente familiar, o que deixou eriçados os pelos da minha pele.

"Você parece estar bem", disse ele.

"Estou mesmo."

"E a criança?"

Os lábios de Gwyneth viraram uma linha reta. "Nasceu morta", foi a resposta dela.

Ele assentiu e reclinou-se na cadeira, soltando um longo suspiro, como se estivesse aliviado. "Melhor assim."

A frieza dela tornou-se gélida, e ela arqueou apenas uma sobrancelha. "Sim. Melhor assim."

"Passaram-se anos", disse ele. "De repente você tem informações de novo?"

"Estou precisando de capital."

"Vejamos se suas informações valem alguma coisa."

"A princesa Arabella foi sequestrada."

Ele deu risada. "Você terá que fazer melhor do que isso. Minhas fontes dizem que ela está morta. Que isso aconteceu em um acidente infeliz."

A caneca deslizou na minha mão, e o caldo espirrou na mesa. Gwyneth colocou o aço nos olhos para ignorar-me. "Então suas fontes estão erradas", disse ela. "A princesa Arabella foi tomada prisioneira por um Assassino de Venda. Ele disse que estava levando-a de volta ao seu reino, mas para qual propósito eu não sei."

"Todo mundo sabe que Venda não faz prisioneiros. Você já foi melhor, Gwyneth. Acho que encerramos por aqui." Ele empurrou a cadeira e afastou-se um pouco dela, levantando-se para ir embora.

"Fiquei sabendo disso em primeira mão da criada acompanhante dela, Pauline", acrescentou Gwyneth. "Ela testemunhou o sequestro."

O Chanceler parou no meio de suas passadas. "Pauline?" Ele voltou a sentar-se. "Onde está ela?"

Engoli em seco, abaixando ainda mais a minha cabeça.

"Está escondida", disse Gwyneth, "em algum lugar no país do norte. Ela era um ratinho assustado, mas me deu sua última moeda para vir até aqui e suplicar ajuda para a princesa Arabella. Ela me disse para falar com o Vice-Regente, mas, em vez disso, vim até você... visto que temos uma história. Achei que eu pudesse conseguir uma recompensa mais favorável de você. Pauline me prometeu que eu teria uma ampla compensação por me dar ao trabalho de fazer isso. Tenho certeza de que o rei e a rainha desejam desesperadamente a princesa de volta, apesar de sua indiscrição."

Ele a fitou com a mesma expressão severa que eu o vi usar em minhas andanças pela cidadela, mas agora essa severidade estava intensificada, como se ele estivesse calculando a veracidade de todas as palavras proferidas por Gwyneth. Por fim, ele enfiou a mão na parte interna do manto e jogou uma pequena bolsa em cima da mesa. "Falarei com o rei e com a rainha. Não mencione isso a mais ninguém."

Gwyneth esticou a mão e pegou a bolsa, como se a estivesse pesando, e então abriu um sorriso. "Você tem o meu silêncio."

"É bom trabalhar com você de novo, Gwyneth. Onde foi mesmo que você disse que estava ficando?"

"Eu não disse."

Ele se inclinou para a frente. "Estou perguntando apenas porque talvez eu pudesse ajudá-la com acomodações mais confortáveis. Como antes."

"Muito generoso da sua parte. Conte para mim o que o rei e a rainha têm a dizer e, então, nós discutiremos sobre minhas acomodações."

Ela sorriu, agitou os cílios, inclinou a cabeça do jeito como eu a havia visto fazer com incontáveis clientes regulares da taverna e depois, quando ele se foi, ela sentou-se relaxada, e uma cerácea camada de suor iluminava seu rosto. Ela ergueu a mão e tirou da testa faixas de cabelos úmidos.

Fui andando até ela. "Está tudo bem com você?"

Ela fez que sim com a cabeça, mas era claro que estava abalada. Desde o momento em que mencionara a criança, eu tinha visto tudo em relação a Gwyneth ficar mais tenso. "Você teve um filho com o Chanceler?", perguntei a ela.

Seus olhos foram varridos pela fúria. "O bebê nasceu morto", disse ela em um tom pungente.

"Mas, Gwyneth..."

"Nasceu morto, já falei! Deixe isso para lá, Pauline."

Ela poderia dizer e fingir o que quisesse, mas, ainda assim, eu sabia da verdade. Ela desconfiava tanto do Chanceler que nem mesmo haveria de contar a ele sobre o próprio filho dos dois.

No dia seguinte, um pacote chegou à estalagem, o qual não estava endereçado ao serviço do mensageiro, mas sim diretamente a Gwyneth. O pacote continha uma sacola de moedas maior do que a do dia anterior e um bilhete.

Questionei as partes que você mencionou e eles não têm qualquer interesse em ir atrás desse assunto. Ambos consideram que é melhor deixar as coisas como estão, com um lembrete de que a cidade ainda está de luto pela princesa Greta, e suas preocupações agora estão voltadas ao príncipe coroado Walther, cuja companhia de homens desapareceu. Isso é por seu trabalho e por sua discrição.

O rei e a rainha haviam virado as costas para a própria filha? *Melhor deixar as coisas como estão?* Ser torturada e morta nas mãos de bárbaros? Balancei a cabeça em descrença. Eu não conseguia acreditar que eles abandonariam a própria filha, mas então fui abalada pela palavra *luto*.

Sentei-me na cama, com minha energia drenada, e a culpa havia me sobrepujado. De luto, eu entendia. Em toda a minha preocupação por Lia, eu havia quase me esquecido de Greta e da tragédia que colocou Lia na estrada de volta para Civica em primeiro lugar. A expressão inquietante de Walther agigantava-se à minha frente de novo, e também a forma como ele parecera enquanto estava agachado na lama atrás do depósito de gelo. O horror nos olhos dele. Ele nem de longe parecia o irmão de Lia, mas sim uma casca do homem que um dia fora. Pelo menos eu não tinha visto Mikael ser morto bem diante dos meus olhos. Lia havia me dito que ele morrera bravamente em batalha. Agora, eu me perguntava se um bárbaro desalmado como Kaden também havia disparado uma flecha em sua garganta. Abracei minha barriga, sentindo novamente o pesar.

"Precisamos ir embora", disse Gwyneth. "Imediatamente."

"Não", argumentei. "Não vou embora só porque..."

"Não de Civica. Desta estalagem. Deste pequeno vilarejo. O Chanceler descobriu onde estou hospedada. Ele deve ter subornado o mensageiro. Agora, ou ele estará me esperando no caminho, ou virá me visitar para obter outros favores. Não tardará até que ele descubra você."

Não discuti. Ouvi a voz dele quando perguntou: *Onde está ela?* Ele não havia feito essa pergunta por preocupação com o meu bem-estar.

Pois quando o Dragão atacar,
Será sem misericórdia,
E os dentes dele se afundarão,
Com um deleite faminto.
— Canção de Venda —

22
CAPÍTULO
CRÔNICAS DE AMOR E ÓDIO

trás de mim, Aster, Yvet e Zekiah dispunham as roupas, peça por peça. Eles me disseram para não olhar até que estivessem prontos. Para mim, era fácil não espiar, porque minha mente estava ocupada em outro lugar. Eu não conseguia me desvencilhar do peso que carregava em meu peito.

Parecia que todo mundo e todas as coisas que eu encontrava estavam cheios de engodo, de Rafe e Kaden até o Chanceler e o Erudito Real... até mesmo minha própria mãe... E no Sanctum eram estranhos homens escondidos nas cavernas que claramente não se encaixavam neste lugar. Haveria *alguma coisa* que fosse o que parecia ser? Fiquei com o olhar fixo janela afora, observando os pássaros voarem para casa para se empoleirarem. A armadura de pedra com escamas de um monstro aninhava-se para descansar, e suas costas irregulares estavam destacadas em sua silhueta em contraste com um horizonte que escurecia. A complexão amarga da noite caía sobre uma cidade já desgostosa.

Senti um puxão na minha calça e Yvet me disse para olhar. Limpei os olhos e me virei. Yvet saiu correndo rapidamente para se pôr em pé entre Aster e Zekiah, todos os três com as costas eretas, como soldados orgulhosos. O largo sorriso de Aster esvaneceu-se. "Qual é o problema, senhorita? Suas bochechas estão meio vermelhas, manchadas."

Seus rostos me fizeram parar, com sua inocência e expectativa, borrões e migalhas de pão, fome e esperança. Havia pelo menos algo de real e verdadeiro a ser encontrado nesse cidade.

"Senhorita?"

Belisquei minhas bochechas e sorri. "Estou bem, Aster."

Ela ergueu as sobrancelhas e olhou em direção à cama. Meu olhar contemplativo pulou da cama para o barril, para o baú, para a cadeira.

Balancei a cabeça. "Não foi isso o que eu comprei."

"Claro que foi! Veja bem ali na cadeira. Uma camisa e uma calça para cavalgar, exatamente como você pediu."

"E quanto ao resto? É coisa demais. As poucas moedas que eu dei..."

Aster e Zekiah apanharam-me pelas mãos e me arrastaram pelo quarto até a cama. "Effiera, Maizel, Ursula e vários outros trabalharam o dia todo para deixar isso pronto para você."

Uma tremulação desceu pelo meu peito, e abaixei a mão para tocar em um dos vestidos. Não era elegante, nem era feito de bons tecidos... Para falar a verdade, era exatamente o contrário. Estava costurado com retalhos, pedaços de couros macios tingidos em tons de verdes, vermelhos e intensos marrons embotados da floresta, com faixas de pele, bordas irregulares pendendo, soltas, algumas indo até o chão. Engoli em seco. Era decididamente vendano, mas também era algo mais.

Aster deu risadinhas. "Ela gostou do vestido", disse ela aos outros.

Assenti, ainda confusa. "Sim, Aster", sussurrei. "Muito." Ajoelhei-me de modo a ficar da altura de Yvet e Zekiah. "Mas por quê?"

Os pálidos olhos de Yvet estavam arregalados e chorosos. "Effiera gostou do seu nome. Ela disse que qualquer um que tivesse um nome bonito merecia roupas bonitas."

Aster e Zekiah desferiram um olhar preocupado de relance por cima da cabeça de Yvet. Estreitei os olhos para um e depois para o outro. "E?"

"O velho Ancião Haragru teve um sonho faz muito tempo, quando ele ainda tinha um dente aqui", disse Aster, puxando seu dente da frente, "e ele não para de falar disso desde então. Ele não é lá muito bom da cabeça com todos os anos que ele tem, mas Effiera disse que ele descreveu alguém como você, que viria de muito longe. Alguém que estaria usando..."

Zekiah esticou a mão por trás de Yvet e deu um beliscão em Aster. Ela puxou os ombros para trás, controlando-se. "É só uma história", disse. "Mas o Ancião Haragru gosta de ficar contando essa história repetidas vezes, sem parar. Você sabe." Aster bateu em sua cabeça e revirou os olhos.

Levantei-me e mordi meu lábio inferior. "Eu não tenho como pagar a Effiera por todas essas roupas. Terei que mandá-las de volta com vocês..."

"Ah, não. Não, não, não. Elas não podem voltar", disse Aster, preocupando-se. "Effiera disse que eram um presente. Isso é tudo. Você nada mais deve a ela do que um beijo ao vento. E ela ficaria extremamente magoada se você não gostasse das roupas. Dolorosamente magoada. Eles todos trabalharam tanto..."

"Aster, pare. Não são as roupas. Elas são bonitas, mas..." Olhei para os rostos deles, cujas expressões passavam bruscamente do júbilo para a decepção, e imaginei as faces de Effiera e das outras costureiras fazendo o mesmo se eu recusasse as roupas. Ergui as mãos, rendendo-me. "Não se preocupem. As roupas ficam." Os largos sorrisos estavam de volta.

Olhei para as vestimentas ali dispostas, as quais cobriam todas as superfícies livres no aposento. Uma por uma, ergui as peças, passando os dedos ao longo de tecidos e peles, malha e cinto, costura e bainha. Elas não eram apenas bonitas, elas pareciam *certas*, e eu nem mesmo sabia com certeza o porquê. Virei-me de volta para a primeira que eu tinha visto, costurada com retalhos de couro. O vestido tinha uma manga longa, mas o outro ombro e o braço ficavam desnudos. "Vou vestir esse hoje à noite", falei.

Aster e Yvet ajudaram-me a me vestir. Zekiah, tímido, virou-se e ficou se ocupando das espadas de madeira de Kaden, que estavam no canto do quarto. Yvet ajeitava as finas faixas de pele que formavam uma trilha no vestido com suas mãos pequenas enquanto eu prendia meu único osso no cordão em volta do pescoço. Aster estava amarrando o vestido, atando-o nas costas, quando ouvimos ruídos na fechadura. Todos ficamos alarmados, à espera. A porta abriu-se e Calantha entrou. A espada que estava na mão de Zekiah caiu no chão, e ele arrastou-se para o lado de Aster.

Calantha passou seu único olho por mim, do ombro até o chão.

Em seguida, olhou para as crianças. "Saiam", disse ela, baixinho. Os meninos passaram voando pela mulher e a pesada porta fechou-se atrás deles.

Calantha explicou-me que Kaden a havia enviado para me levar até lá embaixo, ao Saguão do Sanctum. Ela deu um passo mais para perto de mim, com as mãos nos quadris, escrutinizando minhas vestimentas. Ergui o queixo, trajando com orgulho o vestido que Effiera tinha feito. Ele se ajustava em mim com conforto e perfeição, mas Calantha olhou para ele com um ar de desdém.

"O Komizar *não* vai ficar feliz com isso." Uma ponta de um sorriso iluminava o rosto dela.

"E isso a deixa satisfeita, por acaso? Você gostaria de ver o ódio dele por mim inflamado?"

Ela veio andando na minha direção e pôs a mão no vestido, esfregando o couro macio sob seus dedos. "Você nem mesmo sabe o que está vestindo, não é, Princesa?"

A agitação retornou ao meu peito. "Um vestido", falei, incerta. "Um vestido belamente costurado, até mesmo com pedaços de couro."

"Este é o vestido do mais antigo clã de Venda." Ela olhou para o meu ombro exposto. "Com umas poucas modificações. É uma grande honra receber de presente o vestido de muitas mãos e casas." Ela olhou ao redor da sala, para as outras roupas. "Você recebeu as boas-vindas do clã dos Meurasi. Certamente isso será a centelha da ira de muitos no Conselho."

Ela soltou um suspiro, com o sorriso brincando em seu olho de novo, e desferiu-me um último e longo olhar. "Sim, muitos e muitos", ponderou ela, e fez um movimento em direção à porta. "Está preparada?"

CAPÍTULO 23
CRÔNICAS DE AMOR E ÓDIO

RAFE

"Calce suas botas, Emissário. O Komizar disse que eu tenho que alimentar você."

Nós dois, sozinhos no meu quarto, enfim, e minhas mãos estavam livres. Essa era uma oportunidade com a qual eu tinha sonhado quase todas as noites enquanto cruzava o Cam Lanteux. Fitei-o, sem me mexer. Eu poderia estar em cima dele antes até mesmo que ele tivesse a chance de sacar a arma que tinha ao seu lado. Kaden abriu um largo sorriso.

"Presumindo que você poderia até mesmo desarmar-me, valeria a pena? Pense com cautela. Eu sou tudo que existe entre Lia, Malich e centenas mais como ele. Não se esqueça de onde você está."

"Você parece ter uma baixa consideração por seus compatriotas." Dei de ombros. "No entanto, por outro lado, eu também tenho."

Ele aproximou-se vagarosamente de mim. "Malich é um bom soldado, mas tende a guardar ressentimentos quando alguém o derrota. Especialmente alguém que tem a metade do tamanho dele. Então, se você se importa com..."

Apanhei minhas botas e sentei-me. "Não tenho qualquer interesse na moça."

Um exalar de ar fez estremecer seu peito. "Claro que não." Ele foi andando até a mesa e pegou o cálice de que Lia havia sorvido mais cedo. Passou o dedo pela borda borrada, olhou para mim, e depois recolocou o cálice no lugar. "Se você não tem qualquer interesse nela, então não temos nada a acertar, não é? Você só está aqui cuidando dos afazeres do seu príncipe."

Eu me mexi com os puxões do couro da minha bota. Era difícil acreditar que nós estivemos dormindo no mesmo celeiro por metade do verão. Eu não sabia como havíamos sido capazes de não matar um ao outro então, porque sempre houve uma tensão entre nós, até mesmo desde nosso primeiro aperto de mãos perto da bomba de água. *Siga seu instinto*, sempre me dissera Sven. Como eu gostaria de ter feito isso. Em vez de cortá-lo em uma dança, deveria ter cortado sua...

"*Chimentra*. É uma palavra que você pode vir a achar útil", disse ele. "Nada existe que seja similar a essa palavra nos idiomas de Morrighan ou Dalbreck. Seus idiomas são, em essência, os mesmos, com um reino expandindo-se a partir do outro. Nosso reino teve que lutar por tudo que temos, às vezes até mesmo por nossas palavras. Essa vem de Lady Venda e de uma história que ela contava sobre uma criatura com duas bocas, mas que não tinha ouvidos. Uma boca não consegue ouvir o que a outra diz, e logo fica sufocada na trilha de suas próprias mentiras."

"Mais uma palavra para mentiroso. Posso ver por que vocês teriam necessidade de tal palavra. Nem todos os reinos precisam dela."

Ele foi andando e olhou para fora da janela, sem medo de dar as costas para mim, mas sua mão em momento algum estava longe do alcance da adaga que tinha na lateral do corpo. Ele examinou a estreita janela como se estivesse julgando sua largura e então se virou de volta para mim. "Eu ainda acho interessante que a mensagem urgente do príncipe para Venda tenha vindo exatamente seguindo os calcanhares da chegada de Lia aqui. Quase como se você estivesse nos seguindo. É interessante que tenha vindo sozinho, e não com um séquito inteiro. Não é assim que vocês, tipos suaves da corte, geralmente viajam, com séquitos?"

"Não quando não queremos que a corte inteira saiba de negócios velados. O príncipe já está juntando um novo gabinete para substituir o do pai, mas, se eles tiverem a mais leve ideia que seja dos planos dele, haverão de esmagá-los. Até mesmo príncipes têm limites de poder. Pelo menos até que se tornem reis."

Ele deu de ombros, como se não ficasse impressionado com príncipes nem reis. Puxei e calcei minha outra bota e fiquei em pé. Ele indicou, estendendo a mão, que eu deveria sair primeiro. Enquanto descíamos o corredor, ele me perguntou: "Está achando as acomodações do seu agrado?".

O recinto era basicamente um *boudoir* com uma cama gigantesca, um colchão de penas, uma liteira em rede, tapetes, tapeçarias nas paredes e um guarda-roupa que continha robes espessos e macios. O lugar cheirava a óleos perfumados, vinho derramado e coisas em que eu nem queria pensar.

Kaden soltou uma bufada com o meu silêncio. "Esta é uma das indulgências dele, e ele prefere não entreter visitantes do sexo feminino nos próprios aposentos. Suponho que o Komizar achou que o menino emissário cheio de firulas ficaria confortável aqui. E parece que você está." Ele parou de andar e ficou cara a cara comigo. "Meus próprios aposentos são muito mais simples, mas Lia parece estar contente lá. *Se* é que você me entende."

Nós ficamos parados, com os peitos um na altura do outro. Eu conhecia o jogo que ele estava fazendo. "Você acha que pode me incitar a lançar-me para cima de você, para que possa cortar a minha garganta?"

"Eu não preciso de um motivo para cortar sua garganta. No entanto, quero lhe dizer isso. Se quiser que Lia fique viva, permaneça longe dela."

"E agora você está ameaçando matá-la?"

"Não eu. Mas se o Komizar ou o Conselho tiverem o mais leve sopro de impressão de que vocês estão conspirando juntos, nem mesmo eu serei capaz de salvar Lia. Lembre-se de que suas mentiras ainda podem vir a ser descobertas. Não a traga abaixo junto com você. E não se esqueça... ela escolheu *a mim* e não você na noite passada."

Lancei-me para cima dele, esmagando-o contra a parede de pedra, mas a faca dele já estava na minha garganta. Ele sorriu. "Essa era a outra coisa sobre a qual eu me perguntava", disse ele. "Embora você tenha perdido para mim no evento de luta com a tora, seus movimentos são um tanto quanto praticados, estando mais para aqueles de um soldado treinado do que os de um docinho da corte."

"Então talvez você não tenha encontrado docinhos da corte o bastante."

Ele abaixou a faca. "Aparentemente, não."

Continuamos em silêncio pelo restante do caminho até o Saguão do Sanctum, mas as palavras dele martelavam minha cabeça. *Não a traga abaixo junto com você... o mais leve sopro de impressão de que vocês estão conspirando...*

E Kaden já tinha tido um sopro disso. De que forma, eu não sabia, mas teria que fazer um trabalho melhor para convencê-lo e ao resto desses selvagens de que nada havia entre mim e Lia. Eu odiava o fato de que a lógica dele soava verdadeira... Se eu fosse descoberto, não poderia trazer Lia abaixo comigo.

CAPÍTULO 24
CRÔNICAS DE AMOR E ÓDIO

 ocê recebeu as boas-vindas do clã dos Meurasi.
Eu sabia que deveria ficar com medo. Essas boas-vindas também haveriam de ser a centelha da ira, e inflamar ainda mais o ódio do Conselho em relação a mim era a única coisa que eu não poderia permitir.

Mas eu tinha sido bem-vinda. E sentia isso. Também não poderia virar as costas para isso. Era algo que eu sentia em cada ponto costurado e em cada retalho de couro que me cobriam. Uma estranha inteireza. A pequena Yvet dissera que Effiera havia gostado do meu nome. Seria possível que, fora das paredes do Sanctum, existissem vendanos que tinham ouvido o nome Jezelia antes? Não apenas de passagem, mas em uma canção esquecida e passada entre famílias?

Eu me perguntava se Calantha estaria exagerando quanto à ira do Conselho para seus próprios propósitos. Eu a havia visto na noite anterior, simplesmente tão focada em Rafe quanto o Komizar estivera, mas certamente por motivos muito diferentes.

"Siga em frente." Calantha cutucou as minhas costas, empurrando-me adiante.

Entrei no Saguão do Sanctum. O lugar estava ruidoso e lotado, e achei que pudesse passar por ali despercebidamente, sem ser notada, mas então um governador me viu e parou, engasgando em sua cerveja ale, borrifos dela voando de sua boca. Um *chievdar* soltou um xingamento, bem baixinho.

Minha chegada ressoou pelo saguão tal qual um guinchado agudo de um porco à solta. Uma trilha irregular abria-se enquanto outros me avistavam. Então, quando um grupo de soldados pôs-se para o lado, Kaden e Rafe me viram. Eles estavam na outra extremidade do saguão, sentados à mesa. No entanto, devagar, os dois se levantaram enquanto eu me aproximava. Ambos pareciam estar confusos e cautelosos, como se alguma coisa selvagem tivesse sido desatada e solta na frente deles. Rafe não teria como saber o que esse vestido de retalhos significava, e eu me perguntava por que ele estava olhando para mim daquele jeito também.

Continuei seguindo em frente, com o couro macio, quente e confortável na minha pele. Seguiram-se sussurros sobre o *kavah* no meu ombro, e uns poucos e vulgares sons de aprovação. Eu não era a besta imunda da realeza que eles tinham visto na noite anterior. Agora era algo reconhecível, alguém que quase se parecia com um deles. Eu era um pedaço de sua própria história, que remontava ao mais antigo dos clãs de Venda.

"*Jabavé!*" Malich e dois outros *Rahtans* entraram no meu caminho. "O que esta cadela morriguesa está vestindo?" Suas facas estavam curiosamente sacadas como se eles pretendessem cortar o vestido e tirá-lo de mim. Ou simplesmente me cortar.

Transformei em aço meu olhar contemplativo. "Vocês não são valentes?", falei. "Têm que se aproximar de mim com uma faca na mão agora?" Deixei que meus olhos passassem lentamente pelo rosto marcado por faixas de Malich, onde as trilhas de minhas unhas ainda eram visíveis. "Mas suponho que seu temor seja compreensível. Considerando que..."

Ele deu um passo em direção a mim, mas, de súbito, Kaden estava ali, empurrando-o para o lado. "Ela está trajando o que o Komizar ordenou que ela vestisse... roupas adequadas. Você está questionando as ordens do Komizar?"

A faca de Malich estava firme em suas mãos, e os nós de seus dedos estavam brancos. Ordens ou não, a vingança estava em seus olhos. Enquanto sua face estivesse marcada pela minha mão, assim seria. Os outros dois *Rahtans* que estavam ao lado dele trocaram um olhar de relance com Kaden e embainharam suas armas. Malich, relutante, fez o mesmo, e Kaden puxou-me para longe dali, em direção à mesa.

"Você nunca vai aprender, não é mesmo?", sussurrou-me ele entre dentes cerrados.

"Espero que não", foi minha resposta.

"O que você acha que está vestindo?"

"Você não gostou?", perguntei a ele.

"Não foi isso que compramos hoje."

"Mas foi o que Effiera mandou."

"Pelo amor dos deuses, sente-se e fique quieta."

E Kaden, ao que parecia, também nunca aprenderia.

Sentei-me à esquerda dele. Rafe estava adjacente a ele, à sua direita, perto o bastante para que Kaden ficasse de olho no suposto emissário, mas não longe o suficiente para que eu e Rafe pudéssemos trocar a menor palavrinha sem que Kaden ouvisse. O que não parecia importar. Rafe passou os olhos brevemente por meus trajes vendanos, e então desviou os olhos e pareceu evitar meu próprio olhar contemplativo desse momento em diante. Eu deveria ter ficado feliz com essa dispensa fria dele. Se Griz era capaz de perceber nossa ligação espiando nos meus olhos, outros também poderiam notar isso. Era melhor que nem olhássemos um para o outro, mas o puxão ainda estava ali, e quanto mais eu o evitava, mais o ardor crescia em mim. Tudo que eu queria fazer era me virar e olhar para ele.

Em vez disso, baixei o olhar para a extensão da mesa, que acomodava perto de sessenta pessoas, então apenas metade dos ali presentes eram membros do Conselho do Sanctum. Eu achava que o restante eram soldados favorecidos ou outros convidados do Conselho.

Kaden conversava com o governador Faiwell, da província de Dorava, que estava sentado adjacente a mim, e com o *chievdar* Stavik, no assento seguinte, que havia matado o pelotão do meu irmão no vale. Logo depois deles estavam Griz e Eben. Eu queria agradecer a Eben pelas minhas botas, mas, com o *chievdar* fazendo cara feia a uma distância em que poderia me ouvir, não me atrevi a fazê-lo.

Os criados começaram a trazer pilhas de pratos de metal batido; bandejas de focinhos, orelhas e pés de porco salgados; travessas de uma carne escura que eu achava que deveria ser de cervo; tigelas de um mingau espesso; e jarros para encher novamente canecas de cerveja vazias. A energia no saguão estava diferente essa noite. Talvez porque o Komizar se fora, ou porque talvez eu estivesse diferente. Notei os criados e as criadas sussurrando mais entre si. Uma delas aproximou-se de mim, uma menina esguia, alta e franzina. Ela ficou hesitante e então me ofereceu uma curta e desajeitada cortesia. "Princesa, se a cerveja ale não estiver do seu agrado..."

Stavik rugiu, e a pobre menina recuou vários passos. "Olha a língua, criada!", berrou ele. "Não existe realeza alguma em Venda, e certamente ela beberá o que o restante de nós estiver bebendo ou, do contrário, nada beberá."

Um ribombo passou pela mesa, uma discórdia crescente que ecoava o desprezo do *chievdar*. As inesperadas boas-vindas estavam sendo desafiadas com tanta rapidez quanto uma açoitada nas costas. Senti a mão de Kaden na minha coxa. Um aviso. E dei-me conta de que, até mesmo como Assassino, ele estava sentindo os limites do que seria capaz de controlar.

Retribuí o olhar de ódio do *chievdar* e então falei com a menina, que ainda estava tremendo, a vários passos de distância. "Conforme o *chievdar* Stavik disse tão sabiamente, beberei o que quer que você me servir e ficarei feliz com isso."

Kaden deslizou a mão para fora da minha coxa. A discórdia foi substituída por uma conversinha inquieta. Cestos de pão foram trazidos para a mesa. Apesar de seus modos desprezíveis e grosseiros, nenhum deles serviu-se prematuramente. Todos esperaram que Calantha oferecesse o reconhecimento do sacrifício.

A mesma menina que havia se acovardado perante o furioso *chievdar* apenas momentos antes, agora vinha à frente, com a travessa de ossos ruidosa em suas mãos assustadas, enquanto a colocava diante de Calantha.

Todo mundo ficou à espera.

Calantha olhou para mim, estreitando seu único olho, e então assentiu. O ar na sala mudou. Eu sabia o que ela ia fazer antes mesmo que ela se movesse. Minhas têmporas latejavam. *Não agora.* Esse poderia bem ser o movimento que me mataria. O momento era totalmente errado. *Não agora.* Mas aquilo tudo já estava encaminhado. Calantha levantou-se e empurrou a travessa até o outro lado da mesa, para mim. "Nossa prisioneira fará o reconhecimento do sacrifício esta noite."

Não esperei por dissentimento, nem que uma espada fosse sacada. Levantei-me. E, antes que Stavik pudesse proferir uma palavra que fosse, antes que Kaden pudesse me puxar de volta para o meu assento, entoei o reconhecimento de sacrifício vendano e mais. *E cristav unter quiannad.*

As palavras eram jorradas, quentes e urgentes, como se meu peito tivesse sido totalmente aberto. *Meunter ijotande.* E então mais palavras fluíam, lânguidas e lentas, uma linguagem sem palavras, como naquele dia no vale, memórias sagradas de conhecimento apenas dos deuses. Ergui a travessa sobre a minha cabeça. *Yaveen hal an ziadre.*

Abaixei os ossos até a mesa uma vez mais e ofereci a *paviamma* final.

O recinto foi varrido pelo silêncio. Nenhuma resposta foi dada em retorno a mim.

Segundos passaram como se fossem séculos, e então, por fim, uma fraca *paviamma* ecoou de volta, vinda de Eben. O leve rasgo no silêncio abriu-se mais, e mais *paviammas* foram rolando pela mesa abaixo e voltando, com a irmandade olhando para seus colos. A refeição teve início, a comida foi passada, as conversas recomeçaram. Kaden soltou um respirado e audível suspiro e reclinou-se em seu assento. Por fim, Rafe também olhou para mim, porém a expressão em seus olhos não era o que eu queria ver. Ele olhava para mim como se eu fosse uma estranha.

Empurrei a travessa em direção a ele. "Pegue um osso, Emissário", falei, irritada. "Ou você não está grato?"

Rafe olhou com ódio para mim, erguendo o lábio em repulsa. Ele apanhou um longo fêmur e voltou-se para Calantha sem um segundo olhar de relance que fosse para mim.

"Parece-me que, se o Komizar não os matar, eles poderiam matar uns aos outros", disse, com sarcasmo, o governador Faiwell a Stavik.

"O pior inimigo é aquele com quem você já dormiu", foi a resposta de Stavik.

Eles dois deram risada, como se soubessem disso por experiência.

Falei a mim mesma que esse era o nosso plano.

Uma representação. Isso era tudo.

O tipo de representação que seria capaz de arrancar um pedaço de um coração por vez. Rafe não voltou a olhar para mim de novo pelo restante da noite.

CAPÍTULO 25
CRÔNICAS DE AMOR E ÓDIO

aden estava em silêncio enquanto se preparava para dormir, o tipo de silêncio que fazia com que todos os outros sons irritassem: sua respiração, o peso de suas passadas, o som da água sendo servida de um jarro. Tudo estava entremeado por tensão.

Ele lavou o rosto em cima da bacia e passou os dedos molhados pelos cabelos. Seus movimentos eram bruscos. Cruzou o quarto e tirou o cinto de sua calça com um puxão rápido.

"Os soldados me disseram que você ficou sentada na parede do lado de fora da janela hoje", disse ele, sem olhar para mim.

"Isso é proibido?"

"Não é aconselhável. É uma queda longa."

"Eu precisava de ar puro."

"Eles disseram que você entoou canções."

"Memórias sagradas. Apenas a tradição de início da noite de Morrighan. Você se lembra disso, não?"

"Os soldados disseram que as pessoas se reuniram para ouvir você."

"Sim, elas fizeram isso, mas foram apenas umas poucas. Eu sou uma curiosidade."

Ele destrancou seu baú e jogou lá dentro seu cinto e sua bainha.

A faca dele estava colocada logo debaixo do tapete de pele onde ele dormiria... Kaden mantinha sua lâmina por perto, até mesmo em seu próprio quarto trancado. Seria isso um hábito ou um requisito do *Rahtan*, que sempre tinha que estar em prontidão? Isso me lembrava de que eu ainda tinha a faca de Natiya na minha bota e de que teria que ser discreta quando a retirasse dali.

"Algum problema? Foi a forma como eu disse a bênção?", perguntei a ele, enquanto me esforçava para soltar os laços nas minhas costas.

Ele tirou uma das botas. "Você a disse bem."

"Mas...?"

"Nada." Ele me viu mexendo com os laços do vestido. "Ei, deixe-me dar uma olhada nisso."

Eu me virei. "Parece que Aster os atou com nós", falei.

Senti os dedos dele, lidando de forma desajeitada com a tarefa, e então, por fim, parecia que o tecido se soltava. "Aí está", disse ele. Virei-me para ficar cara a cara com ele, que baixou o olhar para mim, com calidez nos olhos. "Há algo mais. Quando vi você naquele vestido, eu fiquei..." Ele balançou a cabeça em negativa. "Fiquei com medo. Achei que... Isso não vem ao caso."

Nunca o vi antes lutar tanto com suas palavras. Nem admitir que sentia medo. Ele deu um passo para longe de mim e sentou-se na cama. "Tome cuidado com o quanto você força as coisas, Lia." Ele tirou a outra bota.

"Você está preocupado comigo?"

"É claro que estou preocupado com você!", disse ele, irritado.

Fiquei rígida, surpresa com a raiva dele. "Deram-me as boas-vindas, Kaden. Isso é tudo. Não era isso que você queria?"

"Esse tipo de boas-vindas poderia também trazer consigo uma sentença de morte."

"Do Conselho, você quer dizer."

"Nós temos muito pouco aqui, Lia, além do nosso orgulho."

"E uma prisioneira foi honrada. É esse o problema?"

Ele assentiu. "Você acabou de chegar e..."

"Mas, Kaden, as pessoas que me deram as boas-vindas são vendanas."

Seus olhos pareciam me perfurar. "Mas não são eles que carregam armas letais."

Não havia como negar que as ferramentas de comércio de Effiera não eram nem um pouco como as de Malich e de seus coortes.

Sentei-me ao lado de Kaden. "Quem *são* o clã dos Meurasi? Por que eles são tão importantes assim?"

Ele explicou-me que a cidade estava cheia de pessoas de todas as províncias. Elas tendiam a assentar-se nas vizinhanças de seu próprio clã, e cada um deles tinha características únicas. Uma casa era bem diferente da outra, mas o clã dos Meurasi representava todas as coisas vendanas. Cordiais, resistentes, leais. Eles honravam muitos dos modos dos antigos que outros haviam esquecido, mas deles vinha a promessa de lealdade acima de tudo.

"Eles mesmos se vestem, ainda que tenham que juntar retalhos para fazer isso. Todo mundo contribui com o que pode. A linhagem deles remonta totalmente ao único filho que Lady Venda teve. O primeiro Komizar casou-se novamente depois que ela morreu e teve muitos filhos com outras esposas, mas, de Venda, havia apenas um, Meuras. Então, sim, é uma honra para qualquer pessoa receber as boas-vindas do clã, mas uma prisioneira..." Ele balançou a cabeça, como se estivesse tentando entender, e então olhou para mim. "Isso simplesmente não acontece. Você disse alguma coisa a Effiera na tenda?"

Lembrei-me da expressão dela quando Aster lhe disse meu nome, e então os murmúrios baixinhos quando removi minha camisa e eles viram o *kavah* no meu ombro. *Os modos dos antigos.* Será que os Meurasi ainda passavam adiante os balbucios de uma mulher louca? *Um nome bonito,* foi como Yvet se referiu ao meu nome. Talvez fosse mais do que isso, mas, devido à reação do Conselho às minhas boas-vindas e também à aparente desaprovação de Kaden, decidi manter essa carta na manga por ora.

"Não", eu disse. "Nós só falamos de roupas."

Ele olhou com ares de suspeita para mim. "Tome cuidado. Não force as coisas, Lia."

"Ouvi quando você falou isso da primeira vez."

"Não acho que tenha ouvido."

Fiquei em pé em um pulo. "Por que isso é culpa *minha*?", gritei. "Foi você quem me levou até a *jehendra* até mesmo quando eu disse que não precisava de roupas! Comprei uma coisa, e eles me trouxeram outra. Se eu os tivesse insultado, recusando as roupas, tenho certeza de que seria repreendida por isso também! E, nesta noite, fui eu que pedi para dizer o reconhecimento de sacrifício? Não! Calantha empurrou a travessa de ossos na minha cara. O que eu deveria fazer? Existe alguma coisa que eu possa fazer que seja certa aos seus olhos?"

Ele soltou um suspiro e estendeu os joelhos para ficar em pé. "Você está certa. Eu sinto muito. Você não pediu por nada disso. Só estou cansado. O dia foi longo."

Minha raiva esfriou. Talvez não demonstrar cansaço apenas fizesse parte de seu treinamento como Assassino, mas Kaden nunca ficava cansado. Ele estava sempre alerta e de prontidão; no entanto, agora sua fadiga estava evidente.

Ergui meu pé no estrado da cama para soltar o cadarço da minha bota. "Onde você esteve o dia todo?"

"Deveres. Apenas cuidando dos meus deveres como Mantenedor."

Que tipo de deveres causariam estragos nele dessa forma? Ou talvez ele não estivesse bem? Kaden apanhou cobertores de cima da arca e jogou-os no tapete de pele.

"Eu fico no tapete esta noite", eu me ofereci.

"Não, eu não me importo."

Ele tirou a camisa. Suas cicatrizes sempre me detinham, não importando quantas vezes eu as tinha visto. Elas eram um pungente lembrete do quão brutal o mundo dele era. Ele apagou as lanternas e, assim que eu havia me trocado, soprou a vela também. Nesta noite não haveria sequer sombras dançantes para facilitar meu sono.

O quarto ficou em silêncio por um bom tempo, e eu achei que ele já tivesse caído no sono, mas então ele me perguntou: "Você fez mais alguma coisa hoje?"

Ele não estava tão cansado assim, pois sua mente ainda estava se revirando com perguntas. Será que ele suspeitava de alguma coisa? "O que você quer dizer com *mais* alguma coisa?"

"Eu só estava me perguntando o que você fez o dia todo. Além de subir e sair pela janela."

"Nada", respondi, e saiu como um sussurro. "Foi um longo dia para mim também."

No dia seguinte, quando Kaden teve que sair, ele fez com que Eben viesse me fazer companhia, mas eu sabia que se tratava de um estratagema para ficar de olho em mim. Eben estava me guardando, exatamente como ele havia feito na campina dos nômades... exceto que as coisas eram diferentes entre nós agora. Ele ainda era o matador treinado, mas agora havia uma fissura em sua armadura e uma suavidade em seus olhos que antes não estavam lá. Talvez fosse porque eu tinha poupado Eben do fardo de matar o próprio cavalo. Talvez meu reconhecimento sussurrado do nome de Spirit permitira o florescimento de alguma coisa que estava oculta dentro dele. Só um pouco. Ou talvez fosse o fato de que partilhávamos de um pesar similar, vendo alguém que amávamos ser assassinado diante de nossos olhos.

Mediante ordens de Kaden, Eben pôde me tirar do quarto, mas não me levar para fora do Sanctum, nem a essa ala ou àquela torre, apenas a uma área estreitamente prescrita. "Para sua própria segurança", disse Kaden quando desferi um olhar de ódio e cheio de questionamentos para ele. Para falar a verdade, eu sabia que ele estava tentando me manter fora do caminho de Malich e de certos membros do Conselho. Ao final da refeição, na noite passada, tornou-se aparente que a hostilidade ainda estava em alta, mais ainda entre uns poucos devido ao fato de eu ter recebido as boas-vindas do clã dos Meurasi, mas o sempre unido Conselho parecia dividido em dois campos, os curiosos e os odiosos.

Eben levou-me em uma rota tortuosa até os pastos atrás da Ala do Conselho. Um novo potro havia nascido enquanto ele estava fora. Nós ficamos olhando o potro com perninhas de palito saltitando em um pequeno curral, pulando pelo puro prazer de testar suas novas pernas. Eben equilibrava-se na grade do cercado, tentando segurar um sorriso.

"Que nome você dará para ele?", perguntei.

"Ele não é meu. Não o quero, de qualquer forma. Muito trabalho para treinar." Seus olhos tinham lampejos de toda a dor que ele ainda carregava, e seus tenros anos tornavam sua negação forçada.

Soltei um suspiro. "Eu não o culpo. É difícil comprometer-se com alguma coisa depois de..." Deixei o pensamento pender no ar. "Ainda assim, ele é bonito, e alguém tem que ensiná-lo. Mas provavelmente há treinadores que são melhores nisso do que você."

"Eu sou tão bom quanto qualquer velho vaqueiro. Spirit sabia o que fazer com apenas um movimento do meu joelho. Ele..." Eben levou o queixo à frente e depois, em uma voz bem baixinha, acrescentou: "Ele foi dado a mim pelo meu pai."

E agora eu conhecia a verdadeira profundidade do pesar de Eben. Spirit não era simplesmente qualquer cavalo.

Eben nunca havia feito menção a seus pais. Se Kaden não tivesse me contado que o menino havia testemunhado o assassinato deles, eu teria pensado que ele fora criado por alguma besta diabólica e jogado na terra completamente vestido e armado como um pequeno soldado vendano.

Eu entendia o buraco que Eben sentia, a perversa profundidade desse buraco, que não importava o quanto se quisesse fingir que ele não estava ali, sua boca preta abria-se para engolir a gente repetidas vezes.

Eben dispensou a menção a seu pai de um jeito hábil, rapidamente tirando os cabelos da frente de seus olhos e descendo em um pulo da grade do cercado. "Nós deveríamos voltar", disse ele.

Eu queria dizer alguma coisa sábia, algo reconfortante que diminuiria a dor dele, mas ainda sentia aquele buraco em mim mesma. As únicas palavras que me vieram à boca foram: "Obrigada pelas minhas botas, Eben. Elas significam mais para mim do que você pode imaginar."

Ele assentiu. "Eu as limpei também."

Eu me perguntava se, como Griz, essa seria uma bondade para anular uma dívida.

"Você não me devia nada, Eben. Eu cuidei de seu cavalo tanto por mim quanto por você."

"Eu já sabia disso", ele falou, e apressou-se a seguir na minha frente.

Nós caminhamos, passando ainda por mais um túnel, mas eu estava ficando boa nisso de memorizar rotas agora, e começava a entender um padrão no caótico arranjo da arquitetura. Pequenas avenidas, túneis e edifícios emanavam de uns maiores. Era como se as muitas grandes estruturas dentro desta cidade antiga houvessem, lentamente, sido tecidas juntas, um animal sem graça que criava braços, pernas e olhos extras, sem considerar a estética... apenas a necessidade imediata. O Sanctum era o coração da besta, e as cavernas ocultas lá embaixo, suas entranhas. Ninguém mencionava o que se agitava debaixo do Sanctum, e eu nunca via as figuras com seus robes nas refeições. Eles ficavam na deles.

Enquanto passávamos pelo último corredor até o quarto de Kaden, perguntei a Eben: "O que são aquelas cavernas lá embaixo? Aster mencionou-as a mim."

"Você está se referindo às catacumbas? Cavernas de Ghouls, é como se referem a elas. Nós não descemos lá. A única coisa que há nelas é um fedor terrível, livros velhos e espíritos sombrios."

Suprimi um sorriso. Era quase a mesma descrição que eu usava para os arquivos em Civica, só que os espíritos sombrios que lá havia eram os eruditos da cidade.

Os próximos dias passaram-se como os anteriores; no entanto, cada um deles era mais curto do que o dia anterior. Eu aprendi que o tempo prega peças na gente quando se quer mais dele. Com cada dia que se passava sem qualquer sinal dos soldados de Rafe, eu sabia que os cavaleiros vendanos poderiam muito bem estar mais próximos, com as notícias de que o rei de Dalbreck estava saudável e vigoroso... Uma sentença de morte para Rafe. Pelo menos o Komizar ficaria fora por mais duas semanas, o que nos compraria mais tempo para que os soldados de Rafe aparecessem. Tentei me prender a essa esperança, pelo bem de Rafe, mas estava parecendo mais certo que achar uma forma de fugir era a única coisa que nos restava agora.

A temperatura caiu, e a cidade foi banhada por mais uma chuva gélida. Apesar do frio, todos os dias eu saía pela janela, sentava-me na parede e entoava minhas memórias sagradas, buscando em meio a elas como se fossem papéis misturados, tentando encontrar respostas, prendendo-me àquelas que tinham um vislumbre de verdade. A cada dia, um grupo maior reunia-se para me ouvir, uma dúzia, duas dúzias, e mais. Muitos deles eram crianças. Um dia, Aster estava entre eles, e pediu uma história. Comecei com a história de Morrighan, a menina que fora conduzida pelos deuses a uma terra de plenitude, e depois contei a história do nascimento de dois Reinos menores, Gastineux e Cortenai. Todas as histórias e todos os textos que eu havia estudado durante anos agora eram histórias que os deixavam hipnotizados. Eles estavam famintos por histórias, assim como tinham ficado Eben e Natiya quando nos sentamos em volta da fogueira do acampamento... Histórias de outros povos, de outros lugares, de outros tempos.

Esses momentos pelo menos me davam alguma coisa pelo que esperar, porque não havia qualquer oportunidade para conversar com Rafe em particular. Até mesmo quando Kaden me deixara trancafiada, sozinha em seu quarto, e eu saí sorrateiramente de lá, descobri que agora havia guardas parados embaixo da janela de Rafe também, quase como se eles soubessem que ele não seria capaz de sair furtivamente pelas janelas estreitas, mas que alguém menor poderia entrar sem ser notado. A refeição noturna não me trouxe qualquer oportunidade maior de um momento em particular com ele, e minha frustração aumentava. Aqui, no Sanctum, nós bem que poderíamos ter sido separados por um vasto continente. Atribuí meus sonhos inquietos a meus agravos. Tive outro sonho em que Rafe partia, mas este era mais detalhado do que o anterior. Ele estava trajando vestimentas que eu nunca havia visto, Rafe, um guerreiro de uma estatura assustadora. A expressão dele era quente e feroz, e ele estava com uma espada de cada lado do corpo.

As noites no Saguão do Sanctum eram longas e cansativas, não diferentes das noites na corte de Morrighan, mas os modos deles eram decididamente mais altos, menos refinados, e eles sempre pareciam estar à beira do caos. O reconhecimento do sacrifício provinha um curioso momento de quietude em um nítido contraste com suas atividades clamorosas. Fiquei sabendo os nomes de todos os membros do Conselho... dos governadores, dos *chievdars* e dos *Rahtans*, mesmo que tantos dos nomes deles soassem parecidos. Gorthan. Gurtan, Gunthur. Mekel, Malich, Alick. Somente o nome de Kaden parecia não ter qualquer outro que soasse semelhante. O *chievdar* que eu tinha conhecido no vale, Stavik, era para lá de amargo, mas acabou se mostrando o mais civilizado dos cinco comandantes do exército.

Era mais fácil travar conversas com os governadores. A maioria estava feliz por estar no Sanctum em vez de nas desoladas terras natais de onde vinham, o que talvez tornasse mais leves suas disposições. Três dos *Rahtans* já tinham ido embora, mas os quatro que ali estavam presentes, além de Kaden, Griz e Malich, eram, de longe, os mais hostis do Conselho. Jorik e Darius foram aqueles que haviam ficado ao lado de Malich com suas facas sacadas quando viram o meu vestido de clã, e os outros dois, Theron e Gurtan, pareciam trajar sorrisos de desdém no rosto como se fosse uma tinta de batalha permanente. Imaginei-os como os homens que o Komizar teria enviado para terminar o trabalho que Kaden havia falhado em fazer... E não havia qualquer dúvida na minha mente de que eles o teriam terminado sem hesitação. Eles eram a própria definição de *Rahtan*. *Nunca falhar.* Para mim, era difícil me conformar com o fato de que, de alguma forma distorcida, Kaden havia salvado a minha vida ao me trazer para cá.

Todas as noites após a refeição, o Conselho era atraído por jogos de pedras ou cartas, ou eles simplesmente ficavam bebendo a noite toda. Os preciosos vinhos de safra especial morrigueses eram tomados em grandes quantidades como se fossem cerveja ale barata. Os jogos de pedras eram estranhos para mim, mas eu reconhecia os jogos de cartas. Eu me lembrei do primeiro conselho de Walther para mim: às vezes, ganhar não é uma questão de conhecer as regras, mas sim de fazer com que seu oponente ache que ele as conhece melhor do que você. Fiquei observando de longe, analisando as nuances e as similaridades com os jogos que eu tinha jogado com meus irmãos e com seus amigos. Nesta noite, as apostas para um jogo em particular cresciam, com a maior das pilhas aumentando na frente de Malich. Notei que o convencimento desfilava por seu rosto como se fosse um galo empinado, com o mesmo sorriso arrogante que ele usara no rosto quando me dissera que fora fácil matar Greta.

Levantei-me e fui andando até os jogadores. Decidi que estava precisando de um pouco de entretenimento também.

CAPÍTULO 26
CRÔNICAS DE AMOR E ÓDIO

KADEN

iquei observando enquanto ela caminhava devagar. Havia alguma coisa em relação aos passos de Lia, que estava com os braços cruzados na frente do corpo. Em sua noção de tempo. A deliberada casualidade daquilo tudo. Os músculos no meu pescoço ficaram tensos. Eu não tinha uma boa sensação em relação a isso.

Então ela sorriu, e eu soube.

Não faça isso, Lia.

Mas eu realmente não sabia ao certo o que ela estava fazendo. Eu só sabia que nada de bom sairia disso. Eu conhecia a linguagem de Lia.

Tentei me desvencilhar do governador Carzwil, que estava decidido em seu propósito de partilhar todos os desafios de transporte de nabos e sacos de lima de sua província para Venda. "Lia", chamei-a, mas ela me ignorou. O governador falou mais alto, determinado a recuperar minha atenção, mas eu continuava desviando o olhar de relance. "Ela está bem", disse o governador. "Dê um pouco de corda a ela, rapaz! Veja, a menina está sorrindo."

Esse era o problema. O sorriso dela não significava o que ele estava pensando. Desculpei-me e afastei-me de Carzwil, mas, na hora em que cheguei à mesa, ela já havia se ocupado de conversar com dois dos governadores. Embora eles fossem os dois que haviam ficado mais animados com sua presença do que os outros, eu, ainda assim, fiquei pairando ali por perto, sentindo que alguma coisa estava para acontecer.

"Então o propósito é o de conseguir seis cartas com números iguais? Isso me parece fácil o bastante", disse Lia, cuja voz soava leve e inquisitiva.

Malich cuspiu no chão ao lado dele, e depois abriu um sorriso. "Certamente que é fácil."

"Há mais do que isso no jogo", disse o governador Faiwell. "Os símbolos coloridos também devem ser iguais... se você conseguir, quer dizer. E certas combinações são melhores do que as outras."

"Interessante. Eu acho que eu conseguiria entender como isso funciona", Lia disse, em uma fala cantada.

Ela repetiu os elementos básicos do jogo para eles. Reconheci a inclinação de sua cabeça, a cadência de suas palavras, seus lábios franzidos. Eu sabia o que ela estava fazendo com tanta certeza quanto ainda sentia o calombo na minha canela. "Venha para cá, Lia. Deixe-os jogarem."

"Deixe que ela fique olhando! Ela pode sentar-se no meu colo." O governador Umbrose deu risada.

Lia olhou por cima do ombro para mim. "Sim, Kaden, eu gostaria de tentar minha sorte neste jogo", disse ela, e então se virou para a mesa. "Posso me juntar a vocês?"

"Você não tem nada para apostar", grunhiu Malich, "e ninguém joga de graça."

Lia estreitou os olhos e deu a volta até o lado em que ele estava da mesa.

"É verdade que não tenho qualquer moeda, mas, com certeza, eu tenho algo que é de valor para vocês. Talvez uma hora a sós comigo?" Ela inclinou-se para a frente na mesa, e sua voz ficou endurecida. "Tenho certeza de que você adoraria isso, não é, Malich?"

Os outros jogadores assoviaram, dizendo que essa era uma aposta boa o bastante para todos eles, e Malich sorriu. "Você está dentro, Princesa."

"Não", falei. "Você não está dentro! Já chega! Venha..."

Lia girou, e havia um sorriso em sua boca, mas seus olhos estavam iluminados com fogo. "Eu não tenho nem mesmo a liberdade de fazer a mais simples das escolhas? Sou a mais baixa das prisioneiras, *Assassino*?"

Essa era a primeira vez em que ela me chamava assim. Nossos olhares travaram-se um no outro. Todo mundo ficou esperando. Balancei a cabeça em negativa; não um comando, mas sim uma súplica. *Não faça isso.*

Ela virou-se. "Estou dentro", disse, e sentou-se em uma cadeira que foi arrastada para ela ocupar.

Ela recebeu uma pilha de fichas de madeira e o jogo começou. Malich sorrindo. Lia sorrindo. Todo mundo sorrindo, exceto eu.

E Rafe.

Ele deu um passo para fora do perímetro, junto com outros que haviam se reunido ali para ficar observando o jogo. Eu me virei, procurando por Calantha e Ulrix, que supostamente deveriam estar guardando-o, mas eles também haviam se juntado à multidão. Rafe desferiu a mim um afiado olhar de relance, acusador, como se eu tivesse permitido que Lia entrasse em um covil de lobos.

Lia cometeu erros idiotas na primeira rodada. E na próxima. Ela já havia perdido um terço de suas fichas. Ela repuxava as sobrancelhas, concentrada. Na rodada seguinte, ela perdeu menos fichas, mas, ainda assim, menos do que poderia se dar ao luxo de perder. Ela balançou a cabeça, reagrupando suas cartas repetidas vezes, perguntando em voz alta ao governador que estava ao seu lado qual carta tinha mais valor, uma garra vermelha ou uma asa preta. Todos à mesa sorriram e aumentaram os valores de suas apostas, determinados a ganhar uma hora com Lia. Ela perdeu mais fichas, e seu rosto ficou sombrio. Ela mordeu o canto do lábio. Malich observava as expressões dela mais do que suas próprias cartas.

Olhei para Rafe, cujo rosto estava iluminado por uma camada de suor. Uma outra rodada. Lia manteve as cartas perto de si, cerrando os olhos por um instante, como se estivesse tentando pensar nelas em uma ordem que não estava lá. Os governadores fizeram suas apostas. Lia fez a dela. Malich cobriu todas e revelou duas de suas cartas. Lia olhou para suas cartas mais uma vez e balançou a cabeça. Ela acrescentou mais fichas à pilha e revelou duas de suas cartas, as mesmas duas cartas perdedoras que ela vinha revelando a noite toda. Os governadores aumentaram suas apostas, a última da rodada. Lia fez o mesmo, empurrando suas últimas fichas para o centro da mesa. Malich sorriu, cobriu a aposta dela e empurrou sua pilha de fichas para o centro da mesa também. Ele dispôs suas cartas. Uma fortaleza de lordes.

Os governadores jogaram suas cartas na mesa, incapazes de derrotá-lo.

Todo mundo ficou esperando, sem fôlego, até que Lia dispusesse suas cartas. Ela franziu o rosto e balançou a cabeça. Então ela olhou para mim. Piscou. Uma piscadela lenta, tão longa quanto mil quilômetros.

Depois voltou a olhar para Malich.

Soltou um longo suspiro, contrito.

Dispôs suas cartas.

Seis asas pretas.

Mão perfeita.

"Acho que as minhas vencem as suas, não, Malich?"

Ele ficou boquiaberto. E então, um estrondo de risadas encheu a sala. Lia inclinou-se para a frente e reuniu as fichas para si. Os três governadores assentiram, impressionados. Malich a observou, ainda não acreditando no que ela havia feito. Por fim, ele olhou a seu redor, absorvendo a multidão e suas risadas. Ele levantou-se, a cadeira voando atrás dele, seu rosto, negro de raiva, e sacou sua adaga.

O tilintar de uma dúzia de adagas sacadas, inclusive a minha, ecoaram em resposta.

"Vá beber e esqueça isso, Malich. Ela derrotou você de forma justa", disse o governador Faiwell.

O peito de Malich subia e descia, e seu olhar de ódio veio pousar em mim e, depois, na minha faca. Ele desviou o olhar com rudeza, tropeçando na cadeira que estava atrás dele, e então saiu tempestuosamente pelo corredor, com quatro irmãos *Rahtans* seguindo-o pelos seus calcanhares.

Adagas foram embainhadas. A risada recomeçou.

Rafe ergueu a mão e limpou o suor de seu lábio superior. Ele tinha feito um rápido movimento na direção de Lia quando Malich sacou sua faca, como se quisesse bloqueá-lo. Sem arma. Não exatamente o comportamento de um desinteressado docinho da corte. Ulrix puxou Rafe para longe, lembrando-se por fim de seus deveres.

Voltei a olhar para Lia, que estava serena, com o queixo para dentro enquanto seus olhos ainda contemplavam o agora vazio corredor por onde Malich havia saído. O olhar dela era frio e satisfeito.

"Reúna seus ganhos", ordenei a ela.

Acompanhei-a corredor afora e de volta aos meus aposentos. Quando eu tinha fechado e trancado a porta, girei em direção a ela.

Lia já estava me encarando, desafiadora, à espera.

"Você perdeu a cabeça?", gritei. "Você tinha que humilhá-lo na frente dos camaradas dele? Não é o suficiente que ele já a odeie com o fogo de mil sóis?"

A expressão dela estava sinistra. Sem sentimentos. Não estava com a menor pressa de responder, porém, quando o fez, seu tom não continha qualquer emoção.

"Malich deu risada na noite em que me contou que havia matado Greta. Ele regozijou-se com a morte dela. Disse que foi fácil. Que a morte dela não lhe custara nada. Agora custará. Todos os dias em que eu respirar, farei com que lhe custe alguma coisa. Toda vez em que eu vir aquele mesmo largo e presunçoso sorriso no rosto dele, farei com que pague por isso."

Ela jogou seus ganhos em cima da cama e depois voltou a olhar para mim. "Então, a resposta à sua pergunta, Kaden, é não. Não é o suficiente. Nunca será o suficiente."

RAFE

Agora eu entendo por que Sven preferia servir como soldado em vez de amar. Era mais fácil de se entender e havia bem menos probabilidades de que se fosse morto.

Eu fiquei perplexo logo que a vi caminhando até a mesa em que diversos dos bárbaros estavam jogando cartas. Então avistei Malich na mesa, e aquilo veio com tudo para mim. *Prefiro, a qualquer momento, um jogo de cartas à costura. Meus irmãos são astutos, beirando os ladrões, em se tratando das cartas deles... os melhores tipos de professores que se pode ter.*

Na noite passada, tudo que pude fazer foi ficar lá, parado, em pé, e não apertar eu mesmo o pescoço dela, mas era mais difícil ainda não ter uma espada na minha mão para protegê-la de Malich.

Sim, Lia, você foi e ainda é um desafio. Mas eu seria maldito se não sentisse uma onda súbita de admiração por ela também, mesmo enquanto o suor escorria pelo meu pescoço e eu, em silêncio, a amaldiçoava. Aquilo não era o que eu chamaria de ficar quieta na dela. Será que em algum momento Lia daria ouvidos a alguém?

Joguei meu cinto em cima do baú. Estes aposentos estavam me dando nos nervos. O cheiro, os móveis, o tapete floral. O lugar *era* adequado para algum tolo pomposo da corte. Abri uma persiana para deixar entrar um pouco do refrescante ar noturno.

Era nosso sétimo dia aqui e, ainda assim, não havia qualquer sinal de Sven, Tavish, Orrin ou Jeb. Tempo demais. Eu estava começando a temer o pior. E se eu tivesse levado meus amigos às suas mortes? Eu havia feito uma promessa a Lia, de que eu haveria de nos tirar dessa. E se não conseguisse?

Não a traga abaixo junto com você... Se o Komizar ou o Conselho sentir o mais leve sopro...

Eu havia tentado usar de tudo que estava em minha força interior para não olhar para ela.

A única vez em que havíamos nos falado em sete dias fora quando trocamos curtas palavras no Saguão do Sanctum, com muitos ouvidos escutando para que disséssemos algo remotamente útil para qualquer um de nós. Eu sabia que ela estava ficando impaciente com minha persistente indiferença em relação a ela, mas não era apenas Kaden que a vigiava atentamente. Os *Rahtans* faziam o mesmo. Eu senti que eles queriam pegar um de nós, ou ambos, em uma mentira. Sua desconfiança era altíssima. E então havia Calantha. Com frequência eu a via parada nas sombras do corredor antes de todo mundo sentar-se para comer, escutando Lia, e depois se virando para observar a mim. Havia poucas mulheres aqui no Sanctum e nenhuma delas parecia ter qualquer posição ou poder... exceto ela. Eu não sabia ao certo que poder era ou quanto poder ela detinha, porque ela sempre estava protegida dos meus questionamentos e ninguém mais partilharia o que fosse a respeito dela, não importando o quão casuais eu mantivesse as minhas perguntas.

Isso não a impedia de tentar escavar informações de mim, embora ela tentasse fazer com que isso parecesse uma conversa amigável e ociosa. Ela me perguntou a idade do príncipe e depois perguntou qual era a minha própria idade. *O príncipe tem 19 anos,* foi o que eu disse a ela, prendendo-me à verdade, para o caso de ela ter algum conhecimento disso, e então disse a ela que eu tinha 25, para não abrir um convite a ponderações sobre eu e ele termos a mesma idade. Para falar a verdade, eu não tinha qualquer emissário pessoal. Eu era um soldado e não tinha necessidade de mensageiros ou de agentes para negociarem por mim, então todas as minhas respostas em relação a um emissário foram extraídas de um local de ganância, um motivo que o Komizar entenderia se Calantha levasse nossas conversas até ele.

Borrifei meu rosto com água, lavando o suor e o sal de minha pele, tentando apagar a imagem de Lia saindo andando acompanhada de Kaden para os aposentos dele.

Mais três dias. Era isso que Sven sempre me dizia. *Quando você achar que está no fim de sua corda, dê a si mais três dias. E então mais três. Às vezes, você vai descobrir que a corda é mais longa do que você pensava.*

Na ocasião, Sven vinha tentando me ensinar a ter paciência. Eu era um cadete do primeiro ano e vivia sendo rejeitado para exercícios em campo. Nenhum capitão queria se arriscar a machucar o único filho do rei. Aqueles três dias viraram seis, viraram nove. Por fim, foi Sven quem perdeu a paciência e ele mesmo levou-me a cavalo para o acampamento, jogando-me na porta da tenda de um capitão, dizendo que não queria ver a minha cara de novo até que eu tivesse alguns machucados.

Às vezes, você vai descobrir que a corda é mais curta do que pensava.

Aqui, digo, pressionando meu punho cerrado nas costelas dela.

E aqui, com a mão em seu esterno.

Dou a ela a mesma instrução que me fora dada pela minha mãe.

> *É a linguagem do saber, criança,*
>
> *Linguagem esta tão antiga quanto o próprio universo.*
>
> *É o ver sem olhos,*
>
> *E ouvir sem ouvidos.*

Foi assim que minha mãe sobreviveu naqueles primeiros anos.

Como sobrevivemos agora.

> *Confie na força que existe dentro de você.*
>
> *E, um dia, você deverá ensinar sua filha a fazer o mesmo.*

—Os Últimos Testemunhos de Gaudrel—

CAPÍTULO 28
CRÔNICAS DE AMOR E ÓDIO

E les não estavam vindo. Desde o início, eu sabia que as chances deles eram míseras, mas, todas as vezes em que eu olhava na face de Rafe, eu reunia novas esperanças pelo bem dele. Não se tratavam apenas de soldados vindo ajudar a libertar um príncipe e uma princesa caprichosos. Eles eram amigos dele.

A esperança é um peixe deslizante... impossível de prendê-la por muito tempo, dizia minha tia Cloris quando eu languescia por alguma coisa que ela considerava infantil e impossível. *Então você tem que segurá-la com mais força,* dizia minha tia Bernette para contrariar sua irmã mais velha antes de me escoltar para fora, ressentida. No entanto, algumas coisas deslizavam das nossas mãos, não importando com quanta força nos prendêssemos a elas.

Nós estávamos sozinhos. Os amigos de Rafe estavam mortos. Não era um sussurro ao meu ouvido ou uma pontada no meu pescoço que me dizia isso. Eram as regras da razão que prevaleciam, as regras de tudo que eu era capaz de entender e ver, e que disseram isso de uma forma simples: esta era uma terra cruel, sem qualquer perdão para os inimigos.

Eu observava Rafe todas as noites, roubando um olhar de relance na direção dele quando eu tinha certeza de que ninguém estava olhando. Embora os meus movimentos dentro do Sanctum ainda fossem atenciosamente guardados, os dele tinham ganhado mais liberdade, e tanto Calantha quanto Ulrix haviam se tornado menos vigilantes. Com uma calculada paciência, Rafe estava cultivando a confiança deles. Ulrix, embora ainda fosse uma besta assustadora em forma de homem, parecia ter desistido de seu punho cerrado, e Rafe não sofria mais de lábios partidos, quase como se Ulrix tivesse julgado que ele fosse uma desculpa aceitável para um homem, embora fosse seu inimigo suíno. Tratava-se verdadeiramente de um trabalho que requeria habilidades, isso de, deliberadamente, tentar ganhar os favores de uma besta como Ulrix.

Rafe bebia com os *chievdars*, dava risada com os governadores, falava baixinho com criados e criadas. Jovens criadas roçavam-se perto dele, cativadas pelas tentativas rígidas e desajeitadas dele de falar vendano, ansiosas para encherem novamente sua caneca, sorrindo para ele por sob cílios abaixados. No entanto, uma nova identidade, não importando o quão bem jogada fosse, haveria de fazer pouco bem por ele uma vez que o Komizar descobrisse que ele estava mentindo.

Era como se, agora que o Komizar não estava ali, todo mundo tivesse esquecido a sentença de morte que se agigantava sobre Rafe, ou talvez eles simplesmente achassem que ele não haveria de ser morto. Alguém estava sempre puxando-o para o lado, com os *chievdars* sondando sobre as forças armadas de Dalbreck, ou governadores curiosos em relação a seu distante e poderoso Reino, pois, embora regessem seus próprios e pequenos feudos aqui, eles tinham pouco ou nenhum conhecimento do mundo que ficava além do grande rio, que eles só conheciam por meio do *Rahtan* que se aventurava além das fronteiras ou por meio de vagões dos Previzi que partilhavam seus tesouros. Os tesouros e sua abundância... era isso que mais os intrigava. As pequenas e infrequentes cargas trazidas pelos Previzi não eram o bastante para satisfazer os apetites deles, nem o eram, aparentemente, os espólios de patrulhas assassinadas. Eles tinham fome demais.

Nesta noite, eu trajei meu vestido de retalhos de couro. Quando entrei no corredor, notei que Calantha estava falando com uma criada, e ela veio correndo na minha direção. "Calantha ficaria contente se você trançasse seus cabelos." Ela erguia uma pequena tira de couro com a qual eu deveria prender as tranças.

Vi Calantha nos observando. Todas as noites, agora, ela insistia para que eu dissesse a bênção, o que parecia agradar a alguns, mas causava uma raiva pesada e constante em outros, especialmente nos *Rahtans*, e eu me perguntava se ela estaria tentando fazer com que me matassem. Quando a questionei em relação aos seus motivos, ela disse: "Diverte-me ouvir você dizendo as palavras em sua estranha fala arrastada, e eu não preciso de motivo maior que esse. Lembre-se, Princesa, de que você ainda é uma prisioneira." Eu não precisava de qualquer lembrete disso.

"Você pode dizer a Calantha que eu não tenho a menor intenção de trançar os meus cabelos só para agradá-la."

Voltei um sorriso rígido a Calantha. Quando olhei novamente para a menina, ela estava com os olhos arregalados de medo. Essa era uma mensagem que ela não estava entusiasmada para transmitir. Peguei a tira de couro da mão dela. "Mas farei isso por você." Puxei meus cabelos por cima do meu ombro e comecei a trançá-los. Quando eu tinha terminado de fazê-lo, ela sorriu.

"Agora seu belo desenho ficará à mostra", disse ela. "Exatamente como Calantha queria."

Calantha queria que meu *kavah* ficasse à mostra? A moça começou a sair correndo, mas eu a detive. "Diga-me, Calantha faz parte do clã dos Meurasi?"

A moça balançou a cabeça. "Ah, eu não devo dizer isso, madame." Ela virou-se e saiu correndo.

Não devo dizer isso. Acho que já tinha dito.

A refeição passou-se como todas as outras antes dessa. Eu proferi a bênção perante as humildemente reverentes e baixas cabeças de uns poucos e as caras feias de muitos. O fato de que isso corroesse Malich fazia com que valesse ainda mais a pena para mim, e eu sempre fazia questão de estapeá-lo com meu olhar contemplativo fixo no dele, antes de começar. No entanto, quando as palavras assumiam o comando, os ossos, a verdade, o pulsar das paredes ao meu redor, a vida que ainda residia em pedras e no chão, a parte do Sanctum que estava ficando mais forte em mim, e na hora em que a última *paviamma* ecoava em resposta, as caras feias nada importavam.

Nesta noite, a refeição era praticamente a mesma de todas as noites, um mingau espesso de cevada condimentado com folhas de hortelã, pão de soda, nabos, cebolas e carne assada... de javali e de lebre. Havia pouca variação, exceto em relação à carne. Carnes de castor, pato e cavalo selvagem eram servidas às vezes, dependendo de qual animal era caçado, mas, em comparação com minha frequente dieta de areia, esquilo e cobra do Cam Lanteux, era um verdadeiro banquete, e eu estava grata por cada bocado dele.

Eu estava mergulhando meu pão de soda no mingau quando um tumulto ruidoso e pungente rimbombou por um dos corredores que davam para o Sanctum. Todos os homens ficaram em pé em um instante, com suas espadas e facas sacadas. A comoção ficou mais alta. Eu e Rafe trocamos um furtivo olhar de relance. Será que poderiam ser os homens dele? Com reforços?

Duas dúzias de homens surgiram... e o Komizar os liderava. Ele estava imundo, salpicado de lama da cabeça aos pés, mas parecia gostar da imundície. Havia um raro sorriso tolo grudado em seu rosto.

"Veja com quem nos deparamos na estrada!", disse ele, acenando com a espada por cima de sua cabeça. "O novo governador de Balwood! Mais cadeiras! Comida! Estamos com fome!"

A companhia de homens foi como um enxame para a mesa, em toda sua glorificada imundície, deixando trilhas de lama atrás deles. Avistei aquele que tinha que ser o novo governador: um homem jovem, tanto insolente quanto temeroso. Ele passava rapidamente os olhos em volta da sala, tentando avaliar novas ameaças. Seus movimentos eram pungentes, e sua risada, tensa. Ele poderia ter acabado de matar o último governador para ganhar sua posição, mas o Sanctum não era sua terra natal. Novas regras teriam que ser aprendidas e navegadas, e ele teria que conseguir permanecer vivo enquanto fazia isso. Sua posição não era tão diferente assim da minha, exceto pelo fato de que eu não havia matado quem quer que fosse para chegar a este dúbio lugar de honra.

E então o Komizar me avistou. Ele deixou seus equipamentos caírem no chão e cruzou a sala, parando à distância de um braço de mim.

Sua pele brilhava com um dia de cavalgada ao sol, e seus olhos escuros reluziam enquanto tracejavam as linhas do meu vestido. Ele ergueu a mão e passou o dedo pela trança que caía por cima do meu ombro.

"Com seus cabelos penteados, você parece apenas um pouco selvagem." A sala irrompeu em uma risada leal, mas o olhar contemplativo dele, que deslizava por mim, contava uma história diferente, história esta que não era engraçada nem divertida. "Então, enquanto o Komizar está ausente, os prisioneiros fazem a festa." Por fim, ele voltou-se para Kaden. "Foi isso que minhas moedas compraram?"

Rezei para que Kaden dissesse que sim, de modo que a culpa fosse recair sobre nós. Caso contrário, os generosos presentes de Effiera poderiam ser pagos com retaliação.

"Sim", foi a resposta de Kaden.

O Komizar assentiu, estudando-o. "Encontrei um governador. Agora é sua vez de encontrar o outro. Você parte pela manhã."

"Por que você?", perguntei, soltando, desajeitada, o cordão da minha cintura, o qual caiu ruidosamente no chão.

Kaden continuava a procurar diligentemente por alguma coisa em seu baú, jogando para fora um longo manto orlado com pele e meias de lã. "Por que não eu? Eu sou um soldado, Lia. Eu..."

Eu estiquei a mão e peguei no braço dele, forçando-o a olhar nos meus olhos.

Os olhos dele estavam cheios de preocupação. Ele não queria ir embora.

"Por que você é tão leal a ele, Kaden?"

Ele tentou voltar-se novamente para o baú, mas segurei o braço dele com mais força. "Não!", falei. "Você não vai me evitar outra vez! Não dessa vez!"

Ele ficou me encarando, seu peito erguendo-se em respirações controladas. "Ele me alimentou quando eu estava passando fome, para início de conversa."

"Um ato caridoso não é motivo para vender a alma a alguém."

"Tudo é tão simples para você, não é?" A raiva lampejava por sua face. "É mais complicado do que um *ato*, como você se refere a isso."

"Então é o quê? Ele deu a você um belo manto? Um quarto no..."

Ele fez um aceno com a mão pelo ar. "Eu fui negociado, Lia! Como aconteceu com você!" Ele desviou o olhar como se estivesse tentando recobrar a compostura. Quando voltou a olhar para mim, a fúria quente ainda estava em seus olhos, mas seu tom soava lento e cheio de cinismo. "Só que, no meu caso, não houve contrato algum. Depois que a minha mãe morreu, eu fui vendido para um círculo de mendigos que estavam de passagem, por um único cobre, como se eu fosse um pedaço de lixo... com apenas um único porém... que nunca me trouxessem de volta."

"Você foi vendido pelo seu pai?", perguntei a ele, tentando compreender como alguém poderia fazer uma coisa dessas.

Em segundos, o suor havia se assomado em sua face. Essa era a recordação que importava, aquela que ele sempre havia se recusado a partilhar. "Eu tinha oito anos de idade", disse ele. "Implorei a meu pai para que ele ficasse comigo. Caí aos seus pés e envolvi meus braços em volta de suas pernas. Até hoje, eu nunca me esqueci do nauseante cheiro de sabão de jasmim na calça dele."

Ele fechou a tampa do baú e sentou-se, com os olhos desfocados, como se estivesse revivendo a recordação.

"Ele me dispensou. Disse que eu ficaria melhor daquele jeito. O *melhor* foram dois anos com mendigos habilidosos que me matavam de fome para que eu pudesse conseguir mais dinheiro nas esquinas das ruas. Se um dia pedindo esmola não trouxesse o bastante para eles, eles batiam em mim, mas sempre onde os machucados não apareceriam. Eles eram cuidadosos assim. Se eu ainda não trouxesse o bastante, eles ameaçavam levar-me de volta ao meu pai, o qual me afogaria em um balde de água como se eu fosse um gato de rua."

O olhar contemplativo dele ficou afiado, cortando-me. "Foi o Komizar que me encontrou pedindo esmola em uma rua lamacenta. Ele viu o sangue vazando gradualmente pela minha camisa depois de uma surra particularmente feia. Ele me puxou para cima de seu cavalo e me levou de volta para seu acampamento, me deu de comer e me perguntou quem havia me chicoteado. Quando contei a ele quem tinha sido, ele ficou fora por umas poucas horas, prometendo que isso nunca aconteceria de novo. Quando voltou, estava sujo de sangue. Eu sabia que era o sangue deles. Ele foi fiel à sua palavra. E eu estava feliz com isso."

Ele levantou-se e apanhou seu manto do chão.

Balancei a cabeça, horrorizada. "Kaden, é uma abominação chicotear uma criança tanto quanto é ruim vender uma criança. Mas isso não é mais um motivo para que você deixe Venda para sempre? Para vir para Morrighan e..."

"Eu *era* morriguês, Lia. Eu era um filho bastardo de um lorde de nascimento nobre. Agora você sabe por que eu odeio membros da realeza. Foi de quem o Komizar me salvou."

Fiquei fitando-o, não conseguindo falar.

Não.

Isso não era verdade.

Não podia ser.

Ele jogou seu manto em volta de seus ombros. "Agora você sabe quem são os verdadeiros bárbaros."

Ele virou-se e saiu, fechando a porta como uma trovoada atrás de si, e fiquei ali parada.

Seu letramento nas canções sagradas.

Sua leitura.

Seu morriguês impecável.

Verdade.

As cicatrizes em seu peito e em suas costas.

Verdade.

Mas não fora um vendano quem tinha feito isso com ele, como eu sempre supus. Foi um lorde de nascimento nobre de Morrighan.

Impossível.

A vela apagou-se. O mesmo aconteceu com as lanternas. Eu estava deitada, enrolada na cama, e fitava o escuro, revivendo cada momento, desde a vez em que ele entrara na taverna, até nossa longa viagem cruzando o Cam Lanteux. Todas as vezes em que eu havia ficado maravilhada com os modos ternos dele, os quais eram um gritante contraste com aquilo que ele era: um assassino. *Todas as vezes.* A forma como ele se sentia tão confortável no mundo morriguês. Isso parecia perfeitamente óbvio agora. Ele *estava* lendo os quadros do jogo. Era em vendano que ele não sabia ler, e não em morriguês. Tanto eu quanto Pauline havíamos notado o quão bem ele entoava as canções sagradas, ao passo que Rafe não conhecia qualquer uma das palavras. Ele fora criado até seus oito anos de idade como o filho de um lorde morriguês.

A própria espécie de Kaden, minha própria espécie, o havia traído. Exceto por sua mãe. *Ela era uma santa*, ele havia dito. O que acontecera com ela? Deve ter sido com ela que ele aprendera seus modos ternos. Era possível que ela fosse a única na vida inteira dele que lhe havia demonstrado algum amor ou compaixão... até a chegada do Komizar.

Estávamos no meio da noite quando ele voltou. O quarto estava completamente negro e, ainda assim, ele movia-se quietamente por ele, como se conseguisse enxergar no escuro. Ouvi quando ele colocou alguma coisa no chão, com um *tunc* alto, e então ouvi os sons fracos e farfalhantes de roupas sendo dispostas e o baixo suspiro de sua respiração enquanto ele se deitava no tapete. O quarto estava pesado com o silêncio. Longos minutos passaram-se. Eu sabia que ele não estava dormindo. Eu podia sentir seus pensamentos na escuridão, seu olhar fixo perfurando a madeira acima dele.

"Kaden", sussurrei. "Fale-me sobre sua mãe."

O nome dela era Cataryn. Ela era muito jovem quando foi contratada como governanta por um lorde e por sua esposa, mas logo eles descobriram que ela também tinha o dom. A dama pressionava-a diariamente para obter dela pensamentos sobre seus próprios filhos jovens, mas logo o lorde pressionou-a em relação a outras coisas. Kaden nasceu e não conhecia qualquer outro modo de vida. Ele achava que era normal viver em uma pequena casa na propriedade de seu pai. Quando sua mãe adoeceu e sua vida esvanecia-se rapidamente, ela implorou para que o lorde levasse Kaden para dentro da mansão. A dama não aceitaria nada disso. Um bastardo não seria criado junto com seus filhos de nascimento nobre e, embora o lorde tivesse prometido a Cataryn que levaria Kaden para a mansão, parecia que ele havia concordado com sua esposa o tempo todo. A mãe dele não estava nem mesmo fria quando Kaden foi entregue a mendigos que estavam de passagem, sem qualquer olhar, de relance que fosse, para trás.

A mãe dele era bela, com seus olhos de um azul cristalino, cabelos pretos, macios e longos. Gentil e difícil de enfurecer, ela era uma professora acima de tudo. Ela foi a tutora de Kaden junto com os filhos do lorde. À noite, na casinha, eles olhavam para fora, para as estrelas, e ela sussurrava as histórias de eras atrás, e Kaden as repetia depois para ela. Ele era jovem demais para entender plenamente por que os filhos do lorde recebiam um privilégio especial, mas, quando ficava com raiva disso, sua mãe o tomava nos braços e cantava baixinho junto à sua bochecha, dizendo que ele era bem mais rico do que eles nas coisas que importavam, pois tinha uma mãe com mais amor por ele do que o universo inteiro seria capaz de conter.

No entanto, de repente, ele não a tinha. Ele nada tinha. Um de seus maiores pesares era ter os cabelos de um loiro branco e os olhos castanhos do pai. Quando olhava em um espelho, ele queria pelo menos ver um pouco de sua mãe ali.

"Eu a vejo, Kaden", falei. "Eu a vejo em você todos os dias. Desde o instante em que o conheci, vi sua calma, seus modos ternos. A própria Pauline me disse que você tinha olhos bondosos. Isso é mais importante do que a cor deles."

Ele permaneceu em silêncio, exceto por um baixo e trêmulo respirar.

E nós dois fomos dormir.

29
CRÔNICAS DE AMOR E ÓDIO

le estava em pé cedo, antes do sol, antes das agitações, antes das pisadas dos cavalos ou de seus relinchares, ou antes dos primeiros pássaros da manhã. Eu sentia como se tivéssemos acabado de ir dormir. Ele acendeu uma vela e encheu seu alforje de coisas.

Espreguicei-me em minha cama e me pus de pé, puxando a colcha por cima de meus ombros.

"Deixei alguns suprimentos para você na bolsa perto da porta", disse ele. "Ataquei a cozinha buscando as comidas que pude encontrar para que você precisasse sair do quarto o mínimo possível. Arranjei as coisas para que Aster, Eben e Griz venham ver como você está a cada dia que se passar. Com sorte, teremos encontrado o governador na estrada e estaremos de volta ao cair da noite."

"E se não tiverem sorte?"

"A província dele fica bem ao sul de Venda. Serão apenas umas poucas semanas."

Tanta coisa poderia acontecer em umas poucas semanas. Em uns poucos dias. Mas eu não disse nada. Eu podia ver o mesmo pensamento nos olhos dele. Apenas assenti, e ele virou-se para ir embora.

Soltei, sem pensar, uma pergunta que ardia em mim, quando ele chegou perto da porta. "Que lorde era ele, Kaden? O que fez isso com você?"

Ele pausou a mão no ferrolho e então olhou para trás, por cima do ombro. "Realmente faz alguma diferença qual seja? Todos os lordes têm seus filhos bastardos, não?"

"Sim, isso *realmente* faz alguma diferença. Nem todos os lordes são monstros depravados como o seu pai. Você não pode parar de acreditar nos lordes bons."

"Mas parei", disse ele. A voz de Kaden estava vazia de emoção, e sua resignação me dilacerava. Ele virou de volta para a porta, como se fosse sair, mas ficou lá parado, sem se mover.

"Kaden?", sussurrei.

Ele deixou cair seu alforje e voltou andando até mim, segurou meu rosto em suas mãos em concha, com os olhos cálidos e famintos, e beijou-me, seus lábios macios junto aos meus, e depois, com mais força, ferventes, minha boca encontrando-se na dele com ternura. Lentamente ele afastou-se e olhou nos meus olhos.

"Um beijo de verdade", disse ele. "Era disso que eu precisava, apenas mais uma vez."

Ele virou-se, apanhou o alforje e partiu.

E, duas vezes no período de umas poucas horas, eu fiquei sem fôlego enquanto ele saía do quarto.

Cerrei os olhos, odiando a mim mesma. Eu não encontrava qualquer satisfação no fato de que havia me tornado tão habilidosa na arte do engodo quanto Kaden. O único gosto que eu sentia em meus lábios era o da minha calculada mentira.

CAPÍTULO 30
CRÔNICAS DE AMOR E ÓDIO

A porta balançou com as batidas fortes do outro lado. Eu sabia que não se tratava nem de Aster, nem de Eben. Nem mesmo de Malich. Kaden havia dito que Malich ficaria ocupado com deveres o dia todo. Era à noite que eu teria que ficar vigilante. Mais uma batida impaciente. Eu não havia me vestido devidamente nem penteado os cabelos. Que tolo não saberia que eu estava trancafiada dentro do quarto e que precisava de uma chave para abrir a porta? Griz?

Por fim, ouvi o trepidar ruidoso de uma chave na fechadura, e a porta abriu-se.

Era o Komizar.

"A maioria das portas no Sanctum não ficam trancadas. Não tenho o hábito de mandar chamar alguém para pedir uma chave." Ele entrou, passando por mim. "Vista-se", ele me ordenou. "Você tem alguma coisa adequada para cavalgar? Ou será que os Meurasi só lhe mandaram o vestido de retalhos deles?"

Eu não havia me movido, e ele virou-se para olhar para mim. "Você está com a boca aberta, Princesa."

"Sim", falei, com a cabeça ainda a mil. "Tenho. Lá." Fui andando até o baú em cima do qual as roupas estavam dobradas e apanhei-as da pilha. "Eu tenho roupas para cavalgar."

"Então as vista." Fiquei com o olhar fixo nele. Será que ele esperava que eu me vestisse na frente dele? Ele abriu um sorriso afetado. "Ah. Modéstia. Vocês, membros da realeza..." Ele balançou a cabeça e virou-se. "Ande logo com isso." Ele estava de costas para mim, e a faca de Natiya estava ao meu alcance, debaixo do meu colchão.

Ainda não, uma voz tão profunda e enterrada dizia, a qual eu tentava fingir que não estava lá. Era o momento perfeito. Ele estava com a guarda baixa. Ele não sabia que eu tinha uma arma.

Ainda não.

Seria isso o dom, ou eu estaria apenas com medo de colocar um alvo nas minhas próprias costas? Eu *seria* um alvo. Um alvo fácil. Uma faca de pouco mais de sete centímetros poderia fazer um bom trabalho com uma jugular exposta, mas não seria capaz de derrubar um exército inteiro, e que bem eu faria a Rafe se estivesse morta? Mas então, pensamentos sobre Walther e Greta empurraram a razão para o lado. *Faça.* Meus dedos tremiam. *Sem erros dessa vez, Lia.* A vingança e a fuga travavam uma batalha dentro de mim.

"Bem?", perguntou ele, impaciente.

Ainda não. Um sussurro tão forte quanto uma porta de ferro se fechando com força.

"Estou me apressando." Dispus-me da minha camisola e vesti roupas de baixo limpas, rezando para que ele não fosse se virar. Estar nua deveria ter sido a última de minhas preocupações naquele exato momento, e eu nunca fora particularmente modesta, mas eu me apressei com a rapidez de uma gazela para pegar e vestir as minhas roupas de montaria, temerosa de que a paciência dele fosse esgotar-se e levemente surpresa de que ele estivesse mostrando qualquer controle que fosse.

"Pronto", falei, enfiando minha camisa na minha calça. Ele virou-se e ficou observando enquanto eu colocava meu cinto, o cordão de ossos cuja extensão havia aumentado consideravelmente, e, por fim, o longo e quente colete de muitas peles, novamente o símbolo venerado dos Meurasi.

Ele havia se banhado desde a noite passada. A lama da estrada se fora, e a curta e esculpida barba dele estava, mais uma vez, meticulosamente feita. Ele deu um passo mais para perto. "Seus cabelos", disse ele. "Penteie-os. Faça alguma coisa com eles. Não envergonhe o colete que está vestindo."

Presumi que ele não estava me levando para fora para me decapitar se ele se importava com o estado de meus cabelos, mas parecia estranho que ele até mesmo estivesse preocupado com minha aparência que fosse. Não, não estranho — suspeito. Nada tinha a ver com envergonhar o colete. Ele sentou-se, relaxado, na cadeira de Kaden, e ficou observando todos os meus movimentos enquanto eu escovava e trançava os cabelos.

Estudando-me. Não do jeito lascivo como Malich havia me olhado incontáveis vezes, mas de um jeito frio e calculado que me fizera guardar meus movimentos ainda mais. Ele queria alguma coisa e estava planejando como haveria de consegui-la.

Prendi minha trança, e ele pôs-se de pé, pegando meu manto do gancho. "Você precisará disso", ele falou, e colocou-o em volta dos meus ombros, demorando-se enquanto o prendia no meu pescoço. Fiquei com os pelos eriçados quando a junta de seu dedo passou de raspão por meu maxilar.

"O que foi que fiz para merecer todas essas bondosas atenções?", perguntei a ele.

"Jezelia", disse ele, balançando a cabeça. "Sempre tão desconfiada." Ele ergueu meu queixo de modo que eu tivesse de olhar nos olhos dele. "Venha. Deixe-me mostrar Venda a você."

Fiquei pasmada com a sensação boa de estar em um cavalo novamente. Embora nos movêssemos lentamente por ruas serpeantes, todas as oscilações nas costas do cavalo continham a promessa de espaços abertos, campinas e liberdade, isto é, se eu ignorasse quem estava cavalgando ao meu lado. O Komizar mantinha seu cavalo perto do meu, e eu podia sentir seu olhar vigilante, não apenas em mim, como também em todo mundo por quem passávamos, cujos olhares inquisitivos eram evidentes. Eles tinham ouvido falar da princesa prisioneira de Morrighan. "Empurre seu manto um pouco para trás. Deixe que eles vejam seu colete." Olhei para ele com incerteza, mas fiz o que me pediu. Parecia que tinha ficado com raiva de Kaden em relação a como suas moedas tinham sido gastas, mas agora ele parecia absorto por isso.

Eu estava sendo desfilada, embora não soubesse ao certo por quê. Apenas pouco mais de uma semana atrás, ele havia marchado comigo pelo Sanctum, na frente de seu Conselho, descalça e seminua em um saco de aniagem que mal poderia ser chamado de vestido. Aquilo eu entendia: degradar a realeza e tirar seu poder. Agora era como se ele estivesse devolvendo esse poder, mas eu sentia, na parte mais profunda das minhas entranhas, que o Komizar nunca abria mão do menor punhado de poder que fosse.

Você recebeu as boas-vindas do clã dos Meurasi. Será que as boas-vindas eram águas em que até mesmo o Komizar não sabia navegar? Ou talvez sua intenção fosse simplesmente controlar essas boas-vindas.

Nós vagamos pelo quarteirão de Brightmist, que ficava na parte mais ao norte da cidade. Ele parecia estar particularmente de bom humor enquanto cavalgávamos pelas ruas, falando com os tendeiros, soldados ou com um coletor de fezes que reunia cocô de cavalo para ser transformado em combustível, porque, como eu ficara sabendo, até mesmo madeira era algo difícil de ser obtido em Venda, e cocô seco de cavalo queimava bem.

Ele me disse que estávamos nos dirigindo a um pequeno vilarejo a cerca de uma hora de distância, mas não me disse para qual propósito. Ele era uma figura imponente na sela, com seus cabelos escuros despenteando-se na brisa, com seus pretos couros de montaria reluzindo sob um céu brumoso. *Ele havia salvado Kaden.* Eu tentava imaginar a pessoa que ele havia sido, quase um menino ele mesmo, quando erguera uma criança para cima de seu cavalo e o levara para um lugar seguro. Então ele voltara para assassinar os atormentadores de Kaden.

"Você tem um nome?", perguntei a ele.

"Um nome?"

"Um nome com o qual tenha nascido. Dado pelos seus pais. Além de Komizar", esclareci, embora achasse que minha pergunta era óbvia. Aparentemente, não era.

Ele pensou por um instante e respondeu, rígido: "Não, apenas Komizar."

Nós passamos por um portão sem guardas ao final da viela. Esparsas pastagens marrons espalhavam-se diante de nós, e deixamos para trás as avenidas da cidade cheias de gente, fumacentas e ensopadas em lama.

"Nós teremos que cavalgar mais rápido", disse ele. "Ouvi dizer que você cavalga bem. Mas talvez seja somente quando bisões estão em cima de você, não?"

Sem sombra de dúvida, Griz e Finch haviam compartilhado sua fuga por um triz... e a minha.

"Cavalgo relativamente bem", falei. "Para um membro da *realeza*." Embora este cavalo fosse novo para mim, afundei meus calcanhares nele e fui correndo à frente, rezando para que ele respondesse aos meus comandos. Ouvi o Komizar galopando perto, atrás de mim, e forcei meu cavalo a ir mais rápido. O ar estava gélido e cortante nas minhas bochechas, e eu estava grata pelo colete de peles sob meu manto. Ele alcançou meu ritmo e forçou-se a ficar um pouco à minha frente. Estalei minhas rédeas, e ficamos correndo lado a lado. Eu sentia que meu cavalo ainda tinha vastas provisões de força não usada, e o animal estava tão ansioso para mostrar isso quanto eu, mas diminuí seu ritmo apenas um pouco, para que o Komizar pensasse que havia se saído melhor do que eu, e então, quando ele foi com tudo à frente, eu voltei a um trote. Ele deu a volta, em um círculo, rindo, com o rosto vermelho por causa do frio, seus olhos com cílios escuros dançando com o nosso pequeno jogo.

Ele ocupou seu lugar ao meu lado, e nós prosseguimos em um trote, com os soldados mantendo o ritmo a uma curta distância atrás de nós. Passamos por uma ocasional cabana, com o gramado tão esparso, a trilha tão pouco viajada, que mal havia ali uma trilha que fosse. As pequenas casas de pedra tinham jardins dispersos e cavalos com pelos erguidos que não tinham carne o suficiente em suas costelas a ponto de sobreviverem nem mesmo a um segundo olhar de relance de um lobo. A paisagem era dura, austera. Era de se admirar que alguém fosse capaz de conseguir fazer uma vida aqui. No entanto, havia ocasionais dedos de floresta e lascas de terra que eram férteis e verdes, e, enquanto irrompíamos em uma elevação, avistei o pequeno vilarejo que era nosso local de destino. Um ninho de cabanas com tetos de palha reunia-se em uma encosta de colina e uma fileira de pinheiros pairava sobre elas. Uma casa comunal destacava-se de entre as cabanas, e a fumaça erguia-se em círculos preguiçosos de sua chaminé.

"Sant Cheville", disse o Komizar. "O povo das colinas, em vilarejos pequenos como este, é o mais pobre; no entanto, é o mais durão de nossa espécie. O Sanctum pode ser o coração de Venda, mas isso aqui

※ 198 ※

é sua espinha dorsal. As palavras espalham-se com rapidez em meio ao povo das colinas. Essas pessoas são nossos olhos e ouvidos."

Fiquei fitando o pequeno agrupamento de cabanas. Esse era o tipo de pequeno vilarejo pelo qual eu poderia ter passado mil vezes em Morrighan e ignorado, mas, ao olhar para ele agora, alguma coisa batia dentro de mim, uma necessidade desconcertante, mas urgente. Meu cavalo empinou-se, nervoso, ficando sem ritmo, como se ele também sentisse isso. A brisa girava em volta do meu pescoço, pesada e fria, e eu vi um buraco alargando-se, aprofundando-se, engolindo-me inteira. *Eu sabia que você viria.* Fui atingida pelo mesmo medo e pelo mesmo frenesi que senti no dia em que passei pelo cemitério com Pauline. Meus dedos apertaram-se nas rédeas. *Todos nós fazemos parte de uma história maior também. História esta que transcende o solo, o vento, o tempo.* Eu não queria fazer parte dessa história. Queria voltar correndo para Terravin. Voltar para Civica. Voltar para qualquer lugar que não fosse...

Esta é a espinha dorsal de Venda.

Puxei as rédeas, fazendo com que meu cavalo parasse, minha respiração vindo em ofegos. "Por que você me trouxe até aqui?", eu quis saber.

O Komizar olhou para mim, perturbado com a parada repentina. "Porque serve a Venda. Isso é tudo que você precisa saber."

Ele clicou as rédeas, fazendo com que avançássemos de novo, até que estávamos a uma dúzia de metros de distância da casa comunal. Ele parou e voltou-se para os soldados. "Mantenham-na aqui. Em plena vista." Ele desceu cavalgando até o pequeno vilarejo com um soldado desmontado que o seguia bem de perto, atrás dele, falando com aqueles que saíam de seus lares. Nós não conseguíamos ouvir o que era dito de onde estávamos esperando, mas era claro que os habitantes do vilarejo estavam felizes ao vê-lo. Ele virou-se e apontou para mim, e depois conversou com eles novamente. As pessoas espiavam-me, assentindo, e um homem foi tão audaz a ponto de dar um tapa nas costas do Komizar, um tapa que parecia um pouco demais, como se o Komizar tivesse acabado de se deparar com a vitória. Ele deixou ali um saco de farinha e cevada e voltou ao lugar onde nós esperávamos por ele.

"Eu deveria saber o que você disse a eles?", perguntei.

Ele acenou para que os soldados nos acompanhassem, e seguimos em frente, passando pelo pequeno vilarejo. "O povo das colinas é um povo supersticioso", disse ele. "Eu posso desdenhar de tal pensamento mágico, mas eles ainda se prendem a ele. Uma princesa do inimigo, que tem o dom ainda por cima... Eles tomam isso como um sinal de que os deuses favorecem Venda, o que os enche de esperança, e a esperança pode encher os estômagos deles tão bem quanto o pão. Às vezes, isso é tudo que eles têm para sobreviver a um longo e amargo inverno."

Parei meu cavalo, recusando-me a seguir mais adiante. "Você ainda não disse o que contou a eles sobre mim."

"Contei a eles que você fugiu dos suínos inimigos para juntar-se aos nossos ranques, chamada pelos próprios deuses."

"Seu mentiroso..."

Ele esticou a mão e me agarrou, quase me puxando para fora da minha sela. "Tome cuidado, Princesa", disse ele, sibilando, com o rosto próximo ao meu. "Não se esqueça de com quem você está falando... nem de quem *eu* sou. Eu sou o Komizar, e darei a eles um pedaço do que quer que seja de que eles necessitem para encher suas barrigas que crescem. Você está entendendo?" Os cavalos atrapalharam-se debaixo de nós, e eu temia que fosse cair no chão entre eles.

"Sim", respondi. "Perfeitamente."

"Que bom, então."

Ele me soltou e nós viajamos durante vários quilômetros até que o próximo pequeno vilarejo entrou em nosso campo de visão.

"Então é assim que as coisas vão ser o dia inteiro?", eu quis saber. "Nunca vou conhecer a espinha dorsal de Venda, ou serei apenas apontada com seu longo e ossudo dedo?"

Ele baixou o olhar por um breve instante para suas mãos enluvadas, e fui aquecida por uma fatia de satisfação. "Você é esquentada", disse ele, "e não toma cuidado com a língua. Será que eu poderia confiar em você ou você haveria de retalhar a esperança deles?"

Olhei para ele, perguntando-me por que um homem que parecia alimentar-se de semear medo agora estava tão sensivelmente preocupado em semear a esperança no povo das colinas. Será que seria apenas para o inverno vindouro que ele estava tentando prepará-los ou estaria ele fortificando-os para alguma outra coisa?

"Eu sei o que significa prender-se à esperança, Komizar. Muitas vezes, ao cruzar o Cam Lanteux, a esperança era tudo que me sustentava. Eu não roubaria a deles, mesmo que venha à minha custa."

Ele olhou para mim com ares de suspeita. "Você é uma moça estranha, Lia. Astuta e calculista, é o que me diz Malich, e dada a jogos, o que eu admiro. Mas não admiro a mentira." Nossos olhares contemplativos estavam travados um no outro, e os olhos pretos dele tentavam ler todas as linhas da minha face. "Não me decepcione." Ele sacudiu suas rédeas e seguiu em frente.

Conforme nos aproximávamos, a porta da casa comunal abriu-se e um velho homem saiu de lá manquejando, com a ajuda de uma vara torta. Eu notara que havia pouquíssimos adultos recurvados e de cabelos brancos em Venda. Parecia que os envelhecidos eram um tesouro raro. Mais pessoas moviam-se lentamente atrás dele. O homem cumprimentou o Komizar como um igual, e não como um de seus súditos abjetos e temerosos.

"O que o traz aqui?", perguntou ele.

"Uns poucos presentes para ajudá-los a passarem o inverno." O Komizar fez um sinal para um guarda, que levantou o peso de um feixe atado em seu ombro e deixou-o cair perto da porta da casa comunal.

"Novidades?", perguntou-lhe o Komizar.

O velho homem balançou a cabeça em negativa. "Os ventos estão afiados. Eles cortam tanto o cavaleiro quanto a língua. E os deuses prometem um duro inverno."

"Mas a primavera tem uma promessa maior", disse o Komizar. "E essa esperança pode repelir as garras do inverno."

Eles falavam em charadas que eu não conseguia acompanhar.

O velho homem olhou para mim. "E esta?"

O Komizar segurou meu braço e puxou-me para a frente, de modo que o velho homem pudesse dar uma boa olhada em mim.

"Uma princesa de Morrighan que tem o dom. Ela fugiu do inimigo suíno para juntar-se aos nossos ranques, chamada pelos próprios deuses. Já dispersando o inimigo. E, como você pode ver", disse ele, exibindo meu colete, "ela recebeu as boas-vindas do clã dos Meurasi."

O velho homem mirou um olho semicerrado para mim. "É mesmo?"

O Komizar aumentou sua pegada em meu braço. Olhei nos olhos do velho homem, na esperança de transmitir mais com um olhar contemplativo do que com minhas palavras. "É como seu Komizar está dizendo. Eu sou uma princesa, a Primeira Filha de Morrighan, e fugi dos meus compatriotas, que são seus inimigos."

O Komizar olhou de esguelha para mim, com um leve sorriso formando linhas em seus olhos.

"E seu nome, moça?", quis saber o velho homem.

Eu sabia que você viria.

A voz era tão clara quanto a voz do velho. Cerrei os olhos, tentando afastá-la, mas ela só vinha mais alta e mais forte. *Jezelia, aquela marcada com o poder, aquela marcada com a esperança.* Abri os olhos. Todos estavam me encarando, em silêncio e à espera, com os olhos arregalados de curiosidade.

"Jezelia", respondi. "Meu nome é Jezelia."

Seus olhos chorosos estudaram-me e, então, ele se voltou para os outros que estavam em pé e parados atrás dele. "Jezelia, que recebeu as boas-vindas do clã dos Meurasi", repetiu ele. Eles conversavam em tons surrados entre si.

O Komizar inclinou-se para perto de mim, sussurrando ao meu ouvido. "Muito bem, Princesa. Um toque convincente."

Para ele tratava-se apenas de uma impostura esperta, mas, para esses povos das colinas, era claramente mais do que isso. O velho virou-se novamente para nós. "Aceitam um pouco de *thannis* para aquecê-los na estrada?", ofereceu ele.

O Komizar forçou um fraco sorriso. Até mesmo ele achava que a *thannis* tinha gosto de terra amarga. "Nós precisamos seguir nosso caminho..."

"Nós agradecemos por sua graça", interrompi-o. "Adoraríamos tomar um pouco de *thannis*."

O Komizar desferiu um olhar sombrio e cheio de ódio para mim, mas não hesitou na frente do velho, como eu sabia que aconteceria. Nunca seria bom que uma recém-chegada abraçasse a tradição de Venda mais do que seu regente... não importando o quão repugnante fosse.

Ergui até os meus lábios a caneca que me foi oferecida. Sim, terra amarga e bolorenta, mas nem metade tão ruim quanto larvas brancas de insetos se contorcendo. Bebi a *thannis* de todo o meu coração e entreguei minha caneca à mulher que a havia servido, agradecendo-a por sua bondade. O Komizar levou o dobro do tempo que levei para fazer descer a dele.

Ele me repreendeu quando não ofereci uma "exibição" do dom em nossa parada seguinte.

"Você disse que as palavras passam rapidamente entre os povos das colinas. Um toque suave é melhor do que uma apresentação pesada. Deixe-os querendo mais."

Ele deu risada. "Astuta e calculista. Malich estava certo."

"E ele está certo em relação a tão poucas coisas..."

E assim se passou o dia, um pequeno vilarejo depois do outro, com o Komizar ganhando favores com presentes, sacos de farinha e pedaços de esperança, tendo a mim como prova de que o inimigo estava tremendo e de que os deuses sorriam para Venda.

No meio da tarde, nós descansamos em um vale onde os cavalos beberam água de um riacho. O vento aumentou, e o céu ficou escuro. Mantive meu manto junto aos meus ombros, ficando um pouco afastada do Komizar e dos soldados, e olhei para a vista, uma terra crepuscular e infértil, lavada nas cores de um rio escuro e cheio de pedrinhas.

O dia havia me mostrado que Venda era um lugar implacável e que apenas os mais fortes sobreviviam aqui. Um Remanescente pode ter sido poupado, mas apenas uns escolhidos fiéis tinham sido guiados pelos deuses e pela menina Morrighan até uma terra de plenitude. Venda não era esta terra. Venda havia suportado o impacto da devastação. Enquanto cavalgávamos, passamos por florestas de pedra, colinas ondulantes com ocasionais toques de verde, campos de pedra vermelha queimada, árvores varridas pelo vento, contorcidas em formas assustadoras que faziam com que parecessem vivas, faixas de terra de fazenda onde pequenas colheitas eram extraídas com paciência de um solo duro e distantes terras mortas onde o Komizar disse que nada vivia ou crescia, terras tão hostis quanto o Infernaterr. E, ainda assim, havia algo irresistível em relação à paisagem.

Tudo que eu tinha visto eram pessoas tentando sobreviver, fiéis em seus próprios modos, acrescentando um osso de cada vez a seus cordões, lembrando-se dos sacrifícios que os colocavam ali e dos sacrifícios que ainda seriam feitos, pessoas em trajes bárbaros, como as vestimentas que eu trajava agora. Pessoas que não falavam em grunhidos, mas sim em humildes notas de gratidão. *Eu sabia que você viria.* As palavras que eu tinha ouvido ainda me perfuravam.

Uma forte rajada de vento rasgou minhas roupas, e meus cabelos soltaram-se da trança como se chicoteados. Empurrei as mechas selvagens para longe de meu rosto e fiquei fitando a paisagem infinita e nuvens que escureciam e esmagavam o horizonte. Com dois cavalos, o quão longe poderíamos eu e Rafe fugir? Será que conseguiríamos desaparecer no vazio por pelo menos uns poucos dias? Porque três dias a sós com ele agora pareciam o presente de uma vida inteira. Eu faria qualquer coisa por isso. Nós tínhamos ficado separados por tempo demais.

"Tão profundamente pensativa."

Eu me virei em um giro. "Não ouvi você chegando."

"Não é sábio, no descampado, ficar tão perdida em suas reflexões a ponto de esquecer suas costas. As hienas rondam atrás de presas, tarde assim durante o dia, especialmente procurando por pequenos bocados como você."

Ele olhou de relance para onde eu estivera olhando, um longo horizonte e infinitas colinas submergindo. "No que você estava pensando?", ele me perguntou.

"Não sou livre para ter o que quer que seja? Nem mesmo meus próprios pensamentos?"

"Não", foi a resposta dele. "Não mais."

E eu sabia que ele estava falando sério.

Ele estudou a minha face como se estivesse esperando por uma mentira, como se estivesse esperando por alguma coisa. Segundos se passaram, e eu achei que ele iria bater em mim. Por fim, ele balançou a cabeça. "Se você precisa cuidar de questões pessoais, meus homens e eu vamos ficar de costas por uns poucos minutos. Eu sei como sua espécie é em relação à privacidade. Seja rápida com isso."

Fiquei observando enquanto ele se afastava, me perguntando como ele havia cedido, me perguntando em relação a tudo. Ele havia salvado Kaden, enviava comida para os famintos, não se cansava de conhecer seu reino, desde recuperar pessoalmente governadores a encontrar-se com os distantes povos das colinas. Será que eu poderia estar errada em relação a ele? Eu me lembrava de sua provocação cruel... *Você se saiu bem, chievdar...* quando ele puxou a bainha de ombro de Walther do espólio capturado. Ele sabia que isso me levaria a ficar de joelhos, mas o que alimentava minhas dúvidas em relação a ele era mais do que isso. Eram seus olhos, famintos por tudo, até mesmo por meus próprios pensamentos. *Tome cuidado, irmã.* O aviso do meu irmão ardia sob minhas costelas.

E, ainda assim, quando paramos no último pequeno vilarejo e eu o observei abraçando os anciões e deixando presentes, vi a esperança que ele deixava para trás e lembrei-me de que fora ele quem salvara Kaden da selvageria de sua própria espécie, e me perguntei se alguma coisa que eu sentia no meu âmago realmente importava.

Morrighan ergueu sua voz,
Aos céus,
Beijando dois dedos,
Um para os perdidos,
E um para aqueles ainda por vir,
Pois a separação entre os bons e ruins
ainda não estava acabada.

—**Livro dos Textos Sagrados de Morrighan, vol. IV**—

KADEN

Depois de quatro dias na estrada, cheguei à conclusão de que os deuses estavam contra mim. Talvez sempre estiveram. Não tive a sorte de o governador vir até meu caminho, meio bêbado e atrasado. O bordel na última cidade não tinha tido o prazer de sua visita ainda, e aquela era uma parada que ele nunca perderia. Ele ainda estava em algum lugar na estrada daqui até lá... ou não tinha saído ainda.

Maldito governador Tierny! Eu iria torcer seu pescoço quando o alcançasse. A menos que alguma outra pessoa já tivesse feito esse trabalho por mim.

O tempo estava um infortúnio, com ventos frios durante o dia e chuva gelada durante a noite. Os homens que viajavam comigo estavam rabugentos. O inverno estava chegando mais cedo. Mas não eram os ventos gélidos que me deixavam ferido. Fora minha última noite com Lia. Eu nunca havia contado a ninguém qual era o nome da minha mãe, nem mesmo ao Komizar.

Cataryn.

Era como se eu a tivesse erguido dos mortos. Eu a tinha visto de novo, ouvira sua voz novamente, enquanto contava a Lia sobre ela. Quando eu disse o nome dela em voz alta, alguma coisa foi rasgada dentro de mim, mas então eu não conseguia mais parar de contar coisas a Lia, lembrando-me do quanto minha mãe havia me amado, a única pessoa que já havia um dia me amado. Isso não era uma coisa que eu havia desejado partilhar com Lia, mas, no escuro, uma vez que eu havia dito o nome dela, tudo tinha jorrado para fora, até a cor de seus olhos.

E dos olhos do meu pai. Aquela recordação me fez parar. Eu não havia revelado tudo a Lia.

Lia. Como um sussurro no vento.

A princípio eu tinha pensado que isso era tudo, vento e longas horas cavalgando sozinho. Quando Lia havia me dito pela primeira vez seu nome na taverna, esse nome me fizera lembrar do silêncio que ouvi enquanto cavalgava e cruzava a savana. *Lia*, pelos cânions no deserto; *Lia*, o grito de um lobo ao longe. *Lia*, seduzindo e abrindo caminho para dentro do meu coração antes mesmo de eu ter sequer colocado os olhos nela. E então, *Lia*, enquanto eu estava em pé, acima dela, na escuridão de seu quarto, com a faca na mão. Era um sussurro que eu por fim não conseguia ignorar, embora tivesse conseguido abafá-lo de minha vida a partir do momento em que conheci o Komizar. Apenas dor havia sido trazida a mim pelo saber.

Eu havia usado o dom da mesma forma como Lia o fizera. Eu havia dito à dama da mansão que ela sofreria uma morte lenta e horrível, embora nada tivesse visto do gênero. Eu tinha oito anos de idade e estava enraivecido porque era minha própria mãe que estava morrendo e não aquela mãe mesquinha dos meus meios-irmãos, uma mulher que nunca havia me mostrado qualquer bondade. Foi então que veio a minha primeira surra. Foi nas mãos do meu pai, e não dos mendigos. Estes apenas deixaram cicatrizes em cima daquelas que ele já tinha embrenhado a fundo.

Quem era ele, Kaden?

Eu nunca haveria de dizer o nome dele, nem mesmo a Lia... mas seria o meu nome nos lábios dele enquanto ele jazia, morrendo. Meu nome seria aquele que ele proferiria enquanto ofegava, em sua última respiração, sabendo que havia sido traído por seu próprio filho. Era um pensamento que havia me aquecido durante anos. *Nossos planos.* Aquele instante sempre estivera implícito neles.

Nós demos a volta na passagem e tínhamos começado a fazer nossa descida vale adentro quando os vimos vindo na nossa direção. Parei com nossa procissão até que tive certeza de quem eram eles. Soltei um suspiro e fiz um sinal para que seguíssemos em frente novamente, para irmos ao encontro deles. *Nós nunca devemos deixar de ficar alertas.*

Mas o governador de Arleston tinha deixado isso acontecer. Não haveria qualquer pescoço a ser torcido. Ele estava morto. O esquadrão de homens que vinham na nossa direção estava com os estandartes de Arleston, e o homem que os liderava tinha que ser o novo governador. Um homem robusto, mas não jovem como os desafiantes costumam ser. Eu não estava nem aí para isso. Ele seguia na direção certa, sabendo de seu dever, e isso era tudo que importava. Eu poderia retornar ao Sanctum agora. Poderia voltar para casa, para Lia. O último governador perdido tinha sido encontrado.

CAPÍTULO 32
CRÔNICAS DE AMOR E ÓDIO

RAFE

"Aquela porta", grunhiu Ulrix, apontando para a frente. "Estarei de volta dentro de duas horas."

"Não vou levar tanto tempo assim para me banhar."

"Mas os meus deveres *haverão* de me tomar todo esse tempo. Fique quietinho no lugar até que eu esteja de volta para buscar você."

Ele saiu batendo os pés, ainda com raiva por eu ter ganhado um banho quente em um jogo de cartas na noite passada. Ele clamara que havia me deixado ganhar porque eu estava fedendo, o que pode ter sido verdade.

Por mais que eu desejasse um banho de verdade, meu real propósito era o de ver mais da disposição da estrutura do Sanctum, e eu sabia que a câmara de banho ficava mais perto da torre onde Lia estava ficando com Kaden. Embora tivesse recebido algumas liberdades nos meus movimentos, ir sozinho para uma outra parte do Sanctum não estava entre elas. Memorizei o caminho que pegamos, fazendo perguntas inócuas a Ulrix, tentando determinar que corredores eram usados com mais frequência e onde eles davam. Ulrix provara-se útil, até mesmo com seu pavio curto.

Abri a porta que dava para a câmara de banho, e lá, como prometido, havia uma banheira cheia de água. Mergulhei nela a minha mão. Tépida, no máximo, no entanto, mais convidativa depois de só ter como se lavar com uma bacia de água fria. Havia sabão e também uma toalha. Ulrix devia estar se sentindo generoso.

Joguei minhas roupas ao longe e enfiei a cabeça na água primeiro, esfregando o rosto e o couro cabeludo, e depois entrei e me molhei totalmente, mas a água estava esfriando rápido, então me lavei e saí antes que ela ficasse gelada. Eu me sequei e estava apenas em parte vestido quando senti mãos nas minhas costas nuas.

Girei e ali estava Lia, empurrando-me para cima, junto à parede. "O que você está fazendo aqui?", falei. "Você não pode..."

Ela puxou meu rosto para junto do dela e beijou-me, um beijo cálido e longo, passando os dedos pelos meus cabelos molhados. Eu me afastei dela.

"Você tem que ir embora. Alguém poderia..."

Mas então minha boca desceu junto à dela novamente, dura e faminta, transmitindo uma mensagem bem diferente daquela que eu estava tentando passar. Minhas mãos deslizavam em volta de sua cintura, viajavam para cima em suas costas, absorvendo todo o tempo perdido e os dias em que eu havia desejado abraçá-la.

"Ninguém me viu", disse ela, entre beijos.

"Ainda."

"Ouvi Ulrix dizendo a você que ele ficaria fora por duas horas, e ninguém vai ver como eu estou durante pelo menos esse mesmo tempo."

Meu corpo moldava-se ao dela. Eu era capaz de sentir o sabor do desespero nos beijos de Lia, e ela falava em sussurros sobre as distantes colinas de Venda que havia visitado, infinitas colinas em que poderíamos nos perder.

"Por uns poucos dias, se tivermos sorte", falei. "Isso não é o bastante. Quero uma vida inteira com você."

Ela ficou hesitante por um momento, trazida de volta à nossa realidade, e então repousou a bochecha no meu peito.

"O que nós vamos fazer, Rafe?", perguntou ela. "Passaram-se doze dias. E é só uma questão de mais doze antes que os cavaleiros retornem com a notícia da boa saúde do rei."

"Pare de contar os dias, Lia", falei. "Isso vai levar você à loucura."

"Eu sei", sussurrou ela, e recuou um pouco, passando os olhos pelo meu peito desnudo. "Você deveria se vestir antes que fique doente por causa do frio", disse ela.

Com ela tão perto, frio eu não sentia, de jeito nenhum, mas apanhei minha camisa e a vesti. Ela ajudou-me a abotoá-la, e cada toque de seus dedos incendiava a minha pele.

"Como foi que você conseguiu sair de seu quarto?", eu quis saber.

"Existe uma passagem abandonada, que não dá para muita coisa, na maior parte para corredores cheios de gente, o que a torna inútil quase sempre; no entanto, às vezes a oportunidade se apresenta." Ela não parecia preocupada em como faria para voltar ao seu quarto sem ser detectada, embora eu o estivesse. Ela levou um dedo aos meus lábios e me disse para parar, falando que tínhamos pouco e precioso tempo juntos, e que ela não o usaria preocupando-se com isso também. "Eu já disse a você que sou boa nisso de entrar e sair furtivamente", ela falou. "Tenho anos de experiência."

Tranquei a porta e movi baldes vazios de cima de uma cama para o chão para que ela pudesse sentar-se. Nós nos atualizamos, um ao outro, em relação ao pouco que sabíamos. Ela aninhou-se em meus braços, contando-me sobre a viagem pelo interior de Venda e sobre como as pessoas lá eram simplesmente como quaisquer outras, pessoas tentando sobreviver. Ela disse que eles eram bondosos e curiosos e nada parecidos com o Conselho. Eu disse a ela o que havia aprendido sobre os caminhos com Ulrix, mas me contive e não lhe contei sobre algumas coisas que eu andara fazendo, especialmente sobre as armas que eu havia conseguido esconder. Eu tinha visto o fogo nos olhos de Lia quando ela falou sobre conseguir uma arma furtivamente das carretas no Sanctum. Ela havia testemunhado a morte brutal de seu irmão, e eu não poderia culpá-la por querer vingança, mas não a queria pegando uma faca ou uma espada antes que fosse o momento certo.

Ela empurrou-me pelos ombros para que eu ficasse deitado, e eu puxei-a comigo, minha cautela desintegrando-se. Eu a queria mais do que a vida em si. Ela olhou para baixo, para mim, e tracejou com o dedo ao longo do meu maxilar. "Príncipe Rafferty", disse ela, de forma curiosa, como se ainda estivesse tentando apanhar a realidade de quem eu era.

"Jaxon... é assim que me chamam lá em Dalbreck."

"Mas eu sempre o chamarei de Rafe."

"Você está decepcionada porque não sou um fazendeiro?"

Ela sorriu. "Você ainda pode aprender a cultivar melões."

"Ou talvez nós possamos cultivar outras coisas", falei, puxando-a para perto de mim, e nós nos beijamos de novo... e de novo. "Lia", sussurrei por fim, tentando trazer nós dois de volta à razão, "temos que tomar cuidado."

Ela pressionou a testa dela na minha, em silêncio, e depois se aninhou novamente junto ao meu ombro, e nós conversamos, quase como tínhamos feito na nossa última noite juntos em Terravin, porém, dessa vez eu contei a verdade a ela. Meus pais não estavam mortos. Eu contei a ela como eles eram e um pouquinho sobre Dalbreck.

"Eles ficaram com raiva quando fugi do casamento?"

"Meu pai ficou furioso. Minha mãe ficou com o coração partido tanto por mim quanto por ela mesma. Ela estava ansiosa para ter uma filha."

Ela balançou a cabeça. "Rafe, eu sinto..."

"Shhhhh, não diga isso. Você não deve um pedido de desculpas." E então eu contei a ela o restante, que nunca me havia sido proposto como um casamento de verdade e que meu pai tinha até mesmo sugerido que eu arrumasse uma amante depois do casamento se a noiva não fosse adequada para os meus gostos.

"Uma amante? Bem, que romântico, não?" Ela apoiou-se em um dos braços para olhar para mim. "E quanto a você, Rafe?", disse ela, mais baixinho. "O que você pensou quando eu não apareci?"

Voltei meus pensamentos para aquela manhã, à espera no claustro da abadia, juntamente com todo o gabinete de Dalbreck, puxando meu casaco. Nós tivemos que cavalgar a noite toda, atrasados por causa do tempo, e eu só queria acabar logo com aquilo. "Quando chegou até mim a notícia de que você tinha partido, fiquei surpreso", falei. "Essa foi a minha primeira reação. Eu não conseguia entender muito bem como isso poderia acontecer. Cada detalhe havia sido calculado pelos gabinetes de dois reinos. Na minha mente, aquilo bem que poderia já ter sido esculpido em pedra. Eu não conseguia entender como uma moça poderia desfazer os planos dos homens mais poderosos do continente. Então, quando, por fim, passei pela fase de choque, fiquei curioso. Em relação a você."

"E não estava com raiva?"

Abri um largo sorriso. "Sim, eu estava com raiva", admiti. "Na época eu não admitiria isso, mas também fiquei furioso."

Ela revirou os olhos. "A-há! Como se eu não soubesse..."

"Imagino que isso estava aparente quando cheguei a Terravin."

"No minuto em que você entrou naquela taverna, eu sabia que você era encrenca, Príncipe Rafferty."

Entrelacei os dedos pelos cabelos dela e puxei-a mais para perto de mim. "Pois pensei o mesmo de você, Princesa Arabella." Com os lábios dela pressionados junto aos meus, eu me perguntava se chegaria um dia em que não teríamos que interromper nosso tempo juntos, mas eu estava ficando preocupado em relação a Ulrix. Eu achava que ele estava fora por quase uma hora, e não queria arriscar-me caso voltasse mais cedo. Quando a afastei de mim, ela me prometeu que sairia dentro de cinco minutos. Cinco minutos mal é tempo suficiente para beber uma cerveja ale, mas enchemos esses minutos com recordações de nosso tempo em Terravin. Por fim, eu disse a Lia que ela teria que ir embora.

Olhei para fora da porta primeiramente para certificar-me de que o corredor estava vazio. Ela tocou na minha bochecha antes de sair e disse: "Algum dia nós voltaremos a Terravin, não é, Rafe?"

"Voltaremos", sussurrei, porque era isso que ela precisava ouvir, mas, enquanto a porta se fechava atrás dela, eu sabia que, se algum dia conseguíssemos sair dali, eu nunca a levaria a qualquer outro lugar que fosse em Morrighan, nem mesmo Terravin.

CAPÍTULO 33
CRÔNICAS DE AMOR E ÓDIO

u tentei parar de contar os dias, como Rafe havia me dito para fazer, mas a cada dia que o Komizar me levava para um quadrante diferente, eu sabia que tínhamos um dia a menos. Nossas saídas eram breves, apenas longas o bastante para me exibir para um ancião aqui ou aquele lorde de quadrante ali, e àqueles que em volta de nós se reuniam, plantando sua versão de esperança entre os supersticiosos. Para um homem que tinha pouca paciência em relação a mentiras, ele semeava o mito da minha chegada livremente, como se fossem punhados de sementes jogadas ao vento. Os deuses estavam abençoando Venda.

Estranhamente, um equilíbrio havia se assentado entre nós. Era como dançar com um estranho hostil. A cada um de nossos passos, ele conseguia o que queria, a devoção adicional dos clãs e dos povos das colinas, e eu também conseguia alguma coisa que eu queria, embora não pudesse muito bem nomeá-la.

Era um estranho empurrão de maneiras e em momentos inesperados, o cintilar do sol, uma sombra, a cozinheira perseguindo um frango solto pelo corredor abaixo, a fumaça no ar, uma xícara adocicada de *thannis*, o refrescante frio da manhã, um sorriso sem dentes, a ressonância da *paviamma* entoada em resposta a mim, as faixas escuras do céu enquanto eu recitava memórias sagradas noturnas. Todos esses eram momentos desconexos que não davam em nada e, ainda assim, que se apoderavam de mim como dedos entrelaçando-se aos meus e puxando-me para a frente.

A vantagem de Kaden estar fora era a de que eu era deixada sozinha à noite. Em sua pressa de fazer arranjos antes de partir, ele havia somente dito a Aster para vir e me escoltar até a câmara de banho se eu solicitasse isso e me ajudar com necessidades pessoais, mas ele não havia definido quais poderiam ser tais necessidades. Garanti a ela que minha solicitação noturna era uma dessas necessidades. Acabou que ela ficou feliz por conspirar comigo. O Sanctum era bem mais cálido do que a barraca que ela dividia com o pai e os primos. Eu havia perguntando se ela conhecia um caminho para as catacumbas sem passar pelo corredor principal. Ela arregalou os olhos. "Você quer ir até as Cavernas dos Ghouls?" Aparentemente, Eben e Finch não eram os únicos que se referiam às cavernas por esse nome.

Griz estava certo. A criancinha conhecia todas as trilhas de ratos no Sanctum... e havia muitas delas, em uma das quais eu tive que ficar de quatro no chão para poder passar. Enquanto caminhávamos por uma outra dessas trilhas, ouvi um rugido ao longe.

"O que é isso?", perguntei a Aster em um sussurro.

"Nós não queremos ir por aquele caminho", disse ela. "Aquele túnel dá para a parte inferior dos penhascos. Nada existe lá além do rio, muitas rochas molhadas e engrenagens de pontes." Ela me conduziu descendo por um caminho oposto, mas eu tomei nota do caminho. Uma trilha que dava para a ponte, ainda que fosse impossível de erguê-la, era algo que eu queria explorar.

Por fim saímos em um túnel mais largo, parecendo uma caverna, e o doce e familiar cheiro de óleo e o ar empoeirado nos deram as boas--vindas. Eu achava que a esta hora o lugar estaria vazio, mas ouvimos passadas. Nós nos escondemos nas sombras, e quando os homens que trajavam robes escuros passaram por nós, arrastando os pés, seguimos a uma distância segura atrás deles. Eu entendia agora por que as chamavam de Cavernas dos Ghouls. As paredes não eram feitas apenas de ruínas quebradas. Ossos e caveiras humanos ladeavam a trilha, mil Anciões mantendo o Sanctum em pé, prontos para sussurrar seus segredos... segredos estes que Aster não queria ouvir. Quando ela os viu e soltou um ofego, coloquei a mão sobre sua boca e assenti, reconfortando-a. "Eles não podem machucar você", falei, embora eu mesma não estivesse tão certa disso. Seus olhares fixos e vazios seguiam nossos passos.

A estreita trilha dava para uma descida íngreme, a qual, por sua vez, dava em um enorme aposento que tinha a arte e a arquitetura de um outro tempo, e eu achava que poderia remontar totalmente aos Antigos. A fundo no solo, e talvez selada durante séculos, a sala encontrava-se, notavelmente, em um bom estado, assim como seu conteúdo. Não se tratava apenas de qualquer sala, mas sim de uma sala de livros que faria o Erudito Real empalidecer... Ela fazia todas as bibliotecas dele reunidas parecerem anãzinhas. Na extremidade mais afastada, vi os homens trajados em seus robes separando livros em pilhas e, ocasionalmente, jogando um deles em uma montanha de descartes. Havia montes similares àquele espalhados pela sala. Parcialmente oculta, havia uma larga e curvada abertura que dava para um outro aposento além deste, de onde a luz jorrava, brilhante e dourada. Eu pude ver pelo menos uma silhueta ali dentro, curvada por sobre uma mesa, escrevendo em livros contábeis. Esse era um esforço extensivo e organizado. Sombras que passavam tremeluziam pelo chão. Havia outros naquela sala também. Aqueles que separavam os livros na sala do lado de fora levavam de vez em quando um dos livros para dentro, até eles. Eu queria desesperadamente ver o que eles estavam fazendo e que livros eram aqueles que eles estudavam.

"Você quer um?", sussurrou Aster para mim.

"Não", falei. "Eles poderiam nos ver."

"Não a mim", foi a resposta dela, que exibia o quão baixo ela conseguia se curvar. "E isso não é exatamente roubo, porque eles queimam aquelas pilhas nos fornos da cozinha."

Eles queimavam os livros? Pensei nos dois livros que eu havia roubado do Erudito e nas capas de couro chamuscadas com fogo de ambos. Antes que eu a pudesse impedir, Aster saiu correndo com tudo, quieta como uma sombra, e apanhou um pequeno livro dentre os descartes. Quando ela voltou correndo, seu pequeno peito subia e descia com a excitação, e ela, com orgulho, entregou a mim o prêmio. O livro estava encadernado de uma forma diferente de qualquer outro livro que eu já tinha visto, reto como uma navalha e apertado, e eu não reconhecia o idioma. Se fosse algum tipo de vendano, era até mesmo mais antigo do que a Canção de Venda que eu tinha traduzido. Foi então que eu soube o que eles estavam fazendo. Eles estavam traduzindo idiomas antigos, o que explicava por que os serviços de eruditos habilidosos eram necessários. Eu sabia de três outros reinos além de Morrighan que tinham uma estrutura de eruditos com quaisquer habilidades mensuráveis: Gastineux, a terra natal da minha mãe; Turquoi Tra, que era lar de monges místicos; e Dalbreck.

Visto que eles haviam descartado este livro, eu sabia que ele não era importante para eles, mas pelo menos agora eu sabia qual era o propósito deles aqui: decifrar uma tumba de livros salvos, os livros perdidos dos Antigos. Para uma sociedade em que poucos de seu povo até mesmo sabiam ler, essa era uma atividade estranhamente erudita. Minha curiosidade ardia, mas eu lutei contra a premência de confrontá-los e questioná-los, porque isso haveria de revelar minhas andanças noturnas, além de que colocaria Aster em risco. Enfiei o livro debaixo do braço e cutuquei-a para que seguisse em direção à trilha de caveiras, e nos apressamos a voltar para o meu quarto.

Quando fechamos a porta atrás de nós, ela deu risadinhas nervosas de nossa aventura juntas. Ela perguntou se eu poderia ler o livro para ela, e eu disse que não, que ele estava escrito em uma língua que eu não entendia.

"E quanto àqueles ali?", ela me perguntou.

Olhei para onde ela apontava. Ordenadamente dispostos lado a lado na minha cama estavam os livros que eu havia roubado do Erudito Real. Eu não os havia colocado ali. Girei, olhando ao redor do quarto, buscando um intruso. Não havia alguém ali. Quem entraria no meu quarto e colocaria os livros daquela forma ali?

"Aster", falei, em um tom austero, "você está brincando comigo? Você colocou os livros ali antes de sairmos daqui?"

No entanto, com apenas um olhar para a expressão ansiosa dela, eu soube que não havia sido ela. Balancei a cabeça para que ela não se preocupasse. "Não importa. Esqueci que os tinha deixado ali. Vamos", falei, enquanto pegava os livros e colocava-os no baú. "Vamos nos preparar para dormir."

Ela nada havia trazido além das roupas que vestia, então eu procurei nos arredores por mais uma das camisas quentinhas de Kaden.

A camisa ficava na altura dos tornozelos dela, e ela abraçou o macio tecido junto à pele. Enquanto eu escovava meus cabelos, eu a vi esfregando seus cabelos curtos, sonhadora, como se os estivesse imaginando longos.

"Todo este cabelo deve manter seu pescoço e seus ombros belos e quentinhos", disse ela.

"Imagino que sim, mas eu tenho alguma coisa bem mais bonita que poderia manter você quentinha. Gostaria de ver?"

Ela assentiu, entusiasmada, e puxei de meu alforje o lenço de pescoço azul que Reena havia me dado. Chacoalhei-o para livrá-lo das marcas de dobras, e as contas de prata tiniram. Coloquei-o sobre a cabeça dela e envolvi suas pontas em volta de seu pescoço. "Aí está", falei, "uma bela princesa nômade. É seu, Aster."

"Meu?" Ela levou a mão para cima e sentiu o tecido, tocando nas contas, com a boca aberta, admirada, e senti uma pontada com o que um pequeno gesto como esse tanto significava para ela. Aster merecia muito mais do que eu poderia lhe dar.

Nós ficamos aninhadas na minha cama, e contei a ela histórias encontradas nos Textos Sagrados de Morrighan, histórias sobre como os Reinos Menores cresceram a partir do Reino escolhido, histórias de amor e sacrifício, honra e verdade, todas as histórias que me faziam ansiar pelo meu lar. A vela ardia baixa, e quando ouvi os roncos descansados e baixinhos de Aster sussurrei a prece de Reena. "Que os deuses lhe concedam um coração quieto, olhos pesados e que os anjos guardem sua porta."

Harik, verdadeiro e fiel,
Trouxe Aldrid a Morrighan,
Um marido valoroso à vista dos deuses,
E os Remanescentes regozijaram-se.

—**Livro dos Textos Sagrados de Morrighan, vol. III**—

CAPÍTULO 34
CRÔNICAS DE AMOR E ÓDIO

Já estava um tanto quanto tarde, mas, enquanto Aster dormia segurando o lenço de pescoço apertado em sua mão, eu me sentei no tapete de peles no meio do quarto e fiquei olhando para os livros que apareceram em cima da minha cama. De alguma forma, eles haviam sido colocados ali em plena vista para que eu os encontrasse, como se eu os tivesse esquecido escondidos debaixo do meu colchão. Para falar a verdade, eu estava tão consumida com a tarefa de permanecer viva que quase havia me esquecido deles. Eu havia traduzido toda a Canção de Venda em meu caminho cruzando o Cam Lanteux, mas tivera tempo apenas para traduzir uma única e breve passagem de *Ve Feray Daclara au Gaudrel.*

Puxei o pequeno livro de sua capa protetora e toquei no couro gravado em relevo, passando o dedo pelo canto queimado. O livro havia sobrevivido aos séculos, a uma viagem desgastante cruzando o continente e à tentativa de alguém de destruí-lo. *Gaudrel.* Eu me perguntava quem seria ela, além de uma contadora de histórias de um grupo de nômades errantes.

A primeira passagem parecera ser uma história fantasiosa contada a uma criança para distraí-la da fome, mas, até mesmo enquanto eu a traduzia, eu sabia que tinha que haver mais coisa em relação àquilo. O Erudito Real havia escondido bem o livro e até mesmo enviara um caçador de recompensas para recuperá-lo.

Apanhei o livro básico dos nômades do meu alforje para me ajudar na tradução, e então me assentei, decifrando palavra por palavra, linha por linha, começando com a primeira passagem novamente. *Era uma vez, minha criança, uma princesa que não era maior do que você.* Tratava-se da história de uma jornada, de esperança, de uma menina que comandava o sol, a lua e as estrelas. Quando segui em frente para a próxima passagem, tratava-se de novo de uma criança pedindo uma história, mas, desta vez, por uma história sobre uma grande tempestade. Ela era estranhamente reminiscente dos Textos Sagrados de Morrighan.

Era uma tempestade, isso é tudo de que me lembro,
Uma tempestade que não tinha fim.
Uma grande tempestade, ela se prontifica a dizer.
Solto um suspiro, Sim, e puxo-a para o meu colo.

> *Era uma vez, criança,*
> *Há muito, muito tempo,*
> *Sete estrelas que pendiam no céu.*
> *Uma para chacoalhar as montanhas,*
> *Uma para revirar os oceanos,*
> *Uma para afogar o ar,*
> *E quatro para testar os corações dos homens.*

Estrelas que pendiam no céu. Será que se tratava apenas de uma história ou seria Gaudrel, na verdade, uma das Antigas sobreviventes? Ela mesma uma criança quando Aster fez voar uma estrela em direção à terra? Isso haveria de explicar por que sua história continha erros. Os Textos Sagrados haviam sido transcritos, uma geração atrás da outra, pelos melhores eruditos de Morrighan, e estava claro que apenas uma estrela trouxe consigo a devastação, e não sete. No entanto, uma ou sete, isso mal importava... Para ela, tratava-se de uma tempestade que não teria fim. Uma tormenta que tornaria os modos dos antigos sem sentido. Ela falava de facas afiadas e de vontades férreas, mas eu me detive em seco quando cheguei à parte sobre os abutres. Gaudrel e esta criança estavam sempre fugindo de bestas que estavam tão famintas quanto elas. Será que eram os míticos *pachegos* de Infernaterr que os vendanos temiam?

Cada página era um vislumbre de outra época, e juntas elas formavam uma crônica sobre ventos de muito tempo atrás. A história de Gaudrel. Algumas passagens pareciam ser cuidadosamente formuladas para os ouvidos de uma criança; no entanto, outras eram brutalmente cruas.

Aster agitava-se em seu sono, e eu, rapidamente, avancei várias páginas. Eu nunca teria conseguido traduzir tudo aquilo em uma noite. A próxima passagem era uma história sobre o pai de Gaudrel.

Fale-me de novo, Ama. Sobre a calidez. Sobre antes.

> *A calidez vem, criança, de um lugar que desconheço.*
> *Meu pai deu a ordem, e ela lá estava.*
> *Seu pai era um deus?*

Seria ele um deus? Parecia que sim.

Ele parecia um homem.

Mas era irracionalmente forte.

Tinha conhecimentos além do que era possível,

Era mortalmente destemido,

Poderoso como um...

> *Deixe-me contar uma história a você,*
> *criança, a história de meu pai.*
> *Era uma vez um homem tão grandioso quanto os deuses...*

Mas até mesmo os grandes podem tremer de medo.

Até mesmo os grandes podem cair.

Eu me sentei, relaxada, fitando a página, que era estranhamente familiar aos Textos Sagrados, que diziam: *Eles pensavam sobre si como estando apenas um degrau abaixo dos deuses.* Duas histórias formavam um turbilhão diante dos meus olhos, misturando-se como sangue e água. Que história vinha primeiro? Os Textos Sagrados de Morrighan ou esta que eu segurava em minhas mãos? Aster rolava de um lado para o outro, espreguiçando-se, murmurando meio dormindo e se perguntando se eu iria dormir. "Em breve", sussurrei. Avancei correndo pelas páginas mais uma vez, buscando mais respostas.

Para onde foi ela, Ama?

    Ela se foi, minha criança.

Roubada, como muitas outras.

    Mas para onde?

Ergo o queixo da criança, cujos olhos estão fundos com a fome.

    Venha, vamos encontrar comida juntas.

Mas a criança fica mais velha, e suas perguntas
não são tão facilmente dispensadas.

    Ela sabia onde achar comida. Nós precisamos dela.

E foi por isso que ela se foi. Por isso que eles a roubaram.

    Você também tem o dom dentro de você,
    minha criança. Escute. Observe.
    Nós encontraremos comida, um pouco
    de grama, um pouco de grãos.
    Ela vai voltar?

Ela está além da muralha. Está morta para nós agora.

    Não, ela não vai voltar.

Minha irmã Venda é um deles agora.

Irmãs?

Eu traduzi a última passagem novamente, certa de que havia cometido um erro, mas era verdade. Gaudrel e Venda eram irmãs. Venda fora, certa vez, uma nômade também.

E então segui com a leitura.

Que todos saibam:
Eles a roubaram,
A minha pequena.
Ela tentou me alcançar, gritando:

    Ama.

Ela é uma jovem mulher agora,
E esta velha não os conseguiu parar.
Que os deuses e as gerações saibam,
Que eles roubaram da Remanescente.

Harik, o ladrão, ele roubou a minha Morrighan,
E depois a vendeu por um saco de grão,
Para Aldrid, o abutre.

Fechei o livro, com as palmas de minhas mãos molhadas. Fiquei com o olhar fixo no meu colo, tentando entender. Tentando explicar isso. Tentando não acreditar nisso.

Não era a qualquer criança que Gaudrel contava essa história.

Era a Morrighan.

Ela não era uma menina escolhida pelos deuses, mas sim roubada por um ladrão e vendida a um abutre. Harik não era seu pai, como clamavam os Textos Sagrados. Fora ele quem a sequestrara e a vendera. Aldrid, o reverenciado pai de um reino, não era muito mais que um abutre que comprara uma noiva.

Pelo menos de acordo com essa história. Eu não sabia ao certo em que acreditar.

Uma coisa parecia certa no meu coração. Três mulheres foram dilaceradas. Três mulheres que antes formavam uma família.

CAPÍTULO 35
CRÔNICAS DE AMOR E ÓDIO

RAFE

alantha e Ulrix arrastaram-me até os estábulos. Eu deveria fazer uma nova cavalgada por sua cidade miserável, sendo a única vantagem o fato de que eu poderia buscar uma outra saída dali, embora estivesse parecendo cada vez mais certo que não havia qualquer saída.

Os cavaleiros vendanos cavalgavam com rapidez, e os dias perdidos ardiam em chamas na minha cabeça. Eu repassei todas as estratégias militares com as quais Sven já havia me treinado, mas nenhuma delas havia incluído Lia e os riscos que ela correria.

Esses pensamentos estavam me consumindo, então eu não o reconheci a princípio. Ele jogava fezes secas dentro de um cesto perto dos estábulos. Suas roupas estavam sujas e rasgadas. Quando acompanhei Calantha e Ulrix até dentro do estábulo, meus olhos haviam passado por ele, focando-se, em vez dele, no meu cavalo na primeira baia. Um dos *chievdars* o havia clamado como sendo seu. Ele estava sendo bem cuidado e arrumado, mas me aguilhoava o fato de que agora ele haveria de servir a Venda.

Calantha e Ulrix estavam me levando para fora sob as ordens do Komizar. Eu o vi saindo com Lia enquanto chegávamos no pátio dos estábulos. "Ela vai ficar bem", disse Calantha. Desviei o olhar, dizendo que estava apenas curioso em relação ao propósito dessas cavalgadas pela cidade. "Uma espécie de campanha", disse-me ela, de modo vago. "O Komizar deseja partilhar nossa recém-chegada nobreza com outros."

"Sou apenas um baixo emissário. Não um nobre."

"Não", disse ela. "Você será qualquer coisa que o Komizar deseja que você seja. E hoje você é o grande Lorde Emissário do Príncipe de Dalbreck."

"Para uma nação que despreza a realeza, ele parece bastante ansioso por ostentá-la."

"Há muitas maneiras de se alimentar as pessoas."

Enquanto conduzíamos nossos cavalos do estábulo, o coletor de fezes carregava uma carga em um carrinho na frente da porta, tropeçando e espalhando-a para o lado. Ulrix xingou-o por bloquear nosso caminho. *"Fikatande idaro! Bogeve enar johz vi daka!"*

O coletor de fezes arrastou-se pelo chão, tentando colocar as fezes o mais rápido possível no carrinho. Ele parou e ergueu o olhar, acovardando-se, soltando pedidos de desculpas em vendano. Apertei os olhos quando o vi, achando que eu tinha que estar engando.

Era Jeb. Ele estava imundo, com os cabelos sujos e emaranhados, e ele fedia. Jeb. Um coletor de fezes.

Foram necessários todos os pedacinhos da minha força de vontade para que eu não esticasse as mãos e o abraçasse. Eles haviam conseguido... Ao menos Jeb havia conseguido. Olhei ao redor do pátio do estábulo, na esperança de ver os outros. Jeb balançou a cabeça com vigor como se estivesse pedindo desculpas por ser desajeitado. Por um breve momento, ele mirou seu olhar contemplativo em mim, balançando a cabeça novamente.

Os outros não estavam aqui. Ainda. Ou será que ele queria dizer que não viriam?

"Traga um pouco disso para o meu quarto quando você tiver acabado. Na Torre ao Norte do Sanctum", falei.

Calantha trocou algumas palavras rápidas com Jeb. *"Mi ena urat seh lienda?"*

Jeb balançou a cabeça em negativa e gesticulou com os dedos. *"Nay. Mias e tayn."*

"O tolo não entende a sua língua", rosnou Ulrix. "E seu quarto fica aquecido por último, Emissário. Quando o Conselho estiver belo e quentinho, então talvez você tenha um pouco para si."

Jeb assentiu, jogando as últimas fezes dentro do carrinho.

Torre do norte. O tolo entendeu perfeitamente, e agora ele sabia onde me encontrar. Ele levou o carrinho de mão para fora do nosso caminho, e Ulrix passou empurrando por nós, já sem paciência. "Encontrarei vocês lá."

"Onde fica *lá*?", perguntei a Calantha.

Ela soltou um suspiro, como se estivesse entediada. Para alguém tão jovem, ela estava enfastiada além de seus anos. Por mais que eu tentasse arrancar informações dela sobre sua posição no Sanctum, ela era uma muralha gélida quando se tratava de detalhes sobre si mesma. "Nós estamos indo até o quadrante de Stonegate, com uma rápida parada no Campo dos Cadáveres", disse ela. "O Komizar achou que você poderia achar isso distrativo."

Fazia quase quatro anos que eu era um soldado de campo. Eu tinha visto muita coisa. Homens esfaqueados, mutilados, com seus crânios rachados e abertos. Eu tinha visto homens dilacerados por animais, parcialmente comidos. No Cam Lanteux e no campo de batalha, não havia considerações delicadas em relação a como um homem morria. Eu havia aprendido a esperar qualquer coisa. Mas a bílis ergueu-se na minha garganta quando chegamos no topo do Campo dos Cadáveres, e controlei o aperto no meu peito enquanto começava a desviar o olhar.

Ulrix deu um empurrão no meu ombro. "É melhor dar uma boa olhada. O Komizar vai lhe perguntar o que você acha disso." Virei-me de volta. Olhei, mantendo o olhar firme e endurecido. Três cabeças em estacas. Moscas zuniam em línguas inchadas. Larvas agitavam-se em soquetes de olhos. Um corvo puxava, com teimosia, algo sinuoso de uma bochecha, como se fosse um verme. No entanto, mesmo em meio à putrefação, eu podia dizer que eram meninos. Eles foram, um dia, meninos.

"O Assassino cuidou destes três. Traidores, eles eram." Ulrix deu de ombros e voltou a descer pelo outeiro.

Vire-me para Calantha. "Kaden fez isso?"

"Supervisionar execuções é o dever dele como Mantenedor. Colocá-los nas estacas, bem, isso é feito pelos soldados. Eles vão ficar ali até que a última carne caia de seus ossos", foi a resposta dela. "Essas são as ordens do Komizar."

Olhei para ela, cujo único e pálido olho reluzia, com uma fraqueza em seus ombros, que estavam geralmente rígidos com cinismo.

"Você não aprova isso", falei.

Ela deu de ombros. "O que eu penso não importa."

Estiquei a mão e toquei o braço dela antes que ela pudesse se virar e ir embora. Ela encolheu-se, como se achasse que eu fosse atacá-la, e recuei.

"Quem é você, Calantha?", perguntei.

Calantha balançou a cabeça, e seus modos entediados estavam de volta. "Sou ninguém há muito tempo."

CAPÍTULO 36
CRÔNICAS DE AMOR E ÓDIO

E ra uma rara manhã sem nuvens em um céu de revigorante tom azul.

O ar fresco estava aquecido com a fragrância de *thannis*, pois, embora seu gosto fosse amargo, o aroma era doce. O brilho do dia ajudava a afastar minha exaustão. Como se eu já não tivesse bastante no que pensar, eu não conseguia tirar o livro de Gaudrel da minha cabeça. Em meio às altas horas da noite, eu acordava, repetidas vezes, com o mesmo pensamento: *Elas eram uma família. Morrighan foi roubada e vendida a um abutre.* Embora pudesse ser verdade que ela tivesse o dom e que tivesse conduzido um povo a uma nova terra, aqueles que ela conduzira não eram nobres Remanescentes escolhidos pelos deuses, mas sim abutres que roubavam os outros. Eles haviam feito isso com Morrighan.

"Você dormiu bem?", perguntou-me o Komizar por cima do ombro.

Sacudi minhas rédeas para alcançá-lo. Minha impostura deveria continuar hoje no quadrante do Canal, na terra de banhos do lado oposto da *jehendra*.

"Sua farsa acalenta-me", falei. "Você não se importa nem um pouco com como eu durmo."

"Exceto por suas escuras olheiras. Isso a torna menos atraente para as pessoas. Belisque suas bochechas. Talvez isso vá ajudar."

Dei risada. "Logo quando eu acho que não conseguiria me odiar mais, você prova que eu estava errada."

"Vamos lá, Jezelia, depois de eu ter lhe mostrado tanta bondade? A maioria dos prisioneiros estaria morta a essa altura."

Embora eu não pudesse chamar isso de bondade, os comentários dele em relação a mim haviam se tornado menos sarcásticos, e eu não podia deixar de notar que ele fazia algo que meu pai nunca tinha feito no próprio reino. Ele caminhava em meio àqueles que regia, tanto os que ficavam por perto quanto os que ficavam distantes. Ele não governava de longe, mas íntima e plenamente. Ele conhecia seu povo.

Até certo ponto.

Ontem ele havia me perguntado o que era o desenho da garra e da vinha no meu ombro. Eu não fiz menção à Canção de Venda, e tive esperanças de que ninguém mais o faria, mas estava certa de que pelo menos uns poucos daqueles que haviam ficado com seus olhares fixos no desenho estavam escavando-o a partir de lembranças poeirentas de histórias há muito esquecidas. "Um erro", foi o que eu dissera simplesmente a ele. "Um *kavah* de casamento não aplicado da forma devida."

"Ele parece ter sido do agrado de muitos."

Dispensei a ideia com um dar de ombros. "Estou certa de que isso seja tanta curiosidade para eles quanto eu mesma sou, algo exótico de um reino distante."

"Isso você é mesmo. Use um dos seus vestidos amanhã que o exiba da forma devida", ele havia ordenado. "Essa sua triste camisa é entediante."

E também era quente. Só que isso importava pouco para ele... Sem dizer que os vestidos não eram particularmente adequados para cavalgadas, novamente algo desimportante à luz de seus planos maiores. Eu havia assentido, reconhecendo sua demanda, mas coloquei minha camisa e minha calça de novo hoje, algo que ele não parecia ter notado.

Quando ele não estava escrutinizando todos os meus movimentos e todas as minhas palavras, eu gostava da minha interação com as pessoas. Elas me davam um tipo diferente de calidez de que eu provavelmente precisava mais. Aquela parte não era uma impostura. As boas-vindas dos Meurasi haviam se espalhado por muitos clãs. Os momentos de partilha da *thannis*, de histórias ou de umas poucas palavras me davam equilíbrio, se não umas poucas horas de alívio do Sanctum.

Meu dom raramente entrava em cena. Umas poucas vezes eu fui tomada por uma sensação de algo grande e escuro descendo. Suguei o ar para dentro e olhei para cima, realmente esperando ver uma coisa de garras pretas precipitando-se para cima de mim, mas não havia nada lá. Apenas uma sensação de que eu rapidamente me desvencilharia quando visse o Komizar sorrindo. Ele nunca perdia uma oportunidade de transformar isso em algo corrupto e vergonhoso. Ele fazia com que eu desejasse sufocar o dom em vez de dar ouvidos a ele. Parecia impossível nutrir alguma coisa em sua presença.

Nós chegamos a uma viela estreita e descemos de nossas montarias, entregando as rédeas aos guardas que nos acompanhavam.

"É isso?", ele me perguntou, puxando a bainha de ombro de Walther com o polegar. "É isso que continua deixando-a tão enraivecida?"

Olhei para a faixa de couro que cruzava seu peito, o que eu havia conseguido bloquear do meu campo de visão, como se por meio de alguma mágica da vontade. Enraivecida? Pelos deuses, eles a haviam roubado do corpo morto do meu irmão depois de terem massacrado sua companhia inteira de homens. *Enraivecida?* Olhei da bainha para os frios olhos pretos dele. Um sorriso varria aqueles olhos como se ele visse todos os pensamentos ardendo em chamas na minha cabeça.

Ele balançou a cabeça, satisfeito com a minha resposta silenciosa. "Você precisa aprender a não se importar com as coisas, Lia. Todas as coisas... Não obstante..." Ele deslizou sua adaga da bainha, e depois ergueu a bainha por cima de sua cabeça e colocou-a sobre a minha. Suas mãos se demoraram nas minhas costas enquanto ele a ajustava. "É sua. Como recompensa. Você vem se provando útil nesses últimos dias."

Respirei aliviada quando ele, por fim, terminou de ajustar a bainha de ombro em mim e tirou as mãos das minhas costas. "Seu povo sempre se curva ao seu comando", falei. "Para que você precisa de mim?"

Ele ergueu a mão e deslizou-a com gentileza pela minha bochecha. "Fervor, Lia. Os suprimentos de comida estão mais curtos do que nunca. Eles vão precisar de fervor para ajudá-los a esquecer sua fome, seu frio e seu medo durante este último e longo inverno. Isso não é muito a se pedir, é?"

Olhei para ele com incerteza. *Fervor* era uma estranha escolha de palavra. Isso implicava alguma coisa mais febril do que esperança ou determinação. "Eu não tenho palavras para incitar o fervor, Komizar."

"Por ora, simplesmente faça o que você vem fazendo esse tempo todo. Sorria, deixe tremeluzirem seus cílios como se os espíritos sussurrassem alguma coisa para você. Depois haverei de lhe dizer as palavras que você deve proferir." Sua mão deslizou até o meu ombro, acariciando-o, e então eu senti o tecido da minha camisa me comprimindo enquanto ele o reunia em seu punho cerrado. Ele puxou-o de repente, enquanto eu me encolhia, enquanto o tecido era solto do meu ombro. "Pronto, agora", disse ele. "Cuidei da sua camisa sem graça." Seus dedos roçaram por cima do meu ombro, onde o *kavah* agora estava exposto, e ele inclinou-se para perto de mim, de forma que seus lábios estavam quentes junto à minha orelha. "Da próxima vez em que eu lhe disser o que fazer, trate de fazê-lo."

Nós seguimos em direção às terras de lavagem sem mais uma palavra sequer. Atraí olhares fixos tanto pelo meu *kavah* quanto por minha camisa rasgada e com a aba pendurada. *Fervor. Isso não é muito a se pedir, é?* Ele estava fazendo de mim um espetáculo de uma forma ou de outra. Eu tinha certeza de que, na própria mente dele, o *kavah* era apenas alguma coisa peculiar e exótica, ou até mesmo retrógrada. Ele não se importava com o significado, apenas com o fato de que isso poderia ajudar a impelir esse seu suposto fervor. Uma distração a mais, isso era tudo o que ele queria, e nada em relação a isso parecia certo.

Quando chegamos às terras de lavagem, vi três longas tinas, com a pressão do rio habilidosamente roteada por elas. Mulheres ladeavam as margens, ajoelhando-se para esfregar nas pedras a roupa que estavam lavando, com os nós de seus dedos rachados e vermelhos por causa das águas gélidas. Uma fumaça enjoativamente doce vinha de uma das muitas oficinas próximas que circulavam as terras, e o Komizar disse que ele entraria ali por um instante.

"Converse com as trabalhadoras, mas não vá além das tinas", disse ele, em um tom austero, lembrando-me de que eu deveria fazer exatamente o que ele estava dizendo. "Logo estarei aqui fora."

Fiquei observando as mulheres curvadas e trabalhando, jogando suas roupas lavadas em um cesto, mas então avistei Aster, Zekiah e Yvet do outro lado, reunidos e agachados nas sombras de uma parede de pedra e olhando para alguma coisa que Yvet estava segurando.

Eles pareciam estranhamente desanimados e calados, o que com certeza não era algo típico de Aster. Cruzei a praça, chamando-os pelos nomes, e, quando eles se viraram na minha direção, vi o pano ensanguentado envolto na mão de Yvet.

Fiquei ofegante e fui correndo até ela. "Yvet, o que houve?"

Estiquei a mão para pegar na dela, mas ela, com ferocidade, agarrou-a com força junto à sua barriga, de modo a escondê-la de mim.

"Diga-me, Yvet", falei em um tom mais gentil, pensando que a havia alarmado. "Como foi que você se machucou?"

"Ela não vai lhe contar", disse Aster. "Está com vergonha. O lorde do quadrante tomou dela."

Voltei-me para Aster, com o rosto formigando com o calor. "O que você quer dizer com *tomou dela?*"

"A ponta de um dedo por roubar. A mão inteira se acontecer de novo."

"Foi minha culpa", acrescentou Zekiah, baixando o olhar para seus pés. "Ela sabia que eu vinha desejando ferozmente saborear um pedaço daquele queijo branco."

Eu me lembrei do toco inflamado que era o dedo indicador de Zekiah da primeira vez em que o vi.

Por roubar queijo?

A fúria desceu sobre mim tão plena e completa que todas as partes do meu corpo tremiam... minhas mãos, meus lábios, minhas pernas. Meu corpo não era mais meu. "Onde?", perguntei, em um tom exigente. "Onde está esse lorde do quadrante?" Aster me disse que ele estava na oficina do ferreiro na entrada da *jehendra*, e depois bateu com força com a mão na boca. Ela puxou o meu cinto, tentando me fazer parar enquanto eu me afastava tempestuosamente, implorando para que eu não fosse até lá. Chacoalhei-a e soltei-a. "Fiquem aqui!", gritei. "Todos vocês! Fiquem aqui!"

Eu sabia exatamente onde ficava a oficina. Vendo-me sair voando em um ataque de fúria, várias das mulheres das terras de lavagem seguiram-me, ecoando as palavras de Aster: *não vá!*

Encontrei o lorde do quadrante parado no centro de sua baia, polindo uma caneca de cerveja.

"Você!", falei, apontando o dedo na cara dele, forçando-o a olhar para mim. "Se você alguma vez colocar um dedo que seja em qualquer criança de novo, eu, pessoalmente, vou cortar todos os membros de seu corpo sem valor e vou fazer rolar seu toco feio pelo meio da rua. Está me entendendo?"

Ele olhou para mim, incrédulo, e deu risada. "Eu sou o lorde do quadrante." Ele desferiu o dorso de sua mão corpulenta para cima e, embora eu tivesse me desviado dela com o braço, a força de seu golpe ainda me fez me esparramar no chão. Caí junto a uma mesa, tropeçando e jogando seu conteúdo no chão. A dor explodiu pela minha cabeça quando dei com ela na mesa, mas meu sangue corria tão acelerado nas minhas veias, tão quente, que eu estava em pé em segundos, dessa vez com a faca de Natiya na mão.

Seguiu-se um silêncio e a multidão que havia se reunido ali recuou. Em um instante, a briga que eles haviam esperado ver transformara-se em algo mortal. A faca de Natiya era leve e pequena demais para ser lançada, mas, com certeza, poderia cortar e mutilar.

"Você se diz um *lorde?*", falei, com desdém. "Você não passa de um covarde repulsivo! Vá em frente! Bata em mim de novo! Porém, no mesmo momento em que você fizer isso, estarei retalhando seu nariz dessa sua cara miserável!"

Ele olhou para a faca, com medo de se mover, mas então vi seus olhos voltarem-se, com nervosismo, para seu lado. Entre suas mercadorias, em uma mesa equidistante entre nós, havia uma espada curta. Nós dois nos lançamos para pegá-la, mas eu cheguei até ela primeiro, girando enquanto a apanhava, e no ar ressoava o som de seu gume afiado. Ele recuou, com os olhos arregalados.

"Qual braço vai primeiro, lorde do quadrante?", perguntei a ele. "Esquerdo ou direito?"

Ele deu mais um passo para trás, mas ficou contido por uma mesa.

Girei a espada perto de sua barriga. "Não é mais tão engraçado, é?"

Seguiu-se um murmúrio da multidão, e os olhos do lorde do quadrante voltaram-se rapidamente para alguma coisa que estava atrás de mim. Eu me virei, mas foi tarde demais. A mão de alguém prendia meu pulso e torcia meu outro braço atrás das minhas costas. Era o Komizar. Ele arrancou a espada da minha mão, jogou-a para o lorde do quadrante e, dolorosamente, tirou, de forma rude, a faca da minha mão, que caiu no chão ao nosso lado. Eu vi quando ele notou que o cabo entalhado era distintamente nômade. "Quem deu isso a você?"

Eu entendia o medo de Dihara agora. Vi a fúria nos olhos do Komizar, não apenas voltada para mim, mas também para quem quer que tivesse dado a faca para mim. Eu não poderia dizer a ele que Natiya a havia escondido no meu manto. "Eu a roubei", foi o que respondi. "O que isso significa para você? Vai cortar meus dedos fora agora?"

Com as narinas dilatadas, ele me empurrou para os braços dos guardas. "Levem-na de volta até os cavalos e esperem por mim."

Ouvi quando ele gritou com a multidão para que voltassem a cuidar de seus negócios enquanto os guardas me arrastavam para longe.

Ele juntou-se a nós apenas uns poucos minutos depois disso. Sua fúria estava estranhamente abrandada, o que me deixava temerosa.

"Onde foi que você aprendeu a usar uma espada?", ele quis saber.

"Eu mal a usei. Girei-a no ar umas poucas vezes e seu lorde do quadrante molhou as calças. Ele é um covarde arrogante que só tem valentia suficiente para cortar fora dedos de crianças."

O Komizar olhou com ódio para mim, ainda esperando por uma resposta. "Meus irmãos", falei, por fim.

"Quando voltarmos, será feita uma busca em seus aposentos, para vermos se há mais alguma coisa lá que você tenha roubado."

"Havia apenas a faca."

"Para o seu próprio bem, eu espero que esteja falando a verdade."

"Isso é tudo que você tem a dizer?"

"Eu perdoarei sua ameaça para o meu lorde do quadrante desta vez. Eu disse a ele que você desconhece nossos modos."

"*Eu? Desconheço seus modos? Cortar os dedos de crianças é algo bárbaro!*"

Ele deu um passo mais para perto de mim, pressionando-me para cima junto ao meu cavalo. "Passar fome é bárbaro, Princesa. Roubar da boca de outrem é bárbaro. As infinitas formas como o seu reino nos manteve deste lado do rio são bárbaras. A ponta de um dedo é um pequeno preço a se pagar, mas é um lembrete para a vida toda. Você vai notar que nós temos muito poucas pessoas com apenas uma das mãos em Venda."

"Mas Yvet e Zekiah são crianças."

"Nós não temos crianças em Venda."

No caminho de volta, retornamos pelo quadrante de Velte.

Mais uma vez, ele cumprimentou aqueles por quem passamos na rua e esperava que eu assentisse, como se não tivesse acabado de ver uma criança mutilada por um ogro. Ele interrompeu nossa procissão e desceu de sua montaria para falar com um homem robusto que estava em pé, parado, do lado de fora de um açougue a céu aberto. Olhei para as mãos dele, com todos os dedos intactos, grandes, curtos e grossos, com unhas bem cortadas, quadradas, e me perguntava como as cuidadosas observações de Gwyneth sobre açougueiros se estendiam por todo o caminho até Venda.

"Você matou os cavalos que enviei com Calantha e distribuiu a carne deles para os famintos?"

"Sim, Komizar. Eles ficaram gratos, Komizar. Obrigado, Komizar."

"Todos os *quatro*?"

O homem empalideceu, piscou, e depois tropeçou em suas palavras. "Sim. Quero dizer, havia um. Apenas um que eu... mas amanhã eu vou..."

O Komizar sacou sua longa espada da bainha que estava em sua montaria e o lento som dela se libertando congelou todo o restante no silêncio. "Não, amanhã você não vai, não." Em um rápido e preciso movimento, a espada cortou o ar, o sangue borrifou sobre a crina do meu cavalo, e a cabeça do homem caiu no chão. No que pareciam segundos depois disso, seu corpo caiu ao lado de sua cabeça.

"Você", disse o Komizar, apontando para um homem boquiaberto nas sombras do açougue, "é o novo lorde do quadrante. Não me decepcione." Ele olhou para a cabeça. Os olhos do açougueiro morto ainda estavam arregalados e expressivos, como se tivessem a esperança de uma segunda chance. "E cuide para que esta cabeça esteja arrumada onde todo mundo possa vê-la."

Arrumada? Como um porco que acabou de ser assassinado?

Ele voltou a montar em seu cavalo, puxou as rédeas com gentileza, e nós seguimos em frente sem mais uma palavra sequer, como se tivéssemos parado para comprar linguiça. Fiquei com o olhar fixo nas reluzentes gotas vermelhas na crina do meu cavalo. *A justiça é rápida em*

Venda, até mesmo para nossos próprios cidadãos. Eu não tinha dúvidas de que a mensagem sangrenta fosse para mim tanto quanto tinha sido para o açougueiro. Um lembrete. A vida em Venda era precária. Minha posição ainda era precária... e não somente lordes de quadrantes podiam ser despachados sem qualquer pestanejo.

"Nós não roubamos das bocas de nossos irmãos", disse ele, como se estivesse explicando suas ações.

Mas eu tinha certeza de que o engodo do lorde do quadrante era o crime maior. "E ninguém mente para o Komizar?", acrescentei.

"Isso acima de tudo."

Quando descemos de nossas montarias na Praça da Ala do Conselho, ele ficou cara a cara comigo, com o rosto ainda salpicado de sangue. "Espero que você esteja bem descansada amanhã. Está entendendo? Nada de olheiras."

"Seguirei suas ordens, Komizar. Dormirei bem esta noite, mesmo que tenha que cortar minha própria garganta para isso."

Ele sorriu. "Acho que, finalmente, estamos começando a entender um ao outro."

CAPÍTULO 37
CRÔNICAS DE AMOR E ÓDIO

RAFE

ão havia qualquer sinal de Jeb quando voltamos, mas saber que ele estava ali... parecendo e soando mais vendano do que nunca... ajudava a tranquilizar minha mente. Um pouco. Eu havia visto qual poderia ser o destino dele se acaso fosse descoberto. Quais poderiam ser os destinos de nós todos.

"Você não tem que fazer isso", disse Calantha.

"É o hábito", falei.

"Emissários em um reino tão grande quanto Dalbreck escovam seus próprios cavalos?"

Não. Mas soldados fazem isso. Até mesmo soldados que são príncipes.

"Meu pai criava cavalos", falei, tentando explicar. "Foi assim que cresci. Ele dizia que os cavalos devolvem em dobro a um cavaleiro em relação à forma como são tratados. Eu sempre me deparei com isso como sendo verdade."

"Você ainda está perturbado pelo que viu."

As três cabeças empaladas revolviam-se em meus pensamentos. Fiz uma pausa na minha escovação do cavalo. "Não."

"Seus toques são longos e bruscos. Seus olhos brilham como aço frio quando você está com raiva. Estou começando a conhecer bem seu rosto, Emissário."

"Aquilo foi selvagem", admiti, "mas o que vocês fazem com seus traidores não diz respeito a mim."

"Vocês não executam traidores no seu reino?"

Esfreguei o focinho do meu cavalo. "Pronto, rapaz", falei, e fechei a baia. "Nós não profanamos corpos. Seu Assassino parece elevar isso ao ponto da arte." Comecei a recolocar a escova no gancho, mas parei no meio do caminho. Calantha virou-se para ver para o que eu estava olhando.

Era Lia.

O ombro da camisa dela estava rasgado, e seu rosto, pálido. Com Calantha ali, eu tinha que fingir que não me importava com nada disso. Lia evitou meu olhar e falou somente com Calantha, dizendo a ela que o Komizar estava esperando lá fora e que ela teve que vir buscar seu manto, que havia deixado ali pela manhã. Será que Calantha o tinha visto?

Calantha lançou um incisivo olhar de relance para mim, e então guiou Lia até a parede dos fundos do estábulo e a uma fileira de ganchos. "Estarei esperando lá fora também", disse ela.

"Você não tem que ir embora", falei, mas ela já estava saindo.

Lia passou cautelosa por mim, com os olhos desviados, e ergueu seu manto do gancho.

"Nós estamos sozinhos", sussurrei. "Seu ombro. Está tudo bem com você?"

"Estou bem", disse ela. "Isso foi apenas uma diferença de opiniões em relação a escolhas de vestimentas."

E então notei um machucado na têmpora dela. Ergui a mão e afastei seus cabelos dali. *O que foi que ele...?*

"Tropecei em uma mesa", apressou-se ela a dizer, afastando minha mão dali. "Ignore isso."

Ela manteve o tom de voz baixo, com a atenção fixa no manto que tinha em suas mãos. "Nós temos que encontrar um jeito de sair daqui. Quando Kaden voltar, se eu..."

Puxei-a para dentro da baia. "Nada diga a ele."

"Ele não é como o restante deles, Rafe. Ele poderia me dar ouvidos se..."

Puxei-a subitamente mais para perto de mim. "Escute o que estou falando", eu disse, sibilante. "Ele é tão selvagem quanto qualquer um deles. Eu vi a obra dele hoje. Não diga..."

Ela puxou-se e soltou-se de mim, e seu manto caiu no chão. "Pare de me dizer o que fazer ou o que falar! Estou cansada de todo mundo tentando controlar todas as palavras que saem da minha boca!"

Os olhos dela brilhavam, se com medo ou com fúria, eu não sabia ao certo. *O que será que aconteceu?*

"Lia", eu disse, falando mais baixinho, "hoje de manhã vi um dos..."

"O Emissário está prendendo você aí?" O Komizar estava parado na entrada do estábulo.

Nós dois demos um passo sem jeito para trás. "Eu estava pegando o manto que ela deixou cair."

"Desajeitados, não somos, Princesa? Mas você teve um dia longo e cansativo." Ele aproximou-se, caminhando vagarosamente. "E quanto a você? Gostou do seu dia de hoje, Emissário?"

Esforcei-me para manter o tom de minha voz uniforme e desimpressionado. "O quadrante de Stonegate tinha algumas avenidas interessantes, acho." E então, para Lia: "Eu também vi a obra do seu Assassino. As cabeças empaladas dos meninos que ele executou estavam um tanto quanto maduras ao sol".

"É esse o propósito. O fedor da traição... ele tem um aroma único... aroma este que não é facilmente esquecido."

O Komizar esticou a mão e pegou no braço de Lia com uma familiaridade que eu não tinha visto antes, e conduziu-a para longe. Eu não conseguia controlar a queimação no meu peito, mas me virei de novo para o cavalo como se não me importasse com aquilo, escovando seus pelos novamente com longos e bruscos movimentos. Eu nunca havia sido treinado para isso. Não havia estratégias nem exercícios militares que me preparassem para o tormento diário de não matar alguém.

Capítulo 38
CRÔNICAS DE AMOR E ÓDIO

ão se tratava apenas de uma ou duas dúzias, mas sim de centenas que enchiam a praça. Eu senti os olhos do Komizar em mim de algum lugar ao longe, esperando para corromper os meus pensamentos. Comecei sem hesitar, tentando encontrar aquele lugar de confiança que ele não era capaz de controlar. As palavras saíram desajeitadas e envergonhadas, uma prece básica da infância.

Tentei novamente, cerrando os olhos, buscando, com a respiração lenta e profunda, esperando e esperando, com o desespero se insinuando, e então ouvi alguma coisa. Música. O distante e fraco puxão na corda de uma cítara. A cítara da minha tia. E então o cantarolar da minha mãe ergueu-se acima desses sons, com seu eco melancólico que flutuava pela cidadela. A música que fazia com que até mesmo o meu pai interrompesse seus deveres. Virei a cabeça, permitindo que tocasse através de mim como se fosse a primeira vez, e as palavras automáticas desapareceram.

Minhas memórias sagradas começaram na forma de elocuções, uma melodia sem palavras que acompanhava a música da cítara, cada nota emitindo as batidas da criação, girando em minha barriga, uma canção que não pertencia a qualquer reino e a qualquer homem, apenas a mim mesma e aos céus. E então as palavras vieram, um reconhecimento de sacrifícios e da longa jornada de uma menina, e beijei dois dedos, erguendo-os aos céus, um para os perdidos e um para aqueles ainda por vir.

A música ao longe ainda parecia ecoar pelas altas muralhas de pedra que me circundavam, separando-me das pessoas lá embaixo. Começo da noite. Hora de ir para casa, mas, em vez disso, eles permaneciam ali. Uma voz disse: "Conte-nos uma história, Princesa de Morrighan."

Conte uma história a eles, Jezelia.

Ali estava ela, a apenas um braço de distância de mim, uma aparição sentada na parede, mas, ao mesmo tempo, sólida. Inabalável. Seus cabelos formavam uma trilha ao longo das pedras, remontando totalmente a outro milênio. *Conte a eles uma história.*

E então eu fiz isso. Contei a eles a história de duas irmãs.

> *Reúnam-se aqui perto, meus irmãos e minhas irmãs,*
> *Escutem bem,*
> *Pois há apenas uma história verdadeira,*
> *E apenas um futuro verdadeiro.*
> *Era uma vez,*
> *Há muito, muito tempo,*
> *Sete estrelas que pendiam no céu.*
> *Uma para chacoalhar as montanhas,*
> *Uma para revirar os oceanos,*
> *Uma para afogar o ar,*
> *E quatro para testar os corações dos homens.*

Eu extraía as palavras de Morrighan, Gaudrel e Venda. Extraía as palavras de Dihara, do vento e do meu próprio coração. Extraía essas palavras da verdade que estremecia no meu pescoço.

> *Mil facas de luz*
> *Cresceram até formarem uma nuvem rolante e explosiva,*
> *Como um monstro faminto.*
> *Uma tempestade que tornava os modos de antigamente sem sentido.*
> *Uma faca afiada, uma mira cuidadosa, uma vontade de ferro e um coração que ouve,*
> *Essas eram as únicas coisas que importavam.*
> *Apenas uns pequenos remanescentes da terra haviam sobrado,*
> *Mas duas irmãs encontraram a graça...*

Contei a história dos mundos que eu tinha visto, de cidades inteiras destruídas, não importando o quão ao longe e amplamente elas se espalhavam, e de cidades ascendendo aos céus, de imensa magia, que não conseguiram aguentar uma tempestade furiosa. Contei a eles sobre templos exaltados que se derreteram para dentro da terra e dos vales que vertiam como lágrimas o sangue de gerações. Porém, em meio a tudo isso, duas irmãs permaneciam lado a lado, fortes e leais, até que uma besta se ergueu das cinzas e separou-as, à força, uma da outra, pois até mesmo as estrelas lançadas à terra não foram capazes de destruir todas as últimas sombras de escuridão.

"Onde estavam os deuses nessa história?", perguntou-me alguém.

Os deuses. Eu não tinha outra resposta além desta: "Os deuses também choraram."

"Quais eram os nomes das irmãs?", perguntou outro.

Embora eu não soubesse ao certo se ele conseguia me ouvir, eu vi a sombra do Komizar passar na janela de sua torre.

"Está ficando escuro", falei. "Vão para suas casas, para suas ceias. Contarei mais a vocês amanhã."

O quarto estremecia com o vazio. Pus-me a endireitar seu mísero conteúdo, ainda espalhado por causa da desenfreada busca dos guardas por armas escondidas. Eles nem pensaram em onde jogariam as coisas. Eu ansiava pela companhia das pessoas na praça novamente. Havia mais coisas que eu queria dizer, e a solidão do quarto permitia que minhas dúvidas voltassem a insinuar-se.

Dobrei novamente as cobertas amarrotadas e apoiei as espadas de treino de volta na parede. *Cabeças empaladas... a obra do Assassino.* O comentário de Rafe tinha sido intencional, um aviso para mim. *O que Kaden havia feito?* Eu lembrava que no meu primeiro dia aqui ele tinha um dever urgente relacionado a soldados de que precisava cuidar, e de sua pungente recusa quando pedi para ir junto com ele. Seria para lá que ele teria ido? *Executar meninos?* A diferença entre crianças e adultos parecia inexistir em Venda. Será que ele havia girado uma espada com tão pouco remorso quanto o Komizar havia feito nessa tarde? Eu simplesmente não conseguia acreditar em uma coisa dessas. Ambos poderiam ser vendanos, mas eles eram tão diferentes um do outro quanto o fogo da água. Eu me perguntava o que teriam feito os soldados condenados. Roubado comida como o açougueiro? *Passar fome é bárbaro, princesa.* Eu me sentei na cama. Era por isso que eles não tinham qualquer prisioneiro em Venda. Prisioneiros tinham que ser alimentados.

Ainda assim, nada parecia faltar para o Conselho.

Eu havia me levantado para despejar água em minha tina de banho e me lavar quando ouvi passadas no corredor. Um único som oco abalou a porta, e depois veio o ruído da fechadura.

Era Ulrix. Ele abriu uma fenda na porta de apenas alguns centímetros, apenas larga o bastante para dizer: "O Komizar deseja sua presença. Vista o púrpura. Estarei aqui fora esperando."

Ele fechou a porta para que eu pudesse me trocar. Era cedo demais para a refeição noturna no Saguão do Sanctum, e Calantha sempre era enviada para me buscar. Ou o próprio Komizar batia com força à porta. Nunca Ulrix. *Use o púrpura.* Um outro vestido que deixava à mostra o *kavah,* feito de retalhos de camurça tingidos com *thannis.*

Peguei o vestido dobrado da pilha que estava em cima do baú e esfreguei o couro macio por entre os meus dedos. *Alguma coisa não está certa.* Mas nada estivera certo por tanto tempo que eu não tinha certeza de por que uma preocupação fazia diferença.

Ulrix não me levou para a câmara particular do Komizar como eu esperava, e quando perguntei a ele aonde estávamos indo, ele não me respondeu. Ele me conduziu até uma parte remota do Sanctum, descendo por estreitas escadarias que se curvavam em uma ala onde eu nunca havia estado antes. As escadas esvaziavam-se em um grande e redondo vestíbulo parcamente iluminado com uma única tocha. Havia uma pequena porta em uma reentrância e corredores em cada um dos lados, os quais desapareciam na escuridão.

Antes de chegarmos à porta, ela se abriu, e um punhado de lordes de quadrantes, *chievdars*, governadores e *Rahtans* saíram dali. Esse não era o Conselho. Malich estava entre eles, e, embora eu esperasse por um largo sorriso presunçoso no rosto dele, todos estavam com expressões seguras de si enquanto passavam por mim. Quando eles haviam desaparecido em diferentes direções pelos corredores abaixo, Ulrix me cutucou em direção à sala. "Entre."

Apenas uma pontinha de luz passava pela entrada aberta, um brando tremeluzir dourado. *Que os deuses me ajudem.* Beijei meus dedos, que tremiam, ergui-os no ar e segui em frente.

Uma pequena vela iluminava uma mesa no centro, deixando o restante do aposento no breu. Eu vi o parcamente iluminado perfil do Komizar sentado em uma cadeira, com as botas apoiadas na mesa, deliberadamente me observando enquanto eu ali entrava.

A porta bateu com tudo atrás de mim.

"Você vestiu o púrpura", disse ele. "Que bom."

"Como você consegue ver isso no escuro?"

Ouvi o gentil inalar da respiração dele. "Conseguindo."

"Você realiza reuniões secretas em câmaras escuras agora?"

"Planos mais grandiosos pedem uma privacidade maior."

"Mas não com todo o Conselho?"

"Eu sou o Komizar. Eu me encontro com quem eu escolher e onde eu quiser."

"Estou vendo."

"Chegue mais perto."

Avancei até que estava parada perto dele, que casualmente esticou a mão e tocou em um dos retalhos soltos que desciam em cascata do meu vestido.

"Eu tenho algumas boas notícias para você, Princesa. Algo que lhe dará mais liberdades aqui em Venda. Seu status está mudando. Você não será mais uma prisioneira." Ele abriu um sorriso. A luz da vela dançava ao longo da maçã de seu rosto, e seus cílios lançavam uma sombra pungente em volta dos olhos.

De repente, meu vestido parecia apertado demais e o aposento, nauseantemente abafado. "E como foi que eu vim me deparar com essa boa notícia?", perguntei.

"Parece que os anciões dos clãs gostariam de ter alguma prova de suas intenções. Mais uma boa vontade de sua parte."

"Isso pode ser difícil de acontecer."

"Não é tão difícil assim. E servirá ao fervor."

E então ele explicou.

Suas primeiras palavras deixaram-me paralisada; as seguintes, entorpecida. Palavra por palavra, fiquei observando sua boca se mexer, admirando a precisão cautelosa de cada sílaba, viajei com o olhar pela linha de seus lábios, seus pelos faciais tão bem aparados por seu maxilar, a curva de seus cachos escuros em contraste com o branco de sua camisa, sua pele, límpida e cálida. Segui a linha de uma pequena veia em seu pescoço, ouvi o cuidadoso ritmo de sua voz, magnética, poderosa, observei a luz trêmula brincando em sua testa. Tanta coisa para afastar minha mente daquilo, enquanto ele o expunha, detalhadamente, mas não era o bastante para bloqueá-lo por completo. Palavra por palavra. Era a última coisa que eu esperava que saísse da língua dele. Uma virada que eu não tinha previsto.

Uma virada de mestre.

Genial.

Devastadora.

Você e eu nos casaremos.

Ele olhou para mim, com seus olhos famintos, não com desejo, mas sim com alguma coisa que era muito mais fria, medindo todos os meus tremores e todas as minhas respirações. Eu tinha certeza de que ele podia ver o meu sangue sendo drenado para os meus pés.

"Meus conselheiros viram como os clãs afeiçoaram-se a você. Você os encantou. Um talento e tanto, visto que os clãs são firmemente fechados e podem ser hostis com recém-chegados. Meus conselheiros acreditam que um casamento haverá de ser útil durante os tempos mais difíceis que teremos pela frente. Isso provará seu comprometimento aos olhos dos clãs. E há uma inegável doçura para o restante de nós se o inimigo vier a descobrir que sua Primeira Filha Real não apenas fugiu deles como foi parar direto nos braços de seu adversário. Um casamento feito por ela mesma, por assim dizer." Ele balançou a cabeça. "Nós rimos um bocado com a discórdia que isso vai semear."

"E você, naturalmente, haverá de certificar-se de que eles fiquem sabendo disso."

"A notícia já está a caminho. Esse foi o detalhe do qual os *chievdars* mais gostaram. É uma vitória para todos nós. Isso também acabará com quaisquer possibilidades que você possa ter levantado de algum dia voltar para casa. Se seu povo a desprezava por traição antes, agora você será a criminosa mais procurada em seu reino."

"E quanto a Dalbreck, quando eles ficarem sabendo disso?"

"E daí? O príncipe já expressou sua opinião em relação ao casamento frustrado. Ele tem que lidar conosco agora. Ele não vai se importar se eu a decapitar ou casar com você."

"E se eu não cooperar?"

"Isso seria lamentável. Parece que meu Assassino desenvolveu uma afeição por você. Pelo bem maior de Venda, ele teria que ignorar o novo arranjo, mas, a menos que ele perceba isso como sendo decisão sua, eu receio que ele poderia tornar-se um problema. Eu odiaria perdê-lo."

"Você *mataria* Kaden?"

"Uma medida de paixão, por fim", disse ele, com um largo sorriso no rosto, e então seus olhos ficaram mortos. "Sim. Como ele faria comigo se eu fizesse algo tão idiota a ponto de impedir o bem maior. São os nossos modos."

"Você quer dizer que esse é o seu modo."

Ele soltou um suspiro. "Se isso não é o bastante para convencê-la, acho que já tive o vislumbre de algum resto de afeição pelo emissário nos seus olhos. Eu odiaria quebrar minha promessa de dar a ele um mês para que seu príncipe nos envie um mensageiro. Seria um infortúnio se ele começasse a perder dedos prematuramente. Estou achando-o útil e tenho que admitir uma certa admiração pela ambição despudorada dele, mas ele também seria sacrificável — pelo menos partes dele seriam —, a menos que seu desempenho alcance proporções estelares. É muito mais eficiente impedir que problemas aconteçam do que ter que limpá-los." Ele levantou-se e suas mãos subiram deslizando do pelos meus braços. "Convença-os. Convença *a mim*."

Abri a boca para me pronunciar, mas o dedo dele pulou para os meus lábios para silenciar-me. "Shhhhh." Os olhos dele ficaram crepusculares. Ele me puxou para perto de si, seus lábios ardendo em chamas junto aos meus, embora ele mal os tivesse tocado, enquanto sussurrava: "Pense, Princesa. Escolha suas próximas palavras com muito cuidado. Você sabe que sou fiel à minha palavra. Pense em como deseja proceder deste momento em diante."

Minha mente ardia em chamas com a escolha. Ele havia jogado a carta vencedora no meu primeiro dia aqui. "Sempre há mais a ser tomado, não é, *sher* Komizar?"

"Sempre, meu bichinho de estimação."

Cerrei os olhos.

Às vezes, todos nós somos empurrados para que façamos coisas que achávamos que nunca seríamos capazes de fazer. Não eram apenas presentes que vinham com grande sacrifício. Às vezes, o mesmo acontecia com o amor.

Convença-o. Relaxei junto ao seu toque e não desviei quando sua boca encontrou a minha.

CAPÍTULO 39
CRÔNICAS DE AMOR E ÓDIO

Sentei-me à cabeceira da mesa, ao lado do Komizar. Vários governadores sussurravam entre si. Eles haviam notado a minha nova posição, mas não disseram nada abertamente. Quando Rafe entrou com Calantha, ele também notou isso, fazendo uma parada para uma batida extra de seu coração enquanto puxava sua cadeira. O saguão estava cheio essa noite, não apenas com os costumeiros membros do Conselho e soldados, mas também com anciões dos clãs. Os Meurasi eram a maioria, sentados às mesas extras que haviam trazido. Eu vi Effiera entre eles, observando-me. Ela fez uma inclinação com a cabeça, em aprovação ao meu vestido púrpura de retalhos. Também havia os lordes dos quadrantes: aqueles que eu tinha visto saírem da câmara oculta. Seus olhares de relance estavam cortantes, não com aprovação, mas sim com a ardente vitória.

Desviei o olhar de Rafe, cuja mirada contemplativa ainda estava pousada em mim. *Não cometa um erro, Lia, não como...* Eu vi os olhos sem visão do meu irmão, os pedaços espalhados de corpos no piso do vale, a cabeça do açougueiro rolando até o chão. O que o havia feito pensar que eu poderia algum dia superar em termos de estratégia alguém como o Komizar? Minha cabeça ainda girava com essa imprevista reviravolta na história.

Enquanto o Komizar estava ocupado com o *chievdar* à sua esquerda, perguntei a Calantha se ela faria o reconhecimento de sacrifício esta noite. Parecia que eu tinha areia na língua. Minha cabeça latejava. Eu não sabia ao certo se seria capaz de conjurar as palavras da minha memória.

"Não. Isso cabe a você, Princesa", disse ela. "Você fará isso."

Havia uma estranha urgência no tom dela que me fez parar e olhar com mais atenção para seu rosto. Seu pálido olho brilhava, prendendo-me à minha cadeira. Insistente.

A travessa de ossos estava disposta na minha frente, e fiquei simplesmente com o olhar fixo nela.

A sala foi ficando silenciosa, faminta, à espera. O Komizar chutou meu pé debaixo da mesa.

Levantei-me e ergui o prato de ossos e disse a bênção em dois idiomas, como Kaden havia feito para mim.

E cristav unter quiannad.

Um sacrifício sempre lembrado.

Meunter ijotande.

Nunca esquecido.

Yaveen hal an ziadre.

Nós vivemos um outro dia.

Fiz uma pausa, com a travessa tremendo em minhas mãos. Seguiu-se uma agitação, esperando que eu terminasse, mas acrescentei algo mais.

E cristav ba ena. Mias ba ena.

Um sacrifício para você. Apenas para você.

E assim será,

Para todo o sempre.

Paviamma.

Um ribombo de *paviammas* veio em resposta.

A fome do Conselho e dos convidados rapidamente sobrepôs-se a qualquer observação sobre as palavras acrescentadas, mas eu sabia que Rafe as havia notado. Ele foi o último a ecoar *paviamma* em resposta, enquanto baixava o olhar para a mesa.

A refeição parecia passar rapidamente. Eu mal tinha comido um bocado que fosse quando o Komizar empurrou seu assento para trás, satisfeito. "Tenho algumas novidades para compartilhar com você, Emissário."

A conversa ruidosa da refeição parou. Todo mundo queria ouvir qual era a novidade. Meu estômago se revirava com o pequeno pedaço que eu havia comido. Mas não era a novidade que qualquer um de nós esperava.

"Cavaleiros chegaram hoje de Dalbreck", anunciou ele.

"Tão cedo?", perguntou-lhe Rafe, casualmente limpando a gordura do canto de sua boca.

"Não os cavaleiros que enviei. Estes eram *Rahtans* que já estavam em Dalbreck."

Rahtans com novidades. Minha mão deslizou para a lateral do meu corpo, seguindo centímetro por centímetro na direção da faca de Natiya que estava na minha bota... antes que eu me lembrasse de que ela não estava mais lá. Passei os olhos pela adaga embainhada na lateral do corpo de Calantha.

"Parece que pode haver alguma verdade na sua história. Eles trouxeram notícias da morte da rainha, de uma febre que se alastrou pelo reino, e o rei não é visto há semanas, ou em luto, ou em seu próprio leito de morte também. Presumo que seja o último caso, até que eu receba mais notícias."

Voltei a sentar-me e fiquei fitando Rafe. A rainha. *A mãe dele.*

Ele piscou. Seus lábios meio que se abriram.

"Você parece surpreso", disse o Komizar.

Rafe finalmente encontrou sua voz. "Você tem certeza? A rainha estava com boa saúde quando parti."

"Você sabe como são essas calamidades. Elas devastam alguns mais rapidamente do que outros. Mas meus cavaleiros testemunharam uma pira funerária bastante impressionante. Aqueles membros da realeza são um tanto quanto extravagantes em relação a essas coisas."

Rafe assentiu distraído, em silêncio por mais um bom tempo. "Sim... eu sei."

A dor da minha plena impotência passou como uma onda por mim. Eu não tinha como ir até ele, não poderia tomá-lo em meus braços, nem mesmo poderia oferecer a ele as mais simples palavras de conforto.

O Komizar inclinou-se para a frente, aparentemente notando a reação de Rafe. "Você gostava da rainha?"

Rafe olhou para ele, cujos olhos estavam tão frágeis quanto vidro. "Ela era uma mulher calma", foi a resposta dele. "Ao contrário de..." O peito dele subiu e desceu profundamente, e ele bebeu um gole de sua cerveja ale.

"Não como aquele canalha encarquilhado a quem ela estava selada? Esses são os mais duros de matar."

Fiquei observando o aço retornar aos olhos de Rafe. "Sim", disse ele, com um assustador sorriso nos lábios, "mas até mesmo os durões acabam morrendo em algum momento."

"Vamos esperar que isso aconteça mais cedo do que tarde, de modo que eu e seu príncipe possamos fechar nosso acordo."

"Não vai demorar muito", garantiu-lhe Rafe. "Você pode contar com isso. O príncipe pode até mesmo ajudar a acelerar as coisas se tiver que fazer isso."

"Um filho cruel?", observou o Komizar, de cujas palavras gotejavam admiração.

"Um filho determinado."

O Komizar assentiu sua aprovação do pendente parricídio do príncipe, e depois acrescentou: "Para o seu bem, espero que seja bem determinado mesmo. Os dias estão passando rapidamente e minha repulsa por esquemas reais não diminuiu. Eu graciosamente estou bancando o anfitrião para o emissário dele, mas não sem um preço que deve ser pago. De uma forma ou de outra."

Rafe conseguiu abrir um largo e gélido sorriso. "Eu não me preocuparia. Você será recompensado dez vezes por seus esforços."

"Muito bem, então", foi a resposta do Komizar, como se estivesse satisfeito com a recompensa prometida, e fez um movimento para que os pratos fossem retirados da mesa. Quase imediatamente, ele ordenou que mais bebidas fossem servidas. Os criados vieram à frente com a cara safra dos vinhedos morrigueses, safra esta que nunca era partilhada além de presentes pessoais para os governadores. Mordi o lábio. Eu sabia o que isso queria dizer. *Não, não agora.* Será que ele não havia partilhado notícias o bastante para um único dia? Será que Rafe não tinha ouvido o bastante para uma noite?

Mas então ele reverteu a situação e fez com que se tornasse algo ainda pior... Ele fez com que eu contasse isso a eles. "Nossa princesa gostaria de partilhar algumas novidades conosco também." Ele ficou me fitando, com seus olhos cinzelados como pedra, esperando.

Meus músculos ficaram soltos, vacilantes, drenados de força. A sensação era de que eu havia já caminhado mais de mil quilômetros e agora estavam me pedindo para caminhar por mais um. Eu não era capaz de fazer isso. Eu queria parar de tentar e parar de me importar.

Fechei os olhos, mas uma chama teimosa que não era capaz de ser extinta ainda ardia.

Convença-os. Convença a mim.

Quando abri os olhos, o olhar contemplativo dele ainda estava cravado em mim, e eu me deparei com seus olhos fixos e marmóreos. Ele comandava um casamento, o que, em suas próprias palavras, era sinônimo de muito mais liberdades; no entanto, mais liberdade também era sinônimo de mais poder... algo que ele odiava dividir.

Os olhos dele ficaram afiados com a minha demora. Exigentes.

E talvez esse fosse o cutucão decisivo nas minhas costelas, como sempre tinha sido.

Mais um quilômetro. Por você, Komizar. Eu sorri, sorriso este que ele certamente pensou que fosse por sua ordem. Eu daria a ele seu casamento, mas isso não queria dizer que eu não poderia virar alguma fração deste momento para a minha vantagem, e frações de momentos depois deste, até que somassem algo inteiro e de inspirar medo, porque, com meu último suspiro, eu faria com que ele se arrependesse do dia em que colocou os olhos em mim.

Estiquei a mão, acariciei a bochecha dele, ouvi os murmúrios para a inesperada exibição de afeto e então empurrei minha cadeira para trás e fiquei em pé nela. As mesas que haviam sido adicionadas para acomodar os anciões e os lordes de quadrantes adicionais à refeição chegavam até o fim do saguão. Ao subir na cadeira, me certifiquei de que todos eles pudessem me ver e me ouvir. *Segurar minha língua, de fato.*

"Meus irmãos", falei, com a voz alta e transbordando todos os grandes floreios que agradariam o Komizar. "Hoje é um grande dia para mim, e eu espero, quando partilhar minha novidade com vocês, que concordem que este é um grande dia para todos nós. Eu devo muito a vocês. Vocês me deram um lar. Recebi as boas-vindas de todos, partilhei de suas xícaras de *thannis*, fui aquecida por suas fogueiras, por seus apertos de mãos e por suas esperanças. As roupas que adornam minhas costas também vieram de vocês. Recebi mais do que dei, mas agora espero retribuir por sua bondade. Hoje, o Komizar me pediu que..." Deliberadamente, fiz uma pausa, estendendo o momento, e fiquei observando enquanto eles se inclinavam para a frente, ficavam mais altos em seus assentos, boquiabertos, com as respirações contidas, as bebidas suspensas, os olhos, cativos do fascínio. Fiz uma pausa apenas longa o bastante para que o Komizar visse e entendesse que ele não era o único que sabia como comandar uma sala, e, por fim, quando ele foi só um pouco adiante em seu assento, eu me pronunciei novamente. "Hoje, seu Komizar me pediu para ficar ao lado dele, para que seja sua esposa e sua rainha, mas eu venho a *vocês* primeiramente, porque, antes de responder a ele, eu devo saber suas opiniões sobre se a minha posição aqui haverá de servir a Venda. Então eu pergunto: o que vocês dizem, anciões, lordes, irmãos e irmãs? Devo aceitar a proposta do Komizar? Sim ou não?"

Um silêncio sem fôlego preencheu o saguão, e então, um ensurdecedor *Sim! Sim!.* Punhos cerrados erguidos no ar; mãos socando mesas; pés batendo no chão; canecas de cerveja derramando seus conteúdos em brindes. Desci em um pulo da cadeira e inclinei-me para cima do Komizar, beijando-o plena e entusiasmadamente, o que fez com que o saguão irrompesse em mais aclamações de estourar os tímpanos.

Recuei levemente, mas meus lábios ainda roçavam os dele, como se fôssemos dois amantes que não conseguiam se separar. "Você queria um desempenho convincente", sussurrei. "Agora, teve um."

"Um pouco excessivo, não acha?"

"Escute. Você não está obtendo os resultados que desejava? *Fervor*, eu acho que foi essa a palavra que usou, não foi?"

O saguão ainda rugia com animação.

"Muito bem", admitiu ele.

E então um ancião nos fundos gritou uma pergunta: "Quando será realizado o casamento?"

A vantagem era minha ainda. Antes que o Komizar pudesse responder, eu gritei em resposta ao ancião: "Ao nascer da Lua do Caçador, para honrar o clã dos Meurasi." Dali a seis dias. Aclamações irromperam novamente.

Eu sabia que o Komizar havia visualizado uma execução imediata do casamento, mas agora não apenas estava anunciado em público como também era uma data que faria honra aos clãs. A menina Meuras nasceu sob uma Lua do Caçador. Seria um insulto se ele mudasse a data do casamento agora.

O Komizar levantou-se para aceitar os parabéns. Lordes de quadrantes e soldados fizeram pressão para entrar, e perdi-os de vista, mas eu vi que pelo menos alguns dos governadores estavam com sorrisos forçados, pegos desprevenidos por esse novo desdobramento das coisas. Talvez eles estivessem perturbados devido ao fato de que, como Conselho, eles não haviam sido consultados, ou talvez fosse alguma outra coisa: o fato de que eu seria *rainha.* O Komizar não tinha sequer piscado quando eu disse isso. Se ele fosse ficar hesitante em relação a alguma coisa, eu achava que seria isso. Vendanos não têm membros da realeza. Mas eu vi em nossas cavalgadas nas colinas como ele parecia exibir isso, *uma princesa do inimigo.*

Uma caneca de cerveja foi impelida na minha mão, e eu me virei para agradecer a quem quer que a tivesse entregado a mim. Fora Rafe.

"Parabéns, Princesa", disse ele.

Nós estávamos cercados, nossos cotovelos e nossas costas encostando nos que se misturavam na sala cheia, empurrando-nos para ficarmos mais perto um do outro.

"Obrigada, Emissário."

"Sem ressentimentos, certo?", disse um governador que estava ali perto.

"Uma mera distração de verão, governador. Tenho certeza de que você já teve algumas dessas distrações", falei, em um tom incisivo. Ele deu risada e voltou-se para uma outra conversa.

"Apenas uns poucos dias", disse Rafe. "Não é muito tempo para preparar as coisas."

"Disseram-me que os casamentos vendanos são simples. Tudo que se faz necessário é um banquete de bolos e testemunhas."

"Quanta sorte para vocês dois."

O ar estava delicado entre nós.

"Lamento por sua rainha", falei.

Ele engoliu em seco, ocultando seu fogoso olhar fixo. "Obrigado."

Eu podia ver a fúria que crepitava dentro dele. Ele era uma tempestade pronta para se soltar, um guerreiro que estava bem adiante do ponto de conter-se... exausto de ser um emissário complacente.

"Seu vestido é bem impressionante", disse ele, forçando um sorriso tenso em seus lábios.

De repente, o Komizar estava ao meu lado. "Sim, é mesmo. Ela está se tornando cada vez mais vendana, a cada dia que passa, não está, Emissário?" Ele arrastou-me para longe antes que Rafe pudesse responder.

A noite foi longa, com todos os anciões e lordes de quadrantes oferecendo congratulações ao Komizar, mas ele recebeu assentimentos quietos e mais indiretos daqueles com quem havia se encontrado em câmaras clandestinas.

Tratava-se de um movimento estratégico, e não de um casamento de verdade, nem mesmo de uma verdadeira parceria, como os clãs esperariam que fosse. Fiquei observando enquanto ele ficava lentamente irritado com o clã falante no saguão. Estes não eram realmente seu povo. Eles falavam de colheita, tempo e de banquete de bolos, não de armas, guerras e poder. Seus modos eram fracos, embora ele obtivesse seu exército dos jovens deles. A única meta em comum entre eles era *mais.* Para os clãs, mais comida, mais futuro. Para o Komizar, mais poder. Pelas promessas que ele lançava perante eles, eles lhe davam lealdade.

Ficou evidente o quanto ele precisava de mim quando se afastou no meio de uma frase de um ancião, com sua paciência esgotada. Ele parou abruptamente na minha frente, com os olhos obnubilados com o vinho, e puxou-me para trás de uma pilastra.

"Você deve estar ficando cansada. Está na hora de irmos embora." Ele disse a Ulrix que estávamos nos retirando, o que atraiu risadas daqueles que estavam perto o bastante para ouvir o que ele disse.

Eu vi Rafe nos observando de longe, como se ele pudesse sair correndo. Agarrei um pedaço da camisa do Komizar, puxei-o para perto de mim e sussurrei, em meio a um sorriso firme como uma navalha, sabendo que estávamos sendo observados: "Eu dormirei nos meus *próprios* aposentos esta noite. Se isso será um casamento, terá que ser um casamento de verdade, e você esperará como todos os bons noivos fazem."

As brumas do vinho foram lavadas por sua raiva. Seus olhos me cortavam. "Nós dois sabemos que não existe nada de verdadeiro em relação a este casamento. Você fará exatamente o que eu..."

"Agora é sua vez de pensar com cuidado", falei, olhando para ele com ódio, da mesma maneira que ele olhava para mim. "Olhe ao seu redor. Veja quem está observando. O que você deseja mais? A mim ou o fervor de seu povo? Faça sua escolha agora, porque eu juro que... você não pode ter os dois."

Sua expressão ficou fria, e então ele sorriu, soltando meu pulso. "Até o casamento."

Ele gritou, chamando Calantha para me escoltar até o meu quarto, e desapareceu outra vez em um círculo de soldados bêbados.

KADEN

Eu já estava cansado desse governador. Ele não parava de falar em momento algum. Pelo menos o pequeno esquadrão de homens que o acompanhava estava mais silencioso. Estava claro que eles o temiam, e se não fosse pela importância crucial de sua província como fornecedora de metal negro para o Sanctum eu teria deixado que ele ficasse para trás na estrada para engasgar-se com nossa poeira.

Seria só mais um dia de cavalgada antes que eu pudesse me livrar dele. No entanto, ele se encaixaria bem entre os *chievdars*. Seu tópico favorito era a dominação sobre os suínos inimigos e todas as formas como eles deveriam ser fatiados e enforcados. Espera só até ele ficar sabendo que tínhamos dois suínos inimigos dormindo no Sanctum... Nem eu, nem os homens que viajavam comigo havíamos contado isso a ele, na esperança de evitar mais uma arenga.

Na maioria das vezes, quando ele se pronunciava, eu tentava não lhe dar ouvidos de qualquer forma. Em vez disso, pensava em Lia, me perguntando o que tinha se passado nos últimos oito dias. Eu havia encarregado Eben e Aster de certificarem-se de que ela teria tudo de que precisasse, e convoquei Griz para cuidar dela também. Ele havia gostado dela, o que não estava em sua natureza, mas Griz era forte nos antigos modos dos povos da colina, e o dom tinha importância para eles. Com os três cuidando dela, Lia ficaria bem... eu vivia dizendo isso a mim mesmo.

Pensei no gosto do nosso último beijo, na preocupação nos olhos dela, na ternura em sua voz quando ela me perguntou sobre a minha mãe. Achei que talvez a maré estivesse virando para nós. Pensei no quanto eu mal podia esperar para voltar para ela e ouvir seu cântico de reconhecimento de sacrifício. *Paviamma.* Todas as palavras que...

"E então eu disse a ele..."

"Cale-se, governador!", falei, irritado. "Por três abençoadas horas, até montarmos acampamento, fique calado!"

Meus soldados sorriram. Até mesmo os membros do esquadrão do governador sorriram.

O governador empinou o peito e fez uma cara feia. "Eu só estava tentando quebrar a monotonia da cavalgada."

"Então nos poupe disso. A monotonia está boa para nós."

Voltei aos meus pensamentos sobre Lia. Como eu poderia dizer a ela que sabia, no meu âmago, quase desde o início, que deveríamos ficar juntos? Que eu tinha me visto envelhecendo junto a ela? Que um dom que eu nem mesmo tinha certeza de que ela teria me disse há muito tempo seu nome antes até mesmo que eu tivesse colocado os olhos nela.

41
CAPÍTULO
CRÔNICAS DE AMOR E ÓDIO

PAULINE

ryn inclinou-se para a frente, olhando para sua cidra. Ele era o mais jovem dos irmãos de Lia, sempre animado, insolente, o que cometia tantas travessuras quanto ela. Os últimos meses haviam deixado Bryn sério. Não havia um largo sorriso sequer em sua face agora, nem ditos satíricos em sua língua.

"Eu e Regan secretamente comemoramos quando ela fugiu. Nós nunca achamos que as coisas chegariam a esse ponto."

"Walther também?"

Ele assentiu. "Talvez ele mais do que todos nós. Foi ele quem deixou pistas falsas ao norte para os rastreadores."

Regan reclinou-se em sua cadeira e soltou um suspiro. "Todos nós havíamos expressado nossa oposição quanto a enviá-la até um estranho em uma terra desconhecida. Nós sabíamos que ela seria desafortunada, e havia outras formas de criar uma aliança com um pouco de diplomacia persistente..."

"Mas, ao que tudo indicava, nossa mãe não queria saber disso", interpôs-se Bryn, com a primeira ponta de amargura no tom.

A rainha? "Você tem certeza disso?", perguntei.

"Ela e o Erudito Real foram os primeiros a sugerir a aceitação da proposta de Dalbreck."

Isso era impossível. Eu conhecia a rainha. Eu tinha certeza de que ela amava Lia. "Como você sabe disso?"

Regan explicou que, depois que Lia desaparecera, houve uma imensa briga entre sua mãe e seu pai. Eles estavam tão enraivecidos que não haviam se retirado para suas câmaras particulares para colocar sua raiva para fora. "Meu pai acusou a minha mãe de solapá-lo e fazer com que ele parecesse um tolo. Ele disse que ela nunca deveria ter empurrado a questão se não era capaz de controlar sua própria filha. Eles jogavam os detalhes sórdidos na cara um do outro como se fossem flechas envenenadas."

"Tem que existir alguma explicação para tudo isso", falei. "Sua mãe ama Lia."

Regan deu de ombros. "Ela se recusa a discutir o assunto com qualquer um de nós, inclusive com o rei. Até mesmo Walther não conseguiu sondar e fazer com que ela revelasse algo, e ele sempre conseguia arrancar as coisas dela."

Bryn disse que ela passava a maior parte do tempo em seus aposentos, até mesmo para as refeições, e ele só a via caminhando pelos corredores quando ela estava a caminho de ir encontrar-se com o Erudito Real.

"Mas o Erudito odeia Lia", falei.

Regan assentiu, concordando. A animosidade entre Lia e o Erudito não era segredo. "Nós presumimos que ela esteja buscando conforto e aconselhamento nos Textos Sagrados. Ele é um especialista nessas coisas."

Conforto. Era possível... mas eu podia ouvir a dúvida na voz de Regan.

Bryn virou o restante de sua cidra. "Você tem certeza de que ela foi sequestrada?", ele me perguntou novamente. O tom dele estava marcado pelo desespero. Eu sabia o quanto ele amava a irmã, e só de pensar nela nas mãos de bárbaros trazia a ele um infortúnio de partir o coração.

"Sim", respondi em um sussurro.

"Confrontaremos tanto nossa mãe quanto nosso pai", disse Regan. "Faremos com que eles nos ouçam. Temos que trazê-la de volta."

Eles se foram, e meu ânimo aumentou. A determinação de Regan deu-me uma fatia de esperança. Ele me lembrava muito seu irmão. Se apenas Walther estivesse aqui para postar-se ao lado deles também... Beijei meus dedos e fiz uma prece para o rápido retorno de Walther.

261

Empurrei a mesa e me levantei para voltar para o nosso quarto. Eu também podia ver o cansaço na face de Gwyneth enquanto ela se levantava. Tinha sido um longo dia de espera e expectativas.

"Bem, aí está você!"

Tanto eu quanto Gwyneth nos viramos.

Berdi estava parada na entrada, com as mãos nos quadris.

"Bolas em chamas, eu fui até metade das estalagens daqui até as terras baixas procurando por vocês duas! Eu não achava que vocês estariam acomodadas confortavelmente no meio da cidade!"

Permaneci fitando-a, não conseguindo acreditar muito naquilo que eu estava vendo.

Gwyneth encontrou sua língua antes de eu encontrar a minha. "O que você está fazendo aqui?"

"Eu não conseguia sequer temperar um caldeirão de cozido para garantir minha própria sobrevivência me preocupando com vocês duas e com o que aconteceu com Lia. Imaginei que seria mais útil aqui."

"Mas quem está cuidando das coisas na taverna?", perguntei, em um guinchado.

Berdi balançou a cabeça. "Você não vai querer saber." Ela limpou as mãos em seu vestido como se estivesse usando um avental e depois farejou o ar. "Não é lá grande coisa aqui em termos de cozinha também, estou vendo. Talvez eu tenha que enfiar minha cabeça no trabalho com a comida." Ela voltou a olhar para nós e ergueu as sobrancelhas. "Eu não recebo algum tipo de boas-vindas?"

Tanto eu quanto Gwyneth fomos correndo para seus braços bem abertos, e Berdi limpava lágrimas pelas quais ela culpava a cavalgada poeirenta. A única coisa que estava faltando naquele momento era Lia.

Eu a encobria.

Fique imóvel, criança.

Deixe que eles tomem isso.

Ela treme ao meu lado,

Feroz com a fúria.

Nós observamos enquanto os abutres tomam

os cestos de alimentos que reunimos.

Não há qualquer compaixão. Nenhuma misericórdia.

Nesta noite, passaremos fome.

Vejo Harik, o líder, entre eles.

Ele olha para Morrighan, e eu a empurro para trás de mim.

Ele nada mais toma.

—Os Últimos Testemunhos de Gaudrel—

CAPÍTULO 42
CRÔNICAS DE AMOR E ÓDIO

Calantha escoltou-me até a câmara de banho. Embora a minha porta não estivesse mais trancafiada como se eu fosse uma prisioneira, minhas novas liberdades, ao que tudo indicava, ainda requeriam guardas postados na extremidade do meu corredor, *apenas por precaução*, clamava o Komizar, e eu não tinha dúvidas de que eles relatavam para ele todas as vezes em que eu até mesmo colocava a cabeça para fora da porta. Eu também tinha escoltas, que eram, em essência, outros guardas, para todas as partes aonde quer que eu fosse. Na noite passada, quando Calantha havia caminhado comigo até os meus aposentos, ela não havia falado uma palavra sequer. Esta manhã parecia trazer mais do mesmo tratamento.

Nós entramos na sombria câmara de banho, em que não havia janelas, que era iluminada apenas por umas poucas velas, mas, dessa vez, no lugar de um barril de madeira, havia uma grande tina de cobre, que estava cheia de água pela metade, e ondas de vapor brilhavam acima da superfície. Um banho *quente*. Eu não havia pensado que tal coisa existisse por aqui. O doce aroma de rosas enchia o ar. E óleos de banho.

Ela deve ter notado a hesitação nos meus passos. "Um presente de noivado do clã", explicou-me ela com a voz inexpressiva, e sentou-se em uma banqueta, acenando para mim em direção à tina.

Despi-me do robe e entrei, aliviada, na água escaldante. Esse era o primeiro banho quente que eu tomava desde que deixara o acampamento dos nômades. Eu quase poderia ter me esquecido de onde estava, não fosse pelo olho azul feito de bijuteria de Calantha fixo em mim, e seu olho leitoso olhando, sem foco, nas sombras.

"A que clã você pertence?", perguntei a ela.

Isso chamou a atenção dela. Seus dois olhos estavam focados em mim agora. "A nenhum", foi a resposta dela. "Eu nunca vivi fora do Sanctum."

Essa revelação me deixou confusa. "Então por que você fez com que eu trançasse meus cabelos de forma a deixar exposto o meu *kavah?*"

Ela deu de ombros.

Afundei na tina. "É assim que você resolve todos os seus problemas, não é? Com indiferença."

"Eu não tenho problemas, Princesa."

"*Eu* sou um problema seu, isso é certo; no entanto, até mesmo isso é um mistério para mim. Você ao mesmo tempo me incita e me frustra, como se não conseguisse se decidir."

"Não faço uma coisa nem outra. Sigo ordens."

"Eu acho que não", contra-ataquei, e passei uma esponja embebida em sabão pela minha perna. "Eu acho que você está mexendo com um pouco de poder, mas não sabe muito bem ao certo o que fazer com isso. Você testa sua força agora, você a traz para fora de seu esconderijo, mas então a afasta de novo. Toda sua audácia fica do lado de fora. Por dentro, você se acovarda."

"Acho que você consegue tomar banho sozinha." Ela levantou-se para ir embora.

Peguei um punhado de água e joguei nela, borrifando sua face.

Calantha se enfureceu, e sua mão voou até a adaga que estava em seu quadril. Seu peito erguia-se em profundas e raivosas respirações.

"Estou armada. Isso não a deixa preocupada?"

"Estou nua e desarmada. Eu seria uma tola se não ficasse preocupada. Mas eu fiz isso mesmo assim, não fiz?"

O olho dela ardia em chamas. Não havia qualquer indiferença em sua face agora. Seu lábio ergueu-se em um sorriso de desdém e condescendente. "Eu já fui como você, Princesa. As respostas eram simples. O mundo estava nas pontas dos meus dedos. Eu era jovem, estava apaixonada, e era a filha do homem mais poderoso nesta terra."

"Mas o homem mais poderoso nesta..."

"Isso mesmo. Eu era a filha do último Komizar."

Inclinei-me para a frente na tina de banho. "Aquele que..."

"Sim, aquele que seu noivo matou onze anos atrás. Eu o ajudei a fazer isso. Então agora você sabe, eu sou bem capaz de ser audaz. Planejar a morte de alguém não é tão difícil."

Ela se virou e foi embora, e a porta pesada fechou-se ruidosamente atrás dela.

Fiquei ali pasmada, sem saber ao certo o que pensar. Ela havia acabado de ameaçar orquestrar a minha morte? *Eu era jovem e estava apaixonada.* Pelo Komizar? O que será que ela pensou quando ficou sabendo do nosso casamento? Seria por isso que ela andava tão calada? Com certeza, agora ela teria mais motivos para me matar.

Terminei o meu banho, cujo luxo se fora agora. Esfreguei meus braços com a esponja, tentando pensar apenas nos banhos em que Pauline esfregava as minhas costas e eu esfregava as dela, em como nós fazíamos jorrar jatos quentes de água de rosas em cima uma da outra, os banhos em que sorríamos e falávamos sobre amor, futuro e todas as coisas partilhadas por amigas... não assassinato. Eu não conseguia absorver isso muito bem. *Calantha havia ajudado o Komizar a matar seu próprio pai.*

E, ainda assim, ela não havia sacado sua adaga para mim, embora eu tivesse visto a fúria em seus olhos. Eu a havia forçado, exatamente como pretendia, mas não obtive a resposta que tinha esperado. Ainda assim, muita coisa foi revelada. No bater de um coração, em um segundo, por baixo de todo aquele escárnio que mascarava sua face, eu vi uma menina, uma Calantha mais jovem, sem o tapa-olho, que estava aterrorizada. Um pequeno vislumbre da verdade.

Ela sente medo.

Medo e *thannis* eram as duas coisas que pareciam crescer facilmente neste reino.

Quando saí da câmara de banho, Calantha havia deixado dois guardas mirrados e de bochechas macias como minhas escoltas em seu lugar. Aparentemente, ela havia tido o bastante de mim por um dia. Eu também tivera o bastante dela. Comecei a me virar em uma direção, e ambos os guardas deram um passo à frente para me bloquear.

"Eu não preciso da sua escolta", falei. "Estou indo..."

"Fomos ordenados a levá-la de volta para seus aposentos", disse um deles, cuja voz soava irregular, e ele alternava-se de um pé para o outro. Os dois guardas trocaram um temeroso olhar de relance, e eu avistei um nó de couro no pescoço do mais baixo deles, sob seu colete. Ele usava um amuleto para proteção. Sem dúvida o outro também usava um. Assenti devagar, notando suas expressões cautelosas, e começamos a caminhar na direção que eles me indicaram, cada um deles a um lado de mim. Quando cheguei à parte mais escura do corredor, parei abruptamente. Fechei os olhos, as mãos estiradas nas minhas coxas.

"O que há de errado com ela?", sussurrou um deles.

"Recue", disse o outro.

Fiz uma careta.

Ouvi ambos se afastando para trás.

Tremi as pálpebras e as abri até que meus olhos estivessem arregalados e com ares de loucura.

Ambos os guardas estavam colados na parede.

Abri a boca devagar, cada vez mais, até estar certa de que eu parecia um bacalhau boquiaberto.

E então soltei um grito de coagular o sangue.

Eles dois desceram correndo o corredor, desaparecendo tão rapidamente nas sombras que fiquei impressionada com sua agilidade.

Eu me virei, satisfeita porque eles não voltariam por este caminho novamente, e segui na direção oposta. Era a primeira vez em que eu havia feito do dom uma impostura desde que eu estava aqui. Se não me seriam entregues de bandeja as liberdades que recentemente fiz por merecer, parecia que eu as teria que agarrá-las à força. Havia segredos a apenas poucos passos de distância que eu tinha o direito de conhecer.

As cavernas bem profundas debaixo do Sanctum estavam silenciosas. Apenas um pouco de luz emprestada de uma lanterna do corredor do lado de fora me ajudava a passar por ali. Entrei em uma longa e estreita câmara que havia estado, isso era claro, em uso recentemente. Um pedaço de pão comido pela metade estava embrulhado em um tecido encerado. Havia livros abertos em cima de uma mesa. Números e símbolos que não faziam qualquer sentido para mim estavam rabiscados em folhas de papel e não davam uma pista sequer sobre de onde viriam os estranhos homens que trajavam robes. Vários e minúsculos frascos vedados cheios de um líquido claro ladeavam a parte de trás de outra mesa. Levantei um deles e ergui-o contra a luz. Seria o próprio estoque de bebidas alcoólicas deles? Recoloquei-o no lugar e procurei pelos cantos mal-iluminados, mas nada consegui achar.

Esta câmara não tinha sido meu destino pretendido, mas, enquanto eu passava por seu estreito portal, fui repentinamente sobrepujada por um calafrio. *Ali.* Minha pele ficou arrepiada. A palavra pressionada pesadamente contra meu peito como se fosse a mão de alguém me detendo. *Ali.* Eu tinha certeza de que era o dom falando, uma corrente de ar dentro do aposento que me alcançava, mas, quando eu nada conseguia achar, duvidei de mim mesma, perguntando-me se não seria apenas um dos ventos frios neste submundo cavernoso. Dei uma última e longa olhada para o conteúdo deste aposento e segui em frente.

Aster estava certa. O túnel dava somente para rochas molhadas e engrenagens, os movimentos ocultos da ponte. O rio rugia apenas a alguns passos de mim, e eu já estava molhada com sua neblina. Seu poder era incrível e assustador, e eu me perguntava quantas vidas haviam sido perdidas apenas na tentativa de construir um caminho que o cruzasse.

Meu ânimo afundou quando examinei as engrenagens. Elas faziam parte de um elaborado sistema de polias com rodas tão massivas quanto aquela que eu tinha visto mais alta no penhasco na entrada de Venda. "Não tem jeito...", falei para mim mesma. E, ainda assim...

Eu não conseguia exatamente me arrastar para longe dali. A engrenagem inferior estava presa na rocha que a cercava. Tratava-se de uma descida escorregadia, e o rio que se revolvia abaixo fazia com que eu olhasse duas vezes onde pisava, mas minha curta ascensão nada revelou que me ajudasse. Na verdade, apenas confirmou que nós não sairíamos dali pela ponte.

CAPÍTULO 43
CRÔNICAS DE AMOR E ÓDIO

la não usou a palavra amor. Minha tia Cloris referia-se a esse sentimento como uma "confluência de destinos". Eu achei que era uma bela palavra quando ela a disse, *confluência*, e tinha certeza de que deveria significar alguma coisa bela e doce, como um bolinho salpicado com açúcar. Ela disse que o rei de Morrighan tinha 34 anos e ainda não havia encontrado um par adequado quando uma nobre Primeira Filha de um reino sitiado chamou a atenção de um Lorde em uma viagem diplomática a Gastineux.

Confluência... uma reunião movida pelo acaso, como riachos sinuosos que se juntam em um barranco distante e não visto. Juntos, eles se tornam algo maior, mas não é delicado nem doce. Como um rio em fúria, uma confluência pode levar a alguma coisa impossível de se prever ou controlar. Minha tia Cloris merecia mais crédito por sua astúcia do que eu havia lhe dado. Ainda assim, às vezes, essa reunião, a confluência de destinos, parecia ser nem um pouco obra do acaso.

No dia de hoje, o Komizar tinha questões que necessitavam de sua atenção lá no quadrante de Tomack, mas ele ficara sabendo por meio de Calantha que a família de Rafe criava cavalos que eram providos ao exército de Dalbreck. Ele pediu que Eben e o governador Yanos levassem Rafe até o curral fechado e aos estábulos logo na saída da cidade para avaliar alguns de seus garanhões e de suas éguas.

Eu havia insistido em exercitar algumas das minhas recentemente merecidas liberdades, mesmo que viessem com a escolta de dois guardas bem armados, e fui até o quadrante de Capswam, procurar o pai de Yvet. Dei a ele metade dos meus ganhos do jogo de cartas com Malich e pedi três coisas a ele: que procurasse um curandeiro para Yvet, de modo a certificar-se que a mão dela não ficaria preta com a infecção; que usasse o restante das moedas para comprar o queijo pelo qual ela já havia pagado um preço tão alto; e que nunca a humilhasse pelos feitos hediondos de outrem.

Ele tentou recusar o dinheiro, mas fiz com que ele o pegasse. E então ele chorou e eu achei que meu coração seria arrancado de meu peito. Os guardas, dois jovens, que não tinham mais do que vinte anos de idade, testemunharam as cenas e, depois que fomos embora, eu avisei-os para que não contassem a Malich onde tinha ido parar o dinheiro que ganhei dele.

"Nós somos Meurasi", disse um deles. "Yvet é nossa prima." E, embora eles não tivessem me estendido qualquer promessa, eu sabia que eles não contariam. Era meio-dia, eu tinha acabado de entrar no pátio dos estábulos do portão sul do Sanctum, e Rafe vinha do portão a oeste. Meu coração animou-se, como sempre acontecia quando eu o via, esquecendo-se, por um breve instante, do perigo com que ele se deparava e das mentiras que eu tinha que guardar. Eu só vi sua barba por fazer, seus cabelos presos para trás, a confiança em sua postura na sela, a mesma certeza que ele tinha quando entrara na taverna pela primeira vez. Havia um poder cativante em relação a ele, e eu me perguntava como ninguém mais via isso. Ele não era um convincente lacaio de um príncipe. Ele *era* o príncipe. Talvez todos nós víssemos o que queríamos ver. Eu havia me apaixonado pela ideia de um fazendeiro, e não foram necessários muitos empurrõezinhos para que eu acreditasse que fosse este o caso.

Ele estava comendo uma maçã, cuja casca vermelha brilhava em contraste com o monótono pátio de estábulos. Eu havia visto as frutas estimadas chegando nesta manhã com uma caravana dos Previzi e fiquei observando enquanto Calantha jogava para ele dois dos doces prêmios. Eu não havia comido uma fruta sequer desde que deixara o acampamento dos nômades. A coisa mais próxima disso eram os vegetais de raízes, cenouras e nabos, às vezes servidos com frangos ou carne selvagem do Sanctum. Eu sabia que uma maçã era mais um luxo entregue aos aposentos dos membros do Conselho e me perguntava sobre o porquê da generosidade de Calantha para com Rafe. Ele movia-se para a frente e para trás em sua sela com tranquilidade enquanto se aproximava, mordendo e arrancando outro pedaço da maçã, e nossos caminhos se encontraram no meio do pátio. Nós trocamos um rápido olhar de relance e descemos de nossas montarias, esperando que os vários cavalos que estavam sendo presos a vagões saíssem do caminho. Embora tivéssemos um momento ocioso juntos e os guardas que nos cercavam estivessem falando alto, contando piadas e mandando os condutores dos Previzi apressarem-se em seus trabalhos, ainda havia muitos que conseguiam nos ouvir. Eu não poderia me arriscar a tentar explicar a noite passada para ele nem como minha recusa para com o Komizar poderia ter acelerado sua sentença de morte. Ele foi deixado se perguntando o que eu estaria tramando. Rafe sabia que eu desprezava o Komizar. Ele mastigava sua maçã, inspecionando com os olhos o meu vestido e as longas trilhas de ossos que batiam ruidosamente na lateral do meu corpo. Eu podia ver todas as sílabas destas palavras nos olhos dele: *Ela está se tornando mais vendana a cada dia que passa.*

"Se *meu amigo Jeb* estivesse aqui", disse ele, "ele a cumprimentaria por seus acessórios, Princesa. Os gostos dele pendem para o lado mais selvagem."

"Assim como os do Komizar", disse um dos guardas, um lembrete de que eles sempre estavam ouvindo.

Fiquei analisando Rafe. Eu não sabia ao certo se isso era um elogio ou um insulto. O tom ele era estranho, mas então alguma outra coisa chamou sua atenção.

Acompanhei o olhar contemplativo dele. *Uma confluência de destinos.*

Não agora. Não aqui. Eu sabia que isso não acabaria bem. Era Kaden. Ele estava cavalgando na nossa direção com o governador que ele havia ido procurar ao seu lado e o que parecia ser um desordenado esquadrão de homens com ele.

Rafe começou a engasgar-se, com a maçã voando de sua boca. Seus olhos ficaram cheios de água.

"Mastigue, Emissário", falei, "antes de engolir."

Ele tossiu mais algumas vezes, mas seus olhos continuaram fixos no esquadrão que se aproximava.

Eu vi o alívio claro no rosto de Kaden quando ele me avistou. Ele desceu de seu cavalo, e os homens que estavam com ele fizeram o mesmo. Kaden ignorou Rafe, como se ele não estivesse ali. Na verdade, como se ninguém houvesse ali. "Você está bem?", ele me perguntou, não notando o repentino silêncio dos soldados ao nosso redor. O Assassino estava de volta... O Assassino, que ainda não ficara sabendo da novidade. O governador deu um passo à frente, pigarreando.

Kaden, relutante, assentiu na direção dele. "Este é o novo governador de Arleston e seus..." — ele fez uma pausa, como se estivesse buscando a palavra certa — "... soldados."

Eu entendi o porquê da pausa. "Soldados" era um termo generoso. Eles não eram um bando impressionante. Sem uniformes, com as roupas em frangalhos, os mais pobres dos pobres. Mas o governador era um homem bruto e assustador, alto e esguio, com um amplo peito e uma cicatriz odiosa que seguia como uma faixa em sua face, da maçã do rosto até o queixo. Ele tinha uma linha formada por franzir o rosto entre suas sobrancelhas para combinar com a cicatriz.

"E você é...?", disse ele.

O repentino sorriso forçado que retorcia seus lábios era mais desgraçado do que sua cara feia.

"Isso não é importante", disse Kaden. "Vamos..."

"Princesa Arabella", respondi. "Primeira Filha de Morrighan, e este é Rafe, o Emissário do Príncipe Jaxon, de Dalbreck."

O sorriso do governador desapareceu. "Porcos inimigos no Sanctum?", disse ele, com descrença.

Ele olhou com ódio para Rafe e cuspiu, acertando as botas dele, que começou a ir para a frente, mas eu me pus entre eles.

"Para alguém tão novo nessa posição, você tem uma língua excepcionalmente impulsiva, governador", falei. "Tome cuidado, ou poderá perdê-la."

Ele bravejou, pasmado, e olhou para Kaden. "Você permite que seus prisioneiros falem com você desse jeito?"

"Ela não é mais uma prisioneira", disse em tom de desaprovação um dos soldados que estava por perto. E foi então que Rafe contou a Kaden sobre o meu novo papel no Sanctum.

CAPÍTULO 44
CRÔNICAS DE AMOR E ÓDIO

KADEN

u abri com força a porta da câmara de reuniões do Komizar, fazendo com que batesse contra a parede. Três irmãos estavam parados em pé perto dele e sacaram suas armas. O Komizar continuou sentado atrás de uma mesa que continha uma pilha de mapas e cartas de navegação, e nossos olhares contemplativos travaram-se um no outro. Meu peito subia e descia por causa da minha corrida pelo pátio dos estábulos e pelo Sanctum.

Meus irmãos *Rahtans* continuavam com suas adagas firmes em suas pegadas de punhos cerrados.

"Saiam", ordenou o Komizar. Eles ficaram verdadeiramente hesitantes. "Saiam!", ele gritou de novo.

Relutantes, embainharam suas facas. Quando fecharam a porta atrás deles, o Komizar levantou-se, deu a volta até a lateral da mesa e ficou cara a cara comigo. "Então você ficou sabendo da novidade? Presumo que esteja aqui para me oferecer os parabéns."

Lancei-me para cima dele. Joguei-o no chão, e os móveis caíram à nossa volta. Ele puxou a minha faca de sua bainha, mas bati com tudo na mão dele contra o chão, e a faca saiu voando pelo aposento. Seu outro punho cerrado pegou meu maxilar e caí para trás, mas meu joelho foi de encontro às costelas dele quando ele veio para cima de mim novamente. Vidro estilhaçou-se, papéis e mapas voavam para o chão ao redor de nós, mas minha fúria por fim prevaleceu, e eu o prendi no chão, segurando uma lasca de sua lanterna quebrada junto ao seu pescoço. O sangue escorria da minha mão enquanto a borda afiada cortava minha própria carne.

"Você sabia! Você sabia como eu me sentia em relação a ela! Mas tudo que você já tinha não era o bastante! Você tinha que ter Lia também! Assim que virei as costas..."

"Então o que você está esperando?" Os olhos dele estavam ferozmente frios. "Corte a minha garganta. Acabe com isso."

O vidro tremeu em meu punho cerrado. Um talho e eu seria o próximo Komizar. Isso havia sido esperado durante anos, um Assassino atrás do outro erguendo-se ao poder. Nós selávamos nossos próprios destinos, treinando nossos sucessores bem demais em seus deveres. Minha mão sangrava pelo pescoço dele.

"Está certo", disse ele. "Pense com cuidado. Você sempre faz isso. Eis uma coisa com a qual sempre pude contar em você. Pense em todos os nossos anos juntos. Em onde você estava quando o encontrei. Pense em todas as coisas pelas quais trabalhamos. Todas as coisas que você ainda quer. Uma menina realmente vale a pena?"

"E ainda assim você vai se casar com ela? Fazer dela sua rainha? Ela deve ter valor para você! O que aconteceu com toda sua conversa sobre débeis vidas domésticas? E realeza? Venda não tem realeza!"

"Sua raiva está anuviando seu julgamento. Foi isso que ela fez com você? Envenenou-o? Minhas decisões são tomadas com base somente no que trará benefícios aos meus compatriotas. De onde vêm as *suas?*"

Somente de Lia. Para mim, Venda não existia quando entrei voando neste aposento.

Ele olhou para mim com calma, até mesmo com o vidro denteado em sua garganta. "Eu poderia ter feito com que você morresse no exato minuto em que irrompeu pela porta. Não é isso que eu quero, Kaden. Temos história demais entre nós. Vamos conversar."

Olhei com ódio para ele, com meus pulmões ardendo, os segundos incendiados passando, a pulsação do pescoço dele estável sob a minha mão. Apenas uma pequena veia me separava de Lia. Mas era verdade... ele poderia ter colocado os *Rahtans* para cima de mim no segundo em que cruzei aquela porta. Até mesmo enquanto eu passava pelos portões. Ele poderia ter ficado em prontidão com a própria adaga. *Temos história demais entre nós.*

Deixei que ele se levantasse. O Komizar me jogou um trapo para que eu envolvesse minha mão com ele e, então, inspecionou a carnificina de coisas quebradas em seu escritório e balançou a cabeça.

"Foi você que a trouxe aqui. Foi você que disse que ela seria útil a Venda. Você estava certo. E agora os clãs deram as boas-vindas a ela. Para eles, a garota é um sinal de que os deuses favoreceram Venda. Ela é um símbolo dos modos antigos e de promessas. Nós conseguimos mais do que barganhamos, e agora devemos fazer uso disso. Nós temos um longo inverno pela frente e a maior parte dos suprimentos deve alimentar nosso exército. No entanto, o fervor das massas não desmoronará se ela alimentar as superstições deles."

"Por que um casamento?", falei, com amargura na voz. "Existem outras maneiras."

"Foi solicitação do clã, meu irmão, e não minha. Pense. Eu demonstrei algum interesse nela antes? Os clãs deram as boas-vindas a ela, mas alguns ficaram cautelosos, pensando que poderia se tratar de um outro truque do inimigo. Eles queriam provas de um verdadeiro comprometimento por parte dela. O casamento com o líder deles tem a permanência que eles desejam. Consultei o Conselho. Eles aprovaram a questão. Você está questionando não apenas o meu julgamento, mas o julgamento do Conselho inteiro também?"

Eu não sabia o que pensar. Eu não conseguia acreditar que o Conselho aprovaria isso, mas, sem minha presença aqui... por que não? Malich provavelmente seria o primeiro a dizer que sim. E, desde o dia em que os Meurasi haviam dado as boas-vindas a ela, eu deveria saber que isso poderia tornar-se uma possibilidade. Os Meurasi não davam as boas-vindas a forasteiros.

"Não se preocupe, as coisas não vão mudar muito. Eu não tenho qualquer interesse na moça além do que ela haverá de fazer por nossos compatriotas. Você até mesmo pode manter seu bichinho de estimação em seus aposentos por ora se for discreto perto dos clãs. Eles devem achar que o casamento é de verdade." Ele fez uma pausa enquanto endireitava o pedestal da lamparina a óleo. "Mas eu devo avisá-lo de uma coisa", disse ele, voltando-se novamente para mim, "ela desenvolveu uma afinidade genuína junto aos clãs. Quando lhe propus o casamento, ela o abraçou. Ela estava até mesmo ansiosa por isso. Ela também viu o valor disso."

"Abraçou? Sob ameaça de morte?", falei, com sarcasmo.

"Pergunte você mesmo a ela. Ela viu que isso lhe permitia ter duas vantagens... maiores liberdades e a doce vingança contra o próprio pai. Certamente, você, de todas as pessoas, é capaz de entender isso. Traição por parte de sua própria espécie é uma ferida que nunca cura. Use sua lógica, seu idiota aflito, e recomponha-se."

Olhei para ele, com minha calma de volta. "Perguntarei a ela. Você pode ter certeza disso."

Ele fez uma pausa, como se algo tivesse acabado de lhe ocorrer. "Que diabos, ela não está carregando um moleque seu, está? Espero que você não seja assim tão idiota."

Ele presumiu, como eu o havia levado a acreditar, que eu e Lia estávamos dormindo juntos. No entanto, esperava-se que os *Rahtans* tomassem precauções de modo a não ficarem presos àquelas débeis vidas domésticas que ele tão grandemente ridicularizava.

"Não. Não há qualquer moleque." Girei e saí tempestuosamente dali.

"Kaden", disse ele enquanto eu chegava na porta, "não me force demais. Malich também daria um bom Assassino."

Ela estava inclinada sobre a tina, borrifando água em sua face, e seus ombros enrijeceram-se com o som das minhas passadas atrás dela.

"Ele forçou você a fazer isso?", perguntei a ela. "Eu sei que ele a forçou. Eu nem mesmo sei por que estou perguntando." Ela não me respondeu, e mergulhou as mãos na água, lavando até seus cotovelos. Agarrei seu braço, girando-a, e a tina virou-se, abrindo-se em duas quando caiu no chão. "Responda-me!", gritei.

Ela olhou para baixo, para as duas metades quebradas da tina, e para a água que formava uma poça aos nossos pés. "Eu achei que você já tinha a resposta para a sua pergunta e que não precisava da minha."

"Diga-me, Lia."

Os olhos dela brilhavam. "Kaden, eu sinto muito. Eu não vou mentir e dizer que não quero isso. Você sabe que não amo o Komizar, mas também não sou mais uma menina tola de olhos sonhadores. A verdade é que eu fiquei resignada com o fato de que nunca vou sair daqui. Preciso fazer uma vida para mim mesma... a melhor que puder. Exatamente como você pediu que eu fizesse. E, se formos ser honestos...", a voz dela ficou vacilante, e ela engoliu em seco, "... o Komizar tem uma coisa a me oferecer que você não tem. Poder. Existem pessoas aqui, como Aster, os clãs, e outros, com quem estou realmente vindo a me importar. Quero ajudá-los. Com um pouco de poder, eu seria capaz de fazer isso. Eu me lembro de você ter me dito que você não tinha as escolhas que eu achava que tivesse. Eu entendo isso agora. Então, como você, estou tirando vantagem das escolhas que eu realmente tenho. O casamento com o Komizar me oferece benefícios que você não pode me dar." Ela estreitou os olhos. "E, como um bônus, a notícia do casamento cortará pelo menos meu pai até seu âmago, se não todos de Morrighan. Haverá um pouco de doçura nisso. Acredite em mim quando lhe digo que não fui forçada a fazer isso."

"Em apenas uma semana você decidiu tudo isso?"

O brilho deixou os olhos dela como se no momento oportuno. "Uma semana é o tempo de uma vida, Kaden. Capaz de varrer um mundo todo de pessoas da face da terra com a queda de uma única estrela. Pode transportar uma criada de uma taverna que morava em um vilarejo à beira do mar até um deserto causticante com cruéis assassinos como companhia. Então, em comparação a isso, realmente, minha pequena decisão de casar-me com um homem por poder precisa de mais de uma semana para ser pensada?"

Balancei a cabeça. "Essa não é você, Lia."

Ela ergueu o lábio em repulsa, como se, de repente, tivesse ficado cansada de ser empática.

"Você está magoado, Kaden. Eu sinto muito. De verdade. Mas a vida é difícil. Tire essa sua cabeça vendana da bunda e acostume-se a isso. Você não cuspiu palavras muito similares a essas para mim lá na *carvachi* de Reena? Bem, agora eu entendo. Você também deveria entender."

A voz dela estava fria, distante... e o que ela disse era verdade. Tudo afundava dentro de mim, caindo como se ela tivesse cortado tanto a minha respiração quanto os meus músculos. Olhei para ela, com até mesmo as palavras na minha língua perdidas em algum lugar na queda, e me virei. Saí pela porta, descendo o corredor, nada vendo enquanto eu por ali passava... imaginando como ela teria se tornado tão... perfeitamente como a realeza.

RAFE

 eclinei-me no parapeito, observando Lia.
Eu estava sozinho, sem qualquer guarda, nem Ulrix nem Calantha. Embora eles fizessem com que eu soubesse, com frequência, que continuavam de olho em mim, não estavam mais constantemente ao meu lado. Parecia que todas as regras haviam sido relaxadas agora que o casamento havia sido anunciado e agora que...

Descansei a cabeça nos meus braços. Minha mãe estava morta. Deixava-me enojado o fato de que a morte dela aumentara minha credibilidade. Eu deveria estar em casa. Todos em Dalbreck provavelmente estava me procurando e se perguntando... onde estará o príncipe Jaxon? Por que ele não está aqui? Por que fugiu de seus deveres? Sim, meu pai decapitaria a mim e a Sven se algum dia voltássemos. Isso se ele ainda estivesse vivo.

Aqueles são os mais duros de se matar.

Meu pai era um canalha durão, exatamente como o Komizar havia falado. Mas era um velho canalha durão. Que estava ficando cansado. E ele amava minha mãe, ele a amava mais do que a seu reino ou sua própria vida. Perdê-la iria enfraquecê-lo, fazendo dele uma presa rápida dos flagelos com que ele teria lutado em tempos melhores.

Eu deveria estar lá.

Eu estava de volta a isso. Ergui a cabeça e olhei para Lia, que estava sentada na parede afastada, acima da praça lá embaixo. Meu dever estava em Dalbreck, mas eu não conseguia me imaginar em qualquer outro lugar que não fosse aqui com ela.

"Havia apenas umas poucas pessoas reunidas quando parti."

Eu me virei. Kaden havia chegado até mim em silêncio. Ele estava escondido na sombra de uma coluna, observando-a também. A companhia dele era a última que eu queria.

"Os números vêm dobrando todas as noites."

"Eles a amam."

"Eles nem mesmo a conhecem, conhecem apenas o que o Komizar desfila pelas ruas."

Ele virou-se para olhar para mim, com os olhos cheios de desprezo. "Talvez seja você que não a conheça."

Voltei a olhar para Lia, que estava empoleirada de forma precária em uma parede alta. Eu não gostava nada em relação a isso. Eu não gostava de dividi-la com Venda. Eu queria que nada que tivesse relação a esta terra miserável a amasse. Era como se fossem garras afundando e puxando-a para seu covil escuro. No entanto, dia após dia, eu via isso acontecer. Via isso na forma como os ossos de seus quadris se mexiam enquanto ela caminhava, na forma como ela trajava as roupas deles, no jeito como ela falava com eles. Para Lia, eles não eram mais o mesmo inimigo que tinham sido quando caminhamos por aquela ponte.

"Não são apenas as memórias sagradas nem as histórias", falei. "Eles fazem perguntas a ela. Ela conta a eles sobre o mundo além do Grande Rio, um mundo que ela nunca mais vai ver de novo caso vire a rainha do seu Komizar."

"Ela abraçou isso. Ela me disse que fez isso."

Soltei uma bufada. "Então deve ser verdade. Nós dois sabemos que Lia sempre diz a verdade."

Ele olhou para mim, com os olhos mortos, imóveis, revirando o pensamento em sua cabeça como se estivesse buscando em sua memória por mentiras passadas dela. Eu notei o machucado em seu maxilar e sua mão envolta em uma bandagem. Esses eram bons sinais. Discórdia nos ranques. Talvez o Komizar tivesse que matá-lo antes que eu o fizesse.

Ergui meu olhar contemplativo, e Kaden fez o mesmo. Nós os vimos ao mesmo tempo.

Do outro lado, nos altos terraços, governadores e guardas tinham saído para observar Lia, e lá na torre do norte, emoldurado por sua janela, o próprio Komizar observava tudo. Ele estava longe demais para que pudéssemos ver sua expressão, mas vi em sua postura a sensação de posse, o orgulho, as cordas que com certeza ele puxara em sua bela e pequena marionete.

As palavras dela varriam a praça, e então ecoavam de volta das paredes, ressoando claras, e uma estranha quietude rastejava pelo ar. Estava tudo estranhamente quieto, exceto por ela.

"Foi assim no vale quando ela enterrou o irmão", disse Kaden. "Fez todos os soldados pararem."

Pois os Reinos ergueram-se das cinzas de homens e mulheres
e são construídos em cima dos ossos dos perdidos,
e para lá retornaremos se o Céu assim desejar.
E assim será, para todo o sempre.

Para todo o sempre.

As palavras finais me corroíam, a permanência que se agigantava caso eu não a tirasse logo daqui. Eu observava enquanto Kaden a analisava.

"Mas ele será bondoso com ela, não é?", falei. "O dia do casamento será um dia para nós dois celebrarmos. Poderemos lavar as mãos em relação a ela, por fim. Ela é muita encrenca, não?"

Fiquei observando enquanto seu maxilar se apertava, o imperceptível encolher de seu ombro. Ele queria pular em cima de mim por jogar a verdade na cara dele. Eu quase desejava que ele o fizesse. Eu gostaria de ter acabado com ele de uma vez por todas, mas eu tinha maiores preocupações para solucionar e pouco tempo para isso. O casamento havia encurtado meu prazo em uma semana... E agora os outros estavam aqui. Eu me virei para ir embora.

"Você caminha livremente pelo Sanctum agora, Emissário?"

"Muita coisa mudou em uma semana, Assassino, para nós dois. Seja bem-vindo ao lar."

CAPÍTULO 46
CRÔNICAS DE AMOR E ÓDIO

Eu estava aqui fazia tão pouco tempo, mas já parecia uma vida inteira. Todas as horas eram recheadas pelo medo, e eu tinha que me conter e não fazer o que eu mais queria. A tarefa parecia legitimamente minha, tanto quanto o amor parecia ter sido meu para encontrar todos aqueles meses atrás quando fugi de Civica. Meu destino agora parecia tão claro quanto palavras em um papel. *Até que venha uma que seja mais poderosa.* Umas poucas palavras com tanta promessa. Ou talvez fossem apenas umas poucas palavras de loucura.

Eu peguei uma outra fita da cesta e prendi-a a uma barra cruzada na lanterna acima de mim. Eu a havia abaixado com a corda, de modo que estivesse ao meu alcance, na esperança de ocupar a minha cabeça com alguma outra coisa por uns poucos e abençoados minutos. Alguma coisa que me levasse para um mundo fora do Sanctum. Mas meus pensamentos continuavam voltando para um mesmo assunto.

É mais difícil matar um homem do que um cavalo.

Seria mesmo? Eu não sabia.

Mas havia centenas de maneiras de fazê-lo, e todas elas ardiam como chamas dentro de mim. Um pote pesado no crânio. Uma faca de uns sete centímetros mergulhada na traqueia. Um empurrão de uma alta muralha. Todas as vezes em que eu passava por uma oportunidade, o fogo ardia mais quente, mas o desejo queimava lado a lado com uma necessidade abrasadora diferente, de salvar alguém que eu amava quando eu havia decepcionado outra pessoa de forma tão miserável.

Se eu matasse o Komizar, haveria um banho de sangue. Eu nada tinha a oferecer aos governadores, *Rahtans* ou *chievdars*; nenhuma aliança, nem mesmo um tonel de vinho para fazer com que valesse a pena me manter viva. Meu único aliado certo no Conselho era Kaden, e ele sozinho não seria capaz de apagar o alvo que eu teria herdado nas minhas costas. Por ora, eu não queria simplesmente permanecer viva por Rafe, eu *precisava* permanecer viva por ele, mas, pelo menos, isso não diminuiria seu tempo de vida. Eu sempre teria isso para controlar o Komizar... O fervor teria fim se ele machucasse Rafe... Um casamento fazia com que nós dois ganhássemos mais tempo. Isso era tudo. Não havia qualquer garantia além disso.

Eu me lembrei da minha conversa com Berdi depois que Greta fora assassinada, não me importando com garantias e pensando que eu me casaria com o próprio diabo se isso oferecesse a menor das chances de salvar minha cunhada e o bebê. Agora parecia que era exatamente com o diabo que eu ia me casar. Apoiei-me no peitoril da janela, erguendo o olhar para os céus. Os deuses tinham um senso de humor perverso.

Atei a última fita e puxei a corda para erguer o candelabro novamente. Um arco-íris de cores tremeluziu acima, e eu me perguntei o que Kaden pensaria disso quando o visse. A culpa me apunhalava por mentir para ele. Ele já havia sofrido tanto, tão completa e plenamente, por causa de nobres como eu. Lealdade significava tudo para ele. Eu entendia isso agora. O que mais poderia ser esperado de um menino que foi jogado fora pelo próprio pai como se fosse um pedaço de lixo? Soltei um suspiro e chacoalhei a cabeça. *Um lorde morriguês.* Agora, tal como o pai dele, eu havia traído Kaden também. Em muitos níveis. Eu sabia como ele se sentia em relação a mim e, estranhamente, eu gostava dele, até mesmo quando ficava com raiva por causa de sua lealdade para com o Komizar. Havia uma conexão entre nós dois que eu não entendia muito bem. Não era o mesmo sentimento que eu tinha por Rafe, mas eu sabia que, com nosso último beijo, eu havia levado Kaden a acreditar que houvesse mais.

Eu me lembrei de que não havia regras quando se tratava de sobrevivência. Mas gostaria que houvesse. As traições nunca pareciam ter fim. Logo o Komizar me pediria para trair aqueles que tinham me dado as boas-vindas, para revirar os olhos e enchê-los com a esperança que ele havia conjurado, e eu tinha certeza de que isso serviria mais a ele do que ao povo.

Você conterá sua língua e falará as palavras que eu a mandar falar.

Eu me sentei na cama e fechei os olhos, bloqueei os relinchares e o estampido dos cavalos bem ao longe, embaixo da minha janela, os tinidos de portões sendo fechados, os gritos da cozinheira correndo atrás de outro frango solto que gostaria de permanecer com sua cabeça. Em vez disso, eu estava em uma campina com fitas soprando de árvores, com as montanhas acima de mim tingidas de púrpura, o óleo de rosas sendo esfregado nas minhas costas, respirando o doce aroma de mais de mil quilômetros ao longe daqui.

Esse mundo, ele nos inspira... nos partilha.

Por favor, partilhe-me com Rafe. *Eu faço isso por você. Somente por você.*

Seguiu-se um súbito e pungente bater à minha porta. Kaden havia ido embora com tamanha repulsa estampada em seu rosto que eu sabia que ele não estaria de volta em breve, talvez nunca. Seria Ulrix com outra ordem do Komizar? O que seria esta noite? Use o verde! O marrom! O que quer que eu mandar!

Um feio lampejo da corte morriguesa passou por mim como um tiro. Um cenário diferente, mas anos das mesmas ordens. *Vista isso. Fique calada. Assine aqui. Vá para sua câmara. Contenha a língua. Pelo amor dos deuses, princesa Arabella, não pedimos sua opinião. Nós não queremos ouvir sua voz em relação a este assunto novamente.* Apanhei o frasco de cima do baú e joguei-o pelo quarto. Uma chuva de pedaços de cerâmica voou ao chão, e eu tremia com a verdade: nenhum reino era muito diferente do outro.

Mais uma batida, dessa vez, baixinha e incerta.

Sequei meus olhos e fui até a porta.

Aster estava com os olhos arregalados. "Está tudo bem com você aqui, senhorita? Porque eu posso tirar esse apanhador e voltar em uma outra hora, mas Calantha me falou para trazê-lo com seu carrinho aqui, e está bem carregado, mas isso não quer dizer que você tenha que deixá-lo entrar no seu quarto agora mesmo, porque parece que está bem quente aqui, com suas bochechas todas vermelhas, e..."

"Aster, de quem você está falando?"

Ela foi para o lado e um homem jovem entrou timidamente em cena. Ele tirou seu chapéu da cabeça e segurou-o apertado junto à sua barriga. "Estou aqui para deixar combustível para a lareira."

Olhei para trás, por cima do ombro, para o recipiente que estava perto da fogueira. "Eu ainda tenho madeira e fezes. Não preciso..."

"O tempo está ficando mais frio, e eu tenho as minhas ordens", disse ele. "O Komizar disse que você precisa de mais."

O Komizar preocupado com o fato de eu estar quente ou não? Improvável. Olhei para ele, um coletor de fezes desgrenhado... Mas alguma coisa em relação a ele não me parecia muito certa. O marrom-claro de seus olhos era um pouco pungente demais. Uma energia selvagem fervia neles, e, embora suas roupas estivessem imundas e seu rosto, não barbeado, seus dentes eram regulares e brancos.

"Calantha me disse para voltar logo, senhorita", disse Aster. "Posso deixar este apanhador aqui com você?"

"Sim, tudo bem, Aster. Pode ir." Ela saiu correndo, e eu dei um passo para o lado, acenando para o jovem homem em direção ao recipiente que estava perto da lareira.

Ele foi rolando seu carrinho para dentro do quarto, mas parou no meio e virou-se para ficar cara a cara comigo. Ele olhou para mim com curiosidade e então fez uma profunda reverência. "Vossa Alteza."

Franzi o rosto. "Está zombando de mim?"

Ele balançou a cabeça em negativa. "Pode ser que você queira fechar a porta."

Fiquei boquiaberta. Ele disse essas últimas palavras em morriguês e havia trocado de idioma sem pestanejar. A maioria dos vendanos fora do Sanctum não falava o idioma, e aqueles dentro do Sanctum — o Conselho e alguns dos criados e guardas — falavam-no com um pesado sotaque quebrado, isso quando falavam.

"Você fala morriguês", eu disse.

"Nós chamamos nosso idioma de dalbretchiano de onde eu venho, mas, sim, os idiomas dos nossos reinos são quase idênticos. A porta?"

Suguei o ar, chocada, batendo com rapidez a porta, e girei de volta para ele. Lágrimas assomaram-se aos meus olhos. Os amigos de Rafe não estavam mortos.

Ele se pôs com um joelho só no chão e tomou minha mão, beijando-a. "Vossa Alteza", disse ele novamente, dessa vez com mais ênfase. "Estamos aqui para levá-la para casa."

Nós nos sentamos na minha cama e conversamos por tanto tempo quanto nos atrevemos. O nome dele era Jeb. Ele me disse que a jornada até Venda tinha sido complicada, mas que eles estavam na cidade fazia uns dias agora. Eles estavam lidando com as preparações. Ele me fez perguntas em relação à Ala do Conselho e à disposição da estrutura do Sanctum. Eu falei para ele de todos os corredores e de todas as trilhas de que eu tinha conhecimento, especialmente daquelas menos usadas, além dos túneis nas cavernas lá embaixo. Contei a ele quais eram os vendanos mais sedentos por sangue do Conselho e aqueles que poderiam ser úteis, como Aster, mas disse que não poderíamos fazer qualquer coisa que pudesse colocá-la em perigo. Também mencionei Griz e como ele havia coberto a situação para Rafe, mas que eu suspeitava que se tratava apenas de uma retribuição porque eu tinha salvado a vida dele.

"Você salvou a vida dele?"

"Avisei-o sobre um estouro de bisões."

Eu vi a pergunta nos olhos dele. "Eu não consigo controlar nem invocar o dom, Jeb. É um dom, uma coisa passada adiante pelos antigos sobreviventes, só isso. Às vezes, nem eu confio em mim mesma... mas estou aprendendo a fazer isso."

Ele assentiu. "Vou bisbilhotar por aí e ver se consigo descobrir alguma coisa sobre esse camarada, esse tal de Griz."

"Os outros", perguntei, "onde estão?"

Ele ficou hesitante. "Escondidos na cidade. Você não os verá até que tenha chegado a hora. Eu ou Rafe a avisaremos quanto a isso."

"E são quatro de vocês?" Tentei o meu melhor para soar otimista, mas o número dito em voz alta tinha um peso próprio e falava por si.

"Sim", disse ele simplesmente, e continuou a falar, como se as chances não fossem um golfo que eles teriam, de alguma forma, de cruzar. Ele não sabia ao certo quando eles estariam prontos para agir, mas tinha esperanças de que os detalhes fossem ser elaborados em breve. Eles ainda estavam investigando qual seria a melhor forma de realizar a tarefa, e havia uns poucos suprimentos que estavam tendo dificuldade em conseguir.

"A *jehendra*, no quadrante de Capswam, tem simplesmente todos os tipos de tendas que existem", falei.

"Eu sei, mas nós não temos dinheiro vendano, e a *jehendra* está sempre cheia demais para se roubar alguma coisa."

Inclinei-me para a frente e tateei em busca da bolsinha de couro que estava debaixo da minha cama. Ela tiniu quando a coloquei nas mãos de Jeb. "Ganhos de um jogo de cartas", expliquei. "Isso deve dar para vocês comprarem qualquer coisa que desejarem. Se precisarem de mais, posso conseguir." Nada poderia ter me dado mais satisfação do que saber que Malich poderia desempenhar um papel em nossa fuga.

Jeb sentiu o peso da bolsinha e me garantiu que o dinheiro seria mais do que suficiente. Ele disse que se lembraria de nunca jogar cartas comigo. A partir de então, ele falou em um tom gentil e positivo, do modo como um soldado bem treinado haveria de fazer, dizendo que eles agiriam tão rapidamente quanto lhes fosse possível. Um soldado chamado Tavish coordenava todos os detalhes, e ele daria o sinal quando tudo estivesse pronto. Jeb minimizava a importância dos perigos, mas as palavras que ele evitava formavam ondas sob a superfície... Os riscos e a possibilidade de que nem todos nós pudéssemos conseguir sair dali.

Ele era jovem, tinha apenas a idade de Rafe, era um soldado, não diferente dos meus irmãos. Debaixo das roupas em trapos e sujas, eu vi uma doçura. Na verdade, ele me lembrava Bryn, com um sorriso sempre lhe repuxando o canto da boca. Talvez uma irmã esperasse em casa pela volta dele.

Pisquei para limpar as lágrimas. "Eu sinto muito", falei. "Sinto muitíssimo mesmo."

Ele franziu o rosto, um tanto alarmado. "Você nada tem a lamentar, Vossa Alteza."

"Você não estaria aqui se não fosse por mim."

Ele colocou as duas mãos com gentileza nos meus ombros. "Você foi sequestrada por uma nação hostil, e meu príncipe me chamou para o dever. Ele não é um homem dado a loucuras. Eu faria qualquer coisa que ele me pedisse, e vejo que o julgamento dele é verdadeiro. Você é tudo que ele disse que era." A expressão dele tornou-se solene. "Eu nunca o tinha visto tão motivado como quando cruzamos correndo o Cam Lanteux. Você precisa saber, Princesa, que ele não pretendia enganá-la. Isso o dilacerava."

Foram essas palavras que me arruinaram emocionalmente, ali, na frente de Jeb, de todas as pessoas, quase um completo estranho, e, por fim, desabei. Caí no ombro dele, esquecendo que eu deveria sentir-me envergonhada, e solucei e chorei. Ele me abraçou, deu tapinhas nas minhas costas e sussurrou: "Está tudo bem."

Por fim, eu me afastei dele e sequei minhas lágrimas. Olhei para ele, esperando ver seu próprio embaraço, mas, em vez disso, vi apenas preocupação em seus olhos. "Você tem uma irmã, não tem?", perguntei a ele.

"Três", foi a resposta dele.

"Dá para saber. Talvez seja por isso que eu..." Balancei a cabeça. "Eu não quero que você fique pensando que faço muito disso."

"Chorar? Ou ser sequestrada?"

Sorri. "Os dois." Estiquei a mão e apertei a dele. "Você tem que me prometer uma coisa. Quando chegar a hora, cuide de Rafe acima de mim. Certifique-se de que ele consiga sair daqui, assim como seus camaradas soldados. Porque eu não seria capaz de aguentar se..."

Ele levou um dedo aos lábios. "Shhhhh. Nós cuidaremos uns dos outros. Todos nós vamos sair daqui." Ele levantou-se. "Se você me vir de novo, finja que não me conhece. Coletores de fezes não são memoráveis."

Ele pegou seu carrinho, jogou algumas fezes na caixa da lareira e lançou para mim um lampejo de sorriso maroto por cima do ombro enquanto ia embora, falastrão e atrevido, dispensando os perigos com um dar de ombros. Tão parecido com Bryn! Esse era um coletor de fezes que eu nunca esqueceria.

ma grandiosidade terrível
Rolava pela terra,
Uma tempestade de poeira,
fogo e acerto de contas,
Absoluta em seu poder,
Devorando homens e feras,
Campos e flores,
E a todos aqueles que se atrevessem
a ficar em seu caminho.
E os gritos dos capturados
Enchiam os céus de lágrimas.
—***Livro dos Textos Sagrados de Morrighan, vol. II***—

CAPÍTULO 47
CRÔNICAS DE AMOR E ÓDIO

 Saguão do Sanctum estava decididamente mais silencioso esta noite. Eu podia sentir isso de longe enquanto descíamos o corredor. O ar festivo geralmente vinha rolando pelo chão de pedra de encontro a nós. Não nesta noite. Eu queria sondar e ver se Calantha suspeitava de alguma coisa em relação a quem ela havia enviado ao meu quarto, mas ela nada disse, e nem eu o fiz. Eu não queria levantar questionamentos nem desconfiança onde não havia.

Conforme fomos chegando mais perto do corredor, o silêncio foi se tornando palpável. "Eles brigaram, não foi?", perguntei a ela.

"É o que estão dizendo", foi a resposta de Calantha.

"Eu vi um corte na mão de Kaden."

"E todo mundo está esperando para ver como se saiu o Komizar", disse ela. Roubei uma olhadela de relance para ela, que mascava seu lábio inferior.

"Por que o Komizar não o matou por isso?", perguntei a ela. "Ele não parece tolerar qualquer rebelião e mantém a ameaça de morte para cima de todo o resto do pessoal."

"Assassinos são perigosos. Favorece ao Komizar manter Kaden vivo. Ninguém sabe disso melhor do que ele."

"Mas se Kaden é perigoso..."

"Ele poderia ser substituído por alguém mais perigoso do que ele. Alguém que não fosse tão leal. Há um forte vínculo entre os dois também. Eles têm uma longa história juntos."

"Assim como você e o Komizar também têm uma história", falei, escavando na esperança de obter mais informações a respeito.

Ela apenas respondeu com um curto: "Exatamente, Princesa. Assim como nós."

O silêncio era esquisito enquanto entramos no Saguão do Sanctum. Sem os barulhos costumeiros, o aposento inteiro parecia mais vazio, ou talvez fosse apenas devido ao fato de que, nesta noite, os clãs, lordes de quadrantes e outros convidados especiais não estavam preenchendo todos os cantos disponíveis. Eram apenas os membros do Conselho e os criados. Rafe estava parado na extremidade mais afastada da mesa, no centro da sala, conversando com Eben. Parecia que nem o Komizar, nem Kaden haviam entrado ainda.

E foi então que avistei Venda.

Ela movia-se pelo aposento, sólida como qualquer um de nós, passando a mão ao longo da mesa, como se estivesse limpando migalhas dela, como se séculos e um empurrão de uma muralha fossem irrelevantes para seu propósito. Ninguém mais parecia notar sua presença, e eu me perguntava se eles a haveriam confundido com uma criada. Fui me aproximando, incapaz de tirar os olhos dela, temendo que ela fosse desaparecer nas brumas se eu piscasse. Ela abriu um sorriso quando parei do lado oposto da mesa em frente a ela.

"Jezelia", disse ela, como se tivesse falado o meu nome cem vezes, como se me conhecesse desde a época em que eu era uma criança pequena e os sacerdotes me erguiam aos deuses.

Meus olhos ardiam. "Você disse o meu nome?", perguntei a ela.

Venda balançou a cabeça. "O universo cantou seu nome para mim. Eu apenas o cantei em resposta." Ela deu a volta na mesa até que estava apenas à distância de um braço de mim. "Todas as notas atingem-me aqui", disse ela, e levou seu punho cerrado ao esterno.

"Foi você quem cantou meu nome para a minha mãe?"

Ela assentiu.

"Você o cantou para a pessoa errada, então. Eu não sou..."

"Esse é um modo de confiança, Jezelia. Você confia na voz que há dentro de você?"

290

Era como se ela pudesse ler meus pensamentos. *Por que eu?*

Ela abriu um sorriso. "Tinha que ser alguém. Por que não você?"

"Por cem motivos. Por mil motivos."

"As regras da razão constroem torres que vão além das copas das árvores. As regras da confiança constroem torres que alcançam além das estrelas."

Olhei ao meu redor, me perguntando se mais alguém estaria ouvindo. Todos os olhos no Sanctum estavam cravados em mim, vidrados, com um pasmo que beirava o medo... Até mesmo os olhos de Rafe. Eu me virei de novo para Venda, mas ela já não estava mais lá.

Eu e uma loucura assustadora. Isso era tudo que eles haviam testemunhado, e eu questionava minha própria sanidade. Vi diversos soldados puxarem amuletos de sob suas camisas e esfregarem-nos. *Tinha que ser alguém.* Eu me apoiei na mesa, e Rafe não se conteve e deu um passo na minha direção. Rapidamente me recompus, ficando em pé, rígida.

Uma criada arrastava os pés para a frente, tímida. "O que foi que você viu, Princesa?"

Três *chievdars* estavam parados, em pé atrás dela, olhando com ódio para a moça, porque ela estava reconhecendo qualquer poder que eu tinha, e eles, não. Sem os clãs aqui, eles não precisavam fingir. Formulei minhas palavras com cuidado, por temer que a menina fosse sofrer por sua fervorosa pergunta. "Eu vi apenas as estrelas do universo, e elas brilhavam em cima de todos vocês."

Minha vaga resposta pareceu satisfazer tanto os refutadores quanto os que acreditavam, e eles voltaram a conversar em voz baixa, ainda esperando pela aparição do Komizar.

Rafe continuou com os olhos em mim, e vi preocupação neles. *Desvie o olhar,* rezei, porque eu mesma não conseguia libertar meus próprios olhos contemplativos, mas então percebi de relance as mãos dele, mãos estas que haviam aninhado com gentileza a minha face. *Seria um infortúnio se ele começasse a perder dedos prematuramente. Convença-os.*

Com todo mundo observando, eu tinha um grande público a convencer. Desviei o olhar assim que o Komizar entrou no saguão. "Onde está a minha noiva?", disse ele, embora eu estivesse em plena vista. Um criado foi correndo depositar na mão dele uma caneca, e tanto *Rahtans* quanto governadores foram para o lado enquanto ele caminhava na minha direção. "Aí está ela", disse ele, como se seus olhos tivessem acabado de pousar em mim. Eu vi o pequeno corte em seu pescoço, e, sem sombra de dúvida, todo o resto do pessoal também tinha visto isso. "Não se preocupe, meu amor", disse ele. "Foi apenas um cortezinho ao me barbear. Eu estava, talvez, um pouco ansioso demais no meu desejo de ficar apresentável para você." Os olhos dele dançavam com um aviso enquanto ele sorria para mim. *Diga alguma coisa*, foi o comando que vi naqueles olhos. *Diga simplesmente a coisa certa.*

"Não há qualquer necessidade de arriscar sua carne. Você sempre está apresentável para mim, *sher* Komizar."

"Minha pequena passarinha", disse ele, e esticou a mão, colocando-a atrás da minha cabeça, puxando-me na sua direção. Ele sussurrou isso junto aos meus lábios: "Faça com que isso seja bom."

A quem ele estava tentando enganar? O Conselho já sabia que o casamento era uma impostura e que eu não passava de uma ferramenta para os ganhos dele, mas então percebi que o propósito era outro. Ele queria mostrar que não ficara abalado pelo ataque do Assassino e que ainda tinha uma pegada firme no poder.

Beijá-lo quando isso servia a mim era uma coisa, mas quando servia a ele era outra bem diferente. Eu me preparei enquanto os lábios dele encontravam-se com os meus, surpresa com o fato de que ele estava sendo gentil, terno até, mas mecânico em todos os níveis. Era uma apresentação bem-feita, mas então, no último momento, a mão dele curvou-se em meus cabelos, e seus lábios pressionaram os meus, com paixão. Ouvi as afrontosas risadas ao nosso redor e senti a cor subir às minhas têmporas. Por fim, ele me soltou, e, em vez de algo calculado e frio, vi a centelha de um desejo inquieto em seus olhos. Essa era a última coisa que eu gostaria de ver ali. Dispus-me a tirar a cor do rosto.

Ele virou-se, como se estivesse regozijado, e deu um berro: "Onde está a comida?"

Criados correram de um lado para o outro, apressados, e nós tomamos nossos assentos, mas a conspícua ausência do Assassino pairava na sala como uma nuvem venenosa e refreava as brincadeiras e as conversas normais. Eu proferi a bênção. No entanto, antes de passar o prato de ossos, tomei um deles para manter mãos e olhos ocupados, embora meu cordão já tintilasse, pesado, com o peso dos ossos que ali estavam.

Este era um osso pequeno, alvejado e secado ao sol, como era feito com todos eles depois que os cozinheiros os enterravam em um barril de refeição com escaravelhos, de modo que os restos de carne e tutano fossem comidos. As larvas dos escaravelhos eram usadas para pesca em um pequeno recesso às margens do grande rio, o que, por sua vez, produzia mais ossos. Tratava-se de um ciclo infinito de sacrifícios, um atrás do outro. Ocupei-me com o osso, desejando que fosse possível tirar o gosto do Komizar dos meus lábios. Eu estava com medo de erguer a cabeça e me deparar com o olhar contemplativo de Rafe, pois sabia o que ele veria, a tensão espalhando-se como uma mácula febril por sua face. Se eu tivesse que vê-lo, dia após dia, beijando uma criada ou sendo empurrado para seu abraço, certamente eu ficaria louca.

"Você não está comendo, Princesa", disse o Komizar.

Estiquei a minha mão e peguei uma fatia de nabo e mordisquei-a, para satisfazê-lo.

"Coma bastante", insistiu ele. "Nós teremos um grande dia à nossa frente amanhã. Eu não quero que você desmaie."

Todo dia era um grande dia para o Komizar. Sem dúvida, para mim se tratava de mais desfiles pela cidade ou pelo interior. Curiosamente, havia apenas um quadrante para onde ele não havia me levado... ao quadrante de Tomack, na parte mais ao sul da cidade.

O repentino som pesado de passadas ecoou pelo saguão e, para o horror do Komizar, a refeição foi interrompida... Ninguém queria perder a entrada do Assassino, e todos estavam ansiosos para ver se ele portava as evidências de uma briga. Todos os que ali estavam tomaram nota de que havia diversas passadas vindo em nossa direção. Eles levaram as mãos dos pratos para as armas embainhadas nas laterais de seus corpos. Protegidos pelo Grande Rio pelo qual era impossível se passar, com certeza eles não temiam o inimigo vindo de fora, então sempre deveriam estar em prontidão para o inimigo ali de dentro. Banhos de sangue, foi como dissera Kaden.

Kaden entrou, vindo do passadiço ao leste. Todo mundo viu o que queria ver, as evidências de uma briga, talvez até de um desafio. Um machucado azul escurecia seu maxilar, e sua mão estava envolta em uma bandagem, mas ele não estava com qualquer arma sacada, e eles voltaram a sentar-se, relaxados nos seus assentos. Parecia que o Komizar havia se saído bem melhor do que seu Assassino. O odioso novo governador e seu guarda pessoal caminhavam ao lado de Kaden. Seguiu-se uma risada abafada vinda da extremidade da mesa, onde Malich estava sentado, junto com seu círculo presunçoso de *Rahtans*. Kaden seguiu, determinado, em linha reta até o Komizar. "O novo governador de Arleston, conforme sua solicitação", disse ele, como se estivesse depositando uma caixa de carga aos pés do Komizar. Ele se voltou rapidamente para o governador. "Governador Obraun, este é seu soberano. Curve-se de joelhos e jure lealdade a ele agora."

O governador fez o que lhe foi ordenado, e, antes que o Komizar pudesse responder, Kaden veio andando até nós e apoiou-se com um dos braços na mesa. Ele estava fervendo de raiva e, embora estivesse sussurrando, ainda falava alto o bastante para que aqueles que estavam sentados perto de nós pudessem ouvi-lo. "E você, *realeza,* dormirá em meus aposentos esta noite", disse ele, sibilando. "O Komizar disse que não há motivos para que você não nos sirva a ambos... E, depois da minha longa jornada, eu desejo ser servido. Você está me entendendo?"

Eu nada disse, mas o fogo subiu correndo às minhas bochechas. Eu não tinha ouvido essa raiva na voz de Kaden desde a noite em que ele me jogou dentro da *carvachi* por ter atacado Malich. Não, na noite de hoje ele estava muito mais enraivecido. Eu o havia traído em um nível pessoal. Eu representava todos os nobres de Morrighan que atendiam a todas as suas baixas expectativas, mas agora, com umas poucas palavras, ele havia atendido às minhas também. Eu não aceitava esse tipo de ordem de qualquer um.

Olhei para o Komizar e ele assentiu, indicando que aprovava esse arranjo partilhado. Seus olhos ardiam lentamente com a satisfação, feliz porque a raiva de seu Assassino estava direcionada a mim. Kaden recuou da mesa e achou um assento vazio no meio, em frente a Rafe. A tensão que sempre emitia centelhas entre eles estava amplificada, e seus olhares contemplativos e quentes ficaram fixos um no do outro por tempo demais. Rafe não teria como ter ouvido o que Kaden disse, mas talvez meu rosto avermelhado fosse tudo que ele precisasse ver. Cadeiras foram deslizadas para o lado, de modo que o novo governador e seu guarda pudessem sentar-se perto de seu soberano.

O Komizar e o governador pareceram conectar-se de imediato, mas para mim sua conversa tornou-se um borrão de sons, palavras desconectadas, risadas e o retinir de canecas. Fiquei observando enquanto os lábios do governador se moviam, mas eram as palavras de Kaden que eu ouvia: *E você, realeza, dormirá em meus aposentos.*

"E agora você vai se casar com uma suína inimiga?" Meu olhar contemplativo foi voando direcionado aos olhos pequenos, redondos e brilhantes do governador.

Levantei-me e apanhei um punhado de tecido do seu casaco na mão, forçando seu rosto a ficar perto do meu. "Se você disser algo como 'inimigo suíno' mais uma vez, vou arrancar a carne de sua face com minhas próprias mãos e dá-la para os porcos no estábulo comerem! Você está me entendendo, governador?"

O Komizar agarrou meu braço e puxou-me de volta para meu assento.

Tanto o governador quanto seu guarda, de olhos arregalados, olharam para mim, pasmados e alarmados.

"Peça desculpas, Princesa", ordenou o Komizar. "O governador é um novo e leal membro do Conselho e teve pouco tempo para ajustar-se à ideia do inimigo caminhando em solo vendano."

Eu olhei com ódio para ele. Se minhas supostas recém-adquiridas liberdades teriam algum uso para mim que fosse, eu teria que lascá-las e agarrá-las, um pequeno pedaço de cada vez. "Ele está chamando sua noiva de suína!", argumentei.

"Essa é uma frase comum que usamos para nos referirmos ao inimigo. *Peça desculpas.*" Os dedos dele afundaram-se na minha coxa debaixo da mesa.

Voltei a olhar para o governador. "Eu peço que me perdoe, vossa eminência. Eu realmente não daria sua face aos porcos. Isso poderia deixá-los *doentes.*"

Seguiu-se um audível sugar de respiração, e o tempo pareceu parar, como se estes fossem ser meus últimos segundos na terra, como se eu tivesse levado as coisas longe demais. O silêncio esticava-se, fino e tenso. No entanto, no meio da mesa, Griz soltou uma bufada. Sua risada ruidosa abriu um corte em meio à quietude provocada pelo choque, e então Eben e o governador Faiwell juntaram-se a ele, rindo também, e logo a condenação prevalecente do momento foi lavada pelo menos por metade daqueles que à mesa estavam e que se juntaram à minha "piada".

O governador Obraun, como se sentisse que estava preso no meio de uma ventania forte, repentina e inesperada, deu risada também, presumindo que o insulto fosse uma piada. Sorri para apaziguar o Komizar, embora ainda estivesse enfurecida por dentro.

Durante o restante da refeição, o governador exagerou ao fazer questão de me chamar de *noiva* do Komizar, o que atraiu mais risadas. O guarda dele permaneceu em silêncio, e fiquei sabendo que ele era mudo... Uma estranha escolha para um guarda que poderia precisar fazer soar um alarme... mas talvez ele também fosse surdo, e fosse o único capaz de suportar a incessante tagarelice do homem.

Eu sentia nós que se formavam e que se desfaziam nos dedos dos meus pés, dentro de minhas botas, e as fogueiras em cada extremidade do saguão pareciam estar ardendo quentes demais. Tudo dentro de mim coçava. Talvez fosse o fato de saber que em algum lugar nesta cidade Jeb e seus camaradas soldados estavam trabalhando para encontrar uma saída para todos nós. Quatro. Este era um número de que eu havia zombado, mas agora parecia-se com a preciosa chance de uma fração de segundos a que eu havia me arriscado em face a um estouro de uma horda de bisões. Arriscado, mas valia a pena.

Eu achava que a noite não podia ficar pior, mas estava errada. Quando eles começaram a retirar os pratos, e eu estava com esperanças de sair dali, um desfile de empurradores de carrinhos começou a trazer carretas para dentro do saguão.

"Vocês estão aqui, até que enfim", disse o Komizar, como se soubesse que eles estavam a caminho. Eu vi Aster entre eles, esforçando-se para empurrar um carrinho carregado de armaduras, armas e outros espólios. Senti meu estômago afundar na barriga. Mais uma patrulha havia sido massacrada.

"Perda deles, nossos ganhos", disse o Komizar, animado.

O pequeno pedaço de nabo que eu havia engolido parecia ter ficado preso no meu peito. Precisei de um instante para realmente me focar no conteúdo, mas, quando fiz isso, vi o azul e preto das cores de Dalbreck adornando escudos e estandartes, assim como o leão, cuja garra eu carregava em minhas costas. A pilhagem era quase tão grande quanto aquela da companhia de meu irmão, e, embora estes não fossem meus compatriotas, senti meu pesar renovado. Ao meu redor, a ganância reluzia nas faces dos *chievdars* e dos governadores. Até mesmo essa ação por parte do Komizar não tinha apenas a ver com espólios, mas com o fervor. Um outro tipo de fervor. Como o cheiro de sangue para um bando de cachorros.

Quando os últimos empurradores de carrinhos colocaram os pertences no chão, a cadeira de Rafe foi para trás, com um chiado, e caiu atrás dele enquanto ele se levantava. O repentino cair da cadeira fez com que todas as cabeças se voltassem em sua direção. Ele foi andando até um carrinho, com o peito subindo e descendo, olhando para o seu conteúdo. Ele puxou uma longa espada de uma pilha, e o som do aço ressoou no ar.

O Komizar lentamente se pôs de pé. "Você deseja falar alguma coisa, Emissário?"

Os olhos de Rafe ardiam em chamas, seu azul-gelo cortando o Komizar. "São meus compatriotas os que você assassinou", disse ele, cujo tom era tão frio quanto seu olhar. "Você tem um acordo com o príncipe."

"Pelo contrário, Emissário. Pode ser que eu tenha ou não um acordo com seu príncipe. O que você clamou ainda não se provou ser verdade. Por outro lado, eu definitivamente não tenho qualquer acordo com o rei. Ele ainda é meu inimigo e é ele que está mandando patrulhas para atacar os meus soldados. No momento, tudo ainda está como está entre nós, inclusive sua posição muito tênue." O Komizar esticou uma das mãos na direção de um guarda, e este jogou uma espada para ele.

Ele voltou a olhar para Rafe, testando de forma casual a espada em sua mão. "Mas talvez você só esteja desejando um pouco de esporte? Faz um bom tempo que não temos qualquer entretenimento dentro destas muralhas." Ele deu um passo na direção de Rafe. "Eu me pergunto que tipo de qualidade um emissário da corte pode ter em esgrima."

Risadinhas abafadas rolaram pela sala.

Ah, pelos deuses, não! Coloque-a no chão, Rafe. Coloque-a no chão.

"Não muita", foi a resposta de Rafe, mas ele não pôs a espada no chão. Em vez disso, testou a arma em sua mão com tanta ameaça quanto o Komizar.

"Nesse caso, passarei você para o meu Assassino. Ele parece também estar ansioso por algum esporte, e não é tão bom quanto eu com esta arma específica."

Ele jogou a espada para Kaden, e com reflexos rápidos como um relâmpago, Kaden levantou-se e pegou-a. Ele era mais do que bom com a espada.

"O primeiro a tirar sangue", disse o Komizar.

Eu me vi fora do meu assento, indo na direção deles, mas então fiquei presa pelas mãos de ferro do governador Obraun. "Sente-se, moça", disse ele, sibilando, e me empurrou de volta para o meu assento.

Kaden deu um passo na direção de Rafe, e todos os jovens empurradores de carrinhos saíram correndo para as partes de fora do saguão. Rafe olhou de relance para mim, e eu sabia que ele estava vendo a súplica nos meus olhos... *Coloque-a no chão...* mas ele envolveu com segurança as duas mãos em torno do punho da espada e foi para a frente mesmo assim, encontrando-se com Kaden no meio do recinto.

A animosidade há muito reprimida entre eles estava densa no ar. Minha boca ficou seca. Kaden ergueu sua espada com ambas as mãos, em uma pausa de um instante enquanto um avaliava o outro, e então a luta começou. O feroz clangor do aço no aço reverberava pelo saguão, golpe após golpe. Aquilo nada se parecia com uma luta que pretendia apenas extrair uma gota de sangue.

Os golpes de Rafe eram poderosos, mortais, mais como os de um aríete implacável. Kaden foi ao encontro das investidas dele, mas, depois de uns poucos golpes, começou a perder chão. Ele evadiu os ataques habilidosamente, girou e lançou a espada no ar, quase acertando um corte nas costelas de Rafe, mas este, com mestria, bloqueou a lâmina com uma velocidade incrível e jogou Kaden para trás. Eu podia ver a fúria voando de Rafe como se fossem centelhas fogosas. Ele lançou a espada no ar, e a ponta dela pegou na camisa de Kaden, rasgando-a em um dos lados, mas sem extrair sangue. Kaden avançou novamente, com rapidez e fúria, e os golpes clangorosos deles faziam meus dentes vibrarem.

Os espectadores não estavam mais quietos. O embotado rugir de seus comentários acompanhava cada ressonante ataque, mas o governador, de repente, gritou, acima de todos eles: "Cuidado com seus passos, Emissário suíno!". E então ele riu.

"Cale-se!", gritei, com medo de que isso fosse distrair Rafe, e ele realmente pareceu hesitar, seus golpes não vindo tão rápidos nem com tanta força, até que, por fim, Kaden prendeu-o junto a uma parede, e, errando o alvo sob uma série de golpes, Rafe perdeu sua espada, que caiu ruidosamente no chão. Kaden pressionou a ponta de sua espada logo abaixo do queixo de Rafe. Os peitos de ambos subiam e desciam com o esforço físico, e seus olhares estavam travados um no outro. Eu estava com medo de dizer alguma coisa, por temer que só a minha voz fizesse com que Kaden mergulhasse a espada na garganta de Rafe.

"O primeiro a tirar sangue. *Fazendeiro*", disse Kaden, e ele golpeou-o com a espada para baixo, fazendo um corte no ombro de Rafe. Uma brilhante mancha vermelha espalhou-se pela camisa de Rafe, e Kaden saiu andando.

Seguiram-se gritos de vitória entre os camaradas de Kaden, e o Komizar congratulou a ambos pela luta interessante. "Forte começo, Emissário. Fraco final. Mas não se sinta tão mal assim. Isso era de se esperar de um docinho da corte. A maior parte das suas preocupações e batalhas são momentâneas e não requerem a fortitude vendana."

Caí de volta na minha cadeira. Meu rosto estava úmido e meus ombros doíam. Eu vi o governador e seu guarda analisando-me, sem dúvida pensando que eu estivera torcendo por meu camarada suíno. Olhei com ódio para ambos. O Komizar mandou que Calantha fosse cuidar do corte no ombro de Rafe, não desejando que seu emissário morresse de uma infecção assim tão cedo, e ergueu uma caneca para Kaden. Eu vi um olhar de relance, presunçoso e astuto, passar-se entre eles. Qualquer que fosse a briga que tivesse acontecido recentemente entre os dois, agora estava esquecida. Eu haveria de *servir a ambos*.

No inferno que eu faria isso.

Uma espada de treinamento poderia esmagar o crânio dele com a mesma facilidade que uma de aço o faria. Dessa vez eu não miraria na canela. Levantei-me e fui embora, com minhas escoltas designadas seguindo meus calcanhares.

KADEN

u vi quando ela foi embora. A noite entre nós dois estava longe de acabar. Tentei segui-la, mas todo mundo queria exultar-se junto comigo sobre minha vitória fácil contra o emissário.

Fácil. Só de pensar nisso, meu sangue fervia novamente. No terceiro golpe dele, eu sabia que não estava lutando com um emissário. No quinto, eu sabia que ele não era sequer um simples soldado treinado. Por volta do décimo golpe dele, eu sabia que perderia. No entanto, de repente, seu ataque abrandou-se, e ele cometeu erros idiotas. Ele não perdeu; ele me deixou ganhar. Preservar sua identidade como um tolo emissário era mais importante para ele do que separar minha cabeça dos meus ombros... E eu sabia que esse era um prêmio que ele muito desejava.

Virei um último gole de cerveja ale e deixei o *chievdar* Dietrik no meio de uma frase, saindo atrás de Lia. O corredor ecoava com minhas passadas. Cheguei na minha câmara e abri a porta com tudo. Ela estava lá parada, em pé, preparada para mim, com uma espada de treino na mão e a batalha em seus olhos.

"Coloque-a no chão!", ordenei a ela.

Lia ergueu a espada alto no ar, pronta para lançar um golpe. "Saia!"

Dei um passo mais para perto dela e disse cada palavra devagar, para que ela não deixasse de entender a ameaça nelas contida. "Ponha a espada no chão. *Agora*."

A posição dela continuava desafiadora. Ela me mataria antes de colocar a espada de lado. "Para que eu possa *servir* a você?", disse ela em tom zombeteiro.

Eu não deixaria que ela se saísse dessa com facilidade. Eu faria com que ela se sentisse atordoada e ansiosa, e que se sentisse tão estilhaçada quanto eu havia me sentido. Avancei mais um passo, e ela lançou a espada no ar, errando por pouco a minha cabeça. Minha fúria borbulhava, e eu me lancei para cima dela, pegando a lâmina de madeira com a mão enquanto ela desferia mais um golpe. Nós caímos no chão e saímos rolando, lutando para apanhar a espada. Por fim, apertei o pulso dela até que ela gritasse de dor e deixasse a espada cair. Joguei-a até o outro lado do quarto. Ela lançou-se para rolar para longe, mas eu a forcei a ficar no chão e prendi-a.

"Pare com isso, Lia! Pare com isso agora!"

Ela ficou me encarando, suas respirações saindo pesadas e furiosas. "Não a machuque, mestre Kaden! Deixe que ela se levante! Porque eu sei usar isso!"

Tanto eu quanto Lia olhamos na direção da porta. Era Aster, e seus olhos estavam selvagens com o medo.

"Saia!", berrei. "Antes que eu te esfole!"

Aster ergueu a espada mais alto, defendendo sua posição. Seus braços tremiam com o peso da arma.

"Veja o que você está fazendo!", disse Lia. "Ameaçando uma criança. Você não é o valente Assassino?"

Eu soltei Lia e me ergui. "Levante-se!", ordenei a ela, e assim que ela estava em pé, apontei para Aster. "Agora diga para ela ir embora, para que eu não tenha que esfolá-la."

Lia olhou com ódio para mim, esperando que eu recuasse. Estiquei a mão para pegar a minha adaga. Relutante, ela virou-se para Aster, tornando mais branda a expressão em seu rosto. "Está tudo bem. Eu consigo lidar com o Assassino. Ele só ladra, não morde. Vá agora."

A menina ainda ficou hesitante, seus olhos, brilhando. Lia beijou dois dedos e ergueu-os aos céus em um comando silencioso para Aster. "Vá", disse ela baixinho, e a menina foi embora, relutante, fechando a porta atrás de si.

Eu achei que Lia havia se acalmado, mas assim que ela se virou novamente para mim, sua ira estava de volta. *"Realeza? Você dormirá nos meus aposentos essa noite, realeza?"*

"Você sabe que eu nunca me forçaria em cima de você."

"Então por que você disse aquilo?"

"Eu estava com raiva", falei. "Estava magoado."

Porque eu sabia que tudo que ela havia dito a mim sobre o Komizar e querer poder era mentira, e eu queria desmascará-la quanto a isso. Porque eu queria que o Komizar acreditasse que havia uma mudança irreparável em nosso relacionamento. Porque eu estava tentando mantê-la no meu quarto e em segurança por mais uma noite. Porque tudo estava voando para longe do meu controle. Porque ela estava certa: eu queria confiar nela, mas não confiava. Porque, quando a deixei, uma semana atrás, ela havia me beijado.

Porque eu estava tão tolamente apaixonado por ela.

Eu via a tempestade nos olhos dela, as ondas de cálculo batendo e chegando ao cume, pesando cada palavra do que ela poderia e não poderia dizer. Nesta noite não haveria honestidade dentro dela.

"Esse jogo que você está jogando é perigoso", falei. "E não é um jogo que vai ganhar."

"Eu não faço joguinhos, Kaden. Eu travo guerras. Não me faça travar uma com você."

"Essas são palavras audazes que não têm qualquer significado para mim, Lia."

Os lábios dela partiram-se, pronta para desferir uma resposta pungente. "Eu não estou..." Mas ela se segurou e recusou-se a seguir em frente, quase como se não confiasse em si mesma para falar mais. Ela virou-se, apanhou um cobertor de cima do barril e jogou-o para mim. "Eu vou dormir, Kaden. Você deveria fazer o mesmo."

Ela estava acabada. Eu quase podia ver o peso em seus ombros. Suas pálpebras estavam pesadas com o cansaço, como se não tivesse mais luta dentro dela. Ela não se deu ao trabalho de trocar de roupa. Ela deitou-se na cama e puxou a colcha para cima de seus ombros.

"Será que podemos...?"

"Boa noite."

Fomos dormir sem dizer mais qualquer palavra, mas, enquanto eu estava lá, deitado no escuro, eu repetia em minha cabeça nossa conversa anterior. Ela atingira todas as notas quando me explicara sua decisão de casar-se com o Komizar: a resignação, a amargura, jogando minhas próprias palavras de volta na minha cara, o arrependimento, os olhos que brilhavam, todas as notas, com se estivesse cantando uma canção treinada. Seu desempenho era quase impecável, mas nada tinha do genuíno cansaço que eu acabara de ver agora. *Eu não vou mentir, Kaden.*

Mas ela havia mentido. Eu tinha certeza disso. Eu me lembrava de suas palavras amargas para mim quando deixamos o acampamento dos nômades, quando eu disse que ela era uma péssima mentirosa. *Não, para falar a verdade, eu posso ser uma mentirosa muito boa, mas algumas mentiras requerem mais tempo para serem contadas.*

E agora, enquanto eu retraçava os últimos dias, ela clamando que queria construir uma nova vida aqui, o beijo dela, eu me perguntava... exatamente quanto tempo havia que ela estava contando uma mentira?

CAPÍTULO 49
CRÔNICAS DE AMOR E ÓDIO

RAFE

"ocê perdeu todo o bom senso?", sibilei.

Eu estava sentado em uma despensa fora da cozinha, que cheirava a cebolas e gordura de ganso. Calantha havia me deixado aqui para esperar enquanto o cozinheiro fervia um cataplasma para a minha ferida.

"Foi uma oportunidade que caiu em nossas mãos. Nós não podemos todos aparecer como coletores de fezes e emissários. Como está seu ombro?"

Empurrei a mão dele para longe. "Isso é loucura. Por quanto tempo Orrin vai conseguir fazer papel de mudo? No que vocês estavam pensando? E quem são todos aqueles outros soldados que apareceram com você?"

"Meninos aterrorizados, na maior parte. Até onde eles sabem, eu realmente sou o novo governador de Arleston. Nós os prendemos em uma emboscada na estrada. Foram presas fáceis. O governador estava bêbado como um gambá. Camarada asqueroso. Mal soube o que foi que o atingiu. Os supostos guardas deles entregaram fidedignamente suas armas a nós em um piscar de olhos e juraram sua lealdade à nossa nova aliança em seguida."

Balancei a cabeça em negativa.

"Vamos lá, rapaz. Esta é uma posição excelente. Eu não tenho que andar furtivamente por aí e posso portar armas sem que levantem uma sobrancelha sequer para isso."

"E pode cuspir na minha cara."

"Nas suas botas", corrigiu-me ele. "Não maldiga a minha mira." Sven deu risada. "Eu achei que você fosse engasgar quando me viu."

"Eu realmente me engasguei. Ainda estou com um pedaço de maçã preso na minha garganta."

"Durante a maior parte do nosso caminho até aqui, eu não sabia ao certo se até mesmo encontraríamos você vivo. Eu sondei o Assassino durante quilômetros, mas ele é um camarada que vive de boca fechada, não é? Não soltava nada, e os soldados que o acompanhavam não eram lá muito melhores do que ele mesmo. Por fim, ouvi um deles falando em volta da fogueira do acampamento sobre o tolo emissário do príncipe."

Orrin, parado perto da porta que dava para a cozinha, de olho na cozinheira, sussurrou por cima do ombro: "Aquele Assassino é o primeiro que vamos eliminar."

"Não", falei. "Eu cuidarei dele."

Sven perguntou-me sobre os detalhes da minha chegada, e eu contei a eles sobre a minha proposta para o Komizar e sobre como eu havia brincado com a ganância e com o ego dele.

"E ele caiu nessa?", perguntou Sven.

"Ganância é uma língua que ele entende. Quando eu lhe disse que nossa parte era um porto e algumas colinas, soou verídico."

A expressão de Sven ficou sombria. "Você sabia disso?"

"Não sou surdo, Sven. É o que eles querem há anos."

"Ela sabe?"

"Não. Isso não importa. Nunca vou deixar que isso aconteça."

Sven puxou para trás o rasgo ensopado de sangue na minha camisa e grunhiu. "Foi um movimento idiota esse que você fez esta noite."

"Eu recuei."

"Apenas graças a mim."

Eu sabia que ele apontaria isso. *Veja onde pisa.* Se eles suspeitassem que eu fosse alguém que não quem eu clamava ser, isso não haveria de predizer coisas boas para qualquer um de nós... especialmente para Lia. Nós acabaríamos sendo mortos, e ela se casaria com um animal e serviria a outro ao seu bel-prazer. Faltavam três dias para o casamento. Nós teríamos que nos mover com rapidez.

"Onde está Tavish?", perguntei.

305

"Ainda trabalhando nos detalhes da jangada. Ele está adquirindo os barris para, depois, juntá-los."

Barris. Passando por mim hoje, em uma fração de segundo, Jeb havia brevemente sussurrado que a fuga seria feita por meio de uma jangada, mas eu tinha esperanças de que tivesse ouvido errado. Balancei a cabeça em negativa. "Tem que haver outra maneira."

"Se há outra maneira, então nos diga qual é", falou Sven. Ele me disse que eles já haviam analisado outras opções e confirmado que a ponte, definitivamente, não era uma delas. Seriam necessários homens demais para erguê-la, e isso chamaria muita atenção. Viajar por terra por centenas de quilômetros até o baixo rio também não era uma opção. Nós seríamos caçados antes de chegarmos às águas calmas, e haveria bestas naquela parte do rio que faziam sua própria forma de caçada. Orrin já tinha sentido um gostinho disso. Sua panturrilha havia sido estraçalhada antes que Jeb e Tavish conseguissem matar o monstro que havia se grudado na perna dele.

Eles insistiam que uma jangada era a única opção. Tavish havia analisado o rio. Ele disse que isso funcionaria. Embora a queda e as águas que se precipitavam enviassem para cima uma neblina poderosa, essa mesma neblina proporcionava encobrimento, e havia redemoinhos mais lentos na margem ao oeste. A jangada só teria que ser manobrada até um deles no ponto exatamente certo. Era possível. A outra vantagem em relação ao rio era que ele nos varreria para fora do alcance dos vendanos tão rapidamente que estaríamos a muitos quilômetros de distância antes que eles até mesmo fossem capazes de erguer a ponte para nos seguir, e então eles não fariam a menor ideia de onde teríamos saído do rio. Orrin disse que eles haviam deixado seus cavalos e alguns dos cavalos vendanos que havíamos capturado presos em cordas em um pasto escondido a uns trinta quilômetros rio abaixo. Era o plano perfeito. Assim eles diziam. Se os cavalos ainda estivessem por lá. Se uma centena de outras coisas não dessem errado. Eu tentei me lembrar de que Tavish sempre tinha sido o arquiteto dos detalhes. Eu precisava confiar nele, mas eu teria me sentido bem melhor se pudesse ver a certeza disso nos olhos dele por mim mesmo. Eu nem mesmo podia dizer se Lia sabia nadar.

"Como está sua perna?", perguntei a Orrin.

"Tavish me costurou. Vou viver."

"Mas precisa de um curativo também", disse Sven, em um tom firme.

Orrin ergueu a perna de sua calça e deu de ombros. As dúzias de linhas costuradas aparecendo acima de sua bota estavam vermelhas e purulentas, o que explicava seu leve mancar. Mas isso tinha dado ao governador Obraun e ao seu guarda machucado uma boa desculpa para juntarem-se a mim aqui. Sven havia dito a Calantha que seu guarda tinha sido atacado por uma pantera enquanto estava caçando e que precisava de um cataplasma também.

Enquanto sussurrávamos, Jeb entrou sorrateiramente, vindo de uma outra porta. "Alguém aqui está precisando de um bolo de cocô?"

Eu sorri, inspecionando-o da cabeça aos pés. Ele era o único entre nós que se importava com a última moda da temporada e se seus botões estavam sempre polidos. Agora ele estava vestido em trapos, com os cabelos imundos, e parecia encaixar-se plenamente no papel de um coletor de fezes. "Como é que você ficou preso nesse trabalho?", perguntei a ele.

"Todo mundo fica feliz em abrir a porta para um coletor de fezes que esteja fazendo uma entrega. Felizes pelo menos por alguns segundos." Ele fez um som de um clique com a lateral da boca, como o estalar de um pescoço. "Nós podemos precisar tirar alguns do caminho silenciosamente em seus aposentos antes de nos mexermos."

"E ele fala vendano como um nativo", acrescentou Sven.

Jeb era como Lia, ele tinha o dom com os idiomas. Ele parecia gostar da sensação exótica em sua língua tanto quanto dos tecidos exóticos em suas costas. Mas Sven havia aprendido vendano do jeito difícil... estando há apenas uns poucos anos em serviço, ele fora aprisionado em um dos Reinos Inferiores, junto com dois vendanos. Eles foram capturados para serviço escravo, como ele se referia àquilo, trabalhando durante dois anos nas minas deles, até que os três finalmente conseguiram fugir.

"Vejo que você está um tanto quanto proficiente agora também?"

"Eu me viro", falei. "Eu não falo muito bem o idioma, mas consigo entender boa parte dele. Como você viu, o Komizar e alguns membros do Conselho falam morriguês, e Lia me ajudou com algumas frases."

Jeb deu um passo à frente, estalando os nós dos dedos. "Eu falei com ela", ele disse.

Ele tinha nossa atenção plena agora, inclusive a de Orrin, que olhava para trás, para nós, por cima do ombro. Jeb disse que a vira logo antes da refeição noturna no Saguão do Sanctum. Ele conseguira fazer uma entrega no quarto dela. "Ela sabe que estamos aqui agora."

"Todos vocês quatro?", falei. "Ela não ficou impressionada com os nossos números quando contei isso a ela."

"E pode culpá-la por isso? Também não estou impressionado", foi a resposta de Jeb.

Orrin soltou uma bufada. "Só é preciso uma pessoa para espetar..."

"O Assassino é meu", eu o lembrei. "Não se esqueça disso."

"Ela me passou informações úteis", continuou Jeb, "especialmente em relação a trilhas no Sanctum. O lugar está repleto delas, mas algumas não têm saída. Eu já fiquei preso em algumas e quase caí por uma delas. Lia também me deu seus ganhos de um jogo de cartas para que eu adquirisse suprimentos."

"Foi assim que ela se referiu àquele dinheiro?", falei. "Está mais para o que ela roubou. Eu perdi uns dez litros de suor naquela noite."

Sven revirou os olhos. "Então ela é boa nas cartas e em arrancar os rostos das pessoas."

"Rostos de certas pessoas." Voltei a olhar para Jeb. "Ela lhe disse mais alguma coisa?"

Ele hesitou por um instante, esfregando a nuca. "Ela me disse que sua mãe estava morta."

As palavras me atingiram de novo. Minha mãe estava morta. Eu disse a eles o que o Komizar havia falado e que ele dizia que a pilha funérea havia sido avistada por cavaleiros vendanos. Sven ficou hesitante, dizendo que isso era impossível, que a rainha era saudável e que não sucumbiria tão fácil nem tão rapidamente, mas a verdade era que nós todos tínhamos ficado longe por tanto tempo que não fazíamos ideia do que estava acontecendo em casa, e fui atingido por uma nova onda de culpa. Todos eles refutaram a história, dizendo que se tratava somente de uma mentira vendana para atormentar-me, e eu deixei que eles se prendessem a esse pensamento... Talvez eu também quisesse me prender a esse pensamento... mas eu sabia que o Komizar não tinha qualquer motivo para mentir. Ele não sabia que ela era minha mãe, apenas que era minha rainha, e me contando isso ajudou-me no que eu estava clamando.

"Uma outra coisa", disse Jeb, e então balançou a cabeça, como se estivesse pensando melhor no que ia dizer.

"Vá em frente. Diga", falei.

"Eu gosto dela, só isso. E fiz promessas de que todos nós vamos sair daqui. Maldição, é melhor cumprimos essas promessas."

Assenti. Eu não conseguia considerar qualquer outra opção.

Orrin soprou o ar com vapor, bagunçando mais ainda seus cabelos. "Ela me assusta", disse ele, "mas eu também gosto dela, e, maldição, ela é..."

"Não diga isso, Orrin", avisei.

Ele soltou um suspiro. "Eu sei, eu sei. Ela é minha futura rainha." Ele voltou para a porta, para procurar a cozinheira.

Nós atualizamos Jeb em relação a outros detalhes, inclusive a perda de soldados de Dalbreck, a luta entre mim e o Assassino e como Sven quase foi jogado para os porcos.

"Era como se um bule vedado estivesse prestes a explodir ali", disse Sven. "Mas é mais seguro se ela genuinamente nos odiar por ora... mais seguro para nós e para ela... especialmente visto que eu e Orrin somos tão visíveis. Vamos manter as coisas desse jeito por um tempinho." Sven passou a mão por sua bochecha marcada por uma cicatriz. "Ela só tem dezessete anos?"

Assenti.

"Ela carrega muito peso nos ombros para alguém tão jovem."

"Ela tem outra opção?"

Sven deu de ombros.

"Talvez não, mas ela chegou perto de revelar a carta que tinha na manga esta noite. Eu tive que empurrá-la de volta para sua cadeira.

"Você a empurrou?", falei.

"Com gentileza", ele explicou. "Ela começou a cruzar a sala para se pôr entre você e o Assassino."

Inclinei-me para a frente, passando os dedos pelos cabelos. Ela agiu de forma impulsiva porque eu tinha feito a mesma coisa. A tensão estava deixando a nós dois descuidados.

"Aí vem ela", sussurrou Orrin, e sentou-se, relaxado, no banco ao meu lado.

A porta foi aberta, e a cozinheira olhou para o recinto cheio. Ela murmurou um xingamento e deixou cair pinças dentro de um balde fumegante que estava na ponta do banco. Então puxou uma pilha de trapos debaixo de seu braço e deixou-os cair perto da pinça. "Cinco camadas. Deixem-nos no lugar durante a noite e retirem de dia. Tragam de volta os panos quando tiverem terminado. Limpos."

Ela passou pela porta empurrando-a, tendo completado suas instruções charmosas, e fomos deixados com os fumos sufocantes da mistura verde-amarela que enchia o aposento. Jeb fez uma observação de que o fedor de esterco de cavalo era preferível ao veneno que a cozinheira havia fervido. Eu não sabia ao certo como aquilo haveria de ajudar em um ferimento, mas Sven parecia confiante. Ele cheirou, com gosto, a substância pútrida.

"Eu preferiria uma dose de seu olho vermelho", falei.

"Eu também", disse ele, em um tom cheio de anseio, "mas o olho vermelho se foi faz tempo." Ele sentiu grande prazer ao mergulhar o tecido no líquido quente e colocá-lo sobre o meu talho e as feridas purulentas na perna de Orrin.

"Para arrastá-la por todo o caminho do Cam Lanteux até aqui, aquele Assassino não parecia gostar muito dela nesta noite", observou Sven.

"Ele mais do que gosta dela. Acredite em mim", falei. "Ele só está enraivecido porque ela concordou em se casar com o Komizar enquanto ele não estava aqui. Eu sei que ela não tinha escolha. O Komizar a está intimidando... só não sei com o quê."

"Eu sei", disse Jeb. "Ela me contou."

Olhei para ele, com o temor me inundando, à espera.

"Você", disse ele. "O Komizar disse que se ela não convencesse todo mundo de que ela havia abraçado o casamento, você começaria a perder dedos. Ou mais. Ela está se casando com ele para salvar você."

Reclinei-me junto à parede e fechei os olhos.

Por você. Somente por você.

Eu deveria saber quando ela havia acrescentado essas palavras à prece. Palavras estas que haviam me assombrado desde que ela as proferira.

"Não se preocupe, rapaz, vamos tirá-la daqui antes do casamento."

"O casamento será realizado em três dias", falei.

"Nós estaremos, então, velejando rio abaixo."

Velejando.

Em barris.

Capítulo 50
CRÔNICAS DE AMOR E ÓDIO

grande dia que o Komizar me prometera começou com provas de um vestido de casamento. Eu estava em pé em um bloco de madeira, em uma longa e sombria galeria não muito longe de seus aposentos. Um fogo rugia na lareira na extremidade da sala, afastando um pouco o frio. Todos os dias haviam ficado mais frios, e uma pequena poça de água no peitoril da minha janela, da chuva da noite passada, havia virado gelo.

Fiquei observando hipnotizada enquanto as chamas lambiam o ar. Eu quase havia contado a Kaden na noite passada. Cheguei perto de fazer isso, mas quando ele me disse que se tratava de um jogo que eu não tinha como ganhar, temi que ele estivesse certo. Bastaria um passo em falso.

Uma confissão estava na ponta da minha língua, mas então a troca de palavras presunçosa entre Kaden e o Komizar ao fim da noite havia passado com um lampejo pela minha cabeça. *Há um forte elo entre eles. Eles têm uma longa história juntos.*

Eu quase podia admirar o Komizar por seu brilhantismo.

Quem melhor para ter como seu Assassino do que Kaden, tão intensamente leal, tão leal a ponto de nunca desafiar o Komizar? Tão leal a ponto de que ele colocaria uma faca de lado até mesmo em um acesso de fúria. Kaden sempre haveria de ter uma dívida com o Komizar, um Assassino que não era capaz de esquecer a traição de seu próprio pai e que nunca repetiria sua traição, mesmo que isso lhe custasse a vida.

"Vire-se", instruiu-me Effiera. "Pronto. É o bastante."

O exército de costureiras era uma distração bem-vinda. Embora não fosse costumeiro ter um vestido especial em casamentos vendanos, o Komizar havia ordenado que um vestido especial fosse feito, e desejava supervisionar a prova do vestido enquanto estava sendo realizada. Ele emitiria sua aprovação antes que o trabalho final começasse. Era para ser um vestido feito por muitas mãos para honrar o clã dos Meurasi, mas ele havia especificado que a cor deveria ser vermelha, sobre o que Effiera e as outras costureiras haviam cacarejado a manhã toda, tentando encontrar exatamente a mistura certa de tecidos e não parecendo satisfeitas com o que viam. Elas juntavam retalhos de veludos, brocados e camurça tingida.

Elas empurravam e espetavam suas peças, e um vestido finalmente tomava forma em mim enquanto alfinetavam e retiravam alfinetes, com um nervosismo não natural em seu trabalho. Elas estavam acostumadas a fazer vestidos em suas tendas na *jehendra*, e não sob a supervisão do Komizar.

Todas as vezes em que ele dizia "Hummm" e balançava a cabeça, uma das costureiras deixava cair seus alfinetes. No entanto, os comentários dele não eram desagradáveis nem raivosos, ele realmente parecia preocupado com alguma outra coisa. Esse era um lado dele que eu não tinha visto antes. Ficamos todas gratas quando Ulrix o chamou para cuidar de uma questão, embora ele prometera voltar logo. Elas trabalharam com rapidez enquanto ele estava fora para terminar as longas e justas mangas do vestido, e dessa vez pelo menos eu tinha duas, mas meu ombro ainda estava cuidadosamente desnudo, de modo a exibir o *kavah*.

"O que vocês sabem sobre a garra e a vinha?", perguntei a elas.

Todas as mulheres ficaram em silêncio. "Apenas o que nossas mães nos contaram", disse, por fim, baixinho, Effiera. "Foi-nos dito que deveríamos ficar atentas em relação a isso, que seria a promessa de um novo dia para Venda: a garra, rápida e feroz; a vinha, lenta e firme; ambas igualmente fortes."

"E quanto à Canção de Venda?"

"Qual delas?", perguntou Ursula.

Elas me disseram que havia centenas de canções de Venda, exatamente como Kaden havia me falado. As canções escritas haviam sido destruídas havia muito tempo, mas isso não impedia que as palavras delas vivessem em memórias e histórias, embora tivessem poucos que se lembrassem delas agora. Pelo menos eles tinham conhecimento da garra e da vinha, e os clãs que conheci nas terras baixas e nas terras altas também tinham conhecimento do nome Jezelia. Uma expectativa corria por eles. Pedaços das canções de Venda estavam vivos, no ar, e enraizados em alguma parte profunda do entendimento deles. Eles sabiam.

Todas as canções escritas, destruídas. Exceto aquela que eu tinha em minha posse. E alguém havia tentado destruí-la também.

A porta abriu-se, e as mulheres ficaram alarmadas, esperando verem o Komizar, mas era Calantha.

"O Komizar está ocupado. Pode levar um tempinho para ele estar de volta. Ele deseja que as costureiras esperem na câmara ao lado até que esteja pronto para elas novamente."

As mulheres não perderam tempo em seguirem as instruções e saíram correndo, apressadas, com punhados de tecidos nos braços, até o áposento ao lado.

"E quanto a mim?", perguntei. "Devo ficar esperando, presa em um vestido cheio de alfinetes até que ele decida voltar?"

"Sim."

Grunhi e inspirei, fervendo de raiva.

Calantha sorriu. "Quanta hostilidade. Uma espera desconfortável não vale a pena por seu amado?"

Olhei para ela, cansada de seu sarcasmo, e formulei uma resposta pungente, mas, de súbito, essa resposta demorou-se nos meus lábios enquanto eu a fitava. Ela sempre estava tentando me odiar. Minhas próprias palavras voltavam a mim. *Eu acho que você está mexendo com um pouco de poder.* Poder este que Calantha tinha medo de exercer. Ela era como um gato selvagem dando a volta em círculos por um buraco, tentando encontrar uma forma de pegar a isca sem cair na armadilha.

Ela se virou para ir embora de forma abrupta, como se soubesse que eu havia tido um vislumbre de seu segredo.

"Espere", falei, pulando de cima do bloco. Segurei-a pelo pulso, e ela fitou a minha mão, como se meu toque a queimasse. Eu me dei conta de que, além de um cutucão rígido nas minhas costas, eu nunca havia visto Calantha tocar em ninguém.

"Por que você ajudou o Komizar a matar o seu próprio pai?", perguntei a ela.

Por mais pálida que Calantha já fosse, ela ficou lívida. "Não cabe a você fazer esse tipo de pergunta."

"Eu quero entender isso, e sei que você quer me contar."

Ela puxou seu pulso, soltando-o. "Essa é uma história feia, Princesa. Feia demais para seus delicados ouvidos."

"É porque você o ama?"

"O Komizar?" Uma risadinha escapou dos lábios dela, que balançou a cabeça em negativa, e eu quase podia ver alguma coisa maior e entorpecedora agitar-se e soltar-se dentro dela.

"Por favor", falei. "Eu sei que você tanto me ajudou quanto me atrapalhou. Você está batalhando com alguma coisa. Eu não vou trair você, Calantha. Eu juro."

O ar estava tenso. Prendi a respiração, temendo que o menor dos movimentos fosse afastá-la de novo de mim.

"Sim, eu o amo", admitiu ela, "mas não do jeito que você está pensando." Ela cruzou o aposento e ficou com o olhar fixo janela afora por um bom tempo, e então, por fim, ela se voltou para mim. Sua voz soava vazia, como se ela estivesse falando de alguma outra pessoa. Ela era a filha de Carmedes, um membro dos *Rahtans*. A mãe dela fora uma cozinheira no Sanctum que morrera quando ela era pequena. Quando Calantha tinha 12 anos, Carmedes tomou o poder e tornou-se o 6.980º Komizar de Venda. Ele era um homem desconfiado, com a mão pesada e o temperamento curto, mas ela conseguia, na maior parte do tempo, evitá-lo. "Eu tinha 15 anos quando me apaixonei por um menino do clã dos Meurasi. Ele me contou histórias de outros tempos e de outros lugares que me faziam esquecer da minha própria vida miserável. Nós tomávamos cuidado para que o nosso relacionamento continuasse em segredo e conseguimos fazer isso por quase um ano." O peito dela ergueu-se em várias respirações antes que ela prosseguisse. "No entanto, um dia, meu pai nos pegou juntos no estábulo dos criados. Ele não tinha qualquer motivo para ficar com raiva. Ele pouco se importava comigo, mas teve um rompante de fúria."

Ela se sentou em uma das banquetas das costureiras e me contou que, naquela época, nosso atual Komizar era o Assassino. Ele era um jovem de 18 anos, e havia encontrado a ambos sangrando na palha. O menino estava morto, e ela, quase morta. O assassino tomou-a nos braços e mandou chamar um curandeiro. "As feridas despareceram, os ossos curaram-se, os pedaços arrancados dos meus cabelos cresceram de novo, mas algumas coisas se foram para sempre. O menino e..."

"Seu olho."

"Meu pai veio me ver uma vez durante as semanas em que fiquei de cama. Ele olhou para mim e disse que, se eu fizesse uma coisa como aquela de novo, ele arrancaria meu outro olho e meus dentes também. Ele não queria mais bastardos correndo pelo Sanctum. Quando consegui andar novamente, fui até o Assassino, abri a palma da mão dele e coloquei a chave da câmara de reuniões particular do meu pai ali, e jurei minha lealdade a ele. Para sempre. Na manhã seguinte, meu pai estava morto."

Ela levantou-se, puxando seus ombros para trás, parecendo pálida.

"Então, se você me vê tanto sondando quanto a afastando, Princesa, é porque, em alguns dias, eu vejo o homem que o Komizar se tornou e, em outros, eu me lembro do homem que ele era."

Ela virou-se e foi andando até a porta, mas eu a chamei assim que ela a abriu.

"Para sempre é muito tempo", falei. "Quando você vai se lembrar de quem é, Calantha?"

Ela fez uma breve pausa sem responder e depois fechou a porta atrás de si.

Eu ficara esperando por tanto tempo que mal notei quando a porta se abriu novamente. Era o Komizar, cujo olhar contemplativo pousou no vestido primeiro e depois para o meu rosto. Ele fechou a porta e deu mais uma longa olhada em mim.

"Já estava na hora", falei.

Ele ignorou meu comentário, demorando-se ao se aproximar. Passou os olhos de leve por mim, tocando-me de formas que deixavam minhas bochechas quentes.

"Eu acho que fiz uma boa escolha", disse ele. "O vermelho cai bem em você."

Tentei o meu melhor para menosprezar isso. "Ora, Komizar, você está realmente tentando ser bondoso?"

"Eu posso ser bondoso, Lia, se você permitir."

Ele deu um passo mais para perto de mim, com os olhos derretidos.

"Devo chamar as costureiras de volta?", perguntei a ele.

"Ainda não", disse ele, aproximando-se a passos lentos.

"Não é fácil se mexer em um vestido preso com alfinetes."

"Não quero que você se mexa." Ele parou na minha frente e passou um dedo gentil pela manga do meu vestido. O peito dele ergueu-se em uma profunda e controlada respiração. "Você foi longe desde aquele vestido de aniagem que trajava quando chegou."

"Aquilo não era um vestido. Era um saco."

Ele sorriu. "Era mesmo." Ele esticou a mão para cima e puxou um alfinete do vestido. O tecido no ombro soltou-se e caiu. "Assim fica melhor?"

Meus pelos ficaram eriçados. "Guarde suas seduções charmosas para a nossa noite de núpcias."

"Eu estava sendo charmoso? Devo tirar outro alfinete?"

Dei um passo para trás, o que eu odiava fazer, por medo de que isso fosse encorajá-lo. Tentei mudar de assunto e notei que ele havia trocado de roupa, estava com vestes de cavalgada. "Você não deveria estar fazendo alguma outra coisa agora mesmo? Não tem algum outro lugar onde precise estar?"

"Não."

Ele deu um passo para a frente, esticando a mão para pegar um outro alfinete, mas bati na mão dele para que a tirasse dali. "Você está tentando me seduzir ou forçar-se em cima de mim? Visto que concordamos em ser honestos um com o outro, eu gostaria de saber de antemão, para que possa decidir como proceder."

Ele agarrou os meus braços, e eu me encolhi com os espetos dos alfinetes em minha carne. Ele me puxou para perto de si e pressionou seus lábios junto ao meu ouvido. "Por que você mostra ao Assassino suas afeições e não ao seu noivo?"

"Porque Kaden não exigiu minhas afeições. Ele as fez por merecer."

"Eu não fui bom com você, Jezelia?"

"Você já foi bom", sussurrei junto à bochecha dele. "Eu sei que foi. E tinha um nome. *Reginaus*."

Ele recuou como se eu tivesse jogado água fria nele.

"Um nome de verdade", continuei falando, sentindo uma rara vantagem. "Um nome que lhe foi dado por sua mãe."

Ele foi andando em direção à lareira, e seu ardor tinha desaparecido. "Eu não tenho mãe", disse ele com raiva.

Estava evidente que eu havia aberto uma das poucas veias de sangue quente em seu corpo.

"Para mim, seria fácil o bastante acreditar que isso seja verdade", falei. "Parece mais provável que você tenha sido a cria de um demônio e de um buraco de madeira que estivesse disponível. Só que eu falei com a mulher que o segurava enquanto sua mãe grunhia e o trazia a este mundo. Ela me disse que sua mãe lhe deu seu nome com seu último suspiro."

"Nada há de especial em relação a isso, Princesa. Não sou o primeiro vendano cuja mãe morreu dando à luz."

"Mas é um *nome*. Uma coisa que ela lhe deu. Por que você se recusa a ser chamado pela última palavra que saiu dos lábios dela?"

"Porque era um nome que não significava nada!", disse ele, enfurecido. "Que nada me trouxe! Eu era mais um moleque imundo nas ruas. Não era nada até que me tornei o Assassino. Aquele nome nada significava. Só havia um nome melhor. Komizar. Por que me contentar com Reginaus, um nome tão comum e útil quanto sujeira, quando existe uma alcunha que apenas um pode usar?"

"Foi por isso que você matou o último Komizar? Apenas por causa de um nome? Ou foi para vingar a surra cruel de Calantha?"

A fúria dele diminui, e ele olhou para mim com cautela. "Ela contou isso a você?"

"Sim."

Ele balançou a cabeça em negativa. "Isso não é típico de Calantha. Ela nunca fala sobre aquele dia." Ele jogou uma outra tora no fogo e fitou as chamas. "Eu só tinha 18 anos. Jovem demais para tornar-me o próximo. Todos os dias. Eu imaginava... *Komizar*." Ele virou-se e se sentou na lareira elevada. "E então Calantha surgiu. A maioria dos membros do Conselho gostava muito dela. Ela era uma bela flor naquela época, mas eles não se atreviam a chegar perto dela por temerem o Komizar. Ela ficou arruinada com a surra, marcada com cicatrizes por dentro e por fora, mas muitos membros do Conselho favoreceram a mim depois disso, porque salvei a vida dela. Quando Calantha jurou sua lealdade a mim, muitos membros do Conselho fizeram o mesmo. Aqueles que eu não havia eliminado. Eu tinha aprendido então que alianças não são apenas oferecidas, eles têm que ser cuidadosamente desenvolvidas." Ele se levantou e veio andando mais para perto de mim. "Para responder à sua pergunta, um propósito simplesmente serviu ao outro. Vingar a surra que ela levou também me trouxe um nome que eu desejava."

Ele olhou com frieza para o vestido. "Diga às costureiras que este daí terá que servir", disse ele, apresentando sua aprovação final. "E, Princesa, só para que você saiba, se trouxer à tona o nome Reginaus novamente, terei que fazer uma visita à parteira com a língua solta. Está me entendendo?"

Abaixei bem a cabeça, em um único assentir. "Não conheço ninguém com esse nome."

Ele abriu um sorriso e saiu.

E eu falei a verdade. Estava claro que o menino chamado Reginaus estava morto há tempos.

CAPÍTULO 51
CRÔNICAS DE AMOR E ÓDIO

ou fazer sua mudança amanhã para um quarto próximo aos meus aposentos. Os criados vão vir buscar suas coisas. Isso tornará tudo mais conveniente uma vez que o casamento tenha sido realizado."

Conveniente. Minha pele formigava. Eu sabia o que ele queria dizer com conveniente.

Era estranho que eu encontrasse conforto nos aposentos de Kaden, mas era o que eu sentia. Eu sabia que podia confiar nele pelo menos quanto a certas coisas... até mesmo quando ele estava bêbado como um gambá. Seus aposentos também tinham uma passagem secreta. Eu duvidava que minha nova câmara teria uma.

Nós deixamos nossos cavalos com os guardas na beirada externa de um grupo de árvores e o Komizar me guiou pelo bosque. As árvores tinham troncos finos e ficavam próximas umas das outras, mas eu podia ver onde uma trilha havia sido formada entre elas. Este local era visitado com frequência. O Komizar referia-se a ele como seu atalho pessoal. Depois de apenas uns poucos minutos de caminhada, a fileira de árvores teve fim e nós emergimos em um penhasco que dava para um vasto vale. Fitei-o, não sabendo ao certo o que estava vendo.

"É magnifico, não é?"

Olhei para ele, cuja face estava reluzente. Era aqui onde sua paixão residia. Seu olhar contemplativo flutuava pelo vale. Tratava-se de uma cidade, mas nem um pouco como aquela da qual havíamos acabado de sair.

Esta era uma cidade de soldados. Milhares deles. O Komizar não notou que não lhe respondi, nem mesmo que eu nada havia falado, mas ele começou a, sistematicamente, apontar para as regiões de sua cidade como se as estivesse listando.

Havia as terras de criação.

As fundições.

As forjas.

Os arsenais.

Os alojamentos.

As oficinas dos produtores de flechas.

As tanoarias.

Os celeiros.

Os campos de testes.

Ele seguiu falando, e mais, e mais.

Tudo era no plural.

A cidade estendia-se até o horizonte.

Eu não precisava perguntar para que servia tudo aquilo. Exércitos serviam somente a dois propósitos: defender ou atacar. Eles não estavam aqui para defender algo. Ninguém queria entrar em Venda. Eu tentei ver somente o que estava acontecendo nas terras de realização de testes, mas estas ficavam muito longe. Apertei os olhos e soltei um suspiro. "Tudo que estou vendo daqui é uma cidade que se esparrama. Podemos olhar mais de perto?"

Feliz, ele me conduziu por uma trilha serpeante abaixo, até o piso do vale. Ouvi o barulhento ruído do ferro sendo martelado em bigornas. Muitas bigornas. Eu estava cercada pelo zunido da cidade, zunido este cheio de determinação e propósito. Ele andou comigo em meio aos soldados, e vi os rostos deles, meninos e meninas, muitos tão jovens quanto Eben.

O Komizar andava rapidamente, de forma que eu não podia parar e conversar com qualquer um deles, mas ele se certificou de que eles soubessem quem e o que eu era: um sinal de que os deuses favoreciam

Venda. Suas faces jovens viravam-se com curiosidade enquanto passávamos por eles.

"Há tantos deles", falei, como uma tola, mais para mim mesma do que para o Komizar.

A imensidão disso tudo era chocante.

As patrulhas estavam sendo assassinadas. Eles estavam escondendo alguma coisa. Alguma coisa importante.

Isso. Um exército duas vezes maior do que o de qualquer reino.

Ele me levou até o topo de uma colina nivelada que dava para outra extensão de vale. Trincheiras e baluartes cercavam-na. Fiquei observando enquanto soldados giravam grandes dispositivos até o meio do campo, mas as estranhas máquinas não ofereciam qualquer pista de seus propósitos, até que eles começaram a fazer uso delas. Flechas voavam em velocidades estonteantes, um borrão no ar enquanto um soldado girava uma manivela. Uma parede de flechas estava sendo totalmente lançada por um único homem. Não parecia com qualquer coisa que eu houvesse visto antes.

Depois disso, veio um outro campo de testes. E mais um. Essas armas tinham uma sofisticação que não era compatível com a frugal e crua vida dos vendanos.

Ele me puxou junto com ele em seu zelo, e foi este último campo que me fez ficar paralisada com o terror. "O que são eles?", perguntei. Fiquei encarando os cavalos com faixas douradas, que eram duas vezes maiores em circunferência do que os outros cavalos e pelo menos uns vinte palmos mais altos, cujos olhos pretos eram selvagens, e cujas narinas soltavam um vapor feroz no ar frio.

"Brezalots", foi a resposta dele. "Eles têm disposições horríveis e não são bons para cavalgar, mas correm muitíssimo quando cutucados. A pele deles é espessa. Nada fará com que parem. Quase nada."

Ele chamou de longe um soldado para que fizesse uma demonstração. O soldado amarrou um pequeno embrulho às costas do cavalo e então cutucou sua traseira com um espeto afiado. Sangue esguichou de seu traseiro, mas o cavalo correu muitíssimo, exatamente como o Komizar disse que o animal faria, e, ainda que soldados ao longo da lateral do campo lançassem flechas nele, as flechas não penetravam sua espessa pele. E ele não parou.

O animal seguiu em frente pelo campo, diretamente entre pequenos montes de feno, e então se seguiu um ruído ensurdecedor e uma bola de fogo cegante. Uma chuva de feno em chamas caía. Lascas de madeira junto com pedaços do cavalo caíam com um som oco no chão. Era como se um pote de óleo tivesse explodido, só que com mil vezes mais potência. Pisquei, chocada demais para me mover.

"É impossível fazê-los parar. Um cavalo desses pode derrubar um esquadrão inteiro de homens. É incrível o que a combinação certa de ingredientes é capaz de fazer. Nós os chamados de nossos Garanhões da Morte."

O gelo foi descendo pela minha coluna. "E como vocês ficaram sabendo qual seria a combinação certa de ingredientes?", perguntei.

"Estava bem debaixo dos nossos narizes o tempo todo."

Ele não precisava dizer mais. *Os provedores de conhecimento.* Era por isso que eles se escondiam nas cavernas e nas catacumbas. Eles estavam revelando os segredos dos Antigos e fornecendo ao Komizar a receita para a destruição de Morrighan. O que será que ele havia prometido a eles em troca de seus serviços? Seu próprio pedaço de Morrighan? Qualquer que fosse o preço, grande ou pequeno, nunca poderia valer as vidas que seriam perdidas.

Nós fomos então para mais campos, mas agora eu mal os via, tentando imaginar como um exército poderia estar à altura do que eu tinha acabado de ver. Por fim, estávamos parados na base de cinco celeiros que se erguiam, com paredes de aço polido que eram cegantes ao sol. Estes eram imensos armazéns de comida às margens de uma cidade que queria alimentos. "Por quê?", perguntei.

"Grandes exércitos marcham com as barrigas cheias. Homens e cavalos precisam ser alimentados. Há quase o suficiente aqui para fazerem marchar cem mil soldados."

"Marchar até onde?", perguntei, na esperança de que, pela graça dos deuses, eu pudesse estar errada.

"Onde você acha, Princesa?", ele me perguntou. "Logo os vendanos não estarão mais à mercê de Morrighan."

"Metade desses soldados são crianças."

"Jovens, não crianças. Apenas os morrigueses têm o luxo de mimar bebezinhos bochechudos. Aqui eles são músculo e suor como o restante das pessoas, fazendo suas partes para alimentar um futuro para todos nós."

"Mas... a... *perda*. Vocês ainda perdem pessoas", falei. "Especialmente os jovens."

"Provavelmente metade deles, mas a única coisa que não falta em Venda são pessoas. Quando eles morrem, morrem felizes pela causa, e sempre há mais para substituí-los."

Fiquei ali, parada, pasma, absorvendo a grandiosidade dos planos dele. Eu havia imaginado que eles estavam planejando alguma coisa. Um ataque a um posto avançado. *Alguma coisa.* Mas não isso.

Busquei pensar em alguma coisa a ser dita, mas eu sabia que minha súplica seria fútil antes que ela deixasse minha língua. Ainda assim, as palavras saíram, fracas e já derrotadas. "Eu poderia conseguir implorar junto ao meu pai e aos outros reinos. Eu vi como é a luta de Venda. Eu poderia convencê-los. Há terras férteis no Cam Lanteux. Eu sei que eu conseguiria achar uma maneira de fazer com que eles deixassem que vocês se assentassem por lá. Há boas terras para serem cultivadas naquele lugar. O bastante para que vocês todos..."

"Você, implorar junto a alguém? Você é uma inimiga odiada de dois reinos agora, e, ainda que fosse capaz de convencê-los, eu tenho aspirações bem maiores do que ser arrastado por uma forqueta e arreios. O que é um Komizar sem um reino para governar? Ou muitos reinos? Não, você não vai implorar por qualquer coisa que seja."

Agarrei os braços dele, forçando-o a olhar para mim. "As coisas não têm de ser assim entre os reinos."

Um fraco sorriso iluminava o rosto dele. "Sim, minha Princesa, as coisas têm que ser assim. Sempre foi assim e sempre será, só que agora seremos nós que exerceremos poder sobre eles."

Ele soltou-se da minha pegada, e seu olhar contemplativo voltou-se novamente para sua cidade, com seu peito sendo inflado, sua estatura crescendo diante dos meus olhos.

"É minha vez agora de me sentar em um trono dourado em Morrighan e de comer uvas doces no inverno. Se quaisquer membros da realeza sobreviverem à nossa conquista, me dará um grande prazer trancafiá-los neste lado do inferno para que lutem com baratas e ratos para encherem suas barrigas."

Fiquei fitando o intenso poder que reluzia em seus olhos, que era bombeado por suas veias no lugar do sangue e que batia em seu peito no lugar de um coração. Minha súplica por um meio-termo era uma diafonia para os ouvidos dele, uma linguagem longamente apagada de sua memória.

"Bem?", ele me perguntou.

Uma grandiosidade terrível rolava pela terra.

Uma nova grandiosidade terrível.

Eu disse a única coisa que poderia dizer. O que eu sabia que ele queria ouvir. "Você pensou em tudo, *sher* Komizar. Estou impressionada."

E, de um jeito sombrio e assustador, eu estava mesmo impressionada.

CAPÍTULO 52
CRÔNICAS DE AMOR E ÓDIO

RAFE

u pairava perto do poço da fogueira no Pavilhão dos Falcões, fingindo estar aquecendo as minhas mãos. Ulrix havia me dado mudas de roupas, porém elas não incluíam luvas. Mas tudo bem. Isso me dava uma desculpa para ficar aqui com Sven, que também havia se "esquecido" de usar suas luvas para ir até o pavilhão. Nós ficamos observando enquanto o cuidador treinava os falcões. Orrin estava em pé do outro lado de nós, como um vigia para alguém que pudesse se aproximar.

"Ele tem oito barris em uma caverna lá embaixo perto do rio", sussurrava Sven, embora os guardas mais próximos estivessem bem atrás de nós, do outro lado do pátio. "Ele disse que só precisa de mais quatro."

"Como ele está obtendo esses barris?"

"Você não vai querer saber. Digamos apenas que a justiça vendana o deixaria sem dedos."

"É melhor que as habilidades dele de roubar sejam impecáveis, porque ele vai precisar de todos os dedos para fazer com que aquela jangada seja segura."

"Ele adquiriu a corda honestamente, graças à princesa e ao dinheiro que ela deu a ele. O tipo de corda de que ele precisava só podia ser obtido na *jehendra*, de onde seria muito mais difícil roubar alguma coisa, então, agradeça aos deuses por ela ser boa nas cartas."

Pensei no jogo de cartas e no quanto eu havia suado enquanto a via jogar. *Sim, graças aos deuses e aos irmãos dela, ela é boa.*

"Jeb usou fezes para cobrir a corda no fundo de sua carreta e levá-la furtivamente para Tavish." Sven manteve suas mãos mais perto das chamas e perguntou-me sobre as rotinas do Sanctum.

Contei a ele sobre o que mais eu tinha ficado sabendo nas últimas semanas: a que horas os guardas das entradas mudavam, quantos deles poderiam ser encontrados em corredores em determinado momento, quando muito provavelmente ninguém daria por falta de Lia, quais governadores eram mais amigáveis do que os outros, aqueles que entornavam mais pesadamente suas canecas, os *Rahtans* e os *chievdars* para os quais ele não se atreveria a dar as costas, assim como onde eu havia escondido armas: três espadas, quatro adagas e uma acha.

"Você furtou armas debaixo dos narizes deles? *Uma acha*?"

"Só é preciso ter paciência."

"Você? Paciência?" Sven grunhiu.

Eu não podia culpá-lo por seu cinismo. Fui eu que saí cavalgando com tudo com um plano pela metade para nos guiar. Pensei nos últimos muitos dias e em todas as vezes em que tive que conter meus impulsos naturais, a espera agonizante quando tudo que eu queria era agir, pesando a satisfação de um momento de vitória em comparação com uma vida com Lia, calculando todos os movimentos e todas as palavras de modo a certificar-me de dar a ela e a nós a melhor chance possível. Se havia uma tortura no inferno feita especificamente para mim, era essa.

"Sim, *paciência*", falei. Esta era uma cicatriz obtida tão dolorosamente quanto qualquer uma em batalha. Eu contei a ele que Calantha e Ulrix eram meus guardas principais e que Calantha não deixava passar nada, então eu tinha poucas oportunidades quando estava perto dela, mas, depois de me tombar várias vezes e descobrir que eu oferecia apenas uma fraca luta, Ulrix havia ficado satisfeito com o fato de que não deveria perder tempo se preocupando com o emissário. Oportunidades surgiram, e lentamente surrupiei uma arma perdida atrás da outra para cantos escuros e esquecidos, para serem recuperadas e levadas para outro canto escuro até que eu as tivesse onde eu tinha certeza de que ninguém as encontraria.

"Ninguém deu por falta delas? Nem mesmo de uma acha?"

"Algumas espadas sempre são colocadas de lado durante noites tardias e jogos de cartas no Sanctum. Quando os perdedores ficam nervosos, eles bebem, e quando bebem, esquecem-se das coisas. Pela manhã, os criados devolvem armas perdidas aos arsenais. A acha foi uma questão de sorte. Eu a vi apoiada no chiqueiro durante quase um dia inteiro. Quando parecia que ninguém dera por falta dela, joguei-a atrás da pilha de madeira."

Sven assentiu com aprovação como se eu ainda estivesse sob sua tutela no treinamento. "E quanto à noite passada? Não houve nem uma sombra que fosse de suspeita em relação à sua luta de espadas com Kaden?"

"Errei o alvo. Perdi. O sangue foi retirado do meu ombro primeiro. A essa altura isso é tudo de que eles se lembram. Qualquer habilidade com a espada fica perdida à sombra da vitória de Kaden."

Vimos Orrin do outro lado da fogueira fazendo um sinal para nós de que alguém estava se aproximando, então paramos de conversar.

"Bom dia, governador Obraun. Dando ratos para os falcões comerem?"

Nós nos viramos. Era Griz. Ele falava em morriguês, idioma este que havia clamado que desconhecia. Olhei para Sven, mas ele não tinha respondido. Em vez disso, o velho leite azedo havia empalidecido.

Tanto eu quanto Orrin sabíamos que havia algo de errado. Orrin começou a sacar sua espada, mas acenei para que ele se contivesse. Griz portava duas espadas, e suas mãos seguravam nos cabos de ambas. Ele estava perto demais de Sven para que nós fizéssemos algum movimento que fosse. Griz abriu um largo sorriso, absorvendo a reação de Sven. "Depois de 25 anos e desse troféu que cruza sua cara, eu não o reconheci de imediato. Foi sua voz que o entregou."

"Falgriz", disse Sven por fim, como se estivesse olhando para um fantasma. "Parece que você também ganhou um troféu feio aí em cima. E uma barriga um tanto quanto grandinha aí embaixo."

"Bajulação não vai tirar você dessa."

"Funcionou da última vez."

Um sorriso enrugava os olhos do gigante, apesar da cara feia que ele tinha em seu rosto marcado por uma cicatriz.

"Foi ele que mentiu para o Komizar por mim", falei.

Griz voltou seu olhar contemplativo para mim como se fosse uma chicotada. "Eu não menti por você, almofadinha. Vamos acertar isso agora. Eu menti por *ela*."

"Você é um espião para o reino dela?", perguntei.

Ele curvou os lábios para trás em repulsa. "Sou um espião para você, seu tolo maldito."

Sven ergueu as sobrancelhas. Obviamente, esse era um novo desenrolamento das coisas para ele também.

Griz movimentou a cabeça na direção de Sven. "Todos aqueles anos preso com esse desajeitado me proporcionaram um pouco de conhecimento em relação a cortes, e muito conhecimento de idiomas. Eu não sou um traidor da minha própria espécie, se é isso que vocês estão pensando, mas me encontro com exploradores. Carrego informações inúteis de um reino inimigo para o outro. Se membros da realeza querem jogar dinheiro fora para rastrearem tropas, fico feliz em fazer-lhes esse favor. Isso impede meus parentes de morrerem de fome."

Olhei para Sven. "Foi com este homem que você ficou preso nas minas?"

"Durante dois longos anos. Griz salvou a minha vida", foi a resposta dele.

"Conte as coisas direito", rosnou Griz. "Foi você quem salvou meu pescoço, e nós dois sabemos disso."

Eu e Orrin trocamos uma olhadela de relance. Nenhum dos dois parecia satisfeito em relação à sua vida poupada nem concordavam com quem havia salvado quem.

Sven esfregou sua barba por fazer, estudando Griz. "Então, Falgriz. Temos um problema aqui?"

"Você ainda é um canalha idiota", foi a resposta dele. "Sim, nós temos um problema. Eu não quero que ela vá embora, e presumo que seja para isso que vocês estejam aqui."

Sven soltou um suspiro. "Bem, você está parcialmente certo." Ele assentiu na minha direção. "Estou aqui para libertar este tolo, e isso é tudo. Você pode ficar com a moça."

"O quê?", falei.

"Sinto muito, rapaz. Ordens do rei. Nós temos uma escolta esperando por nós do outro lado do rio."

Lancei-me para cima de Sven, agarrando-o por seu colete. "Seu mentiroso, imundo..."

Griz puxou-me para longe de Sven e me jogou no chão. "Não mexa com nosso novo governador, *Emissário*."

Os guardas do Sanctum começaram a vir correndo depois de me verem pular para cima de Sven.

"Que guarda e tanto, hein?", disse Griz a Orrin, que não havia se mexido para proteger Sven. "Pelo menos *pareça* saber o que está fazendo ou não vai durar muito por aqui." Orrin sacou sua espada e manteve-a de forma ameaçadora acima de mim. Griz voltou mais uma cara feia em forma de aviso. "Só para que todos nós entendamos bem uns aos outros. Eu não me importo se vocês todos se afogarem no rio ou baterem uns nos outros até perderem os sentidos, mas a moça permanece aqui." E então, ele disse apenas para Sven: "A costura aí é uma melhoria."

"Assim como a costura no seu crânio."

Eu e Sven olhamos um para o outro. Nós tínhamos um problema. Griz saiu batendo os pés, dizendo aos guardas que se aproximavam para voltarem para seus postos, que a questão estava resolvida, mas enquanto eu observava Griz afastando-se, notei que o Assassino estava parado, em pé em meio às sombras da colunata. Ele estava lá sem qualquer destino aparente. Apenas nos observando. E, até mesmo depois que Griz havia passado por ali fazia muito tempo, ele continuava a olhar na nossa direção.

CAPÍTULO 53
CRÔNICAS DE AMOR E ÓDIO

conteceu quando tirei minhas botas. O pesado som dos calcanhares batendo no chão. *Os sapatos.* O sussurro. A memória. O calafrio conhecido que havia se assentado em meus ombros da primeira vez em que ouvi as passadas deles. *Reverência e constrição.*

Aquilo me atingiu repentina e violentamente, e eu achei que fosse vomitar.

Inclinei-me sobre o pote da câmara, com um suor úmido vindo até o meu rosto.

Eles haviam trocado tudo, menos os sapatos.

Engoli em seco o nauseante gosto salgado na minha língua e soprei o fogo de minha raiva em vez disso. Raiva esta que flamejava até virar fúria e que me propelia a seguir em frente. Evadi os guardas e usei a passagem secreta. Aonde eu estava indo, não poderia ter uma escolha.

Dessa vez, quando cruzei a passos largos as catacumbas e depois desci para dentro da caverna onde pilhas de livros esperavam para serem queimados, não dei importância para o quão ruidosas estavam sendo minhas passadas. Quando lá cheguei, ninguém estava na sala externa separando livros e a sala mais afastada estava parcamente iluminada. Eu vi uma silhueta trajando um robe lá dentro, curvada por cima de uma mesa.

A sala interna era quase tão grande quanto a primeira, com diversas pilhas próprias esperando para serem arrastadas para longe e queimadas. Havia oito silhuetas trajando robes ali dentro. Fiquei na entrada, observando-os, mas eles estavam tão consumidos em suas tarefas que não me notaram. Seus capuzes estavam abaixados, conforme era prática deles, supostamente um símbolo de humildade e devoção, mas eu sabia que o propósito era também o de bloquear os outros, de modo que eles pudessem permanecer focados em seu trabalho difícil. Seu trabalho mortífero.

O sacerdote que eu tinha conhecido em Terravin havia sentido que alguma coisa estava errada, embora ele não soubesse exatamente o que era. *Não falarei aos outros sacerdotes sobre esse assunto. Pode ser que nem todos concordem em relação a quem devemos ser leais.* Eu percebia agora que ele estava tentando me avisar, mas, se o Komizar havia seduzido esses homens para que viessem até aqui com promessas de riquezas, eu poderia conseguir influenciar seus corações gananciosos com tesouros ainda maiores.

Olhei para baixo, para os pés deles, quase escondidos por seus robes marrons. Eles pareciam deslocados aqui em vez de estarem enfiados atrás de escrivaninhas polidas.

Eu havia apanhado um grande volume de uma das pilhas de descartes enquanto entrava, e agora joguei-o no chão. O forte som do livro batendo no chão ecoou pelo recinto, e tanto os eruditos que estavam sentados quanto aqueles que estavam de pé se viraram para me ver. Eles não demonstraram qualquer alarme, nem mesmo surpresa, mas os eruditos que estavam sentados deixaram suas cadeiras para postarem-se em pé junto com os outros.

Parei na frente de um deles, cujas faces ainda estavam ocultas nas sombras de seus capuzes. "Eu esperaria pelo menos uma breve reverência dos súditos de Morrighan quando sua princesa se dirige a eles."

O mais alto deles, que estava no meio, falou por todos: "Eu estava me perguntando quanto tempo demoraria para que você nos encontrasse aqui embaixo. Lembro-me muito bem de suas andanças em Civica." A voz dele era vagamente familiar.

"Mostrem suas faces traidoras", ordenei. "Como sua única soberana neste reino devastado, ordeno que façam isso!"

O erudito alto deu um passo à frente. "Você não mudou nada, nem um pouquinho, não é?"

"Mas vocês, certamente, mudaram. Seus novos trajes são decididamente mais simples."

Ele soltou um suspiro. "Sim, eu realmente sinto falta de nossos robes bordados de seda, mas tivemos que deixar aquilo para trás. Estes são muito mais práticos por aqui."

Ele empurrou seu capuz para trás, e meu estômago revirou-se com náusea. Ele era meu tutor de dez anos, Argyris. Um por um, os outros também empurraram seus capuzes para trás. Estes não eram apenas alguns eruditos de regiões remotas. Eles eram o círculo interno da elite, treinados pelo próprio Erudito Real. O segundo assistente do Erudito Real, o ilustrador-chefe, meus tutores do quinto e do oitavo ano, o arquivista da biblioteca, dois dos tutores dos meus irmãos, todos eruditos que haviam deixado suas posições, presumidamente para outros trabalhos em Sacristas por todo o reino de Morrighan. Agora eu sabia aonde eles realmente haviam ido, e talvez, o pior de tudo, eu já sabia bem antes que eles não eram confiáveis. Lá em Cívica, eu havia sentido agitação na presença deles. Estes eram os eruditos que eu sempre havia odiado, aqueles que me enchiam de temor, aqueles que enfiavam os Textos Sagrados nas nossas cabeças com toda a graça de um touro, longe da ternura e da sinceridade que eu ouvia na voz de Pauline enquanto ela entoava as memórias sagradas. Estes que estavam diante de mim transformavam os textos em dilacerados pedaços de histórias.

"O que foi que o Komizar prometeu que faz valer a pena voltar as costas para seus compatriotas?"

Argyris sorriu com a mesma arrogância de que eu me lembrava dos dias em que ele olhava por cima do meu ombro, repreendendo-me pelo espaçamento da minha escrita. "Nós não somos exatamente traidores, Arabella. Estamos simplesmente emprestados ao Komizar por ordem do Reino de Morrighan."

"Mentiroso", falei, com desprezo. "Meu pai nunca enviaria o que quer que fosse a este reino, menos ainda eruditos da corte, para..."

Olhei para as pilhas de livros que nos cercavam. "Em que nova ameaça vocês estão trabalhando agora?"

"Somos apenas eruditos, Princesa, fazendo o que fazemos", foi a resposta de Argyris. Ele e os outros eruditos trocaram largos e presunçosos sorrisos. "O que os outros fazem com nossas descobertas não é da nossa conta. Simplesmente descobrimos os mundos contidos nestes livros."

"Nem todos os mundos. Vocês queimam uma pilha de livros atrás da outra nos fornos do Sanctum."

Ele deu de ombros. "Alguns textos não são tão úteis quanto outros. Não podemos traduzi-los todos."

O modo como ele formulava suas palavras e distanciava os eruditos de sua traição fazia com que eu ansiasse por arrancar a língua dele, mas me controlei. Eu ainda precisava de respostas.

"Não foi o meu pai quem emprestou vocês a Venda. Quem foi?", exigi saber. Eles olharam para mim como se eu ainda fosse a aluna impetuosa deles e mostraram sorrisos forçados.

Passei por eles empurrando-os para fora do caminho, ignorando suas bufadas de raiva cheias de indignação, e fui até a mesa onde eles estavam trabalhando. Revirei os livros e os papéis, tentando achar alguma evidência daquele que os havia enviado a Venda. Abri um dos livros de registros, e um braço com uma vestimenta áspera alcançou além de mim e fechou com tudo o bloco de papel.

"Acho que não, Vossa Alteza", disse ele, cujo hálito estava quente ao meu ouvido.

Ele estava pressionado tão junto de mim que eu mal podia me virar para ver quem era, que me prendeu contra a mesa e sorriu, esperando que o reconhecimento ficasse por completo estampado no meu rosto.

O que aconteceu.

Eu não conseguia respirar.

Ele ergueu a mão e tocou no meu pescoço, esfregando a pequena marca branca onde o caçador de recompensas havia me cortado. "Apenas um cortezinho?" Ele franziu o rosto. "Eu sabia que deveria ter enviado outra pessoa. Seu sensível nariz real provavelmente o sentiu chegando a mais de um quilômetro de distância."

Era o condutor do pátio do estábulo. E agora eu tinha certeza, era o hóspede da taverna que Pauline havia mencionado para mim. *Você não o viu? Ele entrou logo depois dos outros dois. Um homem magro, desmazelado. Ele olhou bastante de esguelha para você.*

E também o jovem homem magro que eu tinha visto em uma noite com o Chanceler.

"Garvin, ao seu serviço", disse ele, com um assentir gentil, em tom de escárnio. "É adorável ver as engrenagens girando na sua cabeça."

Nada havia em relação a ele que fosse se destacar. Constituição mediana, cabelos cinza despenteados. Ele poderia mesclar-se a qualquer multidão. Não fora sua aparência que havia deixado uma impressão em mim. Fora a expressão alarmada do Chanceler quando eu me deparei por acaso com ele e dois eruditos em um recesso escuro do pórtico ao leste. A culpa havia inundado as faces deles, mas eu não havia registrado isso na época. Estávamos no meio da noite, e eu tinha acabado de voltar sorrateiramente de um jogo de cartas e estava tão preocupada com a minha própria detecção que não havia questionado aquele comportamento estranho.

Olhei com ódio para ele. "Deve ter sido um tremendo de um desapontamento para o Chanceler saber que eu não estava morta."

Ele sorriu. "Eu não o vejo há meses. Até onde eu sei, ele acha que você está morta. Nosso caçador nunca falhou conosco antes, e o Chanceler foi notificado de que o Assassino também estava seguindo sua trilha. Havia poucas dúvidas de que um dos dois acabaria com você. Espere até ele descobrir a verdade." Ele deu risada. "Mas a guinada de sua traição maior a Morrighan ao se casar com o Komizar pode servir ainda melhor aos propósitos dele. Muito bem, Vossa Alteza."

Os propósitos dele? Pensei em todas as bugigangas em forma de joias que agraciavam os nós dos dedos do Chanceler. *Presentes*, era assim que ele se referia a eles. O que mais ele estaria recebendo em troca de entregar vagões de vinhos e os serviços de eruditos ao Komizar? Uns poucos cintilantes ornamentos para seus dedos mal poderiam valer o custo da traição. Seria essa uma manobra para conseguir mais poder? O que mais haveria o Komizar prometido a ele?

"Eu diria ao Chanceler para não gastar suas riquezas antes que estejam na palma de sua gananciosa mão. Devo lembrar a vocês que ainda não estou morta."

Garvin deu risada, e sua face agigantou-se mais perto da minha. "Aqui?", disse ele em um sussurro. "Sim, aqui é como se você estivesse morta. Você nunca sairá daqui... pelo menos, não viva."

Eu tentei passar por ele, empurrando-o, mas ele apertou sua pegada na mesa. Ele não era um homem grande, mas era rijo e durão. Ouvi as risadinhas abafadas dos eruditos, mas eu podia ver somente a barba por fazer no queixo de Garvin e sentir a pressão de suas coxas perto das minhas.

"Devo lembrar-lhe também de que, embora eu possa ser prisioneira do Komizar, também sou sua noiva, e, a menos que você queira ver sua fina e amarga pele servida em uma bandeja, eu sugeriria que você mexesse seus braços agora."

O sorriso dele desapareceu, e ele deu um passo para o lado. "Siga seu caminho. Devo aconselhá-la a não vir mais aqui. Estas catacumbas têm muitas passagens esquecidas e perigosas. Alguém poderia ficar perdido para sempre aqui."

Passei roçando por ele e pelos eruditos, sentindo a amargura de sua traição, mas, quando eu estava a alguns metros de distância deles, parei e lentamente os escrutinizei.

"O que você está fazendo?", perguntou-me Argyris.

"Memorizando as faces de cada um de vocês e qual é a expressão nelas neste momento... e imaginando como estarão daqui a um ano, quando estiverem cara a cara com a morte. Porque, como todos vocês bem sabem, eu tenho realmente o dom, e vi cada um de vocês mortos."

Eu me virei e saí dali, e não ouvi um arrastar de pés ou um sussurro que fosse na minha trilha.

Era a segunda vez em menos de uma hora que eu havia perpetrado uma impostura.

Talvez.

Porque, em um breve e frio segundo, eu vi cada um deles pendurado em uma corda.

CAPÍTULO 54
CRÔNICAS DE AMOR E ÓDIO

u estava sentada em um banco de madeira perto dos estábulos dos criados, fitando uma pena que se agitava no chão, com os pés e os dedos das mãos entorpecidos, meus pensamentos pulando da fúria para a descrença. Segredos em casa, segredos nas cavernas. O engodo não conhecia qualquer fronteira.

Segredos. Foi isso o que vi nos olhos alarmados de Argyris e que senti pressionando o meu peito quando passei pela caverna. Um perigoso segredo.

Movimentos ao longe chamaram a minha atenção. Ele vinha em direção a mim.

O maior dos traidores.

Ele parou a vários metros de distância, notando que havia algo errado. "Onde estão suas escoltas?"

Eu não respondi.

"Procurei você em toda parte", disse ele. "O que está fazendo aqui? Está congelando."

Estava mesmo.

"Podemos conversar?", ele me perguntou. Analisei Kaden, cujos olhos estavam cálidos e em busca de alguma coisa. Kaden queria uma trégua. Tornar tudo melhor, como se estivéssemos caminhando em uma campina depois de uma das arengas de bêbado dele. Kaden me trazendo um cesto de bolinhos de maçã silvestres ácidas. Kaden me abraçando enquanto eu via meu irmão morrer, dizendo o quanto sentia muito. Kaden com seus olhos firmes. Com sua calma enganosa. *Com sua devastadora traição.*

Ele fitou meus joelhos, que tremiam.

Não tinha sido eu que o havia traído.

"Lia?", disse ele, como se estivesse testando as águas. *Lia, é seguro chegar perto de você?*

"Você sabia", falei. Meu joelho ia para cima e para baixo. Minhas mãos tremiam. "O tempo todo, você sabia."

Ele deu um passo cauteloso para a frente. "Do que você está...?"

Fui voando para cima dele, estapeando-o, batendo nele enquanto ele recuava, um passo após o outro, tentando esquivar-se dos meus golpes. "Não finja que não sabia! O tempo todo você ficou com seus joguinhos, me dizendo que estava tentando salvar a minha vida enquanto planejava exterminar até a última pessoa que eu amo! Walther e Greta não foram o bastante? Agora são meus outros irmãos? Berdi? Pauline? Gwyneth?" Parei de avançar nele e olhei para Kaden com ódio. "Você quer matar todas as pessoas em Morrighan, até a última delas!"

Ele puxou os ombros para trás. "Você viu o exército."

Olhei para ele com o mesmo olhar fixo e desprovido de paixão. "Eu vi o exército."

Ele ficou quieto por apenas um instante e depois me atacou verbalmente, varrendo o ar com a mão, como se isso fosse capaz de dispensar a minha acusação. "E daí? Morrighan e Dalbreck também têm seus exércitos. O nosso não vai matar todo mundo. Apenas aqueles que nos subjugam."

Olhei para ele com descrença. Será que ele realmente acreditava nisso?

"E eu tenho certeza de que isso inclui seu pai, um lorde de nascimento nobre. Provavelmente ele é o primeiro da lista."

Kaden não me respondeu, mas cerrou o maxilar.

"Então era isso o tempo todo. Vingança. Você está tão consumido pelo ódio pelo seu pai a ponto de querer matar todas, até a última das pessoas que respiram em Morrighan."

"Nós vamos marchar para cima de Morrighan, Lia. Estamos removendo aqueles que estão no poder, e isso inclui o meu pai, e, sim, ele pode vir a morrer."

"Pode?"

337

"Eu não sei o que vai acontecer. Eu não sei com que tipo de luta haveremos de nos deparar. Com nossos números, eles seriam sábios se largassem as armas, mas, se não fizerem isso, ele e muitos outros vão morrer."

"Pela sua mão."

"Você é ótima para falar de vingança. Desde as mortes de Walther e de Greta, você vem buscando vingança, dizendo a mim que não importa o que você fizesse, que nunca seria o bastante. Seus olhos brilham com vingança toda vez que recaem sobre Malich."

"Mas não está nos meus planos matar um reino inteiro para conseguir minha vingança."

"As coisas não vão acontecer desse jeito. Eu e o Komizar concordamos que..."

"Você tem um acordo com o Komizar?" Eu ri. "Que maravilhoso para você. Sim, todos nós temos nossos acordos com ele. O Chanceler, o Emissário, eu. Ele parece ser muito bom em fechar acordos. Você certa vez me ridicularizou por não conhecer minhas próprias fronteiras. Fiquei envergonhada com essa verdade, mas minha ignorância empalidece em comparação com a sua. Eu tenho certeza de que Berdi, Gwyneth e Pauline ficariam tão aliviadas ao saberem que *você* tem um acordo."

Girei e segui andando para longe dele.

"Lia", ele me chamou, "eu juro a você que não vou permitir que qualquer mal aconteça com Berdi, Pauline ou com Gwyneth."

Parei de andar por um instante. Sem me virar, aceitei a promessa dele com um único assentir de cabeça e então continuei seguindo meu caminho e, embora não soubesse ao certo que ele pudesse fazer tal declaração, eu me prendi àquele pedacinho pequeno de esperança. Até mesmo se eu e Rafe não conseguíssemos sair dessa, talvez Kaden fosse se lembrar da promessa que fizera a mim.

No meu caminho de volta ao quarto, fiz uma viagem secundária até as cavernas. *Ali.* Talvez demore um tempinho para entendermos a verdade que sussurra nas nossas costas. Parecia como nos velhos tempos, em que eu entrava sorrateiramente no escritório do Erudito Real. Só que desta vez, quando peguei uma coisa, não deixei um bilhete.

ntão Morrighan conduziu os remanescentes
pela terra inóspita,
Ouvindo os deuses para trilhar o caminho seguro.
E quando por fim chegaram a um lugar,
Onde frutos pesados do tamanho de punhos
cerrados pendiam de árvores,
Morrighan prostrou-se de joelhos,
Fazendo agradecimentos e proferindo memórias sagradas,
Por todos aqueles que foram perdidos ao longo do caminho,
E Aldrid caiu no chão ao lado dela,
Agradecendo aos deuses por Morrighan.

—*Livro dos Textos Sagrados de Morrighan, vol. v*—

Capítulo 55
CRÔNICAS DE AMOR E ÓDIO

ais uma vez eu estava sozinha e congelando, e o fogo na galeria há muito havia se transformado em cinzas frias. Eu os ouvia me chamando lá fora: *Jezelia. Uma história, Jezelia.* O quarto ficou cor-de-rosa com o crepúsculo. Ele havia deixado as coisas bem claras.

Está na hora agora. Você dirá minhas palavras. Verá estas coisas.

Eu seria seu peão.

A sua cidade-exército nadava na minha visão, e então Civica, destruída, em cinzas, as ruínas da cidadela erguendo-se como presas quebradas no horizonte, grandes nuvens de fumaça obscurecendo o céu, minha própria mãe, uma poça no meio dos escombros, chorando, sozinha e arrancando os cabelos. Eu piscava repetidas vezes, tentando fazer com que as imagens desaparecessem.

Ela está vindo.

As palavras aninhavam-se, plenas e cálidas, sob as minhas costelas.

Ouvi as passadas de Aster. Elas tinham um peso que eu conhecia, um som que dançava com necessidade e esperança, som este tão antigo quanto as ruínas que me cercavam. *Ela está vindo. Eles estão vindo.* Mas agora havia mais passadas, urgentes. Passadas demais. Meu peito ficou apertado, e eu me sentei na lareira, olhando para o chão, tentando discernir de onde os sons estavam vindo. Do corredor? Dos passadiços do lado de fora? Parecia que me cercavam.

"Senhorita? O que você está fazendo aqui? O que aconteceu com o fogo? Você vai morrer aqui dentro sem seu manto."

Ergui o olhar, e a galeria estava cheia. Aster estava ali parada, em pé, apenas a poucos metros de distância, mas, atrás dela, corriam centenas, milhares de pessoas, uma cidade de uma outra espécie espalhava-se. A galeria não tinha paredes, não tinha fim, era um horizonte infinito, com milhares aproximando-se, observando, esperando, gerações e, em pé no meio deles, apenas à distância de um braço atrás de Aster, estava Venda.

"Eles estão esperando por você, senhorita. Lá fora. Você não os ouviu?"

Meus cabelos foram levantados dos meus ombros; o vento passava como uma brisa pela galeria, girando, fazendo cócegas no meu pescoço.

Siarrah.

Jezelia.

Suas vozes erguiam-se, cortando em meio ao vento as lamentações de mães, irmãs e filhas de gerações passadas, as mesmas vozes que ouvi no vale quando enterrei meu irmão, memórias que rasgavam o céu distante e a terra que sangrava. Preces não tecidas de sons, apenas de estrelas e poeira, e para sempre.

Sim, eu os ouço.

"Aster", falei em um sussurro, "vire-se e me diga o que você está vendo."

Ela fez o que pedi e então balançou a cabeça. "Estou vendo um grande e poderoso chão que precisa de uma boa vassoura." Ela curvou-se para baixo e apanhou um retalho de tecido vermelho deixado para trás pelas costureiras. "E este remanescente aqui."

Ela trouxe o retalho até mim, colocando os fios irregulares nas minhas mãos.

E então a galeria era apenas uma galeria outra vez. As paredes, sólidas; as milhares de pessoas não estavam mais lá. Segurei o tecido em meu punho cerrado.

Todos os modos pertencem ao mundo. O que é a magia senão o que ainda não entendemos?

"Você está bem, senhorita?"

Levantei-me. "Aster, você apanharia o manto para mim? O terraço da galeria vai me prover uma vista melhor da praça."

"Não aquela parede, senhorita."

"Por que não?"

341

"Aquela é a parede... eles dizem..." Ela baixou a voz para o tom de um sussurro: "Eles dizem que foi daquela parede que caiu Lady Venda." Aster olhou ao redor, como se estivesse esperando ver o espírito dela à espreita.

Essa revelação me fez hesitar, e empurrei e abri a porta que dava para o terraço. As dobradiças gritaram com seu próprio aviso. A parede além da porta era espessa e baixa, exatamente como qualquer outra no Sanctum. "Eu não vou cair, Aster. Eu juro."

As contas no lenço de pescoço de Aster tiniam enquanto ela assentia, e então ela saiu correndo porta afora.

Envolvi confortavelmente meu manto em volta de mim enquanto me assentava na parede. O terraço da galeria era largo e se projetava para fora, por cima da praça. Primeiramente, disse as minhas memórias sagradas.

> *Para que não repitamos a História,*
> *as fábulas serão passadas*
> *de pai para filho, de mãe para filha,*
> *assim como para todos os meus irmãos e para todas as minhas irmãs em Venda,*
> *pois, com apenas uma geração,*
> *a história e a verdade são perdidas para sempre.*
> *Ouçam as histórias dos fiéis,*
> *Os sussurros do universo,*
> *As verdades que cavalgam no vento.*

Cantei sobre atos de coragem e mágoas e esperança, vendo sem olhos, ouvindo sem ouvidos, os modos de confiança e uma linguagem de saber enterrados profundamente neles, um modo tão antigo quanto o próprio universo. Contei a eles sobre as coisas que duram, as coisas que permanecem e sobre um dragão que estava despertando.

*Pois devemos estar não apenas preparados
para o inimigo do lado de fora,
mas também para o inimigo de dentro.
E que assim seja,
Irmãs do meu coração,
Irmãos da minha alma,
Família da minha carne,
Para todo o sempre.*

Um baixo *Para todo o sempre* vindo da multidão ergueu-se de encontro a mim, e eles começaram a dispersar-se para a calidez de seus lares. "E que os deuses possam manter os perversos longe de vocês", sussurrei para mim mesma.

Eu havia pegado o meu manto para descer da parede quando, de repente, a brisa se acalmou. O mundo ficou estranhamente silencioso, abafado, e os flocos brancos começaram a cair do céu, salpicando os parapeitos, as ruas e o meu colo, com uma chispa branca enquanto flutuavam para baixo em círculos preguiçosos, mágicos. *Neve.* Era uma pena macia, fresca, que roçava a minha bochecha, exatamente como minha tia Bernette a descrevera. Enquanto os flocos suaves caíam na minha mão estirada, uma dor pesada crescia no meu peito pelo meu lar. O inverno estava aqui. Eu sentia como se uma porta estivesse se fechando.

CRÔNICAS DE AMOR E ÓDIO

KADEN

Fui andando com o Komizar ao longo do adarve da Torre de Jagmor. Malich, Griz e dois irmãos, Jorik e Theron, seguiam a trilha atrás de nós. Agora que o Conselho inteiro estava presente, nossa primeira sessão oficial haveria de reunir-se amanhã. No entanto, as sessões não oficiais já haviam começado. O Komizar havia reunido os *Rahtans* em particular para certificar-se de que amanhã estaríamos sentados ao lado dos governadores que provavelmente iriam empacar. Os *Rahtans* eram seu círculo interno, os dez que nunca falhavam em seu dever nem estremeciam em sua lealdade uns para com os outros e para com Venda. Não se tratava apenas de dever; era um modo de vida que todos nós abraçamos, um fazer parte de que nunca se deveria duvidar. Nossos passos, nossos pensamentos, tudo em relação a nós apresentava uma força unificada que fazia com que até mesmo os *chievdars* medissem suas palavras conosco.

Ainda assim, o vasto exército estava causando perdas e danos nas províncias. Mais um inverno, disse o Komizar, apenas mais um para garantir os planos, os suprimentos e as armas que os arsenais estavam fazendo e acumulando. O Komizar e os *chievdars* haviam calculado exatamente o que era necessário. No entanto, a perda de dois governadores em uma estação era sinal de descontentamento, e vários dos outros governadores murmuravam entre si. Os *Rahtans* deveriam fazer com que mudassem de ideia, deveriam acalmar seus medos, lembrá-los das recompensas que estavam por vir, e, se isso não os influenciasse, deveriam lembrá-los das consequências. Todavia, a peça decisiva do jogo era Lia. Ela era uma estratégia nova, estratégia esta que chamava a atenção deles, um ataque para encorajar a mesma massa de pessoas de quem os governadores teriam que espremer sangue para que fosse dado apenas mais um pouco. Se os clãs estivessem apaziguados, os governadores também o ficariam, e veriam os alvos em suas costas diminuindo.

O Komizar estava me trazendo de volta para a comunidade, e segundas chances não eram típicas dele. Meu ataque insano para cima dele já estava diminuído pela minha vitória fácil sobre o emissário, prova de que eu era um *Rahtan* até os ossos e que seguia suas ordens como que por reflexo. Ninguém mencionara meu ataque verbal para cima de Lia, mas eu sabia que isso era tão responsável quanto qualquer outra coisa pela dispensa da minha transgressão, não apenas por parte do Komizar como também por parte dos meus irmãos. Quando surgiam problemas, o Assassino, acima de tudo e de todos, sabia a quem deveria ser leal. O som de nossas passadas combinadas no passadiço de pedra era um ruído reconfortante, cheio de propósito e força, e, ultimamente, eu havia tido pouco do precioso conforto.

Enquanto nos aproximávamos da Torre do Sanctum, o Komizar avistou Lia sentada na parede da galeria.

Ele abriu um largo sorriso. "Lá está minha Siarrah agora, exatamente conforme as minhas ordens. E veja como as multidões na praça aumentaram."

Eu já havia notado a quantidade de pessoas ali reunidas.

"Os números dobraram desde ontem", disse Malich, em um tom algo cauteloso.

"O ar está amargo e, ainda assim, eles vêm", acrescentou Griz.

O rosto do Komizar estava tomado por uma expressão satisfeita. "Sem dúvida devido à visão desta noite."

"Uma visão?", perguntei.

"Vocês acham que eu deveria permitir que ela ficasse vomitando aquelas coisas sem sentido para sempre? Lembrando-se de pessoas que morreram faz tempo e de tempestades esquecidas? Não quando estamos cozinhando nossa própria e magnífica tempestade. Nesta noite, ela falará a eles sobre uma visão de um campo de batalha onde

Venda é vitoriosa. Ela contará a eles sobre uma vida inteira de primavera e plenitude a ser dada como presente aos valentes vendanos pelos deuses, fazendo com que todos os seus sacrifícios valham a pena. Isso deverá tranquilizar as preocupações tanto dos governadores quanto dos clãs." Ele ergueu a mão para as multidões e chamou-os, como se para tomar o crédito por essa virada de fortuna, mas nenhum deles se voltou na direção dele.

"Eles estão longe demais para ouvi-lo", disse Jorik. "E um murmúrio cresce entre eles."

A expressão do Komizar ficou sombria, e seus olhos analisavam a massa de pessoas, pela primeira vez parecendo avaliar os vastos números. "Sim", disse ele, estreitando os olhos. "Deve ser isso."

Jorik tentou apaziguar o ego do Komizar ainda mais, acrescentando que ele também não conseguia ouvir as palavras de Lia, por causa da distância. Mas eu podia ouvi-la muito bem, sua voz era carregada pelo ar, e ela não estava falando de vitórias.

Capítulo 57
CRÔNICAS DE AMOR E ÓDIO

u não senti a dor imediatamente. Fiquei com o olhar fixo no chão, a visão lateral borrada, minha bochecha ainda pressionada na pedra, o fedor de cerveja ale derramada erguendo-se até mim. Então, ouvi o Komizar gritando para que eu me levantasse.

Estava no meio da manhã e eu havia ficado tomando um café da manhã tardio no Saguão do Sanctum, devido às provas de última hora do vestido. Calantha e dois guardas estavam lá comigo quando ouvimos as pungentes passadas descendo pelo corredor ao sul. O Komizar entrou tempestuosamente e ordenou que o restante das pessoas saísse dali.

Eu tentei me orientar, focar-me no aposento que estava inclinado para mim.

"Levante-se! Agora!", ele me ordenou.

Eu me empurrei para cima, para sair do chão, e foi então que a dor me atingiu. Meu crânio latejava como se um punho cerrado gigantesco o estivesse esmagando. Eu me forcei a ficar em pé e equilibrei-me, apoiando na mesa. O Komizar estava sorrindo. Ele deu um passo à frente, tocou com gentileza a bochecha em que ele havia acabado de bater, e então me bateu de novo. Dessa vez eu me apoiei e apenas tropecei, mas parecia que meu pescoço seria aberto ao meio. Fiquei cara a cara com ele, endireitando meus ombros, e senti alguma coisa quente e úmida escorrendo pelo meu rosto.

"Bom dia para você também, *sher* Komizar."

"Você achou que eu não descobriria?" Eu sabia exatamente do que ele estava falando, mas fingi confusão. "Falei a você precisamente o que dizer e, ainda assim, você contou histórias de irmãs mortas e dragões que despertam do seu sono?"

"Eles gostam de ouvir histórias sobre a mulher que tem o mesmo nome do seu reino. Era isso que eles queriam ouvir", foi minha resposta.

Ele agarrou meu braço e me puxou na sua direção. Seus olhos dançavam com a fúria. "Não me importo com o que eles *querem* ouvir! Me importo com o que eles precisam ouvir! Me importo com minhas ordens para você! E não quero nem saber se os próprios deuses entregaram as palavras deles a você em cálices de ouro! Todas as suas idiotices sobre ouvir sem ouvidos, ver sem olhos, isso tudo não importa. Os guardas falaram, rindo, todas as palavras para mim... mas nenhuma menção a batalhas e vitória! É isso que importa, Princesa! Isso é *tudo* que importa."

"Peço seu perdão, Komizar. Fui levada pelo momento, pela bondade das pessoas e pelo seu desejo fervente por uma história. Haverei de certificar-me de contar a sua da próxima vez."

Ele olhou para mim, com o peito ainda subindo e descendo. Esticou a mão para cima e limpou a maçã do meu rosto, e depois esfregou o sangue entre os dedos.

"Você dirá a Kaden que tropeçou nas escadarias. Repita."

"Eu tropecei nas escadarias."

"Assim está melhor, minha passarinha." Ele esfregou o sangue em seu dedo pelo meu lábio inferior e então se curvou para me beijar, empurrando o gosto salgado do meu próprio sangue para minha língua.

Nem o guarda, nem Calantha falaram qualquer coisa enquanto eles me conduziam de volta ao meu quarto. No entanto, antes de virar-se para ir embora, Calantha fez uma pausa para olhar para a minha face. Pouco tempo depois, uma bacia de água com ervas flutuando foi entregue no meu quarto por uma criada. A moça também trouxe uma fatia de raiz fresca e polpuda. "Para o seu rosto", disse ela, sob cílios abaixados, e saiu apressada, antes que eu pudesse perguntar quem havia me enviado aquilo, mas eu podia ter certeza de que fora Calantha. Essa ofensa havia chegado um pouco perto demais da própria situação dela.

Mergulhei um tecido macio na água e bati com ele suavemente na minha bochecha para limpar o machucado. Encolhi-me com a pungência. Eu não tinha espelho, mas podia sentir o machucado e o arranhão ardente de bater no chão. Cerrei os olhos e mantive o tecido ensopado junto à minha pele. *Valeu a pena. Cada palavra que falei tinha valido a pena.* Eu não podia deixá-los sem algum tipo de conhecimento deles próprios. Vi isso nos rostos deles, pesando minhas palavras e o que elas poderiam significar. Eu tinha forçado as coisas a irem até mais longe do que me atrevia, pois nem todo mundo na praça havia vindo ouvir o que eu tinha a dizer. Alguns estavam ali para fazer relatórios do que eu diria. Eu avistara os guardas do Sanctum, e os lordes dos quadrantes não estavam apenas me escrutinizando, como também observavam aqueles que haviam se reunido para me ouvir.

Peguei o pedaço de raiz que a moça havia trazido e cheirei-a. *Thannis.* Havia algo que essa erva rasteira não fosse capaz de fazer? Mantive-a junto ao machucado e senti-a aliviando o latejar.

Do outro lado do quarto, meu olhar contemplativo pousou no vestido de casamento que estava disposto em cima do baú de Kaden. Ele tinha sido finalizado quase em cima da hora. A Lua do Caçador seria amanhã. O casamento deveria começar ao crepúsculo, enquanto a lua se erguia acima dos contrafortes. Não haveria qualquer procissão, nenhuma flor, nem sacerdotes, nem festas, nada do alarde que acompanhava um casamento em Morrighan. As tradições dos casamentos vendanos eram simples, e testemunhas eram o maior dos requisitos. O casamento seria realizado no adarve a leste, que dava para o Pavilhão do Falcão. Um voluntário escolhido pelo Komizar ataria nossos pulsos com uma fita vermelha. Quando erguêssemos nossas mãos atadas perante eles, exibindo nossa união, as testemunhas evocariam uma bênção... *atados pela terra, atados pelos céus...* e seria isso. O banquete de bolos de frutas secas que viria em seguida era o maior dos luxos, mas sua simplicidade não tornava as expectativas menos febris. A Lua do Caçador e meu vestido vermelho do clã eram enfeites que adicionavam algo mais ao fervor. Fui andando em frente e toquei no vestido, tão cuidadosamente feito de retalhos, o resultado de muitas mãos e de muitos clãs. Um vestido de boas-vindas, não de despedidas. Um vestido de permanência, não de partida.

Será que esse seria meu fim? Eternamente uma cativa de um reino e desprezada pelos outros? Eu me perguntava se os cavaleiros vendanos já estariam em Morrighan, espalhando a notícia da minha suprema traição para com meus compatriotas. Visualizei aqueles que iriam me amaldiçoar: o gabinete, a Guarda Real, minha mãe e meu pai. Cerrei os olhos, tentando conter as lágrimas. *Mas, certamente, não meus próprios irmãos nem Pauline.* Um soluço mesclado com choro pulou à minha garganta.

Esta não era a história que eu havia escrito para mim mesma. Não era a história de Terravin, de brisas salgadas e amor. Eu esmagava o tecido no meu punho cerrado e segurava-o junto à minha face, maculando a bainha com o vermelho mais intenso do meu próprio sangue. Com a imagem de Pauline ainda se agigantando nos meus pensamentos, uma preocupação mais horrível me sobrepujou: ninguém em Morrighan haveria de considerar meu ato traidor por muito tempo, porque ou eles estariam deste lado do inferno, arrastando-se para pegar baratas, ou estariam mortos.

O sucesso do Komizar parecia garantido, a menos que eu conseguisse, de alguma forma, fazer com que eles soubessem do que estava acontecendo. A promessa de Kaden de proteger Berdi, Gwyneth e Pauline não era o bastante. Toda Terravin não era o bastante. Havia tão mais em Morrighan, e nenhum deles merecia esse fim. O Komizar havia mencionado um último inverno. Isso deveria querer dizer que eles não marchariam até depois disso? Quando? Na primavera? No verão? Quanto tempo será que Morrighan teria? Não muito mais do que eu.

Dei um pulo quando ouvi uma batida à porta. Eu não queria mais surpresas, e cautelosamente abri uma fresta.

Era Calantha. "Eu estou com uma outra toalha para você." Ela foi para o lado. "E trouxe isto." Rafe entrou em meu campo de visão. O sangue juntou-se friamente nos meus pés. "Eu posso ter um olho só", disse Calantha, "no entanto, percebo bem mais com um olho do que a maioria percebe com dois. Dispensei os guardas no fim do corredor, mandando que fossem cuidar de uma outra questão, e o Conselho ainda está em sessão. Você tem quinze minutos antes que os guardas retornem aos seus postos. Não mais do que isso, e estarei de volta antes do tempo acabar." Ela colocou em cima da cama a toalha que tinha trazido e saiu.

Os olhos de Rafe voltaram-se imediatamente para a minha bochecha, e eu vi uma fúria gélida passar por eles.

"Não foi Kaden. Ele não pôs as mãos em mim. Estou bem", falei, em tom de súplica. "Nós só temos uns poucos minutos." Eu não queria desperdiçar esses minutos com raiva e acusações. Havia dias desde que eu e Rafe não ficávamos sozinhos, podendo trocar uma palavrinha que fosse em particular.

Ele engoliu em seco sua raiva como se pudesse ler meus pensamentos. Ele começou a falar, mas eu o interrompi. "Beije-me", falei. "Antes que você diga mais alguma coisa, simplesmente me beije, me abrace e me diga que valeu a pena, não importando o que aconteça."

Ele tirou os cabelos do meu rosto. "Eu prometi a você que nos tiraria dessa, e farei isso. Nós vamos ter uma longa vida juntos, Lia." Ele deslizou os braços em volta de mim, puxando-me para si como se nada pudesse jamais ficar entre nós novamente, e então sua boca veio para junto da minha, gentil, faminta, com o doce sabor que eu sempre tinha imaginado, todos os meus sonhos firmes e vivos novamente em um único e curto beijo.

Relutantes, nós nos afastamos um do outro, porque o tempo era curto. Rafe falou rapidamente. "Vista suas roupas de cavalgada pela manhã. Diga suas memórias sagradas do Terraço de Blackstone. Você sabe onde fica?"

Assenti. O Terraço de Blackstone era um dos muitos que davam para a praça, mas raramente era usado porque o acesso a ele era um pouco mais complicado.

"Que bom", disse ele. "Diga as memórias sagradas logo depois do primeiro sino. A essa hora, o Conselho estará intensamente imerso em suas sessões. Prenda-se à sua rotina para que os guardas que ficam observando você da praça não sejam alertados. Quando for sair, pegue a escadaria externa, desça até o segundo nível e passe pelo portal que fica ali. Trata-se de uma trilha deserta que apenas uns poucos criados usam. Estarei esperando por você, com Jeb."

"Mas como...?"

"Você sabe nadar, Lia?"

"*Nadar?* Você está falando do rio?"

"Não se preocupe. Nós temos uma jangada. Você não precisará nadar."

"Mas o rio..."

Ele me explicou por que esse era o único jeito, que a ponte era impossível de ser erguida sem um pequeno exército e que o baixo rio ficava longe demais. "Tavish já pensou em todos os detalhes. Eu confio nele."

"Eu sei nadar", falei, tentando acalmar o meu coração. *Uma jangada. Amanhã de manhã.* Eu não me importava que aquele fosse o plano mais louco do mundo. Estaríamos indo embora daqui antes que eu tivesse que me casar com o Komizar. Rafe me perguntou se havia alguma coisa que eu precisava levar. Se houvesse, ele daria isso a Jeb agora, para que ele prendesse as coisas na jangada, pois não haveria tempo para isso amanhã. Apanhei meu alforje e enfiei algumas coisas dentro dele, inclusive os livros dos Antigos. Segurei no braço de Rafe. "Mas, Rafe, se as coisas não saírem conforme o planejado, se você tiver que ir embora sem mim, jure que fará isso."

Eu podia dizer que ele estava prestes a protestar contra isso, mas então ele fez uma pausa, mordendo o lábio. "Farei isso", disse ele. "Se você jurar que fará o mesmo."

"Você é um mentiroso terrível."

Ele franziu o rosto. "E eu costumava ser tão bom. Você é minha derrocada, mas, ainda assim, tem que jurar que fará isso."

Eu nunca iria embora sem ele. Se ele não tivesse a mim como ponto de vantagem, ele voltaria para casa, para Dalbreck, aos pedaços. Provavelmente ele já era capaz de ver a mentira na minha língua. "Farei isso", foi a minha resposta.

Ele soltou um suspiro, e seus lábios roçaram os meus, sussurrando junto a eles. "Suponho que nós dois teremos que sair daqui, então."

"Imagino que sim", sussurrei em resposta.

Meu corpo moldou-se ao dele, e os segundos passavam-se rapidamente. Tudo que eu queria era mais tempo com ele. Seus lábios vieram até o meu pescoço. "Valeu a pena, Lia", disse ele. "Todos os quilômetros, todos os dias. Eu faria tudo de novo. Eu a perseguiria por três continentes se fosse necessário para ficar com você."

Ouvi um leve suspiro e ele recuou. "Mas pode ser que aja um empecilho para os nossos planos", disse ele. "Griz."

"Griz? Ele parece ser a menor de nossas preocupações. Ele já encobriu a verdade para nós uma vez."

Uma dobra aprofundou-se entre suas sobrancelhas como se Griz fizesse a cabeça dele doer. "Ele sabe quem eu sou e parece que conhece bem um dos meus homens também. Quando Griz o avistou, ele percebeu que estávamos planejando fazer alguma coisa, e ele deixou claro que não quer que você vá embora. Ele é um membro do povo dos clãs e espera que você permaneça aqui. Meu soldado explicou que estava aqui somente para me levar embora, e Griz pareceu acreditar nisso, mas ele está de olho em nós."

Balancei a cabeça, não acreditando no que estava ouvindo. "Deixe-me ver se estou entendendo isso direito. Ele não se importa com o fato de que soldados de Dalbreck estejam deste lado do rio nem com conspirações ou planos de fuga, contanto que ele consiga me *manter* aqui?"

"Isso mesmo. Nós planejamos acabar com ele silenciosamente em seus aposentos se tivermos que fazer isso, mas, como você pode ter notado, ele é um grande bruto... isso pode não ser fácil."

Meu sangue fervia em silêncio. *Manter a mim.* Como um menino com um sapo no bolso. "Não", falei. "Vou cuidar de Griz..."

"Lia, ele é muito..."

"Estou confiando em *você*, Rafe. Você precisa confiar em mim em relação a isso. Vou cuidar de Griz."

Ele abriu a boca para argumentar.

"*Rafe*", falei, com firmeza.

Ele soltou um suspiro e assentiu, relutante. "Hoje à noite, no Saguão do Sanctum, certifique-se de falar sobre planos futuros. Sobre o que acontecerá daqui a uma semana e daqui a um mês. Pergunte sobre o clima, qualquer coisa, de modo que faça parecer com que você espere estar aqui. Não é só o Komizar que nada deixa passar. Os *Rahtans*, os *chievdars*, e especialmente Griz, observam cada palavra."

Seguiu-se um leve bater à porta. Nosso tempo acabou.

"Seu ombro", falei. "Como está sendo a cura?"

"É só um pequeno corte. A cozinheira me deu um cataplasma fétido para tratar dele." Ele se curvou para baixo e beijou de leve o corte na maçã do meu rosto. "Olhe para nós", disse ele. "Somos uma dupla e tanto, não?" Mas então um beijo levou a mais beijos, como se ele tivesse esquecido que tinha que ir embora.

"Ninguém nos reconheceria", respondi. "Nós mal somos mais um príncipe e uma princesa propriamente ditos."

Ele deu risada em meio ao beijo e então se reclinou para olhar para mim. "Você nunca foi uma princesa propriamente dita." Ele aninhava meu rosto em suas mãos, e seu sorriso desapareceu. "Mas você é tudo que eu quero. Lembre-se disso. Amo você, Lia. Não um título. E não porque um pedaço de papel me diz que eu deveria amá-la. Mas porque amo."

Não havia mais tempo para palavras nem beijos. Ele apanhou meu alforje e foi correndo até a porta.

"Espere!", falei. "Eu tenho mais uma coisa a dar a você." Fui até o baú e tirei de lá um pequeno e vedado frasco de um líquido claro. "Esta é uma coisinha que roubei nas minhas viagens", falei. "Isso poderia nos fazer ganhar mais tempo." Falei a ele exatamente o que fazer com aquilo.

Ele abriu um largo sorriso. "Não é uma princesa propriamente dita, de jeito algum." Com cuidado, ele enfiou o frasco no meu alforje e partiu.

CAPÍTULO 58
CRÔNICAS DE AMOR E ÓDIO

Um leve cair de neve começou a rodopiar ao vento, mas isso não foi o bastante para me fazer parar. Encontrei Griz no curral cercado com Eben e o potro.

Subi no corrimão em um pulo e desci para dentro do curral. "O que foi que aconteceu aí?", perguntou-me Griz, fazendo um movimento desajeitado para um lugar em sua própria bochecha que espelhava à minha. Seus cabelos voavam selvagens ao vento.

Olhei com ódio para ele, mas não respondi. Em vez disso, eu me virei para Eben. "Como vai o treinamento, Eben?", perguntei.

Eben olhou para mim com ares de suspeita, sentindo que havia algo errado, e não apenas por causa do machucado e do corte em meu rosto. "Ele aprende rápido", foi a resposta. "Logo, logo estará andando."

Eben esfregou o focinho do animal, e o jovem cavalo acalmou-se sob seu toque. A conexão deles já estava evidente. *O jeito do Eben*, era como Dihara havia se referido a isso. *Há um saber entre eles, um modo de confiança, misterioso, mas não mágico... Um modo que requer um tipo diferente de olhos e ouvidos.* Estiquei a mão e fiz carinho na estrela na cabeça do potro.

Griz mexia os pés, impaciente.

"Você já deu um nome a ele?", perguntei ao menino, que ficou hesitante, olhando de relance para Griz. "Não dê ouvidos a conselhos de tolos, Eben." Pressionei meu punho cerrado bem abaixo das minhas costelas. "Se você sente isso aqui, então confie."

"Spirit", disse Eben baixinho. "Dei a ele o mesmo nome."

A paciência de Griz estava exaurida, e ele fez um movimento em direção ao corrimão. "Você deveria ir..."

Olhei com ódio para ele, com a voz alta e pungente. "Vou embora quando estiver pronta para ir, está me entendendo?"

"Eben", disse Griz, "deixe-nos a sós por um minuto. Eu e a princesa..."

"Fique aqui, Eben! Você também precisa ouvir isso, porque vai saber com que outra bobagem esses tolos encheram sua cabeça." Fui andando até Griz e o cutuquei no peito. "Permita-me deixar isso perfeitamente claro para você. Embora alguns possam buscar fazer com que as coisas pareçam diferentes, eu não sou uma noiva a ser escambada para um outro reino, nem um prêmio de guerra, nem uma porta-voz para o seu Komizar. Eu não sou uma ficha em um jogo de cartas para ser jogada impetuosamente no centro da pilha de apostas, nem a ser mantida no punho apertado e cerrado de um oponente ganancioso. Eu sou uma jogadora que está sentada à mesa junto com todo o restante do pessoal e, deste dia em diante, vou fazer minhas jogadas conforme eu julgar adequado. Você está me entendendo? Porque as consequências podem ser feias se alguém pensar que as coisas são diferentes."

Eben olhou para mim, boquiaberto, mas Griz ficou ali parado, com toda a sua massa ameaçadora e volumosa, parecendo mais um menino na escola que fora disciplinado do que um guerreiro feroz. Ele contorceu os lábios e voltou-se para Eben. "Vamos dar umas voltas com Spirit."

Eu vi a surpresa estampada no rosto de Eben com o fato de que Griz havia chamado seu cavalo pelo nome.

Eu achava que Griz havia entendido a minha mensagem. Agora ele apenas teria que se lembrar dela.

Na hora em que voltei ao Sanctum, o vento estava uivando, e a neve que caía fracamente havia dado lugar a uma nevasca potente que se lançava contra o meu rosto. Era, mais uma vez, exatamente como tia Bernette o havia descrito, o cruel lado ardente da neve. Beijei dois dedos e ergui-os aos céus pela minha tia, pelos meus irmãos e até mesmo pelos meus pais. Para mim, não era mais tão difícil acreditar que a neve poderia ter lados tão diferentes. Tantas coisas tinham lados tão diferentes. Puxei meu manto mais para junto de mim enquanto ele tentava se soltar. O inverno vinha marchando com uma vingança. Não haveria memórias sagradas na parede esta noite.

No meu retorno, um guarda esperava por mim com uma mensagem. *Vista o marrom.*

Até mesmo com toda a ocupação de suas reuniões com o Conselho, o Komizar ainda conseguira me enviar uma mensagem. Nenhum detalhe era pequeno ou grande demais para que ele não o controlasse.

Eu sei por que ele escolhera o marrom. Era o mais sem graça dos meus vestidos, certamente banal aos olhos, mas melhor ainda para contrastar com o vermelho que ele me faria vestir e exibir amanhã. Eu não tinha a menor dúvida de que ele havia ordenado a presença da própria neve, como o fundo perfeito de cenário, e certamente havia mandado que o sol brilhasse pela manhã, de modo a não desencorajar as multidões.

Eu me vesti conforme ele me instruíra; no entanto, havia mais a ser trajado além do simples vestido marrom.

Ergui a bainha de ombro de Walther até os meus lábios, com o couro macio e quente junto a eles, a dor em mim tão plena quanto no dia em que eu havia fechado os olhos dele e lhe dera um beijo de despedida. Coloquei a bainha no ombro e pressionei-a junto ao peito.

Em seguida vinha o cordão de ossos, cheio e pesado com gratidão. Deixei meus cabelos soltos e fluindo em volta dos meus ombros. Não havia qualquer necessidade de exibir o *kavah* esta noite. A essa altura, todo mundo no Sanctum sabia que ele estava ali.

Coloquei o amuleto comprado na *jehendra*, um anel de cobre socado que me havia sido oferecido pelo clã dos Arakans, um cinto de *thannis* seca tecido por uma menina nas altas planícies de Montpair. As boas-vindas de Venda vieram até mim de tantas formas, cada uma com um grande peso de esperança.

Nada havia que eu quisesse mais do que deixar este lugar, desaparecer com Rafe para um mundo só nosso e fingir que Venda nunca havia existido, fingir que estes últimos poucos meses nunca haviam acontecido, começar nosso sonho uma vez mais, para termos o melhor final pelo qual Rafe esperava. Eu ansiava pelo meu lar de uma forma que não tinha achado que fosse possível, e sabia que, de alguma maneira, eu teria que ir até lá para avisá-los. Mas eu não conseguia negar uma agitação em mim também. Ela me pegava em momentos inesperados, quando uma criada, envergonhada, baixava pálpebras trêmulas; quando eu captava um raro vislumbre da criança em Eben; quando Effiera ecoava as palavras de sua mãe: *a garra, rápida e feroz; a vinha, lenta e firme.* Quando uma dezena de mulheres mediam, provavam e abraçavam-me com suas roupas, e eu sentia a expectativa sendo costurada nelas. *Eles vestem os seus próprios, mesmo se tiverem que juntar retalhos para fazerem isso.*

E talvez as agitações tomassem mais conta de mim quando eu estava com Aster. Como foi que eu havia vindo a amá-la em tão pouco tempo? Como se, no momento oportuno, ela bateu à minha porta e entrou. Ela estava com uma carreta e seu exército escolhido junto dela: Yvet e Zekiah. Eles eram pequenos demais para serem empurradores de carrinhos, mas eram capazes de ganhar uma refeição na cozinha fazendo outras tarefas.

"Nós devemos pegar suas coisas para você, senhorita, e colocá-las lá nos seus novos aposentos. Quer dizer, se estiver tudo bem para você. Mas eu acho que tem que estar tudo bem, porque foram ordens do Komizar, então eu espero que você não se importe se dobrarmos suas roupas e as colocarmos aqui dentro deste..." O rosto dela ficou cheio de preocupação, e ela veio correndo na minha direção. "O que foi que aconteceu com a sua bochecha?"

Estiquei a mão, tocando minha maçã do rosto. Eu achava difícil mentir para Aster, mas ela era jovem demais para ser trazida para dentro disso. "Foi só uma queda desajeitada", foi minha resposta.

Ela franziu o rosto, como se não estivesse convencida disso.

"Por favor", falei, "sigam em frente e levem minhas coisas. Fico muito agradecida."

Ela cacarejou como uma velha mulher, e eles continuaram fazendo seu trabalho. Se tudo saísse bem, eu ficaria em meus novos aposentos apenas por uma noite. Eles pegaram os cintos e as roupas de baixo que Effiera havia me dado em primeiro lugar, e depois foram buscar os vestidos. Aster apanhou a toalha de cima da cama, aquela que Calantha havia trazido, mas, quando ela a levantou, alguma coisa pesada caiu dela, ruidosamente, no chão.

Todos nós sugamos rapidamente o ar. Minha faca incrustrada com joias! Aquela que eu tinha achado que estava perdida para sempre! Calantha estivera com ela o tempo todo. Aster, Yvet e Zekiah ficaram boquiabertos com a lâmina, recuaram um passo e então olharam para mim. Até mesmo em toda a sua inocência, eles sabiam que eu não deveria estar em posse de qualquer arma.

"O que nós devemos fazer com *isso*?", perguntou-me Aster.

Ajoelhei-me rapidamente, pegando a faca enquanto apanhava também a toalha com Aster.

"Isso é um presente de casamento do Komizar", falei, e embrulhei a faca novamente. "Ele não ficaria feliz se eu fosse tão descuidada com ela. Por favor, não mencionem isso a ele." Ergui o olhar para os três rostinhos com seus olhos arregalados. "Nem a qualquer outra pessoa."

Todos eles assentiram, e empurrei a toalha com a faca para o fundo da carreta. "Quando vocês levarem essas coisas para os meus aposentos, por favor, descarreguem a faca com cuidado e coloquem-na debaixo de todas as minhas roupas. Podem fazer isso?"

Aster olhou para mim com a expressão solene. Ela nada estava acreditando em relação a isso. Nenhum deles estava. Sua inocência e suas infâncias haviam sido roubadas havia muito tempo, como as de Eben.

"Não se preocupe, senhorita", disse Aster. "Tomarei cuidado e vou colocá-la em um lugar realmente bom."

Comecei a me levantar, mas Yvet me interrompeu e inclinou-se para a frente, para beijar minha bochecha machucada, com seus lábios molhados junto à minha pele. "Não vai doer por muito tempo, senhorita. Seja valente."

Engoli em seco, tentando responder sem me transformar em uma tola dizendo tolices. "Vou tentar, Yvet. Vou tentar ser tão valente quanto você."

raída pelos seus,

Espancada e desprezada,

Ela haverá de expor os perversos,

Pois o Dragão de muitas faces

Não conhece limite algum.

— Canção de Venda —

CAPÍTULO 59
CRÔNICAS DE AMOR E ÓDIO

KADEN

u estava sentado à mesa do Conselho, ouvindo, assentindo, tentando acrescentar uma palavra quando podia. No entanto, uma vez mais, Lia havia tomado posse dos meus pensamentos. Com cada gota de sangue dentro de mim, eu tinha certeza de que precisava dela aqui. De que ela precisava estar aqui. Mas isso parecia quase impossível agora.

Eu sabia.

Eu sabia o que ele estava planejando, e nada disse porque isso era tudo que eu achava que queria, "os passos para a justiça", como ele se referia a isso, e eu queria justiça. Era assim que eu me referia a isso também. Mas eu sabia que estávamos distorcendo as palavras. Era vingança, pura e simples. Isso era tudo que importava. Eu tinha certeza de que, no dia em que olhasse nos olhos do meu pai e o levasse até seu último suspiro, minhas próprias respirações ficarão mais plenas. Que as cicatrizes que eu carregava milagrosamente desapareceriam e seriam esquecidas. Qualquer preço parecia valer a pena por esse prêmio. *Inocentes morrem na guerra, Lia.* Eu havia dito essas palavras inúmeras vezes para mim mesmo, como justificativa, até mesmo quando fiquei sabendo da morte de Greta. *Inocentes morrem.* Mas agora eu visualizava Berdi servindo porções extras de cozido, eu mesmo dançando nas ruas de Terravin com Gwyneth e Simone... e lá estava Pauline, uma moça tão bondosa e tão gentil quanto era possível para alguma pessoa desta terra ser. Elas tinham nomes agora. Suas faces eram pungentes e claras, enquanto a face da justiça ficara indistinta.

Ao mesmo tempo, eu não conseguia me esquecer das pessoas de Venda que haviam me recebido. Eles haviam me adotado como se fosse um deles. Haviam me nutrido. Eu *era* vendano agora, e sabia que a necessidade deles era grande. Nós éramos um reino que lutava todos os dias nas mãos daqueles que não demonstravam qualquer compaixão. Será que esta terra não merecia um pouco que fosse de justiça? E eu sabia que a resposta a essa pergunta era um inegável sim.

Não permitirei que nenhum mal venha até elas.

Eu havia feito uma promessa a Lia que não sabia ao certo se seria capaz de manter.

As reuniões estavam sendo longas. O governador Obraun foi notavelmente fácil de ser influenciado, concordando em dobrar as cargas de suas minas em Arleston. Quase conveniente demais. Os outros governadores ficaram hesitantes, clamando que não teriam como tirar leite de pedra. O Komizar garantiu a eles que eles poderiam, sim, fazer isso.

Vocês têm um acordo. Que maravilhoso para você.

"Você *não tem nada a dizer,* Assassino?"

Ergui o olhar, e Malich exibia um sorriso afetado para mim do outro lado da mesa, deleitando-se por me pegar com outros pensamentos em mente.

"Todos nós temos prática em tirar leite de pedra. Fazemos isso há anos. Podemos fazer por mais um inverno."

O sorriso dele esvaneceu-se, enquanto o do Komizar ficava maior, satisfeito porque eu havia forçado a causa. Ele assentiu; nosso entendimento de longa data estava restabelecido.

CAPÍTULO 60
CRÔNICAS DE AMOR E ÓDIO

PAULINE

Nós estávamos esperando por Bryn e Regan na beirada da praça da cidadela, às sombras do abeto que se erguia no céu, quando um soldado passou por nós galopando selvagemente. Ele caiu de seu cavalo aos pés dos degraus, parecendo estar quase morto. Um sentinela foi correndo até o lado dele, e o soldado disse umas poucas palavras que estávamos longe demais para ouvir, e então faleceu. O sentinela desapareceu pela cidadela enquanto dois guardas erguiam o soldado e carregavam-no para dentro.

Uma multidão começou a reunir-se quando se espalhou o que havia acontecido com o soldado. Ele havia sido identificado como um membro do pelotão de Walther. Minutos passaram-se, e depois, uma hora, ainda não havia qualquer sinal de Bryn ou de Regan.

No momento em que alguém surgiu da cidadela novamente, a praça estava cheia. O lorde Vice-Regente saiu e ficou parado no topo dos degraus, com o rosto aflito. Ele alisou seus cabelos de um louro-branco para trás como se estivesse tentando se recompor, ou talvez desejando adiar o que tinha a dizer. Sua voz ficou partida em suas primeiras palavras, mas então ele reuniu sua força e anunciou que o príncipe Walther da Coroa de Morrighan estava morto, juntamente com seu pelotão, assassinados pelos bárbaros.

Meus joelhos ficaram enfraquecidos, e Berdi agarrou meu braço.

O silêncio sufocou a multidão por um instante, e depois, mãe depois de mãe, pai, esposa, irmão, todos eles prostraram-se de joelhos. O ar ficou carregado de seus lamentos cheios de agonia, e então a rainha apareceu nos degraus, mais magra do que eu me lembrava, o rosto pálido, cinzento. Ela entrou no meio da multidão e chorou junto com eles. O Vice-Regente tentou oferecer-lhe conforto, mas nada a consolaria, nem ninguém.

Por fim eu vi os irmãos surgirem no topo dos degraus. As expressões em seus rostos eram amargas, seus olhos, ocos. Não havia qualquer sinal do rei, mas, então, o Chanceler apareceu nos calcanhares deles. Tanto eu quanto Gwyneth puxamos nossos capuzes para nos certificarmos de que estávamos totalmente cobertas. O rosto do Chanceler não estava cheio de aflição, mas severo. Ele disse que havia outras más notícias que ele tinha que partilhar, notícias estas que tornariam seu pesar duas vezes mais duro de suportar.

"Nós temos notícias da princesa Arabella." Um silêncio recaiu sobre todos e soluços mesclados com choros foram contidos enquanto todo mundo esperava para ouvir o que havia acontecido com ela. "Quando evadiu ao seu dever como Primeira Filha, a princesa colocou a todos nós em perigo, e vemos o fruto dessa traição com a morte do príncipe Walther e de 32 dos nossos melhores soldados. Agora temos notícias de que a traição dela vai ainda mais fundo. Ela está criando uma nova aliança com o inimigo, o que fazia parte do plano dela o tempo todo. Ela nos abandonou e anunciou seus planos de casar-se com o regente bárbaro para tornar-se a Rainha de Venda."

A praça inteira suspendeu a respiração. Descrença. *Não, isso não era possível.* No entanto, eu olhei para Bryn e Regan. Parados, em pé, como estátuas, eles não fizeram qualquer tentativa de defender sua irmã nem de desacreditar o Chanceler.

"Fica declarado", prosseguiu ele, "que, deste momento em diante, ela é a infame inimiga do Reino de Morrighan. O nome dela será removido de todos os registros e, se os deuses algum dia a entregarem em nossas mãos, ela será executada imediatamente, por seus crimes contra os Remanescentes escolhidos."

Eu não conseguia respirar. Isso não era possível.

Regan fez contato visual comigo por fim, mas seu olhar estava vazio. Ele não fez o menor esforço para mostrar que não acreditava naquilo. Bryn deixou a cabeça pender e virou-se, voltando para a cidadela. Regan foi atrás dele.

Eles estavam sofrendo com o luto e o pesar por Walther. Tinha que ser isso. Com certeza, em seus corações, eles sabiam que era mentira. Lia fora sequestrada. Eu mesma havia contado isso a eles. Eu sei o que vi e ouvi.

Voltamos para nossa estalagem em silêncio, chocadas.

"Ela não faria isso", falei, por fim. "Lia nunca uniria forças ao inimigo contra Morrighan. Nunca."

"Sei disso", falou Berdi.

Senti uma cãibra no abdômen e curvei-me para a frente, apertando-me com força. Berdi e Gwyneth estavam de imediato ao meu lado, segurando-me para se acaso eu fosse cair. "O bebê só está se esticando", falei, e inspirei fundo, para me acalmar.

"Vamos levar você de volta para a estalagem", disse Gwyneth. "Vamos solucionar esse problema em relação a Lia. Tem que haver alguma explicação para isso."

A cãibra aliviou-se, e eu me endireitei. Eu ainda tinha dois meses pela frente. *Não venha antes da hora, criança. Não estou preparada.*

"Você precisa descansar?", perguntou-me Berdi. "Nós podemos parar nessa taverna e arrumar alguma coisa para você comer."

Olhei para a taverna ali perto. Era tentador, mas eu só queria voltar para...

Fiquei paralisada.

"Qual o problema?", perguntou-me Gwyneth.

Alguma coisa chamou minha atenção. Dispensei a ajuda delas e fui me aproximando mais da taverna, tentando ver melhor pela janela.

Pisquei, tentando me focar de novo, repetidas vezes. *Ele está morto.*

Lia havia me dito isso. Ouvi as palavras dela tão claramente quanto como se ela as estivesse falando para mim agora. Ela havia ficado com o olhar fixo voltado para seus pés, e suas palavras haviam saído correndo, juntas, em um conjunto nervoso. *A patrulha dele sofreu uma emboscada. O capitão da guarda o enterrou em um campo distante. As últimas palavras dele foram sobre você: ... diga a Pauline que eu a amo. Ele está morto, Pauline. Ele está morto. Ele não vai voltar.*

Mas ela desviara rapidamente os olhos dos meus repetidas vezes. Lia havia mentido para mim. Porque ali estava ele, claro como o dia.

ꙅꙅ 365 ꙅꙅ

Mikael estava sentado na taverna, com uma cerveja ale em um dos joelhos e uma moça no outro. O mundo girou, e estiquei a mão para o poste de uma lanterna para equilibrar-me. Eu não sabia ao certo o que havia me atingido com mais dureza, se fora o fato de que Mikael estava vivo e bem ou se fora porque Lia, em quem eu confiava como se fosse minha irmã, havia me enganado tão completamente.

Berdi estava ao meu lado, segurando o meu braço.

"Você quer entrar?", ela me perguntou.

Gwyneth também estava ali, mas ela estava olhando pela janela onde eu ainda tinha meu olhar fixo.

"Não", disse ela rapidamente. "Ela não quer entrar. Não agora."

E Gwyneth estava certa. Eu sabia onde encontrá-lo quando estivesse preparada, mas não estava preparada agora.

CAPÍTULO 61
CRÔNICAS DE AMOR E ÓDIO

s guardas estavam me escoltando pelo corredor abaixo até o Saguão do Sanctum quando ouvimos passadas na nossa direção. Passadas apressadas. Kaden deu a volta na esquina do nosso corredor e parou.

"Esperem por ela nas escadas", disse ele, dispensando os guardas. "Preciso falar com a princesa."

Eles fizeram como ele lhes ordenou, e ele me puxou para uma estreita e escura passagem. Então passou os olhos pela minha bochecha.

"Foi apenas uma queda desajeitada, Kaden. Não faça disso mais do que é."

Ele levou a mão para cima, passando o polegar com gentileza sob a maçã do meu rosto. "Por quanto tempo vamos prosseguir com as coisas assim, Lia? Quando você vai ser honesta comigo?"

Eu vi a sinceridade nos olhos dele, e fiquei surpresa com o fato de que meu peito doía com a vontade de contar tudo, mas agora eu e Rafe estávamos próximos demais da liberdade para que eu me desse ao luxo da honestidade. Eu ainda não sabia o que Kaden poderia fazer. Sua devoção por mim era óbvia, mas sua lealdade a Venda e ao Komizar estavam comprovadas.

"Eu não estou escondendo nada de você."

"E quanto ao emissário? Quem é ele?"

Era mais uma acusação do que uma pergunta. Ergui meu lábio em repulsa. "Um mentiroso e manipulador. Isso é tudo que sei sobre ele. Juro."

"Você me dá sua palavra?"

Assenti.

Ele ficou satisfeito. Vi isso nos olhos dele e pelo erguer aliviado em seu peito. Ele acreditava, por ora, que eu não estava conspirando com o emissário. Mas essa confiança dele em mim era temporária. Kaden foi adiante, para outras suspeitas.

"Eu sei que você não ama o Komizar."

"Algo que já admiti a você. Vamos repassar isso de novo?"

"Se você acha que se casar com ele lhe trará poder, está enganada. Ele não dividirá o poder com você."

"Veremos."

"Droga, Lia! Você está tecendo uma mentira! Eu sei que está. Você me disse que faria isso, e acredito em você. O que está tramando?"

Permaneci em silêncio.

Ele soltou um suspiro. "Não faça isso. Não vai dar certo. Acredite em mim. Você vai ficar aqui."

Eu tentei não mostrar resposta, mas a forma como ele disse aquilo fez com que meu sangue parasse abruptamente em meu peito. Não havia qualquer raiva no tom dele, nem provocação. Apenas fato.

Ele afastou-se, passando os dedos pelos cabelos, e então se reclinou na parede oposta. "Ouvi seu nome", ele explicou. "Ele flutuava ao vento, sussurrando para mim antes mesmo de eu chegar em Terravin. E então, naquele dia, no pórtico da taverna, quando você colocou uma bandagem no meu ombro, eu vi nós dois, Lia. Juntos. Aqui."

Minha boca ficou seca. Ele não precisava dizer mais nada. Com aquelas poucas palavras, fez sentido... o tempo em que passamos juntos ao cruzarmos o Cam Lanteux, quando parecia que ele estava sentindo as coisas antes que acontecessem, as palavras da minha própria mãe voltando rapidamente a mim quando eu lhe perguntei sobre filhos homens com o dom. *Já aconteceu, mas não é esperado.*

Kaden tinha o dom. Pelo menos um pequeno grau dele.

"Você sempre soube que tinha o dom?"

"Isso é parte do motivo pelo qual meu pai abriu mão de mim. Eu usei o dom contra a esposa dele quando estava com raiva. Desde então, venho negando esse dom, mas há vezes..." Ele balançou a cabeça. "Como

368

quando eu estava indo buscar você. Eu sabia que se tratava do dom, até mesmo que eu não quisesse admitir isso. E então vi a nós dois. Aqui."

Minha cabeça deu um pulo quando pensei nos meus próprios sonhos em que Rafe me deixava para trás. Eles pareciam confirmar o que Kaden achava que tinha visto.

Nós tínhamos que estar errados. Não era isso o que eu sentia no meu coração.

"E estamos aqui", falei, sem fôlego. "Por ora. Ver a nós dois juntos não é uma grande revelação."

"Não agora. Eu vi a nós dois um bom tempo à frente de agora. Eu estava com um bebê nos braços."

"E eu tive um sonho na noite passada em que era capaz de voar. Isso não quer dizer que vão nascer asas em mim."

"Sonhos e saber são duas coisas diferentes."

"Mas, às vezes, é difícil perceber a diferença. Especialmente quando não se nutriu o dom. Você é tão inexperiente nisso quanto eu, Kaden."

"É verdade", disse ele, e aproximou-se mais de mim. "Mas eu sei de uma coisa com certeza. Eu amo você, Lia. Sempre a amarei. Lembre-se disso amanhã, quando você atar sua vida para sempre com a do Komizar... que eu amo você, e sei que você gosta de mim."

Ele se virou e foi embora, e cerrei os olhos. Minha cabeça era golpeada pelos meus engodos e por minhas mentiras, porque, que os deuses me ajudem, eu sabia que não deveria, mas também gostava de Kaden... apenas não do jeito que ele tão desesperadamente queria que eu gostasse. Nada, nem mesmo o tempo ou um dom, poderia mudar isso.

Eu vi a nós dois, Lia. Juntos. Talvez ele apenas quisesse nos ver juntos e tivesse conjurado uma imagem em sua própria mente, da forma como eu havia sonhado acordada com um menino ou com outro incontáveis vezes quando estava em Civica. Abri os olhos, fitando a parede à minha frente. Eu desejava que o amor pudesse ser simples, que sempre fosse dado e retribuído na mesma medida, igualmente e ao mesmo tempo, que todos os planetas se alinhassem de uma forma perfeita para dispersar as dúvidas, que fosse fácil de entender e nunca doloroso.

Pensei em todos os meninos atrás dos quais eu tinha ido no vilarejo, ansiando por um pouquinho que fosse de afeto deles, nos beijos roubados, nos garotos pelos quais eu tinha certeza de que estava apaixonada, em Charles, que me tentava, mas que, no fim das contas, não tinha qualquer sentimento por mim. E então Rafe apareceu.

Ele mudou tudo. Ele me consumia de um jeito diferente... na forma como seus olhos faziam com que tudo pulasse dentro de mim quando eu olhava dentro deles, em sua risada, seu temperamento, no modo como ele às vezes ficava com raiva, no jeito pensativo como ele me ouvia, em sua incrível contenção e determinação em face a possibilidades negativas sobrepujantes. Quando eu olhava para ele, eu via o fazendeiro tranquilo que ele poderia ter sido, mas também via o soldado e o príncipe que era.

Nós tivemos um começo terrível... isso não quer dizer que não podemos ter um final melhor.

Na forma como ele me enchia de esperança.

Mas eu também não podia ignorar a trilha rochosa do amor. Eu pensava nos meus pais, em Pauline, em Walther e Greta, até mesmo em Calantha, e me perguntava se algum dia o amor terminaria bem. Eu tinha apenas uma certeza: não poderia terminar da forma como Kaden esperava que fosse.

62
CAPÍTULO
CRÔNICAS DE AMOR E ÓDIO

 vento gemia por entre as fissuras e portas que eram batidas repetidas vezes, e pelas persianas, como se fosse um gigantesco punho cerrado. *Deixe-me entrar.* Esse era o tipo de tempestade que soava como se nunca fosse ter fim. *Estou aqui para você.* Isso era a neve. Esse era o inverno.

Duas fogueiras rugiam no Saguão do Sanctum, uma em cada extremidade, mas ventos frios ainda giravam aos nossos pés. Fiquei olhando para ver se via Venda, buscando uma restauração de confiança de que eu não estivesse louca, de que o plano de Rafe de cruzar o rio não fosse a própria insanidade, mas as sombras não passavam disso... sombras.

Rafe estava sentado a apenas alguns assentos de distância de mim, e todos nós esperávamos pela chegada do Komizar e dos *Rahtans*. Os *chievdars* berravam entre si, como de costume, mas a ausência dos *Rahtans* parecia deixar os governadores tensos. Sua intensidade estava reduzida, o que não era costumeiro. Nenhum deles mencionou minha bochecha, mas eu os vi olhando para ela. "Foram as escadas", finalmente falei, sem pensar, e depois me controlei, repetindo, mais baixo: "Eu caí das escadas." Não queria qualquer cena, nem palavras, nada que erguesse a ira dos governadores que tinham sido bondosos comigo. O governador Faiwell desferiu um breve e questionador olhar de relance para mim. As conversas baixas e contidas recomeçaram. O governador Umbrose estava sentado, encarando sua caneca, parecendo levemente triste... ou bêbado. Será que tinham sido as reuniões do Conselho de hoje que haviam abafado suas farras costumeiras? E então nós ouvimos o fraco eco de passadas.

Eu nunca tinha ouvido todos os *Rahtans* se aproximando, juntos. Havia um ritmo ominoso nos passos deles e um som de dar calafrios nas armas que eles portavam nas laterais de seus corpos. Não era como se eles caminhassem em uníssono, mas sim com um ritmo deliberadamente exigente. *Nunca falhar.* Foi isso que ouvi.

"O que é isso?", perguntou o Komizar quando eles entraram. "Alguém morreu?"

Seguiu-se um esforço para preencher a atmosfera sombria e quieta. Em vez de sentarem-se em grupos, como eles costumavam fazer, os *Rahtans* dispersaram-se, arrastando assentos entre os governadores. Kaden sentou-se adjacente a mim, e o Komizar sentou-se à minha esquerda. Ele não se deu ao trabalho de me dar um beijo fingido... parecia que seus pensamentos estavam ocupados com outras questões. Ele pediu cerveja ale e comida, e os criados começaram a trazer travessas para a mesa.

Calantha sentou-se do outro lado da mesa, quase como se ela quisesse distanciar-se de mim e de Rafe. Será que ela já estava se arrependendo de seus atos? Será que estava vendo o Komizar com os olhos do passado novamente? E, o mais importante de tudo, será que ela iria expor sua transgressão? Talvez ela já tivesse tirado a faca do meu quarto. Eu rezava para que Aster a houvesse escondido bem. Somente quando fosse chegada a hora de eu ir embora é que me atreveria a carregá-la.

A travessa de ossos foi colocada diante de mim para a bênção. Eu quase derrubei seu conteúdo enquanto erguia a pesada bandeja.

"Nervosa por causa do casamento, Princesa?", perguntou-me o Komizar.

Usei minha face mais serena.

"Pelo contrário, *sher* Komizar. Estou ansiosa por amanhã. É só que meus dedos estão dormentes por causa do frio. Eu ainda não me acostumei com o seu clima."

Segurei o sacrifício alvejado acima da minha cabeça enquanto esperava que esta fosse a última vez que fosse fazer isso, e fiquei fitando o teto cheio de fuligem dos Antigos.

Em um instante, vi o céu e as estrelas além dele, um universo que se espalhava amplamente, com uma longa memória... e foi então que ouvi os gritos.

Cruzando o tempo, fraco como sangue rodopiando em um rio, eu ouvi o choro da minha própria mãe. *Eles sabiam.* A notícia havia chegado até Morrighan. Os filhos deles se foram. O pesar roubou minha força, e achei que meus joelhos fossem ceder.

"Acabe logo com isso", disse o Komizar, com raiva e impaciente, bem baixinho. "Estou com fome."

A travessa tremeu nas minhas mãos, e eu queria bater com ela na cabeça dele, com força. Rafe inclinou-se para a frente, e eu vi a força nos olhos dele, a contrição, a mensagem: *Segure-se, estamos quase lá.*

Eu proferi o reconhecimento de sacrifício e, quando coloquei a bandeja de volta na mesa, beijei dois dedos e ergui-os aos deuses, com os choros da minha mãe ainda ressoando nos meus ouvidos. *Estamos quase lá.*

O restante da refeição foi rotineira, pelo que fiquei grata.

Cada passo silencioso nos deixava mais próximos de amanhã. Mas estava quase quieto demais.

Kaden mal havia falado uma palavra relevante que fosse durante toda a refeição, mas, quando comecei a me afastar da mesa, ele segurou na minha mão. "O que foi que você viu, Siarrah?"

Esta era a primeira vez em que ele me chamava assim.

O Komizar soltou uma bufada, mas todo mundo à mesa esperava para ouvir a minha resposta.

"O que quer dizer com isso?", perguntei a Kaden.

"Seus cílios tremeram antes da bênção. Você ficou ofegante. O que foi que viu?"

Pode-se desejar saber das verdades, mas agora não era a hora. Em vez de ser honesta, torci mentiras em algo dourado e glorioso que eu sabia que Kaden queria ouvir. Algo que eu esperava que fosse impedi-lo de buscar a verdade.

Olhei para ele com calidez e sorri. "Eu vi a mim mesma, Kaden. Aqui. Muitos anos à frente."

Deixei que meu olhar contemplativo se demorasse no dele por mais alguns instantes, e, embora eu não tivesse dito as palavras em voz alta, eu sabia que ele as tinha ouvido: *Eu me vi aqui com você.*

O alívio brilhava em seus olhos. Forcei a calidez a permanecer na minha face pelo restante da noite, mesmo enquanto a minha mentira se contorcia e se transformava em um nó frio e sombrio dentro de mim.

O Komizar acompanhou-me até meus novos aposentos. "Creio que você vá achar esta câmara mais quente do que o quarto de Kaden, por onde entra o vento."

"Os aposentos dele estavam ótimos. Por que não me deixar lá, simplesmente?"

"Porque os clãs poderiam se perguntar o motivo de você estar enfiando a cabeça para fora em uma janela na torre ao sul depois do casamento, caso você ainda estivesse fazendo isso, em vez de estar aqui comigo. Nós queremos pelo menos fazer com que este compromisso pareça verdadeiro, não é, minha passarinha? Mas Kaden pode vir visitá-la aqui tarde da noite. Sou um homem generoso."

"Quanta consideração da sua parte", foi a minha resposta. Eu tinha estado nesta torre antes. Era aqui que ficava a câmara de Rafe, mas eu nunca havia estado neste andar. O Komizar conduziu-me até uma porta em frente à dele e abriu-a. A única luz vinha de uma pequena vela que reluzia em cima de uma mesa. A primeira coisa que notei foram as paredes, que pareciam ser bem sólidas.

"Não há qualquer janela aqui", falei.

"Claro que há janelas, mas elas são pequenas, o que ajuda a manter o aposento mais quente. E, veja, há uma bela e grande cama... espaço suficiente para dois, conforme surgir a necessidade."

Ele aproximou-me de mim e acariciou com gentileza minha face, no lugar onde tinha me batido. Seus olhos escuros brilhavam com o poder. Ele parecia invencível, e eu me perguntava o quão difícil seria matá-lo, ou mesmo se isso seria possível. Ouvi a admoestação da minha mãe. *Tirar uma outra vida, mesmo que seja uma vida cheia de culpa, nunca deveria ser fácil. Se fosse, nós seriamos pouco mais do que animais.*

"Amanhã é o dia do nosso casamento, Princesa", disse ele, e beijou minha bochecha. "Vamos fazer disso um novo começo." Ninguém havia para testemunhar o que ele fizera agora mesmo, e fiquei me perguntando o que haveria por trás de seu gentil beijo na minha bochecha.

Assim que ele saiu, inspecionei o quarto. Eu achava que as sombras me levariam a alguma coisa, talvez a um armário, mas o espaço confinado era tudo que havia ali. As quatro janelas estavam mais para buracos por onde alguém poderia apenas espiar, tampados com persianas, com uns quinze centímetros de extensão, e o quarto como um todo mal era maior do que a cela de contenção em que ele havia me jogado quando cheguei. O baú e a cama ocupavam a maior parte do espaço. Isso mostrava um compromisso e um novo começo? Eu estava mais para uma ferramenta jogada em um galpão ali perto.

Comecei a procurar em meio às roupas que Aster, Yvet e Zekiah haviam levado até ali. A vela oferecia pouca iluminação, mas eu procurei em todas as dobras e bolsos, comecei a entrar em desespero, achando que Calantha já tinha vindo e pegado a faca de volta. Ela não estava ali. Repassei tudo mais uma vez, na esperança de que em minha pressa eu não a tivesse notado, mas a faca não estava nas minhas roupas nem em qualquer canto do baú. Procurei debaixo do colchão e nada encontrei. *Serei cuidadosa e a colocarei em um lugar realmente bom.* Aster conhecia todos os melhores lugares secretos. Um lugar onde ela tivesse certeza de que...

Fui correndo até o canto oposto, onde havia um urinol em cima de uma banqueta baixa. Ergui a tampa dele e estiquei a mão para dentro do buraco negro, e meus dedos envolveram-se em algo afiado. Aster entendia bem demais os modos do Sanctum.

embora a espera possa ser longa,
A promessa é grande
Para aquela chamada Jezelia,
Cuja vida será sacrificada
Pela esperança de salvar a sua.

— Canção de Venda —

63
CAPÍTULO
CRÔNICAS DE AMOR E ÓDIO

xatamente como eu suspeitava, a manhã estava silenciosa, sem tempestade nem vento, e eu tinha certeza de que o Komizar havia, de alguma forma, feito um acordo com um desconhecido deus do clima. Sem dúvida era um deus que pagaria um alto preço em algum momento pela barganha que fizera.

Eu havia me revirado na cama a noite toda e não sabia ao certo se até mesmo tinha dormido. Deslizei uma das persianas para o lado e fui atingida por uma rajada de ar frio. Uma luz cegante jorrava pela pequena abertura. Assim que meus olhos se ajustaram à luz, fiquei pasmada com o que vi. Todos os telhados, parapeitos e centímetros do chão na praça lá embaixo estavam cobertos por uma espessa camada branca, que era ao mesmo tempo bela e assustadora. O quanto viajar em meio à neve nos faria ir mais devagar?

Seguiu-se um bater à minha porta, e quando a abri, vi uma bandeja de queijo e pão no chão e ouvi os passos de quem quer que a tivesse colocado ali saindo apressado, aparentemente por medo de estar em qualquer lugar que fosse nas vizinhanças do Komizar. Comi todos os pedaços da comida e então comecei a me vestir, colocando minha calça e minha camisa, conforme as instruções de Rafe. Além de ser mais adequada para cavalgar do que um vestido, minha calça era bem mais quente. Minha camisa ainda tinha uma aba solta de onde o Komizar a havia rasgado. Amaciei o tecido em cima de meu braço e usei a bainha de ombro de Walther para mantê-lo no lugar.

Ouvi cedo as agitações da cidade lá fora. *Diga suas memórias sagradas no terraço de Blackstone... logo depois do primeiro sino.* O terraço ficava próximo destes aposentos, podendo ser visto das janelas do tamanho de um punho cerrado da minha câmara. Julguei pelo sol que o primeiro sino haveria de tocar dentro de uma hora ou menos. A essa altura, o Conselho estaria entretido em conversas que eu presumia que não estivessem sendo fáceis, a julgar pelas faces de alguns dos governadores na noite passada. Será que eles estavam hesitantes com a plenitude nos silos do Komizar enquanto seus próprios cidadãos sofriam com barrigas roncantes? Súditos descontentes poderiam levar a mais desafios e vidas mais curtas. Parecia que a promessa de minhas visões era uma forma de amainar os fogos da discórdia. A Siarrah, enviada pelos deuses, seria uma vitória iminente, o que haveria de encher as barrigas daqueles nas províncias mais afastadas por um tempinho.

Coloquei o colete de pele dos Meurasi, cujos pedaços foram costurados juntos com sacrifício, e meu estômago ficou apertado. Eles não eram todos meus inimigos. A palavra *bárbaro* não estava mais em meus lábios, exceto para descrever uns poucos selvagens, e parecia que pelo menos um lorde de Morrighan estava dentre esses poucos.

Eu havia começado a pegar a faca de sob o colchão, onde eu a havia escondido, quando ouvi o barulho da porta. Deixei cair o colchão e girei.

Era o Komizar. Fitei-o, tentando rapidamente recompor a expressão no meu rosto para uma de indiferença. "Você não tem reuniões do Conselho esta manhã?"

Ele escrutinizou-me, demorando-se para me responder. "Por que está usando suas roupas de montaria?"

"Elas são mais quentes, *sher* Komizar. Com a neve no terraço, achei que elas fossem uma opção melhor para dizer minhas memórias sagradas matinais."

"Não haverá mais qualquer apresentação sua a não ser que eu esteja com você." Ele inclinou a cabeça para o lado, zombando de mim como se eu fosse uma mula idiota. "Acho que devo estar lá para ajudar você a se lembrar exatamente do que deve dizer."

"Vou me lembrar", falei, em um tom austero.

Nós ali ficamos, ambos ouvindo os cânticos fracos do nome *Jezelia.*

378

"Você não falará com eles sem que eu esteja ao seu lado", ele repetiu.

Eu vi isso em seus olhos. Ouvi isso em seu tom. Tudo se tratava do poder, e ele não poderia abrir mão nem mesmo do menor punhado que inadvertidamente tivesse sido passado para mim. Os apanhados de clãs pela cidade que se reuniam na praça haviam aumentado e chamavam por *mim*, não por ele, e isso era algo que ele não havia previsto, embora tivesse orquestrado. Em comparação com os vastos números na cidade e com seu exército descomunal, esses números eram pequenos, mas ele ainda queria controlar todos eles até o último e ter certeza de a quem eram leais.

"Eles estão me chamando, Komizar", falei, em um tom gentil, na esperança de suavizar seu semblante.

"Eles podem esperar. É melhor aumentar o fervor deles antes do casamento. Eu tenho uma tarefa mais importante para você."

"Que tarefa é mais importante do que aumentar o fervor deles com visões de plenitude?"

Ele olhou para mim com ares de suspeita. "Fortificar os governadores que vão voltar para casa, para suas províncias, dentro de uma semana."

"Há algum problema com os governadores?", perguntei a ele.

Ele apanhou o vestido vermelho que eu deveria usar para o casamento de cima do baú e jogou-o em cima da cama. "Vista isso. Estarei de volta para levá-la até a sessão do Conselho hoje mais tarde. Com o meu sinal, você dará aos governadores o próprio espetáculo particular, em que você, convenientemente, fará seus cílios tremerem e vomitará palavras de vitória. As palavras certas dessa vez."

"Mas o vestido é para o nosso casamento esta noite."

"Vista-o", ele ordenou. "Seria um desperdício guardar este vestido para umas poucas horas estúpidas."

Eu esperava suprimir rapidamente a crescente agitação dele de modo que ele fosse embora. "Conforme desejar, *sher* Komizar. É o dia do nosso casamento, no fim das contas, e desejo agradá-lo. Estarei vestida na hora em que você voltar." Apanhei o vestido da cama e esperei que ele saísse.

"Agora, meu bichinho de estimação. Levarei comigo suas roupas de montaria. Você não vai precisar delas, e sei como o nervosismo do casamento pode tornar algumas noivas impulsivas, especialmente você."

Ele ficou ali, esperando. "Ande logo. Não tenho tempo para sua fingida modéstia."

Nem eu. Eu precisava que ele voltasse para a Ala do Conselho o mais rápido possível. Tirei rapidamente o meu colete, meu cinto e minhas botas, e então me virei para tirar o restante. Eu podia sentir os olhos dele abrindo um buraco em minhas costas, e rapidamente me retorci para dentro de meu vestido. Antes que eu pudesse me virar, ele deslizou as mãos em volta da minha cintura e seus lábios tracejaram o *kavah* no meu ombro. Apanhei minha camisa e minha calça da cama e me virei, jogando-as na barriga dele.

Ele riu. "Oras, essa é a princesa que eu conheço e amo."

"Você nunca amou o que quer que fosse na sua vida", falei.

A expressão dele abrandou-se por um breve instante. "Como você se engana..." Ele virou-se para ir embora, mas logo antes de fechar a porta atrás de si acrescentou: "Estarei de volta dentro de umas poucas horas." Ele ergueu o lábio em repulsa e girou a mão no ar. "Faça alguma coisa com seus cabelos."

Ele fechou a porta, e baguncei meus cabelos em uma confusão de frustração desordenada. E então ouvi um *tunc* baixo e gutural.

Fui correndo até a porta e tentei abrir a tranca. Que não cedeu. Soquei a porta com meus punhos cerrados. "Você não pode me trancafiar aqui dentro! Esse não foi nosso acordo!"

Pressionei meu ouvido junto à porta, mas a única resposta que obtive foi o fraco som das passadas dele se afastando. *Acordo.* Eu quase dei risada dessa palavra. Ao contrário de Kaden, eu sabia que o Komizar nada honrava, a menos que lhe servisse. Olhei ao redor no quarto em busca de alguma coisa com que pudesse abrir a fechadura. Peguei um osso de meu cordão, usei minha faca para parti-lo em uma fina lasca e cutuquei com ele no pequeno buraco, mas não deu em nada. Todos os pedaços de metal nesta cidade arruinada e úmida estavam duros com a ferrugem. Tentei fazer o mesmo com um outro osso, e com outro, e ouvi os cânticos lá fora ficando mais altos. *Jezelia.* Quando seria o toque do primeiro sino? Fui correndo até as janelas, mas elas eram pequenas demais para que eu chamasse alguém por ali. E então eu ouvi um leve bater à porta.

"Srta. Lia?"

Fui correndo até a porta e caí junto a ela. "Aster!", falei, sendo inundada pelo alívio.

"Eles estão chamando por você", disse ela.

"Estou ouvindo. Você pode destrancar a porta para mim?"

Ouvi enquanto ela fazia tinir chaves na fechadura. "Nenhuma destas funciona."

Minha mente ficou a mil, tentando pensar no que demoraria menos. Ir buscar Calantha? Calantha tinha uma chave para tudo no Sanctum. Mas de que lado ela estaria hoje? Arrisquei-me e pedi que Aster fosse buscá-la. A menina foi embora, e eu me sentei no chão, reclinando-me junto à porta. O tempo passava arrastando-se em batidas agonizantes, marcado pelos chamados por *Jezelia*, e ouvi o primeiro sino. Meu coração afundou no meu peito, mas então o apressar de passadas cruzava ruidosamente o corredor, e escutei as respirações arfantes de Aster à porta.

"Procurei por toda parte, senhorita. Não consegui encontrá-la. Ninguém sabe onde ela está."

Tentei acalmar o pânico que se erguia dentro de mim. O tempo estava passando. *Estarei esperando.* Será que ele ainda estava lá?

O quarto do Komizar. Lá. "Procure no quarto do Komizar!", berrei. Ficava do outro lado do corredor. "Ele foi até a Ala do Conselho. Ande logo, Aster!"

Apanhei a bainha de ombro de cima da cama e deslizei minha faca para dentro. Em seguida, coloquei ali também meu cordão de ossos e, por fim, meu manto, para esconder a faca. Se eu realmente conseguisse sair deste quarto, eu teria que estar com a mesma aparência de sempre para os guardas que pudessem me ver. Minutos se passaram. Eu me sentei na cama. *Vá embora sem mim, Rafe. Você prometeu.*

"Consegui!", disse Aster pela porta. Eu ouvi a pesada tranca deslizar e a porta ser aberta. O rosto dela estava reluzente com seu feito, e dei um beijo em sua testa.

"Você *realmente* é o anjo da salvação, Aster!"

Ela esfregou seus cachos tosados de cabelos. "Ande logo, senhorita!", disse ela. "Eles ainda a estão chamando."

"Fique aqui", disse a ela. "Pode não ser seguro."

"Nada é seguro por aqui. Quero ter certeza de que você vai chegar lá!"

Eu não tinha como argumentar com a lógica dela. Era verdade. O Sanctum era tudo, menos um santuário. A única coisa que ele abrigava era a ameaça constante. Nós descemos correndo por corredores, degraus e passagens pouco usadas, subindo degraus e descendo degraus de novo. A curta distância de repente parecia ter quilômetros.

Aquele não era um terraço fácil de se alcançar. Eu rezava para que não estivesse atrasada demais, mas, ao mesmo tempo, nutria esperanças de que Rafe já tivesse partido sem mim e que já estivesse em segurança do outro lado do rio. Nós não passamos por qualquer pessoa, ainda bem, e por fim chegamos ao portal que dava para o terraço.

"Ficarei aqui e assoviarei se alguém vier."

"Aster, você não pode..."

"Sei assoviar bem alto", disse ela, com o queixo erguido.

Abracei-a. "Saberei se alguém estiver vindo. Agora, vá. Volte para a *jehendra* e para o seu papai e fique em segurança por lá." Relutante, ela virou-se, e passei apressada pelo longo portal que dava para o terraço. O terraço estava coberto por uma espessa camada de neve, e fui andando até a parede ao norte, sabendo que já estava atrasada. Não haveria qualquer história nesta manhã, apenas a mais curta das memórias sagradas, para que os guardas na praça de nada suspeitassem, e então eu estaria seguindo meu caminho; no entanto, quando cheguei na parede, um silêncio generalizado espalhou-se pela multidão. Espalhou-se até mim, como mãos esticando-se e pegando as minhas. *Fique, Jezelia. Fique, para uma história.* Somente eu tinha posse da última cópia sobrevivente da Canção de Venda. A história não era minha para que eu ficasse com ela. Fosse bobagem ou não, eu teria que devolvê-la antes de partir.

"Aproximem-se, irmãos e irmãs de Venda", falei para eles. "Ouçam as palavras da mãe da sua terra. Ouçam a Canção de Venda."

E então eu a disse, um verso atrás do outro, sem conter nada. Falei do Dragão que se alimentava do sangue dos jovens, bebendo as lágrimas das mães, de sua língua afiada e de sua pegada mortal. Falei a eles sobre outros tipos de fomes, fomes estas que nunca eram saciadas nem dissipadas.

Eu vi cabeças assentirem em entendimento, assim como guardas confusos olhando uns para os outros, tentando entender o que se passava. Eu me lembrei das palavras de Dihara: *Este mundo, ele inspira a gente... partilha da gente. No entanto, existem alguns que estão mais abertos a partilhar do que outros.* Para os guardas, assim como para muitos dos que estavam lá embaixo, minhas palavras não passavam de idiotices, assim como as palavras de Venda, muito tempo atrás.

Enquanto eu falava, uma brisa circulava ao meu redor. Eu podia senti-la dentro de mim, esticando-se, buscando, e então seguindo em frente de novo, viajando por sobre a multidão, pela praça e descendo as ruas, passando pelos vales além delas e pelas colinas.

O Dragão conspirará,
Usando muitas faces,
Enganando os oprimidos, coletando os perversos,
Exercendo o poder como se fosse um deus, impossível de ser parado,
Não perdoando em seu julgamento,
Implacável em sua regência,
Um ladrão de sonhos,
Um assassino de esperanças.
Até que apareça aquela que é mais poderosa,
Aquela nascida do infortúnio,
Aquela que era fraca,
Aquela que era caçada,
Aquela marcada com a garra e a vinha,
Aquela nomeada em segredo,
Aquela chamada Jezelia.

Um murmúrio percorria a multidão, e então Venda estava ali, parada, ao meu lado. Ela esticou a mão e pegou na minha. "O restante da canção", sussurrou ela, e então falou mais versos.

Traída pelos seus,
Espancada e desprezada,
Ela haverá de expor os perversos,
Pois o Dragão de muitas faces
Não conhece limite algum.
E embora a espera possa ser longa,
A promessa é grande
Para aquela chamada Jezelia,
Cuja vida será sacrificada
Pela esperança de salvar a sua.

E então ela se foi.

Eu não sabia ao certo se eu era a única que a havia ouvido, ou até mesmo visto, mas fiquei ali, parada, estupidificada, tentando compreender a imensidão do que ela havia acabado de dizer. Em um instante, eu sabia que aqueles eram os versos arrancados da última página do livro. Apoiei-me na parede, equilibrando-me com essa revelação. *Sacrificada.* O murmúrio das multidões ficou mais alto, mas então movimentos chamaram a minha atenção e meu olhar contemplativo voltou-se em um pulo para uma alta parede do outro lado do caminho. *Chievdars*, governadores e *Rahtans* estavam me observando. Inspirei o ar, alarmada. A reunião deles havia acabado mais cedo.

"Senhorita?"

Eu me virei. Aster estava no meio do terraço. O Komizar estava atrás dela com uma faca junto ao peito da criança.

"Eu sinto muito, senhorita. Eu não pude simplesmente deixá-la como você me disse para fazer. Eu..." Ele pressionou a ponta da faca contra ela, que ficou lívida com a dor.

"Pelo amor dos deuses, não!", gritei, travando os olhos nele.

Supliquei junto ao Komizar, delicada, desesperada e lentamente, aproximando-me dele, tentando trazer seu foco de volta a mim. Eu me prendi a ele ferozmente com os olhos e sorri, tentando, de alguma forma, dispensar essa loucura. "Por favor, solte-a, *sher* Komizar. Você e eu podemos conversar. Nós podemos..."

"Eu avisei a você que sem mim não deveria haver mais qualquer apresentação sua."

"Então puna a mim. Ela nada tem a ver com isso."

"Você, minha passarinha? No momento, você é valiosa demais. Ela, por outro lado..." Ele balançou a cabeça e, antes mesmo que eu pudesse entender o que estava fazendo, ele mergulhou a faca no peito da criança.

Gritei e fui correndo em direção a Aster, pegando-a enquanto ela deslizava dos braços dele. "Aster!" Caí no chão junto a ela, aninhando-a em meu colo. "Aster."

Pressionei minhas mãos na ferida em peito dela, tentando estancar o fluxo de sangue.

"Diga ao meu papai que tentei, senhorita. Diga a ele que não sou uma traidora. Diga a ele que nós..."

As últimas palavras dela ficaram congeladas em seus lábios, seus olhos cristalinos, brilhantes, mas sua respiração, parada. Puxei-a para junto do meu peito, abraçando-a, como se eu pudesse desafiar a morte. "Aster, fique comigo. Fique!" Mas ela se fora.

Ouvi uma leve risada e ergui o olhar. O Komizar limpava sua faca ensanguentada na perna de sua calça e deslizava-a para dentro de sua bainha. Ele agigantava-se diante de mim, com suas botas salpicadas pela neve. "Ela teve o que mereceu. Não temos qualquer espaço no Sanctum para traidores."

Fui lavada pelo torpor. Olhei para ele, incrédula. "Ela era só uma criança", falei, em um sussurro.

Ele balançou a cabeça, cacarejando. "Quantas vezes preciso dizer a você, Princesa, que não temos tais luxos? Venda não tem crianças."

Com gentileza, deslizei Aster do meu colo para a neve e fiquei em pé. Aproximei-me dele, que olhou nos meus olhos, com a presunção de um vitorioso. "Estamos entendidos?", ele me perguntou.

"Sim", falei. "Acho que sim." E, na virada de um segundo, a presunção se fora. Ele arregalou os olhos, pasmado.

"E agora", falei, "Venda também não tem Komizar."

Um ato rápido. Um ato fácil.

Puxei minha faca da lateral do corpo dele e mergulhei-a novamente, torcendo-a mais, sentindo a lâmina cortar a carne dele, pronta para mergulhá-la ali repetidas vezes, mas ele foi vários passos cambaleando para trás, finalmente compreendendo o que eu tinha feito. Ele caiu junto à parede perto do portal, com o olhar fixo na mancha vermelha que se espalhava por sua camisa. Agora era ele que não conseguia acreditar. Ele sacou a faca de sua bainha, mas estava fraco demais para dar um passo à frente, e a lâmina deslizou de sua mão. Sua espada permanecia inútil na lateral de seu corpo. Ele voltou a olhar para mim, com descrença, e deslizou para o chão, com o rosto contorcido de dor.

Aproximei-me e fiquei em pé acima dele, chutando sua faca para longe. "Você estava enganado, Komizar. É muito mais fácil matar um homem do que um cavalo."

"Eu não estou morto ainda", disse ele, entre respirações dificultadas.

"Você estará morto em breve. Tenho conhecimento sobre órgãos vitais e, embora eu tenha certeza de que você seja desprovido de um coração, suas entranhas estão em pedaços agora."

"Isso não acabou", disse ele ofegante.

Ouvi gritos e me virei. Embora as pessoas lá embaixo não conseguissem ver o que eu tinha feito, aqueles que estavam na parede alta do lado mais afastado da praça tinham visto. Eles já estavam correndo, tentando encontrar a rota mais rápida até o terraço, mas Kaden e Griz cruzaram com tudo o portal primeiro. Griz empurrou ambas as metades da pesada porta do portal, trancando-a atrás de si, e colocou uma barra pelas maçanetas de ferro.

Kaden olhou para o sangue nas minhas mãos e para o vestido, e para a faca que ainda estava na minha mão. "Pelos deuses, Lia, o que foi que você fez?" E então ele avistou o corpo sem vida de Aster jazendo na neve.

"Mate-a", berrou o Komizar com energia renovada. "Ela não será a próxima Komizar! Mate-a agora!", exigiu ele, engasgando em suas respirações.

Kaden foi andando até ele e prostrou-se em um joelho só no chão, olhando para a ferida. Ele esticou a mão até o outro lado e puxou a espada do Komizar de sua bainha para, em seguida, ficar cara a cara comigo.

Griz, com ares de suspeita, levou a mão até uma das espadas que tinha ao lado do corpo.

Kaden entregou a arma a mim. "Você pode talvez vir a precisar disso. De alguma forma vamos ter que tirar você daqui."

"O que está fazendo?", gritou o Komizar, que caiu mais ao longe no chão. "Você deve tudo a mim. Nós somos *Rahtans*. Nós somos irmãos!"

A expressão de Kaden continha tanto pesar quanto a do Komizar. "Não mais", foi a resposta dele.

Mesmo enquanto ele estava ali, deitado, morrendo, o Komizar continuava a emitir comandos, mas Kaden se voltou novamente na minha direção, ignorando-o... E então nós ouvimos o som ruidoso de pesadas botas nos degraus. Rafe apareceu na entrada da escadaria por onde eu supostamente já deveria ter fugido. Jeb e um outro homem estavam parados atrás dele.

Eles caminhavam na nossa direção, absorvendo a cena, e, devagar, Rafe sacou sua espada. Seus homens fizeram o mesmo. Kaden olhou de Rafe para mim. Seus olhos encheram-se de entendimento. Ele soube.

"Estou de partida, Kaden", falei, na esperança de evitar uma colisão. "Não tente me impedir."

Sua expressão ficou endurecida. "Com ele."

Engoli em seco. Eu podia ver todas as contorções do seu maxilar. Ele já havia adivinhado, mas falei mesmo assim. "Sim. Com o príncipe Jaxon de Dalbreck." Não havia como voltar atrás agora.

"Você sempre pretendeu fazer isso."

Assenti.

O olhar dele ficou hesitante. Ele não conseguia esconder a dor da minha traição.

"Afaste-se dela", disse Rafe em um tom de aviso, ainda avançando com cautela.

De súbito, Griz agarrou meu braço, arrastando-me até a parede onde as multidões ainda esperavam. Ele ergueu minha mão para o céu diante deles. "Sua Komizar! Sua rainha! Jezelia!"

As multidões rugiam. Olhei para Griz, horrorizada.

O choque estava igualmente estampado no rosto de Kaden. "Você está louco?", ele gritou com Griz. "Ela nunca vai conseguir sobreviver! Você sabe o que o Conselho fará com ela?"

Griz olhou para as multidões, que comemoravam. "Isso é maior do que o Conselho", foi a resposta dele.

"Ela vai morrer mesmo assim!", disse Kaden.

Rafe puxou-me das mãos de Griz, e então o mundo parecia explodir. As portas foram abertas em um rompante, com a barra de ferro voando e soltando-se, e os *Rahtans* entraram com tudo, com os governadores nos calcanhares. Os primeiros golpes vieram de Malich, que concentrava toda sua energia em Kaden, brutal e sedento. Kaden evadiu as primeiras estocadas dele e avançou, com o feroz clangor de metal em metal vibrando violenta e rapidamente no ar. Theron e Jorik vieram para cima de Griz, e seus ataques eram implacáveis e violentos, mas Griz era um gigante que portava duas espadas, e ele acertou golpe com golpe, impelindo-os para trás.

Rafe derrubou um guarda atrás do outro, lutando ombro a ombro com Kaden contra o ataque furioso.

O governador Obraun avançou na minha direção, e ergui minha espada para golpeá-lo quando, de repente, ele virou-se e deu um golpe mortal em Darius. O governador estava lutando do nosso lado? Seu próprio guarda mudo lutava ao seu lado, mas agora ele estava gritando com uma voz que era alta e clara, avisando Jeb sobre alguém que vinha atacando de um dos lados. O governador Faiwell lutava ao lado de Jeb, assim como o faziam dois dos guardas atribuídos a mim. Nada daquilo fazia sentido. Quem estava lutando contra quem? A confusão de gritos e espadas clangorosas era ensurdecedora. Com um único golpe, Rafe trouxe abaixo Gurtan e Stavik e passou adiante, para atacar mais. Ele era assustador em suas habilidades, uma força que eu nem mesma reconhecia.

Os grunhidos de batalha e o nauseante esmagar de ossos enchiam o ar. Eles haviam me cercado. Eu era, claramente, o alvo daqueles que estavam avançando. Minha própria espada era inútil. Tentei forçar minha saída para ajudar, mas Griz me empurrou para trás.

A expressão na face de Malich enquanto ele atacava Kaden era selvagem, impelida por mais do que apenas o dever. Um grito perfurou o ar quando Griz finalmente enfiou sua espada entre as costelas de Theron, mas Jorik girou, e sua espada fatiou a lateral do corpo de Griz, que caiu em um dos joelhos no chão, segurando suas costelas, e Jorik ergueu sua espada para terminar o trabalho. Antes que ele pudesse mergulhar sua lâmina em Griz, lancei a faca que ainda tinha em mãos, a qual atingiu em cheio a garganta de Jorik, que foi cambaleando para trás. Ele estava morto antes mesmo que seu corpo chegasse ao chão. Griz conseguiu voltar a ficar de pé, ainda empunhando uma espada enquanto segurava a lateral machucada do corpo. Havia sangue por toda parte, e a neve estava derretida, vermelha. Um banho de sangue.

O ataque violento diminuiu, e, por fim, os números pareciam estar a nosso favor.

"Tirem-na daqui!", berrou Kaden. "Antes que venham mais deles!", berrou Rafe para o guarda que não era tão mudo assim, mandando-o liberar as escadas e ordenou que eu seguisse em frente, para depois desferir um golpe mortal no *chievdar* Dietrik, que havia atacado na direção dele, determinado a não me deixar ir embora.

"Por aqui, menina!" O governador Obraun segurou meu braço e me empurrou em direção às escadas. Um outro homem vinha correndo conosco. Ouvi Jeb chamá-lo de Tavish, e o guarda mudo, de Orrin. Rafe vinha logo atrás, guardando nossas costas. Olhei para trás e vi Kaden, Griz, Faiwell e os dois guardas mantendo aqueles que ali permaneciam no terraço. Que os deuses os ajudassem quando mais deles viessem. Certamente todos os alojamentos de soldados haviam sido alertados a essa altura.

Nós descemos apressados as escadarias até o segundo nível e viramos e entramos no portal, com o plano horrivelmente fora dos trilhos. Tão logo passamos pela pesada porta, ela foi fechada com tudo. Olhei para trás e vi Calantha fechando seus ferrolhos.

"Calantha", falei, pasmada.

"Anda logo!", berrou ela.

"Você não pode ficar aqui. Venha conosco."

"Vai ficar tudo bem comigo", foi a resposta dela. "Ninguém sabe que estou aqui. Vá."

"Mas..."

"Este é o meu lar", disse ela com firmeza.

Não havia tempo para discutir, mas vi uma determinação em seu rosto que não estava antes. Nós trocamos um assentir consciente, e saí correndo.

Rafe agora conduzia o caminho comigo logo atrás dele. Era um longo e escuro corredor, e nossas passadas ecoavam por ele como trovoadas, mas então o som duplicou-se e nós sabíamos que se tratavam dos guardas vindo nos atacar da direção oposta.

"Aqui embaixo!", gritei, virando em direção a uma trilha que eu já havia percorrido com Aster. "Essa trilha nos levará às catacumbas." Conduzi-os pelo caminho serpeante e depois descemos um longo lance de degraus. Quando chegamos lá embaixo, ouvi altos arrastares de pés. Levei um dedo aos lábios e falei, sem som: *Alguém está vindo.* Jeb me empurrou e passou por mim. Tentei impedi-los, mas Rafe assentiu para que eu o deixasse ir.

Ele saiu do patamar para a luz, e vi quando ele se transformou de volta em um coletor de fezes. Ele sorriu e um guarda apareceu, perguntando a ele se tinha visto alguém passar ali correndo. Quando Jeb apontou em uma direção, o guarda virou-se, e, em um movimento tão rápido quanto um relâmpago, Jeb quebrou o pescoço do homem.

"Está liberado aqui", disse ele a nós. "Ele era o único."

Nós passamos correndo pelas estreitas catacumbas e descemos por trilhas que passavam pelas cavernas. Nós estávamos tão a fundo na terra que eu sabia que não havia como os eruditos saberem que uma guerra havia sido desatada acima deles. Os poucos que nos viram passar correndo ficaram pasmados, em silêncio, confusos com o que estava acontecendo. Eles apenas conjuravam guerras, não lutavam nelas. Virei na trilha cheia de crânios. "Este caminho nos levará até o rio", falei. Quando ouvimos o rugir das quedas d'água, aquele que se chamava Tavish foi abrindo caminho na frente para nos levar até a jangada. Cerca de uns cem metros lá embaixo, saímos do túnel e nos deparamos com a névoa do rio. O chão estava escorregadio e coberto de gelo.

"Por aqui!", chamou-nos Tavish acima do barulho, mas, então, quatro soldados surgiram de um outro túnel que dava no rio e uma nova batalha foi inflamada.

Rafe, Jeb, Obraun e Tavish desceram correndo em frente para interceptarem o ataque. Eu e Orrin derrubamos mais guardas que corriam em direção a nós, vindos do túnel que havíamos acabado de deixar para trás. Fui para o lado, fiquei escondida e, quando o primeiro deles passou, girei a espada, acertando-o no pescoço. Orrin derrubou o próximo, e nós dois derrubamos o terceiro. Acertei nas costelas dele e, quando fomos aos tropeços para a frente, Orrin perfurou suas costas.

Rafe gritou para que fôssemos até a jangada, que eles depois nos alcançariam, e Orrin me puxou ao longo de uma margem do rio e descendo por uma trilha de rochas, com Tavish vindo logo atrás. Nós nos deparamos com um afloramento de rochas, e fui tomada pelo pânico. Não vi qualquer jangada, mas Tavish deu um pulo. Achei que ele tivesse caído direto dentro do rio, e então o vi na jangada que estava quase escondida pela névoa e pelas rochas.

"Pule!", ordenou-me ele.

"Não sem Rafe!", falei.

"Ele vai estar aqui. Pule!"

A jangada ficou estremecida com as cordas que a prendiam à margem do rio. Orrin cutucou-me e nós dois pulamos.

"Fique abaixada!", disse-me Tavish, que me mandou segurar uma das cordas cheia de nós para me manter firme.

A jangada era arremessada e rolava, até mesmo nas águas mais calmas perto da costa. Fiquei abaixada como Tavish me ordenara, agarrando a corda para me estabilizar. Até mesmo em meio à névoa, eu podia ver os altos penhascos acima de nós, com guardas e soldados atravessando os caminhos que davam para baixo. Eles pareciam multiplicar-se como insetos febris determinados como um enxame vindo para cima de nós. Para todas as partes onde olhávamos, víamos mais deles chegando. Eles também nos avistaram, e flechas começaram a voar, mas elas erraram o alvo e foram parar na costa. Jeb e Obraun chegaram e pularam para baixo conosco. "Rafe está vindo!", disse Jeb. "Preparem-se para erguer as amarras!" O ombro dele estava ferido, e o sangue ensopava o braço de Obraun. Orrin e Tavish esticaram as mãos para pegar as cordas que estavam prendendo a jangada.

"Ainda não!", falei. "Esperem! Esperem até que ele esteja aqui!"

Os soldados que vinham se arrastando, descendo pela parede de rochas até o rio, estavam se aproximando, suas flechas caindo perigosamente perto de nós, mas, de repente, flechas começaram a voar na outra direção, na direção deles. Eu me virei e vi Orrin soltando uma explosão de flechas. Soldados caíam de veios. Orrin conseguiu diminuir o ataque deles, mas sempre havia mais para substituir os homens que ele derrubava.

Nós ouvimos um grito aterrorizante em meio à névoa e cada gota do meu sangue fervia com o medo. Eu vi quando Jeb e Obraun trocaram um ansioso olhar de relance.

"Solte as cordas", ordenou Obraun.

"Não!", gritei.

Mas logo Rafe irrompeu em meio ao nevoeiro e vinha correndo na nossa direção.

"Vão!", ele gritou, e Tavish soltou as cordas.

Uma potente explosão criou ondas no ar. Rafe deu um pulo para a jangada enquanto esta já estava se afastando da costa, mal cruzando a extensão até ela, e seguiu-se uma chuva de pedaços de rochas ao nosso redor. Ele agarrou a corda cheia de nós que empurrei para sua mão. "Isso deve manter a ponte fora de operação por pelo menos um mês", disse ele. Era mais do que eu havia esperado de um pequeno frasco de líquido límpido.

Fomos rapidamente varridos para a correnteza, e a jangada era lançada e dava pulos nas águas violentas. Com tanto Obraun quanto Jeb machucados, Tavish e Orrin assumiram o leme e, de alguma, forma conseguiram conduzir os barris que subiam e desciam pela correnteza traiçoeira, para longe da costa. No entanto, nós ainda não estávamos longe o bastante. Avistei Malich empoleirado em um penedo, facilmente ao alcance. *Ah, pelo amor dos deuses.* O que será que havia acontecido com Kaden?

O arco de Malich estava carregado e mirava as costas de Rafe. Pulei para a frente para empurrar Rafe para baixo enquanto a jangada girava em um pequeno redemoinho e fui jogada para o lado. Uma dor ardente assolou minha coxa. Mesmo em meio ao violento sacolejo da jangada, vi o sorriso de Malich. Não era em Rafe que ele estava mirando. Era em mim.

"Lia!", gritou Rafe, e veio na minha direção, mas não antes de uma outra flecha acertar as minhas costas.

Aquilo ardia como se fosse uma brasa reluzente causticando a minha carne. Eu não conseguia respirar. A mão de Rafe segurou meu braço, mas eu ainda fui cambaleando para trás enquanto a jangada rolava e era lançada para cima. Mergulhei na água gélida. A mão de Rafe continuou segurando firme, ferozmente afundando no meu braço, mas a correnteza era forte, e o meu vestido pesado rapidamente ficou mais pesado ainda com a água, como se uma âncora estivesse me puxando para baixo. Tentei chutar o vestido para longe, mas ele formava círculos em volta das minhas pernas, prendendo-as tão fortemente quanto uma corda. O rio era entorpecedor e selvagem, com a água vindo com tudo para cima do meu rosto, fazendo com que eu engasgasse, e a correnteza era demais para a pegada de Rafe. O tecido da manga de meu vestido começou a rasgar e a soltar-se. Tentei levantar o outro braço, mas ele não se mexia, como se a flecha estivesse presa na lateral de meu corpo. Quatro mãos estavam lutando para segurar meu braço e meu ombro, tentando me segurar melhor no selvagem rodopio da água, mas, então, uma rápida sucção de água jorrando me soltou deles. Fui varrida para as águas gélidas, para longe da jangada. Rafe pulou no rio atrás de mim.

Nós caímos em meio à correnteza, com ele esticando os braços para mim repetidas vezes, mas sendo puxados para longe tantas vezes também, com a água cobrindo nossas cabeças, os dois arfando, tentando respirar, a jangada em nenhum lugar à vista. Ele conseguiu, por fim, me segurar, com o braço circundando a minha cintura, tentando, freneticamente, rasgar o vestido.

"Aguente firme, Lia."

"Eu amo você", gritei, mesmo enquanto me engasgava com a água. Se aquelas fossem as últimas palavras que ele ouviria de mim, queria que fossem estas.

E então senti que deslizávamos, caindo, o mundo girando de cabeça para baixo, e o perdi de vista, perdi tudo de vista, com o maldito vestido que o Komizar me havia feito colocar, me sugando para baixo como se o próprio Komizar estivesse me puxando de sob as águas, ficando com a última palavra, até que, por fim, eu não conseguia mais lutar com seu peso, e meu mundo gélido ficou preto.

CAPÍTULO 64
CRÔNICAS DE AMOR E ÓDIO

RAFE

Eu havia caminhado pela margem do rio por quilômetros, procurando por toda parte. Eu não aceitaria que ela tivesse morrido. Estava entorpecido com o frio e incerto em relação a quanto tempo havia se passado. Em momento algum eu avistei a jangada de novo e me perguntava se os outros haviam conseguido. A cada passo que eu dava, retraçava os eventos, tentando entender como tudo tinha saído errado. Eu vi a criança, Aster, novamente, cujo corpo jazia na neve, e a faca na mão de Lia. Vi o Komizar também, caído junto à parede e sangrando. Não havia dado tempo de juntar as peças na ocasião, e eu ainda não conseguia fazer isso.

Meus pensamentos estavam voltados apenas para Lia. *Eu estivera com ela.* Estivera com ela nos meus braços e então nós estávamos caindo nas quedas d'água e ela deslizou de meus braços. *Eu estava com ela, e o rio havia arrancado Lia de mim.*

A correnteza era rápida e implacável. Eu não sabia ao certo como foi que eu mesmo tinha conseguido chegar até a beira. Quando consegui, estava a muitos quilômetros rio abaixo, e tanto meus braços quanto minhas pernas estavam congelados. De alguma forma, eu havia me arrastado para cima da margem do rio e forçara minhas pernas a se mexerem, rezando para que Lia tivesse feito o mesmo. Eu nada conseguia aceitar além disso.

Escorreguei em uma rocha coberta de gelo e caí de joelhos, sentindo minha força esvanecendo. Foi então que a avistei à frente, com o rosto voltado para baixo na margem do rio, na terra, como se já fizesse parte dela, com os dedos sem vida na lama e na neve.

O sangue manchava suas costas onde a flecha havia entrado. Apenas um toco da flecha estava ali. Corri até ela e caí ao seu lado, virando-a com gentileza e puxando-a para os meus braços. Os lábios dela estavam azuis, mas um gemido baixinho escapou deles.

"Lia", sussurrei. Rocei a neve para longe dos cílios dela.

Suas pálpebras abriram-se, trêmulas. Ela demorou um instante para ver quem eu era. "De que lado do rio estamos?", ela me perguntou, com a voz tão fraca que eu mal conseguia ouvi-la.

"Do nosso lado."

Um fraco sorriso enrugava os olhos dela. "Então nós conseguimos."

Ergui o olhar, inspecionando nossos arredores. Nós estávamos a quilômetros de qualquer lugar que fosse, sem cavalos, comida ou fogo, e ela estava ali deitada, bem machucada e sangrando nos meus braços, com a face da cor da morte.

"Sim, Lia, conseguimos." Meu peito tremia, e eu me inclinei para baixo e dei um beijo em sua testa.

"Então, por que você está chorando?"

"Não estou chorando. É só que..." Abracei-a mais junto de mim, tentando dividir a pouca quentura que eu tinha. "Nós deveríamos ter ficado lá. Deveríamos..."

"Ele teria me matado em algum momento. Você sabe disso. Ele já estava cansado do pouco poder que partilhava comigo. E, se não fosse o Komizar, seu Conselho teria feito o trabalho."

A cada palavra que ela dizia, sua voz ficava mais fraca.

"Não me deixe, Lia. Prometa que não vai me deixar."

Ela levou a mão para cima e limpou as lágrimas do meu rosto. "Rafe", disse ela em um sussurro, "nós chegamos até aqui. O que são mais uns mil ou dois mil quilômetros?"

Os olhos dela se fecharam, e sua cabeça pendeu para o lado. Coloquei os meus lábios nos dela, buscando desesperadamente por suas respirações, que estavam rasas e fracas, mas que ainda estavam lá.

Chegamos até aqui. Eu nem mesmo sabia onde estávamos. Nós estávamos perdidos na margem de um rio, cercados por quilômetros de floresta escura, mas coloquei um braço embaixo dos joelhos dela e o outro, cuidadosamente, atrás das suas costas e me levantei. Beijei-a mais uma vez, com meus lábios gentilmente repousando nos dela, tentando trazer sua cor de volta. E comecei a caminhar. Mil ou dois mil quilômetros, eu a carregaria por todo o caminho até Dalbreck se tivesse que fazê-lo. Ninguém iria arrancá-la dos meus braços novamente.

Nós já tínhamos três passos atrás de nós.

"Aguente firme, Lia", sussurrei.

Aguente firme por mim.

AGRADECIMENTOS

Uau! Mais um livro está terminado? Minha cabeça ainda está girando devido à publicação do primeiro. Mais do que nunca eu sei que o nascimento deste livro é obra de algum milagre e da ajuda e do apoio de tantos.

Em primeiro lugar, blogueiros, tweeters, booktubers. Ah, meu Deus! Os ARCS de *The Kiss of Deception* saíram bem antes da publicação do livro em si, e vocês pularam para cima deles. Escreveram em blogs sobre ele, tuitaram sobre ele, soltaram gritinhos, espalharam a palavra e me encorajaram imensamente. E me amolaram pedindo pelo próximo. Esse tipo de amolação é o máximo! O fato de vocês acreditarem na história de Lia reforçou minha própria crença nela. Vocês fizeram com que eu continuasse seguindo em frente.

Bibliotecários e professores. Vocês mencionaram o livro para pessoas importantes e imediatamente começaram a falar dele para seus visitantes e alunos. Uma bibliotecária até mesmo contemplou a ideia de fazer um *kavah* de uma garra e uma vinha no ombro. E talvez ela tenha feito! Todo o entusiasmo de vocês me ajudou a alcançar a linha de chegada.

Eu me sinto tão sortuda por fazer parte do reino da Macmillan! Todas e cada uma das pessoas do pessoal da editora merece uma coroa, e isso são cerca de cinco mil coroas. Não se faz necessária uma pequena comunidade para fazer um livro, mas sim toda uma grande comunidade dedicada. Um agradecimento especial vai para Jean Feiwel, Laura Godwin, Angus Killick, Elizabeth Fithian, Katie Fee, Caitlin Sweeny, Allison Verost, Ksenia Winnicki, Claire Taylor, Lucy Del Priore, Katie Halata, Ana Deboo e Rachel Murray por seu tremendo apoio. Ergo uma xícara de *thannis* a todas vocês! Adoçada, é claro.

A magia de Rich Deas e Anna Booth continua a me deixar hipnotizada, desde as lindas capas até os elementos gráficos do título, até as fontes, em cima das quais a nerd da tipografia aqui pode babar. O talento de vocês é incrível.

Além disso, obrigada a Keith Thompson, que fez o mundo das *Crônicas de Amor e Ódio* ganhar vida em um mapa que é belo demais para existir palavras capazes de exprimir isso.

Eu já a mencionei na dedicatória, mas ela merece louvores aqui também: minha editora, Kate Farrell. Nós cruzamos o Cam Lanteux e voltamos. Eu nunca teria conseguido fazer isso sem ela. Ela me guia quando eu não mais consigo ver o caminho... e faz isso com paciência, sabedoria e um sorriso. Ela é realmente um raro presente.

Pelo apoio em uma miríade de formas, sou grata às escritoras de YA Marlene Perez, Melissa Wyatt, Alyson Noel, Robin LaFevers e Cinda Williams Chima. Fosse por me ajudarem a encontrar uma palavra que me fugira, uma luta com ideias, um aconselhamento sábio, muitas necessárias risadas ou me ajudando a espalhar a palavra sobre os livros, eu agradeço profundamente a vocês por isso. Karen Beiswenger e Jessica Butler sofreram com os primeiros rascunhos que às vezes tinham mais espaços em branco do que palavras, e elas sempre pediam mais. Sem medo. Devo muito às duas.

Sou eternamente grata à minha amiga, sábia conselheira, advogada e agente, Rosemary Stimola. Ela nunca cessa de me maravilhar. Ela é equilíbrio, graça e um pouco da personificação de um leão. (Ok, às vezes, ela personifica e muito um leão.)

Minha família é a melhor, minha rocha e minha base, Jess, Dan, Karen, Ben, Ava e Emily. São como líderes de torcida e me centralizam em todos os momentos certos. Sou a mãe e a ama mais sortuda do mundo.

Durante todos os longos dias em que fiquei escrevendo este livro, meu marido, Dennis, alimentou-me. Literal e figurativamente. Ele foi meu príncipe e meu assassino em uma única pessoa, protegendo-me e salvando-me das devastações da fome, da fadiga e às vezes de cachorros babões exigindo o jantar. Ele assumiu o trabalho e me ofereceu abraços e massagens nas costas. Ele continuou a ajudar com a logística dos beijos também. Acho que ele quer que essa série nunca acabe. *Enade ra beto.*

A força e a determinação de Lia não surgiram do nada. Além de todas as mulheres fortes com quem trabalho, e daquelas que há muito admiro de longe, sou abençoada com tantas na minha vida pessoal que me maravilham e que me inspiram. Kathy, Susan, Donna, Jana, Nina, Roberta, Jan e muitas outras, de braços dados com vocês. Irmãs em sangue e espírito, vocês são meu exército.